우신예찬

데시데리우스 에라스무스 로테로다무스
(Desiderius Erasmus Roterodamus, 1466-1536년)

현대지성 클래식 45

우신예찬

MORIAE ENCOMIUM

에라스무스 | 박문재 옮김

현대
지성

차례

일러두기

1. 『우신예찬』은 하나의 긴 연설문으로 원문에는 장과 단락의 구분이 없으나, 이 책에서는 독자의 편의를 위해 중세와 근대를 지나며 생긴 장 구분을 사용했으며 각 장에는 적절한 제목을 달았다.

2. 이 책은 레이스터 헤라르의 주해가 수록된 다음의 라틴어 원전을 번역 대본으로 사용했다. Desiderius Erasmus Roterodamus, *MORIAE ENCOMIVM, ID EST, STVLTITIAE LAUDATIO* (Basel: Froben, 1532). 영역본으로는 Betty Radice, *Praise of Folly*, Penguin Classics(London: Penguin Books, 1993)와 Hoyt Hopewell Hudson, *The Praise of Folly: Updated Edition*, Princeton Calssics 91(Princeton and Oxford: Princeton University Press, 2015)을 참고했다.

3. 본문의 각주는 옮긴이가 레이스터 헤라르의 주해를 참고하여 달았다.

4. 부록으로는 1515년 이후의 모든 판본에 수록된 「에라스무스가 마르턴 판 도르프에게 보낸 편지」를 번역하여 실었다.

5. 성경 구절은 라틴어 원전에서 직접 번역했고, 성경의 책명과 인명은 대한성서공회의 『개역개정판』(1998년)을, 외래어는 국립국어원의 외래어 표기법을 기준으로 삼았다.

6. 에라스무스는 라틴어로 『우신예찬』을 써내려가면서 곳곳에서 그리스어 단어나 표현을 사용했다. 이 책에서는 이러한 그리스어 표현들을 강조의 의미로 보고 작은따옴표로 표시했다.

서문

로테르담의 데시데리우스 에라스무스가
친구 토머스 모어[1]에게

이탈리아를 떠나 영국으로 가면서 여러 날 동안 말 위에 앉아 있어야 했을 때,[2] 그 모든 시간을 교양 없고 무식한 얘기나 하며 보내지 않으려고 우리가 함께 관심을 갖고 연구해온 것들을 생각해보고, 지난날 영국을 방문했을 때 만난 박학다식하고 유쾌한 친구들을 떠올려보았습니다.[3] 그들 가운데 가장 먼저 떠오른 사람은 당신이었습니다. 당신과 친밀하게 교제하며 얘기를 나누었던 때만큼이나 헤어져 있는 동안에도 당신을 생각하면 늘 즐거웠습니다. 맹세하건대 내 생애에서 당신과 함께한 때보다 더 달콤한 시간은 없었습니다. 그래서 우리가 얘기

---

[1] 토머스 모어(1478-1535년)는 영국의 법률가, 정치가, 사상가다. 스콜라주의적 인문주의자이며 대법관을 비롯해 여러 관직을 역임했고, 대표작으로는 1516년에 쓴 『유토피아』가 있다.

[2] 당시 이탈리아에서 영국으로 가려면 먼저 배를 타고 영국에서 내려 말을 타고 이동했을 것이다. 하지만 에라스무스는 '말'을 타고 갔다는 말만 함으로써 서두부터 일종의 해학을 선보이며, 이 글이 진지한 논문이 아니라 해학과 풍자임을 암시한다.

[3] 에라스무스는 1499년에 윌리엄 블라운트의 초청을 받아 처음 영국에 가서 당시 영국 사상계를 이끈 인문학자 존 콜렛, 토머스 모어, 존 피셔, 토머스 리너커, 윌리엄 그로신 등과 교류했다.

했던 것과 관련해 무언가를 해야겠다는 생각이 들었고, 당시 여건으로는 진지한 글을 쓰기가 그리 마땅치 않아 해학을 담아 '어리석음'을 예찬하는 글을 쓰기로 마음먹었습니다.

"도대체 어떤 팔라스[4]가 그런 생각을 당신 머릿속에 집어넣었습니까?"라고 당신은 물을 테지요. 내가 그런 생각을 하게 된 것은 무엇보다 '모어'라는 당신의 성 때문입니다. 사실 당신은 어리석음과는 거리가 먼 사람이고 누구나 그렇게 생각하겠지만, '모어'는 '어리석음'을 뜻하는 그리스 단어와 비슷하답니다.[5] 우리가 해학을 즐기는 천성을 타고난 것을 당신도 충분히 인정할 테고, 내가 잘못 생각한 것이 아니라면, 당신은 모든 면에서 교양 있고 유쾌한 농담을 기꺼이 즐기며 우리 모두의 유한한 인생에서 데모크리토스[6]처럼 살아가고자 할 것이라고 보았기 때문입니다. 당신은 예리한 통찰력으로 여느 사람들과 다르게 독창적인 생각을 하면서도 행동거지와 성품은 믿기지 않을 정도로 상냥하고 친절해 어느 때나 누구와도 잘 어울릴 줄 아는 사람입니다. 그래서 이 작은 연설문을 친구가 주는 기념품으로 기꺼이 받아서 읽고 간직하리라고 확신합니다. 이 글을 당신에게 헌정합니다. 그러니 이 글은 이제부터 내 것이 아니라 당신의 것입니다.

---

4 팔라스는 '창을 휘두르는 자'라는 뜻이고, 그리스 신화에서 지혜와 전쟁의 여신 아테나를 가리키는 데 자주 사용된 호칭이다.

5 '어리석음'은 그리스어로 '모리아'(Μωρία)이고, 라틴어로는 '스툴티티아'(Stultitia)다. 영어에서 '어리석음'을 뜻하는 'folly'는 '정신 나간, 미친'이라는 어원을 갖고 있는데, 『우신예찬』에서는 '어리석음'과 '미친 것, 광기'를 밀접하게 결합해서 사용한다.

6 데모크리토스(기원전 약 460-370년)는 원자 기반의 우주론을 완성한 고대 그리스의 철학자다. 원자로 이루어진 혼이 안정된 상태가 바로 쾌활함 또는 행복이며, 이것이 인생의 최종 목적이라고 주장해 '웃는 철학자'라는 별명이 붙었다.

아마도 이 글을 비난하는 사람이 있을 테지요. 어떤 사람은 신학자가 쓰기에 너무 경망스럽다고 말할 것이고, 어떤 사람은 기독교인이 쓰기에 너무 신랄하다고 말할 것입니다. 내가 고희극[7]이나 루키아노스[8]를 다시 불러내 무엇이든지 막무가내로 물어뜯고 공격한다고 소리 지르는 사람도 있을 것입니다. 하지만 글이 가볍고 장난스럽다며 못마땅해하는 사람들은 이런 글을 내가 처음 쓴 것이 아니고, 이미 과거에도 위대한 저술가들이 자주 써왔다는 사실을 알았으면 합니다. 옛적에 호메로스는 「개구리와 생쥐의 전쟁」을, 베르길리우스는 「모기」와 「모레툼[9]」을, 오비디우스는 「호두나무」라는 해학적인 글을 썼습니다.[10] 폴리크라테스와 그의 비판자인 이소크라테스는 부시리스를, 글라우콘은 불의를, 파보리누스는 테르시테스와 4일열말라리아를, 시네시오스는 대머리

---

7 기원전 5세기에 그리스 아테네에서 해마다 열린 두 번의 주신(酒神) 축제 기간에 공연된 희극을 통칭한다. 아리스토파네스(기원전 445-385년)로 대표되는 이 시대의 희극은 정치 비판과 사회 풍자가 주류를 이루었다.

8 루키아노스(약 120-180년)는 고대 로마에서 활동한 사모사타 출신의 풍자작가다. 대화와 편지 형식을 빌려 종교, 정치, 철학, 사회에서 벌어지는 어리석고 잘못된 행태를 풍자하고 비판했다. 에라스무스와 토머스 모어는 루키아노스의 몇몇 작품을 라틴어로 번역해 르네상스 시대에 큰 반향을 일으켰다.

9 마늘, 치즈, 허브 등을 갈아 만든 고대 로마의 요리.

10 호메로스(기원전 약 800-750년)는 『일리아스』와 『오디세이아』를 쓴 고대 그리스의 시인이다. 「개구리와 생쥐의 전쟁」은 개구리와 생쥐 간의 하루 전쟁으로 개구리가 멸종 위기에 처하자 제우스가 게를 보내 전쟁을 끝낸다는 이야기다. 베르길리우스(기원전 70-19년)는 로마의 국가 서사시 『아이네이스』를 쓴 고대 로마의 최고 시인이다. 「모기」는 뱀에게 물릴 위험에 처한 농부를 깨웠다가 오히려 죽임을 당한 모기가 농부의 꿈에 나타나 장례를 후하게 치러달라고 요구하는 내용이고, 「모레툼」은 하루를 시작하는 농부의 삶을 그린다. 오비디우스(기원전 43-17년)는 신화를 집대성한 서사시 『변신 이야기』에서 세련된 감각과 풍부한 수사를 선보인 고대 로마의 시인이다. 「호두나무」는 사람들이 호두를 따기 위해 던진 돌에 상처 입은 호두나무의 하소연을 담고 있다.

를, 루키아노스는 파리와 기생충을 칭송하는 글을 썼습니다.[11] 세네카는 클라우디우스 황제의 신격화를, 플루타르코스는 그릴루스와 오디세우스 간의 대화를, 루키아노스와 아풀레이우스는 당나귀를 풍자하는 글을 썼고, 히에로니무스가 언급하기도 한 어떤 사람은 「돼지 그루니우스 코로코타의 유언」이라는 해학적인 글을 썼습니다.[12]

그런데도 정히 나를 비난하고 싶다면 내가 따분한 나머지 장기 놀이를 하고 있다고 생각해도 괜찮습니다. 아니 긴 막대기를 가지고 말타기 놀이를 하고 있다고 해도 좋습니다. 원한다면 말이지요. 하지만 인생의 다른 분야에서는 얼마든지 농담을 허용하면서도 학문에서는 농담을 조금도 허용하지 않는 것, 게다가 실없게 들려도 사실은 진지한 성찰로 이끄는 농담조차 허용하지 않는 것은 정말이지 부당합니다.

---

11 폴리크라테스(기원전 약 440-370년)는 아테네에서 활동한 소피스트이며 『소크라테스 고발문』의 저자로 유명하다. 「부시리스」는 손님들을 죽여서 먹은 부시리스라는 주인공을 해학과 풍자로 다룬 그의 작품이다. 이소크라테스(기원전 436-338년)는 고대 그리스의 유명한 소피스트이며 「부시리스」를 반박하는 글을 썼다. 글라우콘은 플라톤의 작은형이며 플라톤의 『국가』에서 불의를 옹호하는 역할을 맡는다. 파보리누스(약 80-160년)는 하드리아누스 황제 시대에 활동한 로마의 소피스트이자 철학자이며 『일리아스』에 나오는 못생기고 욕 잘하기로 유명한 그리스 병사 테르시테스를 칭송했다. 시네시오스(약 373-414년)는 그리스인으로 프톨레마이스의 주교였다.

12 세네카(기원전 약 4-기원후 65년)는 고대 로마의 스토아 학파이자 대중연설가로 명성이 높았고 말년에는 네로 황제의 교사가 되었다. 스토아 철학자답게 인간에게는 이성이 있고 이성을 따라 절대선인 미덕을 지향하며 행동하기 때문에 인간이라고 역설했다. 클라우디우스 황제(기원전 10-54년)는 로마 제국의 제4대 황제다. 플루타르코스(약 46-120년)는 고대 로마에서 활동한 그리스인 철학자이자 저술가이며 『영웅전』의 저자로 유명하다. 마녀 키르케의 저주로 돼지가 된 그릴루스가 오디세우스와 대화하면서 동물로 사는 것이 사람으로 사는 것보다 낫다고 설득하는 풍자글을 쓰기도 했다. 아풀레이우스(약 124-170년)는 로마 제국 시대 초기를 대표하는 소설가이며 『황금 당나귀』를 썼다. 히에로니무스(약 345-419년)는 4대 라틴 교부 중 한 명이다. 「돼지 그루니우스 코로코타의 유언」은 3세기에 아동을 위해 쓰인 우화다.

앞뒤가 꽉 막힌 독자가 아니라면 미사여구를 사용하는 난해한 연설보다 농담 같은 얘기에서 더 많은 것을 얻을 수 있지 않겠습니까? 온갖 잡동사니를 짜깁기해 수사학이나 철학을 한없이 칭송해대는 연설이나, 군주나 영웅을 치켜세우는 연설, 투르크인과의 전쟁을 선동하는 연설, 미래를 예언한다는 이들의 일장 연설, 염소 털[13]과 관련해 새로운 문제를 발견했다면서 늘어놓는 장광설보다 말입니다. 심각한 문제를 가볍게 다루는 것보다 경박한 일은 없고, 하찮은 문제를 진지하게 다루는 것보다 우스꽝스러운 일도 없습니다. 다른 사람들이 나름대로 판단하겠지만, 내가 자아도취[14]에 완전히 빠져 있는 것이 아니라면 나는 어리석음을 예찬하되 결코 어리석지 않게 예찬했습니다.

　　아울러 신랄하게 물어뜯었다는 비난에 대답하자면, 사람들이 더불어 살아가는 곳에서 풍자할 수 있는 자유는 언제나 근본적으로 허용되었고, 풍자가 광분함에 이르지만 않는다면[15] 처벌받지 않았습니다. 오늘날 사람들이 진지한 주제가 아니면 아예 귀 기울일 생각조차 하지 않는다는 점이 내게는 한층 더 의외입니다. 게다가 적지 않은 종교인들이 그리스도를 모독하는 말에는 가만히 있다가 교황이나 군주를 조금이라도 해학의 대상으로 삼는다 싶으면 즉시 화내며 본말이 전도된

---

13 '염소털'은 호라티우스의 『서간집』에 나오는 표현으로 '아무것도 아닌 하찮은 것'을 가리킨다.

14 『우신예찬』에는 그리스어 '필라우티아', 직역하면 '자기를 사랑하는 것', 즉 '자기애'를 뜻하는 단어가 일관되게 사용된다. 이 책에서는 좀 더 생생하게 표현하고자 '자아도취'로 번역했다. 호라티우스는 사람이 자기애에 빠지면 눈이 먼다고 말했다.

15 이 책에서 '풍자'로 번역한 '루도'(ludo)는 '장난삼아 짓궂게 놀리고 속여먹는 것'을, '해학'으로 번역한 '요코'(ioco)는 '농담이나 익살로 사람들을 즐겁게 해주는 것'을 의미한다. '광분함'으로 번역한 '라비에스'(rabies)는 '미쳐 날뛰는 것'을, 『우신예찬』에서 많이 사용되는 '인사니아'(insania)는 말 그대로 '정신이 이상해져 미친 것'을 가리킨다.

반응을 보입니다. 특히 자신들이 먹고사는 것과 직결된 문제에 아주 예민하게 반응합니다.

하지만 묻고 싶습니다. 사람들이 살아가는 모습을 평가하더라도 특정인을 구체적으로 지적하지 않았다면, 그것은 사람들을 비판하고 공격한 글이겠습니까, 아니면 가르치고 충고하는 글이겠습니까? 게다가 그 글에서 상당 부분 나 자신을 질책하고 있지 않습니까? 그 글이 누구도 배제하지 않고 적용된다면, 어느 개인이 아니라 모든 사람의 잘못에 화내는 것이 분명합니다. 따라서 그 글에 마음의 상처를 받았다고 주장하는 사람은 양심이 찔렸거나 두려움에 사로잡혀 있는 것입니다. 히에로니무스는 이런 식으로 신랄하게 풍자하는 글들을 훨씬 더 자유롭게 썼고, 사람들의 이름까지 구체적으로 거론한 적도 많습니다. 나는 실명 언급을 철저히 피했을 뿐만 아니라 문체도 많이 절제했습니다. 분별력 있는 독자라면 내가 누군가를 괴롭히기 위해서가 아니라 즐거움을 주기 위해 이 글을 썼다는 사실을 금세 알아차릴 것입니다. 유베날리스[16]와 달리 사람들이 감추고 있는 죄를 들쑤시는 일 따위는 하지 않았습니다. 나는 추악한 일보다는 우스꽝스러운 일들을 살펴보고자 하기 때문입니다. 내 글이 여전히 못마땅한 사람들이 있다면 이것만은 기억해주십시오. 우신에게 욕먹는 것은 좋은 일이라는 것을 말입니다. 이 글의 화자인 우신은 말 그대로 우신이라는 본분에 맞게 행동할 테니까요.

하지만 최고가 아닌 것도 변호해서 최고로 만들어줄 당신같이 빼

---

16 유베날리스(약 50-130년)는 고대 로마의 시인이며, 당시 사회의 부패상을 들추고 맹렬히 비판한 『풍자시집』으로 유명하다.

어난 변호사에게 나의 이런 변론이 왜 필요하겠습니까? 탁월한 변호사 모어 씨, 작별인사를 고합니다. 부디 온 힘을 다해 우신을 변호해주십시오.

시골에서, 1508년 6월 9일[17]

---

17 이 날짜는 이전 판본에는 없다가 프로벤 출판사에서 출간한 1522년 바젤판에 추가되었다. 에라스무스는 1509년 7-8월에 영국 버클러스베리에 있는 토머스 모어의 별장에서 『우신예찬』을 집필했고, 6월에는 아직 이탈리아 로마에 있었다. 따라서 에라스무스가 1511년 정식 출간을 위한 가본이 나왔을 때 연도는 쓰지 않고 6월 9일이라고만 썼는데, 프로벤 출판사에서 연도를 추정해 1508년으로 써넣었을 가능성이 크다.

1장

우신은 누구인가

우신이 말한다.

세상 사람들은 우신인 나에 대해 온갖 말을 해댑니다. 어리석은 자들조차 우신에 대해 나쁘게 말한다는 것을 나도 잘 압니다. 하지만 장담하건대 신들과 사람들의 마음을 즐겁게 해주는 능력을 가진 자는 나말고는 없습니다. 내가 여기 구름처럼 모여든 군중 앞에서 연설하기 위해 연단에 오르자마자, 어떤 새롭고 예사롭지 않은 기쁨으로 모두의 얼굴이 갑자기 밝아지고 이마의 주름이 금세 펴지며 환한 웃음으로 내게 환영의 박수갈채를 보내는 것이 그 사실을 보여주는 강력한 증거입니다.

　조금 전까지만 해도 여러분은 트로포니오스의 동굴[18]에서 나온 사

---

18 트로포니오스는 그리스 신화에 나오는 유명한 건축가다. 동생 아가메데스와 함께 보이오티아 왕 히리에우스의 보물창고를 만들었으나 비밀통로로 보물을 훔치다가 들켜서 동생은 비참하게 죽고, 그는 레바데이아로 도망쳤다. 그러나 땅이 갈라지면서 영원히 나올 수 없는 동굴에 갇혀 불길하고 우울한 예언만 하는 신세가 된다.

람마냥 수심이 가득하고 근심 어린 표정으로 앉아 있더니, 지금은 다들 호메로스가 말한 신주[19]에 취하고 모든 걱정을 잊게 해준다는 약을 먹은 사람들로 보입니다. 태양이 아름다운 황금빛 얼굴을 처음 대지 위로 내밀 때면, 혹은 혹독한 겨울이 지나고 새 봄이 찾아와 부드럽게 감싸는 기분 좋은 서풍이 불어올 때면, 그 즉시 만물이 새 얼굴과 새 빛깔로 갈아입고 청춘을 되찾는 것처럼 여러분도 나를 보자 금세 표정이 달라졌습니다. 위대한 웅변가가 오랫동안 심사숙고해서 연설을 준비해도 청중의 근심과 걱정을 없애기 힘든 법인데, 나는 그저 여러분 앞에 등장한 것만으로도 그런 일을 해냈습니다.

---

19 신주(神酒)로 번역한 '넥타르'는 그리스 신화에서 신들이 마시는 음료다.

2장

우신이 연단에 선 목적

오늘 내가 어울리지 않는 행색으로 이 자리에 선 이유를 아십니까? 귀를 맡겨주시는 수고를 거절하지 않는다면 여러분은 그 이유를 듣게 될 것입니다. 그렇다고 해서 설교자에게 내어주는 귀까지는 필요하지 않습니다. 그저 시장바닥의 떠돌이 장사꾼이나 광대, 재담꾼을 향해 쫑긋 세우는 귀, 그러니까 옛적에 우리의 친구 미다스 왕이 판의 피리 연주를 듣기 위해 내어주었던 귀 정도면 됩니다.[20]

나는 잠시 소피스트[21] 흉내를 내보려고 이렇게 여러분 앞에 섰습

---

20 황금 때문에 인생의 고초를 겪은 미다스 왕은 자연을 벗 삼아 지내다가 목신 판과 가까워졌다. 판은 피리 부는 실력이 탁월해 급기야 음악의 신 아폴론에게 실력을 겨루어 보자고 도전한다. 트몰로스 산신은 아폴론의 리라 연주가 더 훌륭하다고 판정했지만, 미다스는 판의 편을 들었고, 아폴론은 미다스의 귀를 당나귀 귀로 만들어 그의 어리석음을 응징한다. 이후로 '미다스의 귀'는 좋은 소리를 분간할 줄 모르는 형편없는 귀를 의미하게 되었다.

21 '소피스트'라는 명칭은 '지혜로운 자, 사려 깊은 자'를 뜻하는 그리스어에서 나왔다. 처음에는 철학자, 시인, 기술자처럼 전문 지식을 갖춘 사람들을 가리켰지만, 차츰 돈을 받고 수사학과 대중연설을 가르치는 교사를 뜻하다가, 나중에는 진리의 상대성과 주관성을 강조하며 궤변으로 자신의 목적을 관철하는 법을 가르치는 사람을 이르게 되었다.

니다. 하지만 오늘날 쓸데없는 것을 학생들의 머리에 쑤셔넣어 괴롭히거나 여인네보다 더 집요하게 말씨름하는 법을 전수하는 부류가 아니라, 현자라는 치욕스러운 명칭을 거부하고 궤변가이기를 자처한 저 옛사람들을 흉내 내려 합니다. 그들은 신들과 영웅들을 예찬하는 연설에 열심을 냈습니다. 여러분도 오늘 그런 연설을 듣게 될 것입니다. 하지만 헤라클레스나 솔론[22]을 향한 예찬이 아니라 나 자신, 즉 어리석음의 신인 우신을 예찬하는 연설입니다.

---

22 헤라클레스는 그리스 신화에서 제우스와 알크메네 사이에서 태어난 아들이며 용맹과 지혜를 겸비한 최고의 영웅으로 꼽힌다. 솔론(기원전 640-560년)은 고대 그리스의 7현인 중 한 명이자 아테네의 정치가이며 '솔론의 개혁'을 단행한 인물이다.

3장
우신의 자화자찬이 나쁜 일인가?

이른바 현자들은 자기 자신을 예찬하는 것이 어리석기 그지없고 오만 방자한 일이라고 말하지만, 나는 그런 자들의 말에 개의치 않습니다. 정 원한다면 자화자찬을 어리석은 일이라고 칩시다. 그래 보았자 자화 자찬이 내게 어울리는 일임을 그들이 인정하는 꼴이 될 뿐입니다. 나 자신을 알리는 나팔수가 되어 큰 소리로 '자화자찬하는' 것은 우신인 내게 얼마나 잘 어울리는 일이겠습니까? 누가 나보다 더 나 자신에 대해 잘 얘기할 수 있겠습니까? 나보다 나를 더 잘 아는 자는 없습니다.

어쨌든 나의 이런 행동은 귀족이나 학자들 가운데 천박한 자들이 보이는 행태에 비하면 훨씬 더 사리에 맞는다고 봅니다. 그들은 몰염 치한 자들입니다. 아첨꾼 웅변가나 그럴 듯한 말로 오리는 어중선이 시인을 고용해, 순전히 거짓말로 그들을 찬양하는 글을 지은 다음 낭 독하게 해서 듣는 일을 관행처럼 하고 있기 때문입니다. 자신이 그런 사람과는 '무한히 거리가 멀다'라는 사실을 잘 알면서도 말이지요. 철 면피 아부꾼들은 이 형편없는 인간들을 신의 반열에 올려놓고 모든 미 덕의 절대적 귀감이라며 치켜세웁니다. 까마귀에게 공작새 깃털을 입히고, '검은 에티오피아 사람을 희게 칠하며', '파리를 코끼리로 만듭니다'. 그럴 때마다 그들은 겉으로는 사양하는 체하면서 공작새처럼 꼬리를 펼쳐 보이고 볏을 곧추세웁니다. 하지만 나의 자화자찬은, 자기를 찬양해줄 사람을 만나지 못했을 때 자신을 찬양하는 것이 정당하다고 말하는 옛 속담을 따를 뿐입니다.

내친 김에 말하자면, 나는 사람들의 배은망덕함이랄까 아둔함이랄까 아무튼 그런 것에 깜짝 놀라 할 말을 잃을 정도입니다. 그토록 오랜 세월 동안 나를 받들고, 내가 베푼 은혜를 기꺼이 인정하면서도 우신인 나에게 감사하며 찬양하기 위해 나선 사람이 아무도 없다니요. 부시리스, 팔라리스,[23] 4일열말라리아, 파리, 대머리, 그 밖의 해악들을 찬양하는 글을 쓰기 위해 밤새도록 등불을 켜놓고 고심하는 사람들은 있는데 말입니다. 이제 여러분은 즉흥 연설을 듣게 될 텐데, 사전에 전혀 준비하지 않았기에 한층 더 진솔한 연설이 될 것입니다.

---

23 팔라리스(재위 기원전 570-554년)는 시칠리아 섬 아크라가스의 참주이며 극악무도하여 젖먹이까지 잡아먹고 청동 황소에 사람을 넣고 불을 피워 구웠다고 전해진다. 루키아노스는 그를 예찬하는 글을 썼다.

4장

우신의 연설은 일반 대중연설과 다르다

일반적으로 대중연설가들은 자신의 연설 능력을 과시하려고 즉흥 연설을 한다지만, 내 의도는 그것이 아닙니다. 여러분도 알다시피 그들은 30년간 공들인 것도 모자라 다른 사람들의 도움을 적잖이 받으며 연설문을 작성해놓고도, 그 글을 장난삼아 불과 3일 만에 썼다고 하거나 즉석에서 썼다고 맹세까지 하기 때문입니다. 하지만 나로 말하자면 언제나 '입에서 나오는 대로' 말하기를 아주 좋아합니다.

　내가 저 일반 대중연설가들처럼 정의하거나 구분하는 방식으로 나 자신에 대해 설명할 것이라고 기대하지 마시기 바랍니다. 영향력이 미치지 않는 곳이 거의 없는 신적 존재인 우신을 정의하여 제한한다거나, 온 세상이 한마음으로 숭배하는 우신을 나누고 쪼갠다는 것 자체가 불경한 일이기 때문입니다. 나에 대해 정의해보았자 그저 그림자와 겉모습만 보여줄 뿐인데 그것이 무슨 도움이 되겠습니까? 게다가 지금 내가 여러분 앞에 있고, 여러분이 직접 눈으로 나를 볼 수 있는 상황에서 말입니다. 여러분이 보는 바와 같이 나는 진정으로 많은 '복'을 가져다주는 자이며, 라틴어로는 '스툴티티아', 그리스어로는 '모리아'라고 합니다.

5장

우신이 누구인지는 보기만 해도 안다

사람들은 내 얼굴과 표정만 보고도 내가 누구인지 충분히 알 수 있다고 말합니다. 나를 미네르바 또는 지혜의 여신[24]이라고 주장했던 사람들도 아무 말 없이(말은 마음을 가장 정확히 비추는 거울이라고 하지요) 그저 내 모습을 보여주기만 해도 자신들이 잘못 생각했음을 즉시 알아차립니다. 사정이 이러한데 굳이 나에 대해 설명할 필요가 있겠습니까?

나는 어떤 치장도 하지 않아 마음속에 있는 것들이 고스란히 드러나기 때문에 나를 위장하거나 감추기란 불가능합니다. 나와 같은 부류이면서도 현자임을 자처하는 사람들이 특히 그렇습니다. 아무리 현자의 명함을 들고 활보한다 해도 '황제의 옷을 입은 원숭이'나 '사자 가죽을 뒤집어쓴 당나귀처럼' 금세 본색이 들통나지요. 미다스 왕이 길게 뻗은 귀[25] 때문에 정체가 드러난 것처럼 아무리 속이려 해도 소용없습니다. 그들은 나와 같은 부류인데도 사람들 앞에서 내 이름을 아주

---

24 미네르바는 로마 신화에서 지혜의 여신, 그리스 신화에서 팔라스 또는 아테나로 통한다. 어깨에 항상 올빼미가 앉아 있어 올빼미로 상징되기도 한다.

수치스럽게 여기고, 어디에서나 내 욕을 하고 다니는 배은망덕한 자들입니다. 더 없이 '어리석은 자'이면서도 탈레스[26] 같은 현자처럼 행세하고 싶어 합니다. 그러니 그들을 '어리석은 현자'라고 부르는 것이 옳지 않겠습니까?

---

25 각주 20을 보라.

26 탈레스(기원전 624-545년)는 고대 그리스의 철학자로 최초의 유물론 학파인 밀레토스 학파의 창시자다. 기하학과 천문학에 정통했으며 기원전 585년에 진행될 일식을 예언했다.

6장

대중연설가들의 위선

어쩌다 보니 나도 오늘날 대중연설가들의 흉내를 내고 말았습니다. 그
들은 거머리처럼 두 개의 혀를 사용하고, 말할 때 마치 신이라도 된 듯
이 여기며, 자신들의 라틴어 연설문 곳곳에 적절하지도 않고 빈약한
그리스어 단어들을 모자이크 장식처럼 끼워 넣는 것을 대단한 일이라
고 생각합니다.[27] 또한 이국적이며 참신한 요소가 부족하다 싶으면 케
케묵은 옛 책들에서 지금은 사용되지 않는 단어들 네댓 개를 가져와
독자들의 눈앞에 알 수 없는 연막을 펼쳐놓습니다. 이 단어들의 뜻을
이해하는 사람은 자기가 어려운 것도 해독할 수 있다는 데 만족감을
느끼고, 그렇지 못한 사람은 알 수 없는 이 대단한 글을 쓴 저자에게
더 큰 존경심을 갖게 하기 위해서지요. 생경하고 난해한 말들을 늘어
놓을수록 더 존경을 받으니 우리처럼 식견이 짧고 어리석은 자들에게

---

27 에라스무스는 라틴어로 『우신예찬』을 써내려가면서 곳곳에서 그리스어 단어나 표현
을 사용한다. 이 책에서는 이러한 그리스어 표현들을 강조의 의미로 보고 작은따옴표
로 표시했다.

는 정말 반가운 일이 아닐 수 없습니다. 더욱 가관인 것은 그런 말들을 이해하지 못했으면서도 이해한 것처럼 보이려고 당나귀처럼 '귀를 씰룩거리며' 큰 소리로 웃고 박수 치는 사람들입니다. '이 일에 대해서는 이 정도로 해두고' 본론으로 다시 돌아가겠습니다.

7장

우신의 아버지 플루토스

여러분은 나와 같은 부류이므로 사실 내 이름을 따라서 불려야 할 사람들입니다. 그러니 여러분을 '지독하게 어리석은 사람들' 말고 달리 뭐라고 부르겠습니까? 우신이 자신의 신도들을 부를 때 이보다 더 명예로운 호칭이 어디 있겠습니까?

하지만 내가 어떤 조상으로부터 왔는지 아는 사람이 많지 않으므로 무사 여신들의 도움을 받아[28] 나의 족보를 설명해보려 합니다. 나를 낳은 아버지는 카오스, 오르쿠스, 사투르누스, 이아페토스[29]처럼 늙어

---

28 무사는 그리스 신화에 나오는 예술과 학문의 여신으로 영어의 '뮤즈'(muse)를 가리킨다. 여럿이기 때문에 복수형 '무사이'로 부르기도 한다. 고대의 작가들은 영감을 얻기 위해 무사 여신들에게 도움을 요청하며 글을 시작하는 것이 관례였고, 이는 근대까지 이어졌다. 호메로스의 『일리아스』는 "노래하라, 무사 여신이여"로, 『오디세이아』는 "들려주소서, 무사 여신이여"로 시작된다.

29 카오스는 그리스 신화에서 만물이 생겨나기 이전의 '캄캄하고 텅 빈 공간'을 가리키는 최초의 신이다. 로마 신화에 나오는 사투르누스는 그리스 신화에서 티탄 12신의 한 명이자 아버지 우라노스를 거세한 후 최고의 신에 오른 크로노스다. 로마 신화에 나오는 오르쿠스는 크로노스의 아들이며 죽음의 신 플루톤으로 불리고, 그리스 신화에서는 하데스에 해당한다. 이아페토스는 티탄 12신의 한 명이자 우라노스의 아들, 아틀라스의

빠지고 케케묵은 신들이 아닙니다. 나의 아버지는 부와 재물의 신 플루토스입니다. 헤시오도스와 호메로스 그리고 제우스는 인정하지 않겠지만 '신들과 인간들의' 유일한 아버지 플루토스가 바로 내 아버지입니다.[30]

예나 지금이나 내 아버지의 고갯짓 한 번이면 신의 세계든 인간의 세계든 죄다 엉망진창이 되고 맙니다. 그는 전쟁, 평화, 국가, 의회, 재판, 민회, 결혼, 계약, 동맹, 법률, 예술, 경조사… 숨이 차서 더 이상 열거할 수 없으니 간단히 말하자면, 공적이든 사적이든 인간과 관련된 모든 일을 자신의 뜻과 결정에 따라 주관합니다. 내 아버지의 도움이 없었다면 시인들이 말하는 바 신의 나라[31]에서 살아간다는 사람들 전체는 물론이고, 좀 더 대담하게 말하자면, 선택받았다는 올림포스의 신들[32] 조차 아예 존재하지 못했을 것입니다. 설령 존재했더라도 '자기 집에

아버지다. 여기에 열거된 신들은 모두 태초의 신들이다. 에라스무스가 이들을 '늙어빠지고 케케묵은 신들'이라고 부른 것은, 이들이 주로 제우스를 비롯해 올림포스 12신에게 권력을 내주고 밀려난 신세가 되었기 때문이다.

30 플루토스는 그리스 신화에서 부와 재물의 신이다. 대지의 여신 데메테르의 아들이며 대지의 풍요로움과 곡물의 수확을 관장하는 신으로 숭배를 받았다. 헤시오도스와 호메로스는 기원전 8세기 말경에 쌍벽을 이룬 그리스의 대표 서사시인이다. 대표작으로 헤시오도스는 『일과 날』, 『신들의 계보』가, 호메로스는 『일리아스』, 『오디세이아』가 있나. 제우스는 우라노스, 크로노스에 이어 제3대 최고의 신이며, 헤시오도스와 호메로스는 제우스를 '신들과 인간들의 아버지'라 불렀다.

31 신들의 축복을 받은 영웅들이 불사의 존재가 되거나 이 땅의 삶을 마친 후 들어간다는 축복의 땅 '엘리시온'을 가리킨다. 프랑스 파리의 유명한 거리 샹젤리제는 '엘리시온의 들판'이라는 뜻이다.

32 올림포스는 그리스 신화에서 신이 사는 산으로 마케도니아 북동부와 테살리아의 경계에 있다. 올림포스 12신은 제1대인 우라노스, 제2대인 크로노스, 그리고 티탄 신족을 몰아내고 최고의 신으로 등극한 제우스가 중심이 되어 올림포스 산을 거점으로 활동하는 신들을 가리킨다.

서' 뭐 하나 변변히 먹지도 못하며 지냈을 것이 분명합니다.

내 아버지를 화나게 한 자는 팔라스 여신이 나선다고 해도 그를 돕기에 역부족일 것입니다. 반면에 내 아버지의 마음에 드는 자는 최고의 신 제우스에게 번개를 거두어들이라는 명령도 할 수 있습니다.[33] '그런 분이 내 아버지라는 것이 나는 자랑스럽습니다.' 제우스는 성질 사납고 무자비한 팔라스를 자기 머리에 품고 있다가 낳았지만,[34] 내 아버지는 나를 자신의 머리에서 끄집어내지 않고 가장 매력적이고 쾌활한 요정인 '생기발랄'에게서 낳았습니다.[35] 또한 절름발이 대장장이가 태어날 때처럼 우울한 결혼생활 가운데서 동침하지 않고, 호메로스가 말한 것과 같이 좀 더 달콤하게 그녀와 '사랑에 빠져 동침'했습니다.[36] 나를 낳은 아버지는 아리스토파네스가 묘사한 플루토스가 아니므로 부디 혼동하지 마시기를 바랍니다. 아리스토파네스의 플루토스[37]는 이

---

33 팔라스는 아테나 여신을 말하며(각주 4를 보라) 투구와 갑옷, 창과 방패를 갖춘 여전사의 모습으로 헤라클레스, 페르세우스, 오디세우스 등의 영웅들을 자주 도와주었다. 최고의 신 제우스는 주 무기인 벼락을 손에 쥔 모습으로 표현된다.

34 제우스는 티탄 신족 사려분별의 여신 메티스가 자기 딸을 임신했지만, 어머니 가이아의 불길한 예언 때문에 메티스를 삼켜버린다. 그 딸은 제우스의 몸에서 자라났고, 제우스가 엄청난 두통을 겪자 대장장이 헤파이스토스가 도끼로 그의 머리를 연다. 그러자 팔라스, 즉 아테나가 이미 어른이 된 모습으로 완전무장을 한 채 튀어나온다.

35 헤베는 제우스와 헤라의 딸로 젊음을 상징하는 여신이다. 신들의 연회에서 신주 따르는 일을 했고, 나중에 헤라클레스와 결혼한다. 여기에서 에라스무스는 헤베를 '생기발랄'이라 부르고, 그녀가 신들의 연회에서 시중을 들다가 플루토스와 '사랑에 빠져 동침하여' 우신을 낳았다고 말하며 부와 젊음의 결합을 보여준다.

36 대장장이 신 불카누스(헤파이스토스)는 제우스와 헤라의 아들이며, 둘이 끊임없이 불화했기 때문에 '우울한 결혼생활'에서 태어났다고 표현한다.

37 아리스토파네스(기원전 약 446-386년)는 고대 그리스 최고의 희극시인으로 새로운 철학, 소피스트, 교육, 대중선동가, 전쟁 등 당시의 세태를 풍자하는 작품을 많이 발표했다. 그가 기원전 408년에 처음 쓴 「플루토스」는 기원전 388년에 다시 쓰여 공연되었다. 당시 아테네의 정치 상황을 풍자한 이 희극 작품에서 플루토스는 맹인 거지로 등장한다.

미 관에 한 발을 넣고 있을 정도로 노쇠하고 앞도 잘 보지 못하지만, 내 아버지는 여전히 활력이 넘치고 피 끓는 청춘이었습니다. 이는 내 아버지가 청년이기도 했지만, 무엇보다 신들의 연회에서 희석하지 않은 신주를 많이 마셨기 때문입니다.

8장
우신의 출생지

여러분은 내가 태어난 곳이 궁금할 것입니다. 오늘날에는 귀족 혈통 여부를 판단하는 데 태어나 처음 울음을 터뜨린 장소가 중요하다고 생각하기 때문입니다. 내가 태어난 곳은 떠다니는 델로스 섬[38]도 아니고, 파도치는 바다[39]도 아니며, 빈 동굴[40]도 아닙니다. 내가 태어난 곳은 '씨를 뿌리지 않고 밭을 갈지 않아도' 모든 것이 저절로 자라나는 행복의 섬[41]입니다.

　그 섬에는 고생하는 것이나 늙는 것이나 병드는 것이 전혀 없습

---

38 티탄 신족의 여신 레토는 제우스와의 사이에서 아폴론과 아르테미스를 임신하지만 헤라의 질투로 출산할 곳을 찾지 못한다. 이에 제우스의 지시로 포세이돈이 아직 육지가 되지 못하고 바다에서 떠돌던 델로스 섬으로 레토를 데려가 출산하게 한다.
39 올림포스 12신 중 한 명인 미와 사랑의 여신 아프로디테는 우라노스의 잘린 성기에서 흘러나온 정액이 바닷물과 섞여 생겨난 거품에서 태어난다.
40 호메로스의 『오디세이아』에 의하면, 트로이아 전쟁의 영웅 아킬레우스의 어머니 테티스와 그녀의 자매들인 바다 요정 네레이데스는 빈 동굴에서 태어난다.
41 '행복의 섬'은 원래 축복받은 죽은 자들이 가서 사는 곳으로 호메로스, 헤시오도스, 핀다로스, 플리니우스, 호라티우스 같은 고대의 작가들이 언급한 바 있다. '씨를 뿌리지 않고 밭을 갈지 않아도'는 호메로스가 한 말이다.

니다. 그 섬의 들에는 수선화, 아욱, 해총, 털갈퀴덩굴, 콩을 비롯해 흔해빠진 식물들[42]은 찾아볼 수 없습니다. 대신에 몰리, 파나케이아, 네펜테스, 아마라쿠스, 암브로시아, 로토스, 장미, 제비꽃, 히아신스 등 아도니스의 정원에서 자라는 영묘한 약초들[43]이 지천에 널려 있어 눈과 코를 시원하게 해줍니다. 나는 그런 아늑하고 편안한 곳에서 태어났기 때문에 울음으로 생애를 시작하지 않았고, 태어나자마자 어머니를 보고 해맑게 웃었습니다.

나는 크로노스의 아들이 염소를 유모로 둔 것이 전혀 부럽지 않았습니다. 아름답고 매력적인 두 요정이 젖을 먹여 나를 키워주었기 때문이지요.[44] 바쿠스의 딸 '만취'와 판의 딸 '무지'가 그들입니다.[45] 나를

---

42 수선화로 번역한 그리스어 '아스포델로스'는 백합과의 다년생 식물로 구근은 식용이어서, 헤시오도스와 플리니우스에 따르면 가난한 사람들이 먹었다고 한다. 호라티우스의 글에 언급된 해총은 이뇨제와 강심제로 쓰인 약용 식물이다. 여기에 열거된 '흔한 식물들'은 헤시오도스와 호라티우스의 글에서 가져온 것이다. 사실 해총은 흔한 식물이 아니며 에라스무스가 착각한 것으로 보인다.

43 여기에 나열된 약초들 중 일부는 처음제다. 몰리는 흰 꽃과 검은 뿌리를 지닌 전설적인 마초로서 호메로스의 『오디세이아』에 의하면 헤르메스가 오디세우스에게 이 약초를 주어 마녀 키르케의 마법에 걸리지 않게 해주었다. 플리니우스의 『박물지』에 의하면 파나케이아는 만병통치약으로서 이를 신격화한 것이 그리스 신화에서 의술의 신 아스클레피오스와 에피오네 사이에서 태어난 치료의 여신 파나케이아다. 네펜테스는 근심을 없애주는 약초이며 메넬라오스의 왕비 헬레네가 포도주에 타서 텔레마코스에게 주었다. 아마라쿠스(마저럼)는 행복을 상징하며 향신료로 사용되는 약초로서 고대 그리스나 로마에서 신랑신부를 축복하기 위해 마저럼 화관을 씌워주는 풍속도 있었다. 암브로시아는 신들의 음식이다. 로토스는 『오디세이아』에 의하면 그리스 신화에 나오는 로토파고이 족의 음식으로 이 음식을 먹는 사람은 모든 것을 잊는다. 아도니스는 그리스 신화에서 미의 여신 아프로디테의 연인이다. 한여름에 열린 고대 그리스의 아도니스 축제에서 여자들이 빨리 피었다가 지는 여러 꽃들을 바구니나 화분에 담아 그의 죽음을 기렸다.

44 크로노스는 대지의 여신 가이아와 하늘의 신 우라노스 사이에서 태어난 티탄 12신 중 한 명이며, 자기 아버지이자 제1대 최고의 신 우라노스를 거세하고 제2대 최고의 신으로

수행하느라 여기에 온 시종들과 일행 가운데서 두 요정을 찾으실 수 있습니다. 나의 시종들과 수행원들의 이름[46]을 알고 싶다면 그리스어 이름만 알려드리지요.

등극한다. 크로노스의 아들은 제우스다. 크로노스는 자신도 자식에 의해 권좌에서 쫓겨날 것이라는 어머니의 신탁을 듣고는 아내 레아가 낳은 자식들을 다 삼켜버린다. 그래서 레아는 제우스가 태어나자 크로노스 몰래 빼돌린 후, 크레타 섬의 요정 아말테이아를 암염소로 변신시켜 그 젖을 먹고 자라게 한다.

45 에라스무스는 주신 바쿠스의 딸 '만취'와 목신 판의 딸 '무지'를 만들어낸다. 목신 판이 산과 들판에 살면서 피리를 불며 춤과 음악을 좋아하고 요정들을 쫓아다니며 연애를 즐겼기 때문에 그의 딸을 '무지'라고 한 것으로 보인다.

46 이후로 열거되는 우신의 시종과 수행원의 이름은 가톨릭에서 말하는 대죄, 즉 죽을죄에 해당하는 죄목을 변형시킨 것들이다.

9장

우신의 시종들

여기 눈썹을 치켜뜬 자는 분명 '필라우티아'(자아도취)입니다.[47] 저기 눈웃음을 지으며 박수 치고 있는 자는 '콜라키아'(아부)입니다. 반쯤 졸고 있는 것처럼 보이는 자는 '레테'(망각)입니다. 팔로 머리를 괴고 비스듬히 누워 있는 자는 '미소포니아'(태만)입니다. 장미꽃을 엮어 두르고 온몸에 향수를 짙게 바른 자는 '헤도네'(쾌락)입니다. 한시도 가만히 있지 못하고 눈을 이리저리 굴리는 자는 '아노이아'(경솔)이고, 피부에 윤기가 흐르고 혈색이 좋으며 살이 통통하게 오른 자는 '트리페'(방탕)입니다. 시종들 사이에는 남신 두 명이 서 있는데, 한 명은 '코모스'(광란)이고, 다른 한 명은 '네그레토스 휘프노스'(깊은 잠)라고 합니다. 이들은 나의 충직한 가솔들이고, 나는 이들의 도움을 받아 온 세상을 지배하며 위대한 통치자들조차 내 명령에 복종하게 만듭니다.

---

47 '눈썹을 치켜뜬' 모습은 무엇인가에 홀려서 넋 놓고 있는 상태, 즉 자기애에 도취되어 있는 모습이다.

10장

우신은 최고의 신이다

지금까지 여러분은 내가 어디에서 누구에게서 태어나 어떻게 양육받았고 나를 따르는 자들이 어떤 자들인지 들었습니다. 이제 내가 여신이라고 불리는 것이 근거 있는 일임을 보여주기 위해, 내가 신들과 사람들에게 얼마나 많은 유익을 가져다주고 신으로서 영향력을 미치는지 말할 테니 귀를 쫑긋 세우고 들어주시기 바랍니다.

　뭔가를 좀 아는 사람이 기록해놓았듯이, 모름지기 인간을 도울 수 있어야 신이라고 할 수 있기 때문에 포도주나 곡물이나 그 밖의 유익을 가져다주는 자를 신들의 총회에 받아들이는 것은 당연한 일입니다. 그렇다면 모든 사람에게 모든 것을 후하게 나누어 주는 이는 오직 나뿐이니 사람들이 나를 최고의 신으로 여기고 그렇게 부르는 것이 당연하지 않겠습니까?

11장
우신은 생명 탄생의 주역이다

생명보다 더 달콤하고 소중한 것이 무엇이겠습니까? 그런데 생명이라는 것이 누구에게서 나옵니까? 바로 나 우신입니다. 인류를 생산하고 번성하게 하는 것은 '힘있는 아버지를 둔' 팔라스의 창도, '구름을 모으는' 제우스의 방패도 아닙니다.[48] 고갯짓만으로 올림포스 전체를 벌벌 떨게 하는 신들의 아버지이자 인간들의 왕인 제우스조차 자기가 늘 하는 일, 즉 '자식 만드는' 일을 하고 싶을 때는 삼지창처럼 생긴 벼락을 내려놓고, 모든 신을 공포로 몰아넣는 저 티탄 족[49]의 표정도 풀며, 영락없이 배우가 되어 평소와는 완전히 다르게 처량한 얼굴을 해야 합니다.

---

48 호메로스는 『일리아스』에서 제우스의 딸 아테나 여신을 '힘있는 아버지를 둔' 팔라스라 말하고, 제우스는 '구름을 모으는' 자라고 말한다. 그리스어로 '아이기스'(영어로 '이지스')로 불리는 제우스의 방패는 대장장이 신 헤파이스토스가 만든 것으로 한 번 흔들면 천둥이 치고 폭풍이 일어나 사람들을 공포에 떨게 했다.

49 티탄 족은 대지의 여신 가이아와 하늘의 신 우라노스 사이에서 태어난 아들과 딸 각각 여섯 명을 가리키는 티탄 12신이 시조인 종족이다. 그중 한 명인 크로노스가 아버지 우라노스를 제거하고, 아들 제우스 중심의 올림포스 12신이 등장하기 전인 황금시대를 다스렸다.

또한 신들과 어깨를 나란히 한다고 자처하는 스토아 철학자들[50]은 어떻습니까? 세 번 또는 네 번, 아니 원한다면 600번이라도 골수라고 할 수밖에 없는 스토아 철학자를 한번 데려와보십시오. 물론 그 사람은 염소수염을 똑 닮은 자신의 수염을 지혜의 상징으로 여길 테니 깎지는 않겠지만, 콧대 높은 자존심을 내려놓고 이마의 주름살도 펴며 다이아몬드처럼 단단한 신념도 버려둔 채, 잠시 정신 나간 사람처럼 말하고 바보처럼 행동해야 할 것입니다. 요컨대 현자도 아버지가 되고 싶다면 내게 도움을 청하지 않으면 안 됩니다. 바로 내게 말이지요.

내가 평소대로 말하지 못할 이유가 뭐가 있겠습니까? 머리, 얼굴, 가슴, 손, 귀처럼 우리 몸의 점잖은 부위에서 신이나 인간이 생겨나던가요? 아닙니다. 내 생각에 인류가 생겨나는 곳은, 너무나 한심하고 어처구니없어 그곳이 어디인지를 얘기하면 헛웃음이 나올 수밖에 없는 그런 부위입니다. 그곳이야말로 진정으로 신성한 원천입니다. 만물을 존재하게 하는 것은 피타고라스가 말한 네 개의 수[51]가 아니라 바로 그곳입니다. 현자들이 늘 하던 대로 먼저 결혼생활의 득실을 세심히 따졌다면, 어떤 남자가 자청해서 자기 입에 결혼이라는 재갈을 물리려 하겠습니까? 출산의 위험과 산고, 양육의 괴로움을 알고 있거나 짐작이라도 했다면, 어떤 여자가 남자를 받아들이려 하겠습니까?

생명이 결혼에서 비롯되고, 결혼은 나의 시녀인 '경솔'에서 비롯되

---

50 스토아 학파는 기원전 3세기 고대 그리스에서 제논이 창시한 철학 학파로 정념과 욕망에 휘둘리지 않고 신의 뜻인 이성을 따라 살아가는 '아파테이아'(평정의 삶)를 강조했다.

51 피타고라스(기원전 580-500년)는 고대 그리스의 철학자다. '만물의 원리는 수(數)'라고 주장하며 네 개의 수(1, 2, 3, 4)로 우주의 질서를 설명했다.

므로, 결국 생명이 내게서 비롯된다는 것은 의심의 여지가 없습니다. 여러분은 이 사실을 알아야 합니다. 게다가 여자들이 이런 일을 한번 경험하고 나서 또다시 반복하는 것은 나의 시녀인 '망각'이 곁에서 도와주기 때문 아니겠습니까? 이런 말을 하면 루크레티우스[52]가 거칠게 항의하겠지만, 베누스 여신조차 나 우신의 도움이 없다면 제대로 힘을 발휘하지 못하고 헛수고만 하게 되리라는 것을 부정하지 못합니다.

이렇게 나로 말미암아 술에 취해 웃고 떠들고 논 덕분에 저 콧대 높은 철학자들, 오늘날 그들의 자리를 계승한 이른바 수도사들, 자주색 옷을 걸친 군주들, 경건한 사제들과 그들보다 세 배는 더 거룩한 교황들이 태어난 것입니다. 시인들이 노래한 저 모든 신들, 넓은 올림포스 산에 다 수용할 수 없을 정도로 북적거리는 수많은 신들도 그렇게 태어났습니다.

---

52 루크레티우스(기원전 96-55년)는 고대 로마의 시인이자 철학자다. 시로 쓴 여섯 권의 『사물의 본성론』에서 남녀 간의 성적 사랑의 여신 베누스에게 도움을 청한 다음, 미와 감각을 중시하는 에피쿠로스의 쾌락주의적 유물론 철학을 전개한다.

12장
우신은 삶에 쾌락을 더한다

나 우신이 생명의 씨앗이고 원천인 것은 대단한 일이지만, 삶에 유익한 모든 것이 다 내 덕분임을 보여줄 수 없다면 사실 그것만으로 나를 내세우기에는 부족할 테지요. 삶에서 쾌락을 없애버린다면 도대체 이 삶은 어떻게 되겠으며, 그런 삶을 과연 삶이라고 부를 수 있겠습니까? 제게 박수를 보내주시는군요. 사실 여러분은 모두 아주 어리석은 사람들이기에(그러니까 내 말은 여러분이 아주 현명하다는 뜻입니다) 그런 삶은 상상조차 할 수 없다는 것을 나는 진즉에 알았습니다.

스토아 철학자들도 절대로 쾌락을 걷어차지 않습니다. 그들은 속내를 세심하게 감춘 채 대중 앞에서는 고래고래 소리 지르며 쾌락을 비난하고 갈기갈기 찢어버리지만, 그것은 다른 사람들을 겁주어 쫓아버린 후 자신들만 느긋하게 쾌락을 즐기려는 수작이 분명합니다. 그들은 제우스에게 맹세하는 가운데 내 앞에서 시인해야 할 것입니다. 우신인 내가 쾌락이라는 양념을 첨가하지 않는다면, 그들의 삶이 온통 우울하고 즐겁지 않고 매력 없고 무미건조하고 지루해지리라는 것을 말입니다.

내 말이 맞는다는 것을 충분히 증언해줄 증인은 아무리 칭송해도 부족할 소포클레스[53]일 듯합니다. "아무것도 모르는 것이 가장 행복한 삶이다"라는 문장으로 내게 가장 아름다운 찬사를 보낸 사람입니다. 그러면 지금부터 하나하나 설명해보겠습니다.

---

53 소포클레스(기원전 496-406년)는 고대 그리스의 3대 비극시인 중 한 명이며, 123편의 작품을 썼고, 비극 경연대회에서 18번이나 우승했다. 대표작으로 『아이아스』, 『안티고네』, 『오이디푸스 왕』, 『트라키스의 여자들』이 있다. 아테네의 부유한 무기 상인 집에서 태어나 최고의 교육을 받았고, 정치가로서 식견이 탁월해 국가에 크게 공헌했다. 이 인용문은 『아이아스』에 나온다.

13장
우신 덕분에 인생의 모든 시기, 특히 노년기를 즐겁게 보낼 수 있다

모든 사람에게 가장 즐겁고 행복한 때는 인생을 처음 시작한 시기라는 것을 누가 모르겠습니까? 유년기의 아이에게는 무언가 특별한 것이 있어 우리는 볼 때마다 입 맞추고 안아주며 따뜻하게 대하고, 심지어 원수지간이라 해도 돕고 싶어 합니다. 그 특별함은 사려 깊은 자연이 갓 태어난 아기의 처지를 생각해 그에게 어리석음이라는 매력을 부여했기 때문이 아니겠습니까? 그래서 양육자는 그러한 매력이 주는 즐거움으로 힘든 줄도 모르고 아이를 키우고, 사랑하는 마음으로 호의를 베풉니다.

소년기의 아이도 사람들에게 환영받기는 마찬가지입니다. 다들 환한 얼굴로 소년을 반기며 진심으로 응원하고 책임감을 느끼며 도움의 손길을 내밉니다. 소년의 그런 매력은 도대체 어디에서 오는 것입니까? 나 우신이 아니면 어디에서 오겠습니까? 우신 덕분에 소년은 지혜라고 할 만한 것이 없어 화도 잘 내지 않습니다.

하지만 거짓말 보태지 않고 정말 눈 깜짝할 사이에 소년은 훌쩍 커서 어른이 되고 경험과 교육이 쌓이며 지혜로워지기 시작합니다. 그러면 화려하게 빛나던 영광은 점점 사라지고, 쾌활함도 시들고, 발랄했던 재기도 식고, 활기도 떨어집니다. 누구든 내게서 멀어질수록 인생의 활기가 줄어들며, 결국 '고통스럽고 힘든 노년기'가 찾아옵니다. 괴로운 노년은 다른 사람뿐 아니라 자기 자신에게도 혐오감을 불러일으키지요. 내가 그 극심한 괴로움을 불쌍히 여겨 곁에서 돕지 않는다면 노년의 괴로움을 견뎌낼 사람은 아무도 없습니다.

시인들이 노래한 바 신들이 변신이라는 방식을 통해 죽어가는 사람들을 종종 돕는 것처럼, 나도 관에 들어가기 직전인 사람들을 가능하다면 다시 한번 유년기로 돌아가게 해줍니다. 사람들은 이 시기를 '제2의 유년기'라고 부르더군요. 어떻게 노인들을 그렇게 변신시킬 수 있는지 묻는다면 그 방법을 굳이 숨길 생각이 없습니다.

노인들을 나의 시녀 '망각'이 관장하는 샘으로 데려갑니다. 이 샘은 행복의 섬에서 발원합니다. 저승에 있는 망각의 강[54]은 이 샘이 잘못된 곳으로 흘러서 생긴 작은 지류에 불과합니다. 이 샘에서 솟아나는 망각의 물을 노인들이 떠서 마시면 마음속에 있던 근심과 걱정이 서서히 희석되면서 다시 어린아이로 돌아가게 됩니다.

사람들이 말하길 노망이 나서 허튼소리를 하고 어리석은 행동을 한다고 하는데, 다 맞습니다. 노인이 다시 어린아이가 된다는 것은 바로 그런 일을 두고 하는 말입니다. 어린아이니까 분별없이 말하고 어리석게 행동하는 것이 아니겠습니까? 아무것도 몰라 순진하게 말하고

---

[54] 저승을 흐르는 망각의 강과 그 강을 관장하는 여신의 이름은 둘 다 '레테'다. 고대 그리스인들은 죽음의 신 하데스가 있는 저승으로 들어가려면 다섯 개의 강, 즉 고통의 강 '아케론', 통곡의 강 '코키토스', 불의 강 '피리플레게톤', 두려움의 강 '스틱스', 망각의 강 '레테'를 통과해야 한다고 믿었다.

행동하기 때문에 우리가 어린아이를 좋아하는 것 아닙니까? 어른처럼 머리를 굴리고 이리저리 재는 아이가 있다면 끔찍한 괴물 같지 않겠습니까? "너무 일찍 철이 들어 세상물정을 알아버린 아이는 정이 안 간다"라는 속담을 들어보셨을 것입니다. 반대로 노인이 경험이 풍부한 데다가 정신도 생생하고 판단력까지 날카롭다면 누가 그런 노인과 계속 거래하거나 교제하려 들겠습니까?

내가 알기에도 노인들은 분별력이 없고 어리석습니다. 그래서 근심과 괴로움에서 자유로울 수 있습니다. 노인들은 친구들과 술 한 잔 나누는 것만으로도 즐거워합니다. 분별력이 있다면 괴로워할 수밖에 없을 텐데, 그렇지 않기 때문에 전성기에 있는 사람도 견디기 힘든 인생의 고단함을 느끼지 못합니다. 스스로 불행하기 짝이 없다고 느꼈을 상황에서도 노인들은 종종 플라우투스의 글에 나오는 노인처럼 저 세 음절로 되돌아갑니다.[55] 우신인 나 덕분에 친구들과 잘 어울리며 유쾌하고 행복하게 지냅니다.

호메로스의 책을 보면 젊은 아킬레우스는 독설을 퍼붓는 반면에 나이든 네스토르의 입에서는 꿀보다 더 달콤한 웅변이 흘러나옵니다. 또 노인들은 성벽 위에 앉아 '백합처럼 청아한' 목소리로 이야기를 주고받습니다.[56] 이 점에서는 노년기가 유년기보다 낫습니다. 어린아이

---

55 플라우투스(기원전 약 254-184년)는 고대 로마의 희극작가이며 21편의 작품을 썼다. 여기에 언급된 「상인」은 르네상스 시대에 잘 알려진 작품으로, 노인 데미포가 그의 젊은 아들이 사랑해서 사온 여자 노예 파시콤프사에게 반한 나머지 술수를 써서 그녀를 손에 넣으려 하면서 벌어지는 일들을 그리고 있다. 여기에서 '세 음절'이란 '나는 사랑한다'를 뜻하는 라틴어 '아모'(amo)를 말한다.

56 아킬레우스는 호메로스의 서사시 『일리아스』의 주인공으로 트로이아 전쟁을 승리로 이끈 그리스군의 가장 위대한 영웅이다. 필로스의 왕 네스토르는 트로이아 전쟁에 참전한

들은 사랑스럽기는 하지만 말을 잘할 줄 몰라 삶에 특별한 즐거움을 가져다주는 수다를 떨지 못하기 때문입니다. 한 가지 덧붙이자면, 노인들은 어린아이들을 보면 아주 기뻐하고 어린아이들도 노인들을 좋아합니다. "유유상종은 신들이 정해놓은 법입니다."[57]

사실 노인은 주름이 많고 생일을 더 많이 지냈다는 것 말고는 어린아이와 큰 차이가 없습니다. 노인이나 어린아이나 머리색이 옅고, 치아가 다 있지 않고, 체구가 작고, 젖 먹는 것을 좋아하고, 말을 더듬고, 자꾸 이야기하고, 엉뚱한 소리를 하고, 곧잘 잊어버리며, 생각이 부족합니다. 거의 모든 점에서 비슷하지요. 사람은 늙을수록 점점 더 어린아이에 가까워집니다. 그래서 삶의 고단함을 느끼지 않고 죽음을 의식하지 않으면서 이 세상을 떠날 수 있습니다.

가장 나이 많은 그리스 장군으로 노련하고 현명하게 조언하는 역할을 한다.
57 호메로스의 『오디세이아』에 나오는 말이다. 원래 왕족이었던 에우마이오스는 오디세우스의 돼지치기가 되어 주인이 출전하고 없는 동안 변함없이 그의 집안에 충성하고, 안주인 페넬로페를 탐욕스러운 구혼자들에게서 지키다가 돌아온 주인과 함께 그들을 물리친다. 이 일을 가리켜 주인 오디세우스와 하인 에우마이오스의 관계를 '유유상종'으로 표현했다.

14장

우신이 베푸는 회춘은 특별하다

자, 그러면 내가 호의로 베푸는 변신이 다른 신들이 행하는 변신과 어떻게 다른지 알고 싶은 분이 있을 테니 한번 비교해보겠습니다. 사실 입에 올리기도 싫은 일이지만, 다른 신들은 화가 나면 평소에 잘 대해주던 사람들까지 나무나 새, 매미, 심지어 뱀으로 만들어버립니다.[58] 그 사람의 인생이 완전히 망가지는 것을 뻔히 알면서도 말입니다. 반면에 나는 사람들을 그들의 인생에서 가장 행복했던 시절로 되돌아가게 해줍니다. 다시는 지혜와 상종하지 않고 오직 나하고만 시간을 보낸다면 더 이상 노인이 아니라 영원한 청춘으로 행복하게 살 수 있습니다.

---

58 신화에서 수많은 변신 사례를 찾아볼 수 있다. 이를테면 숲의 요정 다프네는 아폴론 신에게 쫓기자 아버지인 강의 신 페네이오스의 도움으로 월계수나무로 변신한다. 신들은 물에 빠져 죽은 트라키아의 왕 케익스와 그의 왕비 알키오네를 불쌍히 여겨 물총새로 변신시킨다. 새벽의 여신 에오스는 트로이아의 왕자 티토노스와 결혼한 후 제우스에게 간청해 그를 불사신으로 만들지만, 늙지 않게 해달라는 말을 잊어버리는 바람에 티토노스가 늙어 추하게 변하자 그 모습이 보기 싫어 그를 매미로 변신시킨다. 테바이의 왕 카드모스는 신성한 뱀을 죽인 후, 그의 왕비 하르모니아와 결혼해 낳은 자식들이 모두 비참하게 죽는 운명을 맞이하자 뱀이 되기를 자청해 하르모니아와 함께 뱀으로 변신한다.

철학이나 심각하고 골치 아픈 학문에 몰두하느라 젊음을 꽃피우기도 전에 폭삭 늙고 수심이 가득한 사람들을 보았을 것입니다. 그런 사람들은 끊임없이 무언가를 골똘히 생각하고 고민하다가 혼과 생명력이 고갈되어 그렇게 된 것이 아니겠습니까? 반면에 우신인 나를 숭배하는 신도들은 '아카르나니아[59]의 돼지'처럼 윤기가 좔좔 흐르며 토실토실하니 보기가 아주 좋고, 현자들과 일절 접촉하지 않는다면 노년의 고단함을 전혀 알지 못하고 살아갈 것입니다. 물론 그들 중에 어쩌다 현자들과 접촉하는 바람에 곤란을 겪는 사람이 생기기는 합니다. 인생이란 모든 면에서 완벽하게 행복할 수는 없는 법이니까요. "어리석음만이 청춘을 달아나지 못하게 붙들고, 고약한 노년이 다가오지 못하게 막을 수 있다"라는 속담이 회자된다는 것은 나에 대한 결코 가볍지 않은 증언이 되어줍니다.

사람들이 브라반트인[60]에 대해 하는 말도 허튼소리가 아닙니다. 다른 종족은 나이 들수록 현명해지지만 브라반트인들은 점점 더 어리석어진다지요. 하지만 그들만큼 인생의 평범한 일들에서 즐거움을 느끼고 노년의 서러움을 겪지 않는 종족도 없다고 합니다. 그들과 지리적으로 가까운 곳에서 생활방식도 비슷한 '나의' 홀란트인들[61]이 살아갑니다. 그들은 나를 열렬히 추종하는 자들이어서 그런 별명을 얻었는데 부끄러워하기는커녕 큰 자랑으로 여기니, 어떻게 내가 그들을 '나의'

---

59 이오니아해에 인접한 고대 그리스의 서부 지역.

60 브라반트는 현재 벨기에 중부의 한 주로 중세시대에는 공작이 다스리는 공국이었다. 세상에서 브라반트인보다 유머가 풍부하고 쾌활하며 착한 종족은 없다고 전해진다. "브라반트인은 남들보다 더 크게 태어나 더 어리석다"라는 우스갯말이 있다.

61 홀란트는 네덜란드의 서쪽 해안 지역으로 1482-1581년까지 네덜란드 합스부르크 왕가의 영지였다가 이후에는 네덜란드의 한 주로 편입되었다.

홀란트인들이라고 부르지 않을 수 있겠습니까?

어리석은 인간들이여, 여러분이 메데이아, 키르케, 베누스, 아우로라[62] 그리고 어디에 있는지 아무도 모르는 청춘의 샘을 찾아간들, 그들이 여러분에게 청춘을 돌려줄 것 같습니까? 그것은 오직 나만이 해온 일이고, 나만이 할 수 있는 일입니다. 멤논의 딸이 자신의 할아버지 티토노스의 젊음을 연장시키는 데 사용한 저 영묘한 액체가 내게 있습니다. 베누스가 파온을 좋게 보고 그를 회춘시켜 사포와 열렬한 사랑을 나누게 해주었다는데, 내가 바로 그 베누스입니다.[63] 가버린 청춘을 되찾아줄 뿐만 아니라 원하는 사람에게 영원한 청춘을 누릴 수 있게 해주는 약초도, 주문도, 샘도 내게 있습니다. 청춘만큼 좋은 것이 없고, 노년만큼 싫은 것이 없다는 말에 여러분 모두가 동의한다면, 그렇게 좋은 것을 간직하게 해주고 그렇게 나쁜 것을 쫓아버리는 내게 여러분이 얼마나 많은 신세를 지고 있는지 아셔야 합니다.

---

62 고대 로마의 시인 오비디우스(기원전 43-기원후 18년)가 쓴 『변신 이야기』에서 메데이아는 콜키스 왕의 딸이자 아름다운 마녀다. 남편 이아손의 아버지 아이손의 몸에 끓인 약초 물을 부어넣어 젊음을 되찾게 해주었다. 호메로스의 『오디세이아』에서 키르케는 오디세우스의 부하들을 돼지로 둔갑시킨 마녀다. 베누스(아프로디테)는 미와 사랑의 여신이다. 로마 신화에 나오는 아우로라는 그리스 신화의 에오스에 해당한다(각주 58을 보라).

63 멤논은 새벽의 여신 에오스와 티토노스 사이에서 태어난 아들이자 에티오피아 왕이며 트로이아 전쟁에 참전한 그리스군의 영웅이다. 파온은 그리스 신화에서 레스보스 섬 미틸레네의 나룻배 사공으로 나오는 못생긴 노인이었지만, 변장한 베누스에게 호의를 베풀고 받은 향유 덕분에 아름다운 청년으로 탈바꿈한다. 고대 그리스의 여류 시인 사포가 반했으나 실연을 당하자 절벽에서 투신했다고 전해질 정도로 그 용모가 빼어났다.

15장

우신은 신들에게도 막강한 영향력을 행사한다

인간과 관련해서는 이 정도로만 말해두겠습니다. 하늘을 둘러보십시오. 신들 중에서 우신인 내게 신세 지지 않고도 남들에게 멸시 당하거나 힘겹게 살아가지 않는 신을 단 한 명이라도 찾아낸다면, 내 이름을 마음껏 비웃어도 좋습니다.

바쿠스[64]가 언제나 긴 머리카락을 휘날리며 청춘으로 살아가는 이유가 무엇인 줄 아십니까? 그것은 그가 늘 잔치를 벌이고 술에 취한 채 흥겹게 노래하고 춤추며 살고, 팔라스와는 상종도 하지 않기 때문입니다. 그는 현자라고 불리기를 조금도 바라지 않고, 도리어 장난 잘치고 농담도 잘한다는 칭찬을 받고 싶어 합니다. 사람들이 그를 '멍청이'를 뜻하는 '모리코스'라 부르고, "모리코스보다 더 멍청한 놈"이라는 속담이 회자되어도 화낼 줄 모릅니다. 그가 '모리코스'라는 별명을 갖

---

64 바쿠스는 로마인이 주신(酒神) 디오니소스를 부르는 명칭이다. 그리스 신화에서 디오니소스는 포도 수확, 포도주 제조, 다산, 과수원과 과일, 식물, 제의적 광기, 종교적 탈혼, 축제, 극장을 주관하는 신이다. 바쿠스와 반대되는 신으로 지혜의 신 팔라스, 즉 아테나 여신이 꼽힌다.

게 된 것은 농부들이 장난삼아 갓 수확한 포도와 신선한 무화과를 짓이겨 신전 입구에 세워진 바쿠스 좌상에 덕지덕지 발라놓곤 했기 때문입니다.

게다가 그는 고희극[65]에서 얼마나 많은 악담을 들었는지 모릅니다. 사람들은 그를 가리켜 "넓적다리에서 태어난 자답게 얼빠진 신"[66]이라고 말했습니다. 하지만 얼빠진 멍청이라는 소리를 들어도 언제나 쾌활하고 청춘이며 모든 이에게 재미와 즐거움을 선사한다면, 누구라도 그를 선택하지 않겠습니까? 바쿠스 대신에 모든 이를 두렵게 하는 '음흉한' 제우스, 늙은이의 망동으로 모든 것을 망쳐놓는 목신 판, 대장간에서 일하느라 늘 재를 뒤집어쓴 불카누스, 고르곤의 방패와 창[67]을 들고 '험상궂게 노려보며' 공포감을 안겨주는 팔라스를 선택할 사람이 누가 있겠습니까?

왜 쿠피도[68]는 항상 소년이겠습니까? 왜요? 그는 엉뚱한 짓만 하

---

65 여기에서 고희극은 아리스토파네스(각주 37을 보라)가 쓴 「개구리들」로서 주신 디오니소스 이야기를 다룬다.

66 '어머니가 둘인 자'를 뜻하는 이름의 바쿠스는 제우스와 세멜레 사이에서 태어났다. 세멜레가 임신한 사실을 알고 질투에 눈이 먼 헤라는 그녀를 죽이기 위해 세멜레에게 헤라 앞에 나타날 때와 똑같은 모습으로 자신에게도 나타나달라는 소원을 제우스에게 말하게 한다. 어떤 소원이라도 들어주기로 약속했던 제우스는 어쩔 수 없이 번개의 모습으로 나타났고, 세멜레는 타 죽고 만다. 그러자 제우스는 세멜레의 배 속에 있던 바쿠스를 자신의 넓적다리에 집어넣어 태어나게 한다.

67 고르곤은 그리스 신화에 나오는 흉측한 모습의 세 자매 스테노, 에우리알레, 메두사를 가리킨다. 뱀 머리카락, 멧돼지 어금니, 용 비늘로 덮인 몸, 청동 손, 금 날개를 지니고 있다. '고르곤의 방패'란 제우스 혹은 팔라스(아테나)가 사용한 방패를 말한다. 대장장이 신 헤파이스토스가 만들었고, 중앙에는 고르곤의 머리가 조각되어 있다.

68 로마 신화의 쿠피도는 그리스 신화의 에로스로 사랑과 미의 여신 아프로디테의 아들이다. 활과 화살을 갖고 다니는 날개 달린 소년으로 등장하며 장난기 많은 연애의 신이다. 그의 황금 화살에 맞은 자는 격렬한 사랑을 느끼고, 납 화살에 맞은 자는 미워

고 다니고, '제대로 된' 말이나 행동은 전혀 하지 않기 때문입니다. 왜 황금의 베누스[69]는 언제나 봄날같이 아름다운 모습을 하고 있겠습니까? 그녀는 내 아버지와 얼굴빛이 같은 것으로 보아 나의 친척임이 틀림없습니다. 그래서 호메로스도 그녀를 '황금의 아프로디테'라고 불렀습니다. 게다가 시인들의 글이나 시인들을 따라 작업한 조각가들을 믿을 수 있다면, 그녀는 언제나 웃는 얼굴을 하고 있습니다. 또한 로마인들이 가장 열렬히 숭배해온 신은 모든 쾌락의 어머니 플로라[70]가 아니겠습니까?

아무리 엄격한 신들이라 할지라도 호메로스를 비롯한 시인들에게 그들이 어떻게 살았는지 캐묻는다면, 그 신들의 삶이 모든 면에서 어리석음으로 가득 차 있음을 알게 될 것입니다. 번개를 부리는 제우스조차 사랑 놀음에 빠져 별 이상한 짓을 다하고 돌아다닌 것으로 유명한데 다른 신들이 어땠는지 굳이 말할 필요가 있겠습니까? 자기가 여자인 것도 잊고 사냥에만 몰두했던 지독한 디아나 여신도 엔디미온을 보는 순간 마음을 홀딱 빼앗기지 않았습니까?[71]

하는 마음을 갖는다.

69 로마 신화의 베누스(그리스 신화의 아프로디테)는 미와 사랑과 성적 욕망의 여신이다. 여기에서 우신은 호메로스가 『오디세이아』에서 '황금의 아프로디테'라고 말한 것을 재물과 부의 신인 자기 아버지 플루토스와 연결시킨다. 호메로스를 비롯해 기원전 3세기 고대 그리스의 대표 목가시인 테오크리토스, 베르길리우스 등은 베누스가 항상 웃고 있다고 말했다.

70 플로라는 고대 로마에서 꽃과 봄의 여신이며 꽃으로 장식한 소녀로 등장한다. 오래전부터 신전과 신관이 존재했지만, 축제는 기원전 240년에 처음 제정되었고, 기원전 173년부터 해마다 4월 28일부터 5월 3일까지 방탕하기로 유명한 축제가 열렸다.

71 제우스의 여성 편력은 유명하며 부인만 일곱 명이 있다. 첫 번째 부인은 메티스이고 둘 사이에서 아테나 여신이 태어났다(각주 34를 보라). 여섯 번째 부인 레토에게서는 아폴론과 아르테미스가 태어났고, 유명한 헤라는 일곱 번째 부인이다. 제우스의 연인

예전에 모모스가 종종 그랬던 것처럼 지금도 신들의 행실에 대해 잔소리를 좀 할 수 있어야 하는데, 이제는 그럴 수 없습니다. 신들이 마냥 행복해하며 지내는 것을 두고 보지 못하고 모모스가 스스로 지혜롭게 여기며 신들의 일에 사사건건 간섭하자, 화가 난 신들이 모모스를 아테 여신과 함께 땅으로 던져버렸기 때문입니다.[72] 신의 세계에서 추방당한 모모스는 인간 세계에서도 환영받지 못했고, 왕들이 사는 궁에도 설 자리가 없었습니다. 왕궁에는 나의 시녀인 '아부'가 왕 다음으로 높은 자리를 차지하고 있었고, '아부'와 모모스는 양과 늑대만큼이나 함께할 수 없는 사이였으니까요. 모모스를 몰아내고 잔소리하는 이가 아무도 없게 되자, 신들은 훨씬 더 방탕하게 마음 내키는 대로 살아갔습니다. 호메로스가 말한 대로 '편한 삶을 영위하게' 되었습니다.

남근 모양의 무화과나무 신상으로 숭배를 받는 프리아포스[73]도 농담을 하고, 메르쿠리우스[74]도 주특기인 도둑질과 속임수로 장난을 치

으로 거론되는 여자만 20여 명에 이른다. 디아나는 로마 신화에서 달과 사냥의 여신이고, 그리스 신화에서 달의 여신은 셀레네다. 이 여신은 엘리스의 왕이자 아름다운 미소년 엔디미온을 몹시 사랑한다. 그가 언젠가 늙어 죽을 것을 두려워한 나머지 그를 카리아의 라트모스산에 있는 동굴에 영원히 잠들게 한 후, 밤마다 그와 잠자리를 가져 50명의 딸을 낳는다.

72 모모스는 그리스 신화에 나오는 불평과 비난의 신으로 남을 비난하고 조롱하며 부정적으로 묘사하는 데 일가견이 있다. 제우스에게도 무식하고 폭력적이며 여자들 뒤꽁무니만 쫓아다닌다고 비난하다가 결국 모든 신의 미움을 받고 천상에서 쫓겨난다. 아테는 그리스 신화에 나오는 악과 재앙의 여신이며, 신들과 인간들에게 무분별한 행동을 부추기며 다니다가 제우스의 분노를 사서 결국 신들의 세계에서 쫓겨난다.

73 그리스 신화에 나오는 번식과 다산의 신으로 무화과나무에 남근을 새겨 빨갛게 바른 신상이 사용되었으며, 성욕이 많은 동물로 여겨진 당나귀를 제물로 받았다. 과수원이나 농원의 수호신이기도 하다.

지 않습니까? 불카누스[75]조차 신들의 잔치에 참석해 절뚝거리고 다니며 누구를 조롱한다든지 우스운 얘기를 하는 등 '어릿광대' 짓으로 좌중을 즐겁게 하고 술맛을 돋웁니다. 늙어서도 사랑을 추구하는 실레노스[76]가 으레 '코르닥스' 춤을 추고, 옆에서는 폴리페모스[77]가 발 장단으로 '키타라 연주를 흉내 내며', 숲의 요정들은 '맨발로' 춤을 춥니다. 염소같이 생긴 사티로스들[78]은 '아텔라 소극'[79]을 선보입니다. 목신 판은 지루하고 단조로운 노래로 모든 신들을 웃기는데, 특히 신들이 신주로 취기가 오르기 시작하면 무사 여신들의 노래보다 판의 노래를 더 듣고 싶어 합니다.

잔치가 끝나고 신들이 잔뜩 취한 상태에서 무슨 일을 하는지 굳이 말할 필요가 있겠습니까만, 하는 짓들이 하도 어리석어 웃음을 참지

---

74 로마 신화의 메르쿠리우스(그리스 신화의 헤르메스)는 올림포스 12신 중 한 명으로 제우스의 아들이며 전령의 신, 여행의 신, 상업의 신, 도둑의 신이다. 날개 달린 모자와 신을 착용하고, 두 마리 뱀이 감겨 있고 독수리 날개가 달린 지팡이를 들고 있다.

75 로마 신화에서 불의 신 불카누스는 그리스 신화에서 대장장이 신 헤파이스토스다. 제우스와 헤라 사이에서 태어났고, 절름발이에 망치와 집게 등을 손에 쥔 모습으로 묘사된다. 헤라가 그를 낳은 후 너무 작고 못생긴 아기가 시끄럽게 울어대자 올림포스 꼭대기에서 던졌는데 종일 추락하다가 바다에 떨어져 절름발이가 되었다.

76 실레노스는 원래 늙은 사티로스들을 통칭하는데, 나중에 특히 주신 디오니소스(바쿠스)의 양육자이자 스승인 늙은 사티로스를 가리키게 된다. '코르닥스'는 고대 그리스 희극에서 가면을 쓰고 추는 외설적이며 노발식인 춤이다.

77 그리스 신화에서 외눈박이 거인족 키클로페스 중 한 명으로 바다의 신 포세이돈과 바다 요정 토오사 사이에서 태어났다. 키클로페스 중에서도 가장 야만적이고 무서운 식인 거인이다.

78 얼굴은 사람이지만 머리에 작은 뿔이 났으며 하반신은 염소 모습을 한 숲의 정령들이다. 주신 디오니소스를 따르며 장난이 심하고 주색을 밝혀 늘 요정들의 꽁무니를 쫓아다닌다.

79 고대 로마에서 가면을 쓰고 즉흥적으로 행한 소극으로 기원전 300년경에 시작되어 500년 넘게 지속되었다.

못한 적이 한두 번이 아닙니다. 하지만 이 일에 대해서는 이쯤해서 하르포크라테스[80]처럼 입을 다무는 것이 상책일 테지요. 모모스조차 신들의 그런 일에 관여했다가 쫓겨났는데, 내가 괜스레 발설했다가 혹시라도 코리시아 동굴[81] 신의 귀에 들어가는 날에는 무슨 일이 벌어질지 모르기 때문입니다.

---

80 프톨레마이오스 왕조 시대의 알렉산드리아에서 발전된 헬레니즘 종교에 나오는 침묵의 신이다.

81 그리스 파르나소스산에 있는 동굴이며 주신 디오니소스의 성지다.

16장

이성과 정념

이제 호메로스의 본을 따라 하늘에서 살아가는 신들은 내버려두고 다시 땅으로 내려가볼 시간입니다.[82] 땅에서도 나의 도움 없이는 아무도 즐겁고 행복할 수 없음을 알게 될 것입니다. 인류의 어버이자 창조자인 자연이 이미 모든 것을 내다보고서는 세상 곳곳에 어리석음이라는 양념을 부족하지 않게 두었다는 사실을 여러분도 알지 않습니까?

스토아 학파에 따르면, 지혜로움은 이성을 따르는 반면에 어리석음은 정념이 하자는 대로 합니다. 제우스는 인간의 삶이 우울하고 심각하지만은 않도록 인간에게 이성보다 정념을 훨씬 더 많이 주었는데, 그 비율은 대략 24대 1 정도 됩니다. 게다가 이성은 두개골의 한쪽 구석에 저박아놓았시만, 정념은 그곳을 세외한 몸 선체에 두었습니다. 그런 다음 하나의 이성과 대립하는 두 폭군을 세워두었지요. 하나는

---

82 고대 그리스의 대표 서사시인 헤시오도스가 쓴 『신들의 계보』나 고대 로마의 시인 오비디우스가 쓴 『변신 이야기』와 달리, 호메로스가 쓴 『일리아스』와 『오디세이아』는 신들의 이야기를 조금씩 다루기는 하지만 그 초점은 땅에서 일어나는 인간사에 있다.

오장육부라는 성채와 생명의 원천인 심장을 장악하고 있는 분노이고, 다른 하나는 성기에 이르기까지 몸의 가장 깊숙한 곳 전체를 차지하며 하나의 제국을 이루고 있는 정욕입니다.[83] 강력한 두 연합군 앞에서 이성이 얼마나 무력한지는 모든 사람의 삶이 충분히 보여줍니다. 이성은 정형화되고 올바른 일련의 명제들만 목이 쉬어라 외치는 일밖에 할 수 없습니다. 그러면 두 폭군은 점점 더 기분이 상해 이성에게 꺼지라고 소리 지르며 계속해서 난동을 부리고, 그들을 다스리려 했던 이성은 마침내 기진맥진해서 모든 것을 포기하고 항복하고 맙니다.

---

83 여기에 언급된 내용은 플라톤의 『티마이오스』에 나온다. 플라톤은 인간의 혼을 구성하는 요소로 이성과 격정과 감정을 든다. 격정과 감정은 넓은 의미에서 둘 다 감정이라고 할 수 있지만, 격정은 불의를 참지 못하는 긍정적인 감정으로 따로 구별할 수 있다. 격정과 감정을 결합해 이성과 대비시킬 때는 '정념'이라고 표현한다.

17장

남자와 여자

남자는 집안일을 주관해야 하기 때문에 그런 일들에 조언할 수 있도록 좀 더 많은 이성을 가지고 태어나야 했을 것입니다. 다른 문제들과 마찬가지로 이 경우에도 자연은 내게 자문을 구했고, 나는 이렇게 나다운 권고를 해주었지요. "남자에게 여자를 짝지어주어라. 잘 알다시피 여자는 미련하고 어리석으며 웃음이 많고 유쾌한 동물이어서 한 집에서 남자와 함께 살아가게 하면, 남자가 머리를 많이 쓰느라 침울해진 집안에 어리석음이라는 양념을 뿌려 집안을 다시 달콤하게 만들어놓을 것이다."

플라톤은 여자를 이성적인 동물로 분류해야 할지 말지 고민한 듯합니다. 여자가 현저히 어리석은 손재임을 보여수고사 한 것이시요. 만일 어떤 여자가 현명하다는 말을 듣고 싶어 한다면, 두 배로 어리석은 짓을 하려는 것입니다. 이는 황소를 레슬링 경기에 내보내는 것과 같아 미네르바가 한사코 반대할 것입니다. 타고난 천성을 바꾸려 하는 일인 데다가 있지도 않은 미덕을 갖춘 척하는 것이어서 잘못이 배가되기 때문입니다. 그리스 속담에서 말하듯이 "제왕의 옷을 입혀보았자 원숭이는 여전히 원숭이일 뿐"입니다. 마찬가지로 어떤 가면을 써보았자 여자는 여자이며 여전히 어리석을 뿐입니다.

하지만 우신인 나 자신도 여자이면서 여자들을 어리석다고 한 것에 대해 여자들이 내게 화를 낼 만큼 진정으로 어리석다고 생각하지 않습니다. 내 말을 꼼꼼히 되새겨본다면, 여자들은 자신들이 많은 면에서 남자들보다 더 행복하고 축복받은 삶을 살아가는 것이 전적으로 우신인 내 덕분임을 인정할 수밖에 없습니다.

먼저, 여자들은 아름다운 용모를 가지고 있습니다. 아름다운 용모를 앞세워 폭군조차 마음대로 지배하며 쥐락펴락합니다. 그러니 여자들이 아름다운 용모를 무엇보다 소중히 여기는 것이 당연합니다. 여자들은 언제나 발그스레한 뺨, 사근사근한 목소리, 곱고 부드러운 피부를 가지고 있어 마치 영원한 소년기를 누리고 있는 것 같습니다. 반면에 남자들은 우락부락하고 험상궂은 용모에 거칠고 칙칙한 피부, 덥수룩한 수염을 가지고 있습니다. 이 모든 것은 노년의 징표들이며 남자들이 가진 지혜 때문에 생겨난 폐해가 아니면 무엇이겠습니까?

다음으로, 여자들이 인생에서 가장 원하는 일이 남자들을 최대한 기쁘게 해주는 것이 아니겠습니까? 그렇지 않다면 몸을 치장하는 온갖 것들, 화장술, 목욕법, 머리 손질법, 향유와 향수와 향품, 얼굴과 눈과 피부를 정리하고 칠하고 꾸미는 온갖 기술이 생겨난 다른 이유가 있겠습니까? 그러니 남자들이 여자들에게 꼼짝없이 사로잡히는 것이 여자들의 어리석음 때문이 아니라면 무엇이겠습니까? 그렇게 사로잡힌 남자들은 여자들이 해달라는 것은 무엇이든지 해주지 않습니까? 그 대가로 받는 것은 쾌락뿐이지 않습니까? 따라서 남자들을 기쁘게 하는 것은 다름 아닌 여자들의 어리석음입니다. 남자들이 여자들에게

우신예찬

서 쾌락을 얻으려 할 때마다 여자들과 실없는 말을 주고받고 시답지 않은 행동을 하는 것을 보면, 내 말이 사실임을 아무도 부정하지 못할 것입니다. 이제 여러분은 인생에서 가장 크고 특별한 즐거움이 어디에서 시작되는지 그 원천을 알게 되었습니다.

18장

우신과 술자리

하지만 어떤 사람들, 주로 여자보다 술을 더 좋아하는 노인들은 술자리에서 최고의 쾌락을 얻습니다. 여자가 없는 술자리가 과연 즐거울 수 있는지 나로서는 의문이지만, 어쨌든 그렇게 생각하는 사람들도 있습니다. 한 가지 분명한 것은 술자리에 우신인 내가 양념으로 참석하지 않으면 어떤 술자리도 결코 즐거울 수 없다는 것입니다.

진짜 어리석은 자든, 아니면 어리석은 척하는 자든 술자리에 웃음꽃이 필 수 있게 흥취를 돋울 사람이 있어야 합니다. 없다면 돈을 주고서라도 '어릿광대'를 부르거나 술을 공짜로 마시는 대신에 좌중을 웃길 사람을 초대해, 그들의 우스꽝스러운 농담으로 무겁고 어색한 침묵을 몰아내야 합니다. 진수성찬과 산해진미와 좋아하는 음식들로 배를 가득 채운들 눈과 귀와 마음 전체를 웃음과 농담과 즐거운 얘기로 채울 수 없다면 무슨 소용이 있겠습니까?

그런 양념을 쳐서 술자리를 흥겹게 만드는 데는 우신인 나를 따라올 자가 없습니다. 연회에서 하는 모든 놀이들, 이를테면 주사위를 던져 술자리를 주관할 사람 뽑기, 골패를 던져 술 마실 순번 정하기, '술잔

돌리기', 도금양[84] 가지를 들고 노래하다가 다음 사람에게 건네기, 춤추기, 무언극 등 지금은 관례가 된 모든 것들은 그리스의 7현인[85]이 아니라 바로 내가 인류의 건강을 위해 찾아낸 놀이들입니다. 이런 종류에 속한 것들은 거기에 어리석음이 더할수록 인생을 더 풍요롭게 합니다. 우울한 인생은 인생이라 부를 가치조차 없습니다. 즐거움을 가져다주는 이런 놀이들로 인생의 지루함을 쫓아내지 않는다면 우울한 인생을 피해갈 길이 없습니다.

---

84 지중해가 원산지인 허브나무다. 잎과 꽃 모두 향기가 좋아 그리스 시대에는 머리 장식으로 많이 사용되었고, 유럽에서는 16세기에 로션의 원료가 되었으며, 현관 입구에 조경 목적으로 많이 심었다.

85 플라톤(기원전 427-347년)은 『프로타고라스』에서 '그리스의 7현인'에 대해 처음으로 언급한다. 7현인의 명단은 유동적이지만, 밀레토스 학파의 창시자 탈레스, 기원전 6세기에 활동한 프리에네의 비아스, 미틸레네의 장군 피타코스, 아테네의 정치가이자 개혁가 솔론은 빠지지 않는다.

19장

우정

하지만 남녀 관계나 술자리에서는 즐거움을 느끼지 못하고 친구들과의 우정과 교제에서 즐거움을 얻는 사람도 있습니다. 그런 사람들은 우정을 무엇과도 바꿀 수 없는 가장 소중한 것으로 여기고, 공기와 불과 물 없이는 살아도 우정 없이는 살 수 없다고 입버릇처럼 말합니다. 또한 우정은 말할 수 없이 즐거운 것이어서 우정을 빼앗기는 것은 태양을 빼앗기는 것과 같다고 말합니다. 끝으로 이런 말이 과연 어울릴지는 모르겠지만, 우정은 철학자들도 주저하지 않고 특별한 복 중 하나로 여길 만큼 아주 고귀한 것이라고 말합니다.[86]

그런데 이렇게 엄청난 복의 시작이자 끝이 바로 나라는 사실을 증명한다면 어떻겠습니까? 그렇다고 해서 악어의 역설, 무더기 역설[87]

---

86 아리스토텔레스는 『니코마코스 윤리학』에서 "친구들과 우정이 없다면 행복을 얻었다고 할 수 없다"라고 말하며, '우정, 우의, 친애' 등으로 번역되는 '필리아'를 '정의'와 함께 인간 행복을 떠받치는 두 축으로 밝혔다. 스토아 철학자들과 키케로도 우정을 찬양했다.
87 '악어의 역설'에서 어린아이를 납치한 악어는 자신이 아이를 어떻게 할지 부모가 알아맞히면 아이를 놓아주겠다고 약속한다. 하지만 이것은 거짓말이다. 부모가 어떤 대답

같은 논리적 추론으로 그 사실을 증명하려는 것은 아닙니다. 나는 미네르바는 빈둥거리며 잘 먹게 내버려두고, 단지 명백한 사실을 손가락으로 가리키는 방식으로 내 말이 사실임을 증명할 것입니다.

친구들끼리는 서로 결점을 눈감아주고 친구가 저지른 큰 잘못조차 흠모하고 칭송할 미덕으로 둔갑시키는데, 여러분은 이것이 어리석은 행동으로 보이지 않습니까? 친구의 점이 사랑스럽다며 거기에 연신 입을 맞추는 사람이 있는가 하면, 친구의 몸에 난 종양이 예쁘다며 기뻐하는 사람도 있습니다. 사팔뜨기인 아들이 그윽한 눈길을 가지고 있다고 말하는 아버지도 있습니다. 장담하건대 그런 것이 어리석음의 극치가 아니면 무엇이겠습니까? 세 번이든 네 번이든 연거푸 어리석다고 외칠 수밖에 없는 이런 일들을 통해 사람들은 서로 친구가 되고 우정을 유지합니다.

인간은 누구나 결점을 가지고 태어나며, 가장 훌륭한 사람이란 다만 결점을 가장 적게 지닌 자에 불과합니다. 그러니 신의 경지에 이르도록 현명한 사람들 사이에 우정이 생겨날 리 만무합니다. 이렇게 말하는 것이 못내 마음에 걸린다면 극히 적은 수의 사람들과 냉소적이며 무덤덤한 우정을 나눈다고 해두겠습니다. 대다수는 어리석어 정신 나간 짓을 많이 하는데 우정이란 서로 닮은 사람들 사이에서 생기기 때문입니다. 엄격하고 산산한 사람들 사이에서는 어쩌나 마음이 빚아 서로 호감이 생긴다 하더라도 불안정하고 그리 오래가지도 못합니다.

을 하든 악어는 아이를 잡아먹게 되어 있기 때문이다. '무더기 역설'이란, 수북한 모래 무더기는 거기서 모래를 한 알씩 빼도 여전히 모래 무더기이므로 계속 빼서 모래가 한 알만 남더라도 무더기라는 역설적 논리를 가리킨다.

그들은 결국 서로에게 만족하지 못하고 독수리나 에피다우로스의 뱀[88]보다 더 날카로운 눈으로 친구들의 잘못을 기막히게 찾아내 신랄하게 비난하면서도 자신의 결점이나 잘못을 보는 눈은 말할 수 없이 어두워 자기 등에 매달린 짐은 전혀 보지 못하기 때문입니다.

천성적으로 큰 결함이 있을 수밖에 없는 것이 인간의 본성인 데다 살아온 이력과 추구하는 바가 너무나 다르고, 인생에서 저마다 저지르는 잘못이나 실수도 천차만별입니다. 사정이 이러하기 때문에 그리스인들이 '에우에테이아'(순진무구)라고 기막히게 이름 붙인 것, 즉 '어리석음'이나 '머리 쓰지 않고 내키는 대로 사는 것' 없이 오직 아르고스의 눈[89]만 가진 사람들 중에서 우정의 즐거움은 단 한 시간도 지속될 수 없습니다.

반면에 모든 친밀한 관계의 원천이자 아버지인 쿠피도는 어떻습니까? 정작 그는 앞을 전혀 보지 못하기 때문에[90] 그의 눈에는 '아무리 못생긴 사람도 아름다워' 보입니다. 그는 여러분이 각자 가지고 있는 것은 무엇이든지 아름답다고 여기게 만들어 청춘 남녀가 사랑에 빠지듯 할아버지와 할머니도 사랑에 빠질 수 있게 합니다. 이런 일들은 흔하게 일어나고 있으며 사람들의 비웃음을 사곤 하지만, 사실 인생을

---

88 독수리는 눈에 순막이라는 투명한 눈꺼풀이 있어 비행 중에도 먹이를 잘 본다. '에피다우로스의 뱀'이란 의술의 신 아스클레피오스가 들고 다니는 지팡이에 휘감긴 뱀을 가리킨다. 이 지팡이는 오늘날에도 의학의 상징으로 사용된다.

89 아르고스는 그리스 신화에서 100개의 눈을 가진 거인으로 '모든 것을 보는 자'라는 별명을 가지고 있다.

90 고대 그리스의 시와 그림에서는 쿠피도(에로스)를 성적 능력의 화신이자 심오한 예술가 모습을 한 청년으로 묘사했지만, 후대의 풍자시인들은 눈을 가린 어린아이의 모습으로 표현했다.

즐겁게 만들고 인간 사회를 하나로 묶어주는 것은 이런 우스꽝스러운 일들이랍니다.

20장

결혼

지금까지 내가 우정에 관해 말한 내용은 결혼에 훨씬 더 잘 들어맞습니다. 결혼이란 두 사람의 삶이 나눌 수 없게 결합되는 것이기 때문입니다. 불멸의 신이시여! 애교, 농담, 묵인, 착각, 속임 같은 나의 시종들이 남녀의 가정생활이 유지되도록 돕고 받쳐주지 않는다면 도처에서 이혼이나 이혼보다 더 몹쓸 일이 벌어지지 않겠습니까? 신부 될 여자가 결혼하기 전에는 전혀 딴판으로 살다가 지금은 짐짓 참하고 정숙해 보이려 한다는 사실을 신랑 될 남자가 훤히 알게 된다면, 과연 성사될 결혼이 몇이나 되겠습니까? 결혼한 후에도 아내가 남편의 무지와 어리석음에 기대어 많은 일을 숨기지 못한다면, 그런 결혼생활이 얼마나 더 지속되겠습니까?

이 모든 것이 우신 덕분입니다. 우신 덕분에 남편 눈에 아내가 사랑스러워 보이고, 아내도 남편을 좋아하며, 가정이 평온하고 결혼생활이 유지됩니다. 남편은 아내가 바람이 나서 다른 남자와 놀아나는 줄도 모르고 자기 앞에서 울고 짜고 하는 아내를 끌어안고 달래줍니다. 사람들은 속임수에 넘어가 아내를 세상에 둘도 없는 여자처럼 대하는 남자를 뻐꾸기 남편이니 뭐니 하며 비웃고 조롱합니다. 하지만 아내의 행실을 알고는 질투심에 사로잡혀 온갖 비극을 초래하기보다 차라리 속은 채 아무것도 모르는 편이 행복하지 않겠습니까?

21장
요약:
우신 없이 인간관계는 유지될 수 없다

요약해보자면 어떤 사회나 인간관계도 우신인 나 없이는 즐거울 수 없고 유시될 수도 없습니다. 사람들이 서로에 대해 잘못 일기도 하고, 아부나 애교에 넘어가기도 하고, 알고도 모르는 척 묵인하기도 하며, 어리석음의 달콤함에 누그러지기도 해야 합니다. 그렇지 않다면 백성과 군주, 하인과 주인, 여주인과 시녀, 학생과 선생, 친구와 친구, 남편과 아내, 소작인과 지주, 전우와 전우, 동료와 동료 같은 수많은 관계는 지속될 수 없습니다.

이상으로 내가 중요한 것을 다 말했으리라고 생각하겠지만, 실은 더 중요한 것들이 아직 남아 있습니다.

22장

자기혐오와 자아도취

여러분에게 묻겠습니다. 자기 자신을 미워하는 사람이 다른 사람을 사랑할 수 있겠습니까? 자신과 싸우는 사람이 다른 사람과 화합할 수 있겠습니까? 자신을 힘들게 하고 괴롭히는 사람이 다른 사람에게 즐거움을 줄 수 있겠습니까? 내 생각에는 우신인 나보다 더 어리석지 않다면, 그러니까 진정으로 어리석지 않다면 아무도 그렇다고 말할 수 없을 것입니다. 나를 배제해보십시오. 그러면 사람들은 서로에게 악취를 풍기는 자로 느껴지고, 주변의 모든 사람이 혐오스럽고 가증하게 보여 아무도 받아들일 수 없게 될 것입니다.

사람들이 그렇게 된 이유는 여러 면에서 생모라기보다 계모라고 한 수 있는 가연이 사람들이 본성, 특히 준 더 현명하다고 하는 사람들의 본성 속에 자신에게 주어진 것에 만족하지 못하고 남에게 주어진 것을 시기하는 악덕을 심어놓았기 때문입니다. 그로 인해 인생을 우아하고 아름답게 해주는 자연의 선물마저 결국에는 모두 훼손되고 맙니다. 불멸의 신들에게 아름다움이라는 최고의 선물을 받았더라도 자기혐오라는 악덕에 물들어 있다면 무슨 소용이 있습니까? 노인에게나 어울리는 비관으로 잔뜩 곪아 있는 젊은이에게 청춘이 무슨 소용이 있습니까? 나의 자매로서 나를 대신할 만한 '자아도취'가 곁에서 적절히 돕지 않는다면, 여러분 중에 누가 인생을 살아가면서 자기 자신이나 남들과 관련된 모든 일을 품위 있게 할 수 있겠습니까? 자아도취는 단지 하나의 기술이 아니라 모든 행위를 품위 있게 만들어주는 핵심 요소이기 때문입니다. 자아도취는 나를 대신해 어디에서나 활발하게 활동하고 있습니다.

자기만족이나 자화자찬만큼 어리석은 일이 무엇이겠습니까? 반대로 자기 자신에게 만족하지 못하는 사람이 어떻게 아름답고 매력적이며 품위 있게 행동할 수 있겠습니까? 인생의 양념인 자아도취를 제거해보십시오. 그 즉시 대중연설가의 연설은 밋밋해져 찬밥 신세가 되고, 음악가의 연주는 아무런 감흥을 일으키지 못하고, 배우의 연기는 야유를 받고, 시인의 시는 웃음거리가 되고, 화가의 그림은 쓰레기 취급을 받고, 의사는 처방받으러 오는 사람이 없어 굶어죽게 될 것입니다. 결국 여러분 모두 니레우스가 아니라 테르시테스로,[91] 파온이 아니라 네스토르로,[92] 미네르바가 아니라 돼지로, 달변가가 아니라 말 못하는 어린아이로, 세련된 신사가 아니라 촌놈으로 보일 것입니다. 다른 사람들에게 인정과 칭찬을 받기 위해서는 어느 정도 자아도취에 빠져 자신을 괜찮은 사람으로 인정하고 칭찬하는 것이 필수적입니다.

---

91 니레우스는 그리스 신화에서 시메 섬의 왕이다. 헬레네의 구혼자로 트로이아 전쟁에 참전했는데, 그리스군에서 아킬레우스 다음으로 잘생겼다고 한다. 반면에 그리스군에서 가장 못생기고 욕 잘하며 호전적인 테르시테스는 호메로스가 『일리아스』에서 유일하게 그림까지 그리며 상세히 묘사한 병사다. 여기에서 그는 짧고 휜 다리, 굽은 어깨, 원뿔형의 머리를 한 음란하고 저속한 인물로 소개된다.

92 파온은 각주 63을, 네스토르는 각주 56을 보라.

현재 상태를 그대로 유지하고 싶어 하는 데 행복이 있다면, 나의 자매인 자아도취는 사람들에게 행복을 주는 데 의심할 여지없이 가장 뛰어납니다. 자신의 용모, 타고난 재능, 혈통, 처지, 자신이 몸담고 살아가는 제도나 관습, 조국에 불만을 갖지 않게 해주기 때문입니다. 아일랜드 사람이 이탈리아 사람이 되고 싶어 한다거나, 트라키아 사람이 아테네 사람이 되고 싶어 한다거나, 스키타이 사람이 행복의 섬에 살고 싶어 하는 경우가 없도록 말입니다.

　　이토록 천차만별인 만물을 모두 대등하게 만들어놓다니 자연의 배려가 참으로 대단합니다. 실은 이 세상에 준 선물들 중에서 일부를 덜어내고 그 자리에 자아도취를 조금 얹었을 뿐이지만요. 그런데도 자아도취는 자연이 준 최고의 선물이 되었는데, 이런 말을 내 입으로 하자니 조금 쑥스럽기는 합니다. 하지만 분명히 말해두고 싶습니다. 우신인 내가 밀어주지 않으면 어떤 업적도 이룰 수 없고, 나를 원천으로 삼지 않고서는 뛰어난 기예를 이룰 수 없음을 말입니다.

23장

전쟁

그런데 사람들에게 칭송받는 모든 업적의 씨앗이자 원천은 전쟁이 아니겠습니까? 하지만 전쟁을 하면 양쪽 모두 이익보다는 손해가 더 큽니다. 그런데도 사람들은 이런저런 이유로 전쟁을 합니다. 왜 그런지 영문을 모르겠으나 어쨌든 이보다 더 어리석은 일이 어디 있겠습니까? 그런데도 전쟁에 열 올리는 사람들은 메가라 사람들처럼 '이성이 없는' 자들입니다.[93]

한번 묻겠습니다. 중무장한 군대가 전투 대형을 갖추고 양편에 정렬해 있고 거친 나팔소리가 어지럽게 울려 퍼지는 전쟁터에서, 학문에 몰두하느라 탈진하고 창백한 얼굴로 간신히 숨만 쉬고 있는 현자들을 데려다가 어디에 쓰겠습니까? 전쟁터에서는 잘 먹어 몸집이 크고 건장하며 호방한 기질은 넘쳐나되 머리는 거의 쓰지 않는 자들이 필요합

---

93 메가라는 그리스 남부 코린트 지협 남안에 있는 역사적 도시로 학문과 예술의 중심지이자 그리스 희극의 발상지다. 지정학적 위치 때문에 아테네, 코린토스 등과 자주 전쟁을 했다. "메가라 사람들은 이성이 없다"라는 말은 시라쿠사 출신의 그리스 서정시인 테오크리토스(기원전 약 310-250년)가 쓴 『경구』에 나온다.

니다. 데모스테네스는 현명하고 똑똑한 대중연설가였지만 전쟁터에서는 겁쟁이 병사여서 아르킬로코스의 조언대로 적이 나타나자마자 방패를 버리고 도망쳤지요.[94] 그런 자는 아무도 병사로 쓰고 싶어 하지 않습니다.

물론 전쟁에서 머리를 써서 전략을 잘 세우는 것이 아주 중요하다고 말합니다. 지휘관에게는 전략이 중요하다는 데 나도 동의합니다. 하지만 전략이란 전쟁과 관련된 것일 뿐이지 철학자의 현명함과는 다릅니다. 게다가 지휘관을 제외하면 전쟁터를 환히 밝혀주는 것은 철학자들의 등잔불이 아니라 식객, 뚜쟁이, 건달, 강도, 농부, 무지몽매한 자, 가난뱅이 같은 하잘것없는 사람들입니다.

---

94 데모스테네스(기원전 384-322년)는 고대 그리스의 대중연설가로서 당시에 새롭게 일어난 마케도니아의 위협을 받던 아테네에서 반마케도니아 운동을 주도한 연설로 유명하다. 아르킬로코스는 스파르타의 시인이다. 이 이야기는 고대 로마에서 활동한 그리스인 저술가 플루타르코스(약 46-120년)의 『영웅전』에 나온다.

24장

철학자들은 쓸모없는 자들이다

철학자가 인간의 삶 전반에서 얼마나 쓸모없는지를 잘 보여준 사람이 있습니다. 아폴론의 신탁을 통해 유일한 현자로 인정받았지만 실제로는 전혀 현명하게 판단하지 못한 소크라테스가 그랬습니다.[95] 자신이 잘 모르는 어떤 일을 공적으로 시도하다가 결국 모든 사람에게 최고의 웃음거리가 되고 만 것을 보면 알 수 있습니다. 그렇기는 해도 이 사람이 모든 점에서 어리석은 것은 아니었습니다. 그는 현자라고 불리기를 거부함으로써 아폴론의 신탁을 정면으로 반박했으며, 현자는 정치 참여를 피해야 한다고 충고했기 때문입니다. 하지만 그는 거기에서 한 걸음 더 나아가 사람 축에 들고자 하는 자는 지혜를 멀리해야 한다는 충고도 해야 했습니다.

어쨌든 그가 고발되어 재판을 받고 독주를 마시게 된 것도 다 지

---

95 '아폴론의 신탁'이란 델포이에 있는 아폴론 신전에서 피티아 여사제의 주관으로 이루어진 신탁으로, 일반 사람들은 물론 저명한 철학자와 사상가들도 중시할 만큼 권위가 있었다. 플라톤의 『소크라테스의 변명』에서 소크라테스(기원전 469-399년)는 친구 카이레폰이 그런 신탁을 들은 것에 대해 직접 증언한다.

혜 때문이 아니겠습니까? 그는 구름과 이데아를 철학적으로 탐구하고, 벼룩의 다리를 측정하며, 모기나 각다귀의 윙윙거리는 소리를 신기해했지만,[96] 사회생활에 대해서는 아무것도 몰랐기 때문입니다. 소크라테스가 사형 선고를 받은 현장에는 그의 제자인 플라톤도 있었습니다. 잘 알다시피 그는 뛰어난 변론가였음에도, 법정에 모인 군중의 야유 소리에 눌려 스승을 변호하기 위해 준비해온 문장에서 절반도 발언하지 못했습니다.

테오프라스토스[97]는 어땠는지 말해볼까요? 그는 많은 사람이 모인 곳에서 연단에 서기만 하면 눈앞에 늑대가 나타났을 때처럼 말문이 막혀버리곤 했습니다. 그런 사람이 어떻게 전쟁터에서 연설로 병사들의 사기를 높일 수 있겠습니까? 이소크라테스[98]는 천성적으로 소심해 연단에서 입을 한 번도 뗀 적이 없다고 합니다. 로마식 대중연설의 아버지 마르쿠스 툴리우스 키케로[99]는 안타깝게도 울먹이는 아이처럼 벌벌

---

96 아리스토파네스는 각주 37을 보라. 그는『구름』에서 소크라테스의 신식 교육을 비판했다. 여기에 언급된 내용은『구름』에 나온다. 이 작품에서는 근본적인 철학 문제보다는 자연과 만물을 탐구한 초창기 시절의 소크라테스를 묘사하는 것으로 보인다. 실제로 소크라테스는 플라톤의『파이돈』에서 그런 취지의 말을 하는데, 이는 보수적 가치를 중시한 아리스토파네스에게 비판과 풍자의 대상이 되었다.

97 테오프라스토스(기원전 약 372-288년)는 그리스 철학자이자 과학자로서 플라톤과 아리스토텔레스에게서 배웠고, 아리스토텔레스가 죽은 후 소요학파를 이끌었다. 대표 저서로『성격론』이 있다.

98 이소크라테스(기원전 436-338년)는 고대 그리스의 대중연설가이자 수사학자로서 아테네에 수사학교를 세우고 수많은 인물을 배출했다. 플라톤이 세운 아카데미아에 맞선 의견으로, 플라톤이나 소피스트들과는 달리, 정치적 대중연설이나 변론을 훌륭하게 만드는 것은 진리나 기교가 아니라 '선한 견해'라고 주장했다.

99 마르쿠스 툴리우스 키케로(기원전 106-43년)는 고대 로마의 정치가이자 저술가로서 공화정의 이상을 지키는 데 평생을 바쳤고, 수많은 저작과 탁월한 대중연설로 철학의 대중화를 도모했다. 쿠인틸리아누스(약 35-100년)는 중세시대의 수사학 학교들과

떨며 연설을 시작했습니다. 쿠인틸리아누스는 이런 태도를 두고 연설에서 언제라도 위기가 닥칠 수 있음을 감지하는 현명한 연설가의 특징이라고 해석했습니다. 그의 해석이 맞는다고 쳐도 이것은 지혜가 연설의 성공을 방해한다는 사실을 공개적으로 인정한 것이 아니겠습니까? 말로만 싸울 때도 두려워서 초주검이 되는 사람이라면 진짜 무기를 들고 나가서 싸워야 할 때는 어떻겠습니까?

그런데도 "철학자가 왕이거나 왕이 철학자인 나라는 축복받은 국가다"[100]라는 플라톤의 말이 여전히 사람들 가운데서 널리 회자된다니 기막힌 노릇입니다. 하지만 역사책을 찾아보면, 철학이나 문학에 심취한 자가 정권을 잡고 왕이 되었을 때 국가가 가장 피폐했다는 사실을 발견합니다. 내 생각에는 두 명의 카토가 이것이 사실임을 충분히 보여주는 증거입니다.[101] 그중 한 명은 정신 나간 포고문으로 국가의 안녕을 위태롭게 했고, 또 다른 한 명은 로마인들의 자유를 지키겠다고 지나치게 머리를 굴리며 지혜를 짜내다가 결국 자유를 완전히 말아먹고 말았습니다. 데모스테네스가 아테네 민주정에 큰 폐해를 끼친 것 못지않게 브루투스, 카시우스, 그라쿠스 형제, 키케로[102]도 로마 공화정

르네상스 저술가들에게 널리 언급된 로마의 교육자이자 수사학자다. 95년경 12권으로 된 유명한 저서 『대중연설 개요』를 썼다. 여기에 언급된 내용은 이 책에 나온다.

100 플라톤은 『국가』에서 철학자가 왕인 국가가 가장 이상적이라는 논증을 펼친다. 이 책의 제목은 직역하면 '정치 체제'다. 즉 어떤 정치 체제가 최선인가를 다룬다.

101 '대(大) 카토'라 불리는 켄소르(감찰관) 카토(기원전 234-149년)는 기원전 184년에 켄소르가 되어 많은 포고문을 통해 로마의 도덕적, 사회적, 경제적 재건을 도모하고 국수주의와 보수주의의 입장에서 속주정치와 대외정책을 전개했다. '소(小) 카토'라 불리는 우티카의 카토(기원전 95-46년)는 원로원의 핵심 인물로서 공화정과 전통을 중시하는 입장에 서서 로마 제국의 토대를 놓은 카이사르와 대립했다.

에 큰 피해를 입혔습니다.

마르쿠스 아우렐리우스 안토니누스[103]는 철학자여서 로마 시민들이 부담스러워하고 싫어했기 때문에 훌륭한 황제라고 할 수 없습니다. 설령 그를 훌륭한 황제로 인정한다 해도, 그는 형편없는 아들에게 황위를 물려주어 통치자로서 가져온 국익보다 더 많은 해악을 국가에 끼쳤습니다. 이런 부류의 사람들, 즉 지혜를 탐구하는 일에 온 힘을 쏟지만 그 밖의 일들, 특히 자식과 관련해서는 지지리도 복이 없는 사람들은 늘 있었습니다. 이것은 자연이 앞날을 내다보고서는 지혜라는 역병이 사람들 사이에 널리 퍼져나가지 못하게 한 처사라고 나는 생각합니다. 키케로에게 개차반 같은 아들이 있었다는 것은 누구나 아는 얘기고, 현자 소크라테스의 자녀들은 아버지보다는 어머니를 더 닮았다고 하는데, 전혀 터무니없는 소리가 아니라면 이것은 그들이 어리석기 그지없었다는 뜻입니다.

---

102 데모스테네스는 각주 94를 보라. 브루투스(기원전 85-42년)는 로마 공화정 말기의 정치가이며 카이사르를 암살했다. 카시우스(기원전 42년 사망)는 로마 공화정 말기의 정치가이자 장군이며 브루투스와 모의해 카이사르를 암살했다. 그라쿠스 형제는 로마 공화정 말기에 평민을 위한 사회개혁을 시도한 정치가로서 형은 티베리우스 그라쿠스(기원전 163-132년), 동생는 가이우스 그라쿠스(기원전 154-121년)다. 키케로도 로마 공화정을 지키려 하는 폼페이우스 편에 서서 카이사르와 대립했다. 우신은 현자라도 되는 양 민주정과 공화정을 지키려 한 인물들이 결국 그들의 지혜와 현명함 때문에 국가도 망치고 자신도 망쳤다고 말한다.

103 마르쿠스 아우렐리우스 안토니누스(121-180년)는 로마 제국의 제16대 황제다. 스토아 학파의 대표적인 철학자로서 로마 스토아 철학의 대표작으로 평가되는『명상록』을 남겼다. 아들인 제17대 황제 콤모두스(161-192년)는 로마 제국 역사상 최악의 황제 중 한 명으로 꼽힌다. 12년의 재위 기간 중에 온갖 잡기에 탐닉했고, 연이은 이민족의 침입, 재정 파탄, 만성적 경제 불안, 물가 폭등이 일어났다.

25장
철학자들은 일상에서도 서툴다

철학자들이 '리라를 연주하는 당나귀'처럼 나랏일만 서툴게 한다면 그나마 참아주겠지만, 일상의 모든 일조차 제대로 못해내고 시투른 모습을 보이니 두고 보기가 힘듭니다. 철학자를 식사에 초대해보십시오. 그는 숨 막힐 것 같은 침묵이나 골치 아픈 질문 공세로 식사 자리를 망쳐놓을 것입니다. 함께 춤추고 노는 자리에 철학자를 초대해보십시오. 그러면 낙타 한 마리가 경중경중 뛰어다니는 모습을 보게 될 것입니다. 철학자를 공연장에 데려가보십시오. 그의 표정만 봐도 흥겨움이 깨져버려 잔뜩 찌푸린 얼굴을 펴지 못해 그는 극장에서 쫓겨난 현자 카토[104] 꼴이 되고 말 것입니다. 또한 철학자가 대화에 끼어들면 우화에서 늑대가 등장할 때처럼 갑자기 모든 대화가 끊기고 맙니다.

물건을 산다든지 계약을 맺는다든지, 간단히 말해 일상생활에서 반드시 필요한 일들을 해야 할 때, 현자라고 하는 자들은 사람이 아니

---

[104] 여기에서 언급된 카토는 대 카토, 즉 감찰관 카토다(각주 101도 보라). 이에 관한 이야기가 플루타르코스의 『영웅전』에 나온다.

라 작대기가 되고 맙니다. 그들은 자기 자신이나 조국, 가족에게 아무 짝에도 쓸모없는 자들입니다. 사회생활을 하는 데 필요한 일들에 미숙한 데다가 대중의 생각이나 일반적인 관습과 동떨어져 있기 때문입니다. 생활방식이나 생각이 달라도 너무 다르니 사람들이 그들을 싫어하는 것도 당연합니다. 인간 사회는 온통 어리석은 것들로 채워져 있고, 거기에서 이루어지는 모든 일이 어리석은 자들과 함께하는 것들이니 어리석지 않은 일이 하나라도 있겠습니까? 그런데도 온 세상에 맞서 혼자 반대 목소리를 높이고 싶은 사람이 있다면, 나는 그에게 티몬[105] 처럼 광야에 나가 살면서 혼자 지혜를 즐기라고 권하고 싶습니다.

---

105 플루타르코스의 『영웅전』에 의하면, 티몬은 펠로폰네소스 전쟁 시기(기원전 431-404년)에 살았던 아테네 사람이다. 루키아노스가 쓴 『티몬』에 의하면, 그는 부유한 집의 아들로 태어나 돈을 물 쓰듯이 써서 친구가 많았지만, 돈이 떨어지고 나서는 친구들이 다 떠나버려 들에서 일하며 먹고살아야 했다. 나중에 들에서 황금 단지를 발견해 다시 부자가 되자 친구들이 돌아왔지만 그런 인간들에게 환멸을 느껴 아무와도 교류하지 않았다.

26장

아부와 우화가 지닌 힘

다시 본론으로 돌아가자면, 바위와 참나무처럼 야만적이던 인류가 모여 문명사회를 이룰 수 있었던 원동력이 아부와 칭찬이 아니면 무엇이겠습니까? 암피온과 오르페우스[106]의 리라 연주가 의미한 바도 바로 그것입니다. 극단으로 치닫던 로마의 대중을 다시 한번 국가적 화합으로 이끈 것이 무엇이었습니까? 철학적인 연설이었습니까? 천만에요. 그런 연설과는 정반대되는 것, 즉 위장과 팔다리의 관계에 관한 우스꽝스럽고 유치하기 짝이 없는 우화였습니다.[107] 테미스토클레스도 민란

---

106 암피온은 제우스와 테바이의 여왕 안티오페 사이에서 태어난 아들이다. 태어나자마자 버려져 양치기 손에서 자란 암피온은 양치기를 위해 헤르메스를 위한 제단을 만들었고, 헤르메스는 음악에 뛰어난 그에게 리라를 선물했다. 나중에 테바이의 왕이 된 암피온이 성벽을 쌓기 위해 리라를 연주하자 그 신묘한 소리에 돌들이 저절로 움직여 성벽이 완성되었다고 한다. 오르페우스는 그리스 신화에 나오는 음유시인이자 리라의 명연주가다. 그의 노래와 리라 연주는 초목과 짐승들까지 감동시켰고, 아내 에우리디케가 뱀에 물려 죽자 저승까지 내려가 음악으로 저승의 신들을 감동시켜 다시 지상으로 데려가도 좋다는 허락을 받아낼 정도였다.

107 고대 로마의 역사가 리비우스(기원전 59-기원후 17년)의 『로마 건국사』에 의하면, 고대 로마의 귀족 메네니우스 아그리파(기원전 493년 사망)는 평민이 민란을 일으킨

이 일어났을 때 그와 비슷하게 여우와 고슴도치에 관한 우화를 들려주어 동일한 효과를 거두었습니다.[108]

세르토리우스가 지어낸 사슴 이야기, 스파르타의 입법자인 리쿠르고스가 지어낸 두 마리의 개 이야기,[109] 세르토리우스가 말한 말총 뽑는 이야기[110] 등을 통해 해낸 일들을 과연 현자의 연설로 이룰 수 있겠습니까? 미노스와 누마[111]가 자신들이 꾸며낸 우화들로 어리석은 백성을 다스렸다는 얘기는 굳이 할 필요도 없을 듯합니다. 저 거대하고 엄

제1차 성산 사건(기원전 494년)이 일어나자 귀족을 대표해 평민을 만나 이 우화를 들려주어 민란을 멈추게 했다. 이 우화는 몸의 지체들이 생각하기에 위장이 하는 일 없이 음식만 축내는 것 같아 위장을 굶기기로 결의했지만, 막상 위장을 굶기자 몸의 다른 지체들까지 기능이 멈추는 것을 보고 깨달음을 얻는다는 내용이다.

108 테미스토클레스(기원전 약 528-462년)는 고대 그리스의 장군이자 정치가다. 아테네를 그리스 제일의 해군 국가로 만들었고, 페르시아 해군을 무찔렀다. 플루타르코스의 『영웅전』에 의하면, 이 우화는 고슴도치가 자신의 피를 빨아먹는 파리를 죽이려 하자, 파리를 죽이면 더 안 좋은 것들이 몰려와 못살게 굴 것이라며 파리를 죽이지 못하게 여우가 설득한다는 내용이다.

109 세르토리우스(기원전 122-72년)는 고대 로마의 장군이자 정치가로서 에스파냐의 총독이 되어 그곳을 로마화하려 했다. 총독 시절에 그는 한 농부가 바친 흰 사슴을 이용해 달의 여신 디아나가 자기에게 비밀을 알려주는 흰 사슴을 주었다고 사람들이 믿게 했다. 기원전 7세기에 활동한 스파르타의 전설적인 입법자 리쿠르고스는 훈련받은 개와 그렇지 않은 개의 차이를 보여주며 스파르타인들에게 교육의 중요성을 강조했다. 이 두 이야기는 플루타르코스의 『영웅전』에 나온다.

110 1세기에 고대 기리 빌베미우스 박세미우스의 이름 센소노 전 『민생속』에 의하면, 세르토리우스는 자신의 야만족 군대에게 "말총은 한 번에 하나씩 뽑아야 한다"라며 로마와 일전을 벌여 이기려 해서는 안 된다고 설득했다. 이 이야기는 플루타르코스의 『영웅전』에도 나온다.

111 플루타르코스의 『영웅전』에 의하면, 크레타의 왕 미노스는 자기가 9년마다 제우스의 암굴로 가서 신탁과 힘을 받아온다고 백성이 믿게 했다. 리비우스의 『로마 건국사』에 의하면, 로마를 건국한 로물루스를 이은 제2대 왕 누마(기원전 715-673년)는 자기가 여러 신들, 특히 로마 근처 숲의 요정 에게리아에게 가르침을 받아 고대 로마의 법률과 제의를 만들었다고 백성이 믿게 했다.

청난 힘을 지닌 괴물 같은 백성을 움직일 수 있는 힘은 이런 종류의 하찮고 시시껄렁한 이야기들에서 나왔습니다.

우신예찬

27장

어리석음을 통해 국가와 영웅이
탄생하고 제도가 유지된다

반면에 플라톤이나 아리스토텔레스나 소크라테스의 가르침을 받아들여 국법으로 삼은 국가가 단 하나라도 있었습니까? 데키우스 가문 사람들은 도대체 왜 자원해서 자신들을 저승의 신들에게 바친 것입니까?[112] 쿠인투스 쿠르티우스가 거대한 구덩이에 몸을 던진 이유는 무엇입니까?[113] 그것은 바로 세이렌 중에서도 가장 달콤한 '허영' 때문이 아니었습니까?[114] 그런데도 현자라고 하는 자들은 허영을 단죄하니 정말 알다가도 모를 일입니다.

---

112 데키우스는 대대로 나라를 구하기 위해 희생하는 모범을 보여 로마 역사에 길이 남은 명문가 가문이니.

113 리비우스의 『로마 건국사』에 의하면, 기원전 4세기경 고대 로마의 광장 포룸 로마눔에 거대한 구덩이가 생겨 흙을 아무리 부어도 메워지지 않았다. 로마에서 가장 소중한 것을 거기에 던져 넣어야 구덩이가 메워지고 로마의 영광도 지속될 것이라는 신탁이 주어지자, 젊고 용맹한 군인이야말로 로마에서 가장 소중한 것이라고 믿은 쿠인투스 쿠르티우스는 말을 타고 그 구덩이로 뛰어들어 저승의 신 플루토에게 자신을 바친다. 그러자 구덩이가 사라지고 그 자리에 호수가 생겨나 쿠르티우스 호수라고 불렸다.

114 세이렌은 그리스 신화에서 머리는 여자이고 몸은 새인 바다 요정이며, 치명적인 음악과 노래로 선원들을 홀려 배를 좌초시킨다.

공직 선거에 출마해 대중에게 애걸하고 아양을 떨며 곡식이나 돈을 돌려 표를 얻고, 온갖 어리석은 자들의 박수갈채를 사냥하러 다니며 그들의 환호에 취해 있다가, 당선되면 마치 우상처럼 대중이 다 볼 수 있도록 온 시내를 돌아다니고, 마지막에는 광장에 청동상이 되어 서 있는 것보다 더 어리석은 짓이 어디 있겠느냐고 현자들은 말합니다. 그 밖에도 위대한 인물의 이름과 성을 가져다가 쓰는 것, 하찮은 인간에게 신적인 영예를 부여하는 것, 잔인무도한 독재자를 신의 반열에 올리기 위해 치르는 국가적 의식 등을 몹시 어리석은 일들로 언급합니다. 너무나 우스꽝스럽고 어이없어 데모크리토스[115] 한 사람만의 비웃음으로 끝내기에는 부족하다면서요.

누가 그런 말을 부정하시겠습니까? 하지만 수많은 위대한 작가들이 하늘에 닿을 정도로 칭송해 마지않는 용맹한 영웅들의 무용담이 바로 이런 행태로부터 생겨났습니다. 국가들을 탄생시킨 것도 바로 이런 어리석음이었고, 제국과 공직과 종교와 의회와 법정을 유지하는 것도 이런 어리석음이니 인간사 전체가 우신인 나의 놀잇감이라 하겠습니다.

---

115 각주 6을 보라.

28장

생활에 편리한 온갖 기예도 우신 덕분이다

이제 기예에 대해 말해보겠습니다. 자신의 타고난 재능으로 온갖 분야에서 탁월한 것들을 고안해 후손에게 물려줄 생각을 하도록 사람들을 부추기는 것이 명성에 대한 목마름이 아니면 무엇이겠습니까? 명성이라는 것이 무엇보다 헛되다고 하는데, 도대체 그게 뭐라고 허구한 날 잠도 자지 않고 그걸 얻으려고 땀 흘리다가 자신들이 어리석기 짝이 없는 자임을 입증해 보였습니다. 오늘날 여러분의 생활을 편리하게 해주는 여러 이로운 것들이 모두 이러한 어리석음, 그러니까 바로 우신인 나 덕분에 생겨났지요. 무엇보다 재미있는 것은 다른 사람들이 일에 쏟아부은 광기 덕분에 여러분이 생활의 편리를 누리며 살아가고 있다는 점입니다.

29장
진정한 분별력도 우신에게서 나온다

이렇게 해서 용기와 근면성실이 나 우신 덕분임을 증명했으니, 이제는 분별력[116] 또한 나 덕분임을 증명해볼까요? 분별력과 어리석음은 불과 물처럼 서로 섞일 수 없는데 어떻게 그런 일이 가능하냐고 말하는 사람이 분명 있을 것입니다. 하지만 여러분이 지금까지 그랬던 것처럼 내 말에 진지하게 귀를 기울여준다면, 나는 이것도 충분히 증명할 수 있다고 자신합니다.

분별력이란 많은 경험에서 나옵니다. 그런데 현자들은 염치[117]나 소심한 성격 때문에 아무것도 시도하지 않는 반면에, 어리석은 자들은 애초에 염치가 없는 데다가 위험에 구애받지 않기에 무슨 일이든지 거침없이 달려들어 해냅니다. 그렇다면 둘 중에 어느 쪽이 분별력이라는

---

116 '분별력'으로 번역한 '프루덴티아'(prudentia)란, 훌륭한 식견을 가지고 모든 일을 사려 깊게 생각해 사리를 분별하고 장차 어떻게 될지를 미리 알고 대처하는 능력을 말한다. 우신은 여기에서 분별력의 구성 요소 중 하나인 경험을 강조하며 풍자를 이어간다.

117 '염치'로 번역한 '푸도르'(pudor)란, 무엇이 해서는 안 되는 부끄러운 일인지 알고 그런 일을 하지 않음으로써 명예와 품위를 지키려 하는 것을 말한다.

영예로운 이름에 더 어울리겠습니까?

　현자들은 케케묵은 옛날 책 속으로 도피해 거기에서 세상 물정 모르는 옛날 사람들이 말로만 그럴 듯하게 늘어놓은 궤변을 배웁니다. 반면에 어리석은 자들은 모든 일에 직접 뛰어들어 무엇이 맞고 틀린지 체험함으로써, 내 말이 틀리지 않는다면, 진정한 분별력을 얻습니다. 호메로스는 비록 눈이 멀기는 했지만, "어리석은 자는 일이 터지고 겪은 후에야 깨닫는다"라고 말한 것을 보면 이런 사실을 볼 줄 알았던 것 같습니다.[118] 경험을 통해 알게 되는 것을 방해하는 두 가지 주된 장애물이 있습니다. 하나는 생각에 뿌연 연무를 드리워 제대로 판단하지 못하게 하는 염치이고, 다른 하나는 위험해 보이는 일은 시도하지 말라고 말리는 두려움입니다. 그런데 어리석음은 사람들을 이런 것들로부터 놀라울 정도로 해방시킵니다. 부끄러워하지 않고 무슨 일이든 거침없이 하는 것이 삶에 얼마나 많은 유익을 가져다주는지 아는 사람은 별로 없습니다.

　여러분이 세상 물정을 잘 아는 데서 오는 분별력을 지닌 사람이 되고 싶다면, 자기가 그런 사람이라고 큰소리치고 다니는 자들이 실제로는 전혀 그렇지 못하다는 것을 보여드릴 테니 내 말에 귀 기울여 주시기를 부탁합니다.

　먼저 안키비아데스가 실게노스의 그카싱에 관해 밀했듯이,[119] 인간

---

118 수천 년의 세월이 흘러도 세계 최고의 문학 작품으로 인정받는 『일리아스』와 『오디세이아』의 저자 호메로스에 대해 알려진 바는 별로 없다. 사람들은 『오디세이아』의 제8권에 등장해 트로이아 전쟁을 노래하는 음유시인 데모도코스를 저자의 자화상으로 여겼고, 이것은 눈먼 사람은 앞을 보지 못하는 대신 기억력이 비상하다는 생각으로 더욱 강화되었다.

119 알키비아데스(기원전 약 450-404년)는 고대 그리스 아테네의 정치가, 대중연설가,

의 모든 일은 완전히 다른 두 얼굴을 지닌 것이 분명합니다. 그래서 처음 볼 때면 죽어 있는 것 같은데 좀 더 자세히 들여다보니 그 속에 생명이 있는가 하면, 그 반대의 경우도 있습니다. 아름다움 속에 추함이 있고, 부자인 줄 알았는데 지지리도 가난하고, 욕이나 먹을 줄 알았는데 칭찬을 듣고, 학식이 있어도 무식하고, 강인함 속에 약한 구석이 있고, 고귀하면서도 비천하고, 쾌활한 것 같으면서도 우울하고, 잘나가는 것 같으면서도 어려움을 겪고, 친구라고 생각했는데 적이 되며, 유익한 줄 알았는데 해롭습니다. 요컨대 실레노스의 조각상을 열면 겉에서 보는 것과는 영 다른 모습이 나타나는 것과 같습니다.

내 말이 너무 철학적으로 들린다면, 속담에서 말하듯이 미네르바는 쉬게 하고 좀 더 쉽게 말해보겠습니다. 군주가 부유하고 국가의 주인이라는 것을 부정할 자가 어디 있겠습니까? 하지만 정신적으로 부유하다 할 수 없고 무엇에도 만족할 줄 모른다면, 그는 분명 누구보다 가난한 사람일 것입니다. 게다가 많은 악에 끌려다닌다면 그는 비루한 노예에 불과합니다. 다른 것들도 이렇게 철학적으로 살펴볼 수 있지만, 이 한 가지 예만으로도 충분하다고 봅니다.

도대체 무슨 말을 하려는 것인지 궁금하다면 내 말을 좀 더 들어보십시오. 연극이 한창 진행되고 있는데, 어떤 사람이 무대 위로 뛰어올라와 관객들에게 배우들의 원래 얼굴을 보여주겠다면서 연기하고 있는 배우들의 가면을 벗기려 한다면 어떻게 되겠습니까? 연극은 엉

장군이다. 플라톤의 『향연』에서 소크라테스를 보석과 진귀한 물건들을 숨겨두는 상자로 사용되던 실레노스의 작은 조각상에 비유했다. 실레노스는 지혜롭지만 볼품없게 생겼으며, 주로 디오니소스 신화에 나오는 한 늙은 사티로스를 가리킨다(각주 76을 보라).

우신예찬

망이 되고, 관객들은 그 미치광이를 극장 밖으로 쫓아내는 것이 당연하지 않겠습니까? 그자의 행위로 무대 위의 상황이 갑자기 새롭게 전개됩니다. 무대에 선 여자가 사실은 남자였고, 청년은 노인이었음이 밝혀지고, 조금 전까지만 해도 왕이었던 사람이 사실은 노예였고, 신은 한낱 인간이었음이 한순간에 드러나면서 연극은 엉망진창이 되고 맙니다. 관객들의 눈을 사로잡고 있었던 것은 허구와 분장이었기 때문입니다.

인생이란 것도 일종의 연극이 아니겠습니까? 사람들이 저마다 다른 가면을 쓰고 인생이라는 무대에 올라 각자 맡은 역할을 하다가 연출자의 지시에 따라 퇴장하는 연극 말입니다. 연출자가 다른 의상으로 갈아입고 다시 무대로 나가라고 지시하면, 앞에서 자주색 옷을 입고 왕으로 나왔던 배우가 이제는 누더기를 걸친 노예로 다시 등장하는 경우도 심심찮게 생깁니다. 이렇듯 모든 것이 분장이고, 인생이라는 연극 속에서 사람들은 그렇게 살아갈 수밖에 없습니다.

그런데 하늘에서 뚝 떨어진 듯이 어떤 현자가 나타나, 모든 이가 신이자 주인으로 우러러보는 사람이 사실은 짐승처럼 온갖 욕망의 지배를 받아 수많은 추잡한 주인들을 자발적으로 섬기며 살아가는 파렴치한 노예일 뿐 사람 축에도 낄 수 없는 자라고 외친다고 생각해보십시오. 또한 아버지의 죽음으로 슬피하고 있는 사람에게 가서, 이승의 삶은 일종의 죽음에 불과하고 고인은 이제야 비로소 진정한 삶을 시작하게 된 것이니 울음을 그치고 웃으라고 명령한다고 생각해보십시오. 또한 자신의 귀족 가문을 대단히 자랑스러워하는 한 사람에게 가서, 고귀함의 원천인 미덕과 거리가 멀다는 이유로 그를 비천한 서출로 불렀다고 생각해보십시오. 그런 자가 현자입네 하며 여타의 일에서도 이런 식으로 말하고 다닌다면, 모든 사람들이 그를 얼빠진 소리나 하는 미친 작자로 보지 않겠습니까?

본말이 전도된 지혜보다 어리석은 것은 없고, 삐딱한 분별력보다 경솔한 것도 없습니다. 세태에 자신을 맞추려 하지 않고, 대세를 따르지 않으며, "마시든지 아니면 떠나라"라는 술자리 법도조차 무시하고, 연극을 연극이 아니라고 말하며 때려치우라고 소동을 부린다면, 그것이 바로 삐딱한 분별력입니다. 반면에 인간에게 허용된 것 이상을 알고자 하지 않고, 다른 모든 사람이 그러하듯 너그럽게 눈감아주고 기꺼이 속아주는 것이 진정한 분별력입니다. 사람들은 그러한 분별력이 어리석음에서 나온다고 말하지요. 이것이 인생이라는 연극이 굴러가는 방식임을 인정하기만 한다면, 나는 그것이 우신인 나에게서 나온다는 사실을 부정하지 않겠습니다.

30장

현자는 사람이 아니다

불멸의 신들이시여, 나머지 다른 것들에 대해서도 내가 말해야 합니까, 아니면 입을 다물어야 합니까? 하지만 의심할 여지없이 확실한 진실을 왜 내가 말해서는 안 됩니까? 시인들이 온갖 하찮은 문제들을 놓고도 헬리콘산의 무사 여신들[120]을 비일비재하게 호출하는 것을 보면, 나도 이 심각한 문제와 관련해 그렇게 하는 것이 좋을 듯합니다. 그러니 제우스의 따님들이여, 나 우신이 이끌지 않으면 아무도 저 탁월한 지혜, 이른바 지극히 복된 산성에 들어갈 수 없음을 보여줄 때까지 잠시 내 곁에 머물러주십시오.

모든 감정이 어리석음에서 나온다는 것은 누구나 인정합니다. 감정은 현자가 어리석은 자를 구별하는 기준인데다 현자는 이성의 지배를 받고, 어리석은 자는 감정의 지배를 받는다지요. 그래서 스토아 철

---

120 '무사'에 대해 각주 28을 보라. 헤시오도스는 『신들의 계보』에서 이들을 제우스와 기억의 여신 므네모시네 사이에서 태어난 아홉 명의 여신들이라고 말한다. '거룩한 산'이라는 뜻의 헬리콘산은 그리스 중동부 보이오티아주 남쪽에 있는 해발 1,778미터의 산이며, 그리스 신화에서 아폴론 신과 무사 여신들이 사는 곳으로 알려져 있다.

학자들은 감정에 휘둘리는 모든 것을 병으로 규정하고, 감정을 현자에게서 떼어놓습니다. 사실 감정은 지혜의 항구로 발길을 재촉하는 사람들에게 안내자 역할을 할 뿐만 아니라 미덕의 실천과 관련해서는 바른 행동을 촉진하는 박차나 채찍 역할도 합니다.

그런데도 뼛속 깊이 스토아 철학자였던 세네카[121]는 모름지기 현자라면 모든 감정에서 자유로워야 한다고 역설했습니다. 그렇게 함으로써 그는 인간 자체를 제거하고, 세상 어디에도 존재하지 않고 앞으로도 존재하지 않을 새로운 신을 '창조'해냈습니다. 더 노골적으로 말하자면, 인간의 모든 감정이 결여된 대리석 조각상을 만들어놓고는 이것을 현자라고 이름 붙였습니다. 물론 스토아 철학자들이 스스로 창조해낸 현자를 좋아하고, 자기들끼리 독차지하다시피 사랑하고, 플라톤이 세운 국가나 이데아 세계 혹은 탄탈로스의 정원에서 그 현자와 함께 살아가고자 한들[122] 그것은 어디까지나 그들의 자유입니다.

하지만 다른 모든 사람은 그런 현자를 본다면 마치 괴물이라도 본 듯이 무서워하며 도망치고 말 것입니다. 그런 현자는 모든 자연스러운 감정에 귀를 틀어막고, 단단한 부싯돌이나 파로스 섬의 흰 대리석[123]

---

121 각주 12를 보라.

122 '플라톤이 세운 국가'란 플라톤이 생각하기에 철학자가 왕인 이상 국가를 가리킨다. '이데아 세계'는 플라톤이 생각한 바 이 땅에 존재하는 모든 불완전한 것의 원형이자 실체인 완전한 것들로 이루어진 세계를 가리킨다. 탄탈로스는 그리스 신화에 나오는 리디아의 왕으로 그리스 비극에 자주 등장하는 저주받은 탄탈로스 가문의 시조다. 신들의 총애를 믿고 오만방자하게 천기를 누설하고 신들을 시험하다가 가장 깊은 저승인 타르타로스에서 영원한 형벌을 받는다. '탄탈로스의 정원'이란 유토피아처럼 '존재하지 않는 곳'을 상징한다.

123 파로스는 그리스 에게해 키클라데스 제도에 있는 섬이다. 여기에서 생산되는 흰 대리석은 견고하기로 유명해 고대로부터 그리스는 물론 이탈리아까지 수출되었다.

처럼 사랑이나 연민을 비롯해 어떤 감정에도 흔들리지 않은 채 서 있는 자이기 때문입니다. 그는 한 치의 잘못도 저지르지 않고, 속아넘어가는 법이 없습니다. 마치 린케우스[124]처럼 만사를 꿰뚫어보고, 매사를 정확히 평가하며, 어떤 것도 용서하지 않습니다. 자기 자신만으로 만족하고, 혼자 모든 것을 소유해 부유하고, 혼자 제정신이고, 혼자 왕이고, 혼자 자유민입니다. 매사에 혼자이고 오로지 자기 생각 속에서만 살아가니 친구를 두지 않고, 친구가 되어주지도 않으며, 신들에게도 주저 없이 목매어 죽으라고 명령하고, 인간 사회의 모든 일이 미쳐 돌아가고 있다며 비난하고 비웃습니다.

스토아 철학자들이 말하는 완벽한 현자란 인간이 아니라 짐승입니다. 만일 투표를 한다면 그런 사람을 어느 국가가 관리로 선출하겠으며, 어느 군대가 사령관으로 뽑겠습니까? 또한 어떤 여자가 그런 남편을 원할 것이며, 어떤 사람이 그를 손님으로 초대하겠으며, 어떤 노예가 그를 주인으로 모시려 하겠습니까? 그보다는 누구든 수많은 어리석은 자들 중에서 한 명을 선출해 자신들을 다스릴 자로 세우지 않겠습니까? 자기 자신이 어리석기에 어리석은 자들을 다룰 줄 알고, 어리석은 자들의 말을 들을 줄도 알아 자기와 같은 대부분의 사람을 기쁘게 해줄 수 있는 사람 말입니다. 그런 사람은 아내에게는 다정한 남편이고, 친구에게는 유쾌하고 즐거운 벗이며, 기분 좋게 함께 식사할 수 있는 손님이어서 누구와도 쉽게 친해질 수 있습니다. 요컨대 다른

<hr />

124 린케우스는 '스라소니(린크스)의 눈을 지닌 자'라는 뜻으로 그리스 신화에 나오는 아르고스 왕의 이름이다. 이는 그 앞에서 비밀이 있을 수 없음을 가리킨다. 스라소니는 망막이 발달해 어두운 곳에서도 잘 볼 수 있다.

모든 사람의 일을 바로 나의 일로 생각하는 사람입니다. 현자에 대해서는 지금까지 말한 것만으로도 지긋지긋하니 이 정도로 해두고 다른 유익한 주제로 넘어가 보겠습니다.

31장
재앙 같은 인생일지라도 즐겁게
살아가는 것은 우신 덕분이다

아주 높은 전망대에 올라가 인간 세상을 구석구석 내려다보면(시인들은 제우스가 그렇게 한다고 말합니다), 인생이 얼마나 재앙으로 가득한지 알게 될 것입니다. 출생은 얼마나 가련하고 불결하며, 양육은 얼마나 고역이며, 소년기는 얼마나 많은 불의에 노출되어 있으며, 청년기는 얼마나 땀 흘리고 고된 노동을 해야 하며, 노년기는 얼마나 피곤하며, 죽음은 얼마나 가혹한 운명이며, 각종 질병은 얼마나 줄줄이 몰려오며, 많은 불운이 얼마나 위협적이며, 숱한 시련이 얼마나 쇄도합니까? 인생에서 겪는 일들은 쓰디 쓴 것밖에 없습니다. 게다가 착취, 투옥, 비방, 능욕, 고문, 음모, 배신, 소송, 사기와 같이 인간이 인간에게 저지르는 온갖 악행도 겪습니다. 그 모든 재앙을 열거하자면 '모래알을 세는' 것이나 다름없습니다.

　도대체 인간은 무슨 악행을 저질렀기에 이런 재앙들을 겪는 것인지, 어느 신을 노엽게 해서 인간으로 태어나 이런 화를 당하는 것인지 지금 이 자리에서는 말하지 않겠습니다. 인생의 이러한 사정에 대해 진지하게 고민해본 사람이라면, 가련한 일이기는 하지만 밀레토스의 처녀들[125]이 자살할 만도 했다고 수긍할 것입니다. 그렇다면 주로 어떤 자들이 인생이 힘겹고 고단해 스스로 죽음을 택했습니까? 그들은 지혜를 가까이 한 자들입니다. 디오게네스, 크세노크라테스, 카토, 카시우스, 브루투스가 그랬고,[126] 스스로 죽음을 선택하지 않았다면 영원히 살 수 있었던 키론[127]도 그중 한 명이었습니다.

이제 여러분은 사람들이 너 나 할 것 없이 지혜로워지면 무슨 일이 벌어질지 짐작하셨겠지요. 아마도 진흙이 더 필요하게 될 것이고, 또 다른 프로메테우스[128]가 새로운 진흙으로 다시 인간을 만들어야 할지도 모릅니다. 하지만 우신인 나는 사람들의 무지와 모자란 생각을 얼마간 이용하고, 때로는 고통을 잊게 해주고, 형편이 나아질 것이라는 희망을 주기도 하며, 꿀맛 같은 쾌락을 조금 맛보게 하는 등, 그들이 엄청난 재앙 가운데서도 삶을 이어갈 수 있도록 돕습니다. 그래서

---

125 밀레토스는 아나톨리아 서부 해안에 있던 고대 그리스 이오니아 지방의 도시다. 고대 로마의 수필가 아울루스 겔리우스(약 125-165년)가 아테네에 살면서 쓴 『아티카 야화』에 의하면, 밀레토스 여자들 사이에 자살이 유행했다고 한다.

126 디오게네스(기원전 약 400-323년)는 고대 그리스의 견유학파를 대표하는 철학자다. 행복은 인간의 자연스러운 욕망을 자연스럽게 만족시키는 것이라 말했고, 나무통에서 기거하며 걸식으로 살았다. 크세노크라테스(기원전 약 396-314년)는 고대 그리스의 철학자로서 플라톤의 제자였으며, 기원전 339년부터 25년간 아카데미아의 교장이었다. 카토는 소 카토를 가리키는데, 로마 공화정을 지키기 위해 카이사르와 대립하다가 결국 자살했다. 카시우스는 고대 로마 공화정 말기에 브루투스와 모의해 카이사르를 암살했으며(각주 102를 보라), 두 사람은 기원전 42년에 필리피 전투에서 안토니우스와 옥타비아누스 연합군에게 패배하자 자살했다.

127 키론은 그리스 신화에서 반인반마인 켄타우로스 족의 한 명이다. 의술, 궁술, 예술에 모두 정통하고 예언 능력도 지닌 현자로서 그리스 신화에 나오는 많은 영웅의 스승이다. 불사의 몸으로 태어났지만, 히드라의 맹독을 바른 헤라클레스의 화살에 맞고 제우스에게 간청해 스스로 죽음을 택했다.

128 그리스 로마 신화에 나오는 티탄 신족으로 제우스의 명을 받아 인간을 창조한다. 이후에 제우스 몰래 헤파이스토스의 대장간에서 불을 훔쳐 인간에게 가져다준다.

인지 운명의 여신들[129]이 돌리는 물레의 실이 다해 이제 이승에 남아 있어야 할 이유가 없는데도, 그럴수록 사람들은 인생의 고단함을 느끼기는커녕 더욱 목숨을 부지하고 살아가기 위해 기를 씁니다.

덕분에 여러분은 네스토르[130]의 나이에 도달한 노인들을 도처에서 볼 수 있게 되었습니다. 사실 그 나이에 이른 노인들을 보면 인간의 면모라고 할 만한 것이 전혀 남아 있지 않습니다. 말은 어눌하고, 정신도 온전하지 못하고, 치아도 빠졌으며, 머리는 백발이거나 대머리입니다. 아리스토파네스[131]는 노인들을 가리켜 "더럽고 구부정하고 볼품없고 쭈글쭈글하며 머리카락도 없고 이도 없는 데다가 성관계도 못한다"라고 썼습니다. 그런데도 나 덕분에 노인들은 여전히 인생을 즐기고 젊어지고자 합니다. 머리를 염색하고, 다른 사람의 머리털로 만든 가발을 쓰고, 돼지 이빨로 만든 틀니를 끼고, 젊은 여자에게 빠져 정신 차리지 못하고, 사랑에 눈이 멀어 어리석은 짓을 하는 데 있어 젊은이를 능가합니다. 예컨대 관에 들어갈 날이 얼마 남지 않은 노인네가 결혼 지참금도 가져오지 않는 어린 여자를 아내로 맞이하는 일이 자주 일어납니다. 어린 여자에게 머지않아 다른 남자가 생길 텐데도 개의치 않고 그녀와 결혼하는 것을 무슨 자랑으로 여깁니다.

이보다 훨씬 더 재미있는 것은 나이가 많이 들어 무덤에서 방금 기어 나온 송장 같은 몰골을 한 노파들의 행태입니다. 이 노파들은 그리스

---

129 '운명의 여신들'이라 불리는 모이라이는 그리스 신화에 나오는 세 자매를 말한다. 클로토는 운명의 실을 뽑아내고, 라케시스는 운명의 실을 감거나 짜서 배당하며, 아트로포스는 운명의 실을 가위로 잘라 삶을 끝내는 역할을 한다.

130 각주 56을 보라.

131 각주 37을 보라. 이 인용문은 그의 작품 「플루토스」에서 늙은 플루토스를 묘사한 대목이다.

인들이 욕정에 사로잡혀 "수퇘지를 원해"라고 말하는 것처럼 "남자가 좋아"라는 말을 입에 달고 살며, 거금을 들여 젊은 파온[132]을 사서 끌어들입니다. 또한 끊임없이 얼굴을 단장하고, 어디를 가든지 거울을 들고 다니며, 은밀한 곳의 음모를 가지런히 정리하고, 말라붙어 쭈글쭈글한 유방을 드러내고, 흐느끼는 듯 떨리는 목소리로 성욕을 부추기고, 술을 마시고, 어린 여자들 사이에 섞여 춤을 추고, 연애편지를 씁니다.

사람들은 그런 노파들을 비웃으며 어리석기 짝이 없다고 말하지만, 노파 자신들은 즐거워하고 온갖 달콤함을 맛보며 최고의 인생을 살아가지요. 그러한 행복은 분명 나 덕분입니다. 이런 행태를 꼴불견이라고 생각하는 분이 있다면, 노파들이 어리석음 속에서 달콤한 인생을 누리는 편이 나을지, 아니면 속담에 이르듯 목맬 대들보를 찾는 편이 나을지 저울질해보길 바랍니다.

많은 사람은 노파들의 이런 행태를 수치스럽다고 생각하겠지만, 그런 것은 나를 추종하는 어리석은 자들에게 아무런 문제가 되지 않습니다. 그것이 안 좋은 일임을 알지 못하는 데다가 설령 알았다고 해도 개의치 않기 때문입니다. 날아온 돌멩이에 맞아 머리가 깨졌다면 실제로 피해를 당한 것이지만, 비난이나 욕설, 모욕, 비방 등은 날아들어도 당사자가 어떻게 받아들이느냐에 달렸습니다. 나쁜 일로 여기지 않는다면 피해를 볼 일도 없습니다. 온 세상 사람들이 야유하더라도 나 자신에게 전적으로 박수를 보낼 수 있다면 그런 야유가 무슨 피해를 주겠습니까? 이런 일이 가능한 것은 오로지 나 우신이 있기 때문입니다.

---

132 각주 63을 보라.

32장

어리석음은 인간의 본성이며 학문은 재앙이다

이런 말을 들은 철학자들은 아우성을 치겠지요. 어리석음에 붙잡혀 잘 못 알고 속아서 무지 가운데서 살아가는 것이야말로 불행한 삶이라고요. 하지만 그것이 인생입니다. 다들 그렇게 태어나고 자라고 형성되어가는 것이 인간의 공통된 운명인데, 왜 철학자들이 그것을 불행이라고 부르는지 나는 이해되지 않습니다. 새처럼 날 수 없다든가, 다른 동물처럼 네 발로 기어다닐 수 없다든가, 황소처럼 뿔로 무장하지 않았다든가 하는 이유로 인간으로 태어난 것이 한스럽다고 말하는 것은 이해됩니다. 하지만 인간이 원래 태어난 모습 그대로 살아가는 것을 왜 불행이라고 말하는지 모르겠습니다. 그런 식으로 말하자면, 최고의 명마라 해도 문법을 모르기니 괴지를 먹을 수 없기 때문에 불행이라고 해야 하고, 황소는 레슬링이나 권투를 할 수 없기 때문에 불행하다고 해야 할 것입니다. 하지만 말[馬]이 문법을 모른다고 해서 불행하다고 하지 않듯 인간에게 어리석음은 본성에 속한 것이기에 불행의 이유가 될 수 없습니다.

그러면 언어유희에 이골이 난 철학자들은 또 다른 근거를 들고 나오겠지요. 인간은 특별히 학문을 통해 지식을 획득하는 능력을 갖추었기 때문에 자연이 주지 않은 것도 그 능력을 사용해 보완할 수 있다고 말입니다. 자연이 모기나 각다귀 같은 작은 곤충이나 풀, 꽃 등을 만들 때는 정신을 바짝 차리고 심혈을 기울였지만, 하필 인간을 만들 때에만 졸다가 실수해서 인간에게 학문이 필요하게 되었다는 식입니다.

사실 학문이라는 것은 인류에게 앙심을 품은 토트 신[133]이 인간을 파멸하기 위해 고안한 최악의 저주이기 때문에 인간을 행복하게 만드는 데는 아무짝에도 쓸모가 없습니다. 플라톤의 글에 나오는 어느 현명한 왕이 문자의 발명을 논하면서 제대로 증명했듯이, 학문은 인간의 행복을 위해 고안되었다고 하지만 실제로는 행복을 가로막는 장애물일 뿐입니다.[134] 학문은 인생의 다른 재앙들과 마찬가지로 인간에게 온갖 나쁜 것을 가져다주는 정령들이 들여온 것입니다. 이 정령들에게 붙은 '다이몬'[135]이라는 명칭은 '아는 자들'을 뜻하는 '다에모나스', 즉 현자를 가리킵니다.

황금시대[136]의 순진무구한 사람들은 학문이라는 것을 전혀 알지

---

133 토트는 고대 이집트 신화에 나오는 학문의 신이다. 따오기의 머리와 인간의 몸이 결합된 모습이고, 글자와 언어를 발명해 신들의 세계에서 서기 역할을 했다.

134 플라톤의 『파이드로스』에서 소크라테스는, 이집트의 신 토트가 사람들의 기억력을 보완하기 위해 문자를 발명했으니 이를 잘 보급하라고 말하자 이집트의 왕 타무스가 문자 때문에 사람들이 기억할 필요성을 느끼지 못해 점점 우둔해져 살아가기 힘들게 될 것이라고 부정적으로 대답했다고 말한다.

135 다이몬은 고대 그리스에서 신은 아니지만 바다의 정령, 숲의 정령 등 신적 존재인 정령들을 가리킨다.

136 '황금시대'는 그리스 신화, 특히 헤시오도스가 쓴 『일과 날』에서 유래한다. 그는 인류 역사를 황금시대, 은시대, 청동시대, 영웅시대, 철시대로 구분했다. 그중에서 황금시대는 시원의 평화, 조화, 안정, 번영의 시대로 땅에 먹을 것이 넘쳐났기 때문에 사람들이 일할 필요가 없었고 젊음을 유지하며 장수했다. 그리스 신화에서는 티탄 족의 제2대

못한 채 오로지 자연의 본능에 이끌려 살았습니다. 모두가 동일한 언어를 사용했고, 언어는 의사소통을 하는 데만 사용되었으므로 문법이 필요했을 리 없습니다. 생각이 다르지 않아 말다툼할 일이 없는데 논리학이나 변증학이 무슨 소용이 있었겠습니까? 굳이 다른 사람을 만나 설득하고 협상할 일이 없는데 수사학이 어디에 쓰였겠습니까? 사람들이 악하게 행하지 않아 선량한 법률을 만들 필요가 없는데 법학이 무슨 필요가 있었겠습니까? 게다가 그들은 경건한 사람들인지라 불경한 호기심에 이끌려 자연의 비밀이나 별의 크기와 운동과 영향, 사물의 숨은 원리를 탐구하려 들지 않았고, 유한한 인간이 자기 분수를 넘어 현명해지려 하는 것은 신성모독이라고 생각했습니다. 하늘 너머에 무엇이 있는지 탐구하려는 미친 생각은 아직 그들에게 없었습니다.

하지만 황금시대의 순수함이 조금씩 사라지면서 앞에서 내가 말한 나쁜 정령들이 학문을 만들어내기 시작했습니다. 처음에는 학문의 수가 적었고, 학문을 배우는 사람도 소수에 지나지 않았지요. 그런데 나중에 바빌로니아인들의 미신과 그리스인들의 게으른 경박함[137]으로 학문의 수가 600개로 늘어나는 바람에 인생이 짊어져야 할 십자가 형벌만 더 늘었습니다. 인간의 삶을 끊임없이 괴롭히는 것으로는 문법 하나만 있어도 충분하다 못해 차고 넘치는데 말입니다.

최고신 크로노스가 이 시대를 지배했다고 말한다.

137 '바빌로니아인들의 미신'이란 점성술과 마술을 가리킨다. 우신은 그리스인들이 일하지 않고 한가롭게 놀면서 이런저런 생각을 하다 보니 학문의 수가 늘었다고 주장한다. 고대 그리스에서는 글을 읽고 쓰는 법을 가르치는 '문법'을 학문의 기본으로 여겼기 때문에 소년들을 가르치는 학교를 문법학교, 교사를 문법교사라고 불렀다. 그다음 단계는 '수사학'이었다.

33장

의사와 법률가

사정이 이러하지만, 그래도 학문들 중에서 그 가치를 가장 인정받는 것은 일반 사람들이 생각하고 느끼는 것, 즉 어리석음에 근접한 것들입니다. 그래서 신학자들은 배고프고, 과학자들은 춥고, 천문학자들은 조롱당하고, 논리학자들은 멸시받아도, 오직 '의사만은 일당백의 몫을 해냅니다'. 같은 의사라 할지라도 무식하고 무모하며 경솔한 의사일수록 고관대작들보다 더 극진한 대접을 받습니다. 특히 오늘날 너 나 할 것 없이 의사가 되어 행하는 의술이라는 것은 수사학과 조금도 다를 바 없는 아부술에 불과합니다.

　의사 다음으로 높은 자리는 법률가의 것입니다. 어쩌면 이들에게 최고 윗자리를 내주어도 괜찮을 것 같습니다. 내 입으로 이런 말을 하고 싶지는 않지만, 대부분의 철학자는 당나귀같이 멍청한 자들이나 법률가가 된다고 조롱합니다. 하지만 크고 작은 분쟁들이 이 당나귀같이 멍청한 자들의 판단에 따라 결정됩니다. 그리하여 법률가들의 재산은 하루가 다르게 불어나는데, 신과 관련된 모든 것을 탐구하기 위해 책장을 샅샅이 뒤지는 신학자는 콩 한 알을 쪼개 먹으며 빈대와 이를 상대로 끝나지 않는 전쟁을 벌입니다.

　이렇게 어리석음과 좀 더 가깝고 친한 학문에 더 많은 혜택이 돌아가기 때문에, 모든 학문과 일체의 접촉을 끊고 오직 자연이 이끄는 대로 살아가는 자들이 가장 행복한 사람들입니다. 인간이 자기 분수를 뛰어넘는 생각만 하지 않는다면 자연은 인간의 안내자 역할을 하는 데 조금도 부족하지 않기 때문입니다. 자연은 꾸미는 것을 싫어하고, 어떤 것이든 인위적인 학문으로 훼손되지 않았을 때 훨씬 더 큰 행복을 가져다줍니다.

34장
자연의 본능을 따라 살아가는 동물이 행복하다

그렇다면 학문을 완전히 멀리한 채 오직 자연만을 스승으로 삼고 살아가는 동물이 그렇지 않은 동물보다 더 행복한 삶을 누리는 것이 분명하지 않겠습니까? 벌들은 인간이 지닌 온갖 감각이 없는데도 누구보다 행복하고 놀라운 삶을 영위하지 않습니까? 어떤 건축가가 벌들이 짓는 것과 같은 건축물을 지을 수 있겠으며, 어떤 철학자가 벌들이 세우는 것과 같은 국가를 세울 수 있겠습니까?

반대로 말[馬]은 인간의 거주지로 들어와 인간과 함께 살아가면서 인간과 비슷하게 생각하고 느끼게 되면서 인간이 겪는 재앙들도 함께 겪게 되었습니다. 경주에서 지면 창피하기 때문에 숨쉬기 힘들 정도로 질주하고, 전쟁터에 나가서는 승리하려는 야심 때문에 종횡무진으로 누비다가 결국 자기 등에 올라탄 사람과 함께 고꾸라져 흙먼지를 씹습니다. 늑대 이빨처럼 생긴 재갈, 가시 달린 박차, 감옥 같은 마구간, 채찍, 몽둥이, 고삐, 기수 등, 간단히 말해 말이 원수에게 복수하려는 일념으로 인간의 용맹함을 닮기 위해 스스로 인간의 종이 되는 편을 선택하며 자초한 온갖 비극을 내가 굳이 다 말할 필요는 없을 것입니다.

그에 비하면 파리와 작은 새의 삶이 훨씬 낫습니다. 이들은 인간이 놓은 덫에 걸리지만 않는다면 그때그때 오로지 자연의 본능을 따라 살아갑니다. 새장에 갇혀 인간의 소리와 언어에 친숙해진 새는 놀랍게도 빛나던 본연의 목소리가 퇴색하고 맙니다. 자연의 작품들은 인간이 학문과 기술로 만들어낸 것보다 모든 면에서 더 풍요롭고 행복합니다.

그런 점에서 피타고라스가 수탉으로 환생한 것[138]은 아무리 큰 찬사를 보낸다 해도 부족할 것입니다. 철학자, 남자, 여자, 왕, 평민, 물고기, 말, 개구리, 해면에 이르기까지 온갖 것으로 환생해본 그는 인간보다 더 불행한 동물은 없다는 결론을 내렸습니다. 그리고 그 이유를, 다른 모든 동물은 자연이 정해준 한계 안에서 만족하고 살아가는 반면에 인간만이 운명의 한계를 벗어나려고 애쓰기 때문이라고 밝혔습니다.

---

138 이 이야기는 에라스무스가 번역한 루키아노스의 작품 『수탉』에 나온다. 루키아노스는 각주 8을 보라. 아리스토텔레스는 『동물론』이라는 다섯 권의 책에서 해면을 생물로 분류한다.

35장
무식하고 어리석은 자들이 행복하다

또한 피타고라스는 인간 가운데서는 유식하고 위대한 사람보다 무식한 사람이 많은 섬에서 더 낫다고 생각했고, 그릴루스[139]는 오디세우스를 따라가 온갖 고생을 하기보다 돼지우리에서 꿀꿀거리며 지내는 편을 선택했다는 점에서 '지략가 오디세우스'보다 훨씬 더 현명했습니다. 내가 보기에 이야기의 아버지 호메로스도 이와 관련해 비슷한 의견을 가졌던 것 같습니다. 호메로스도 모든 인간을 '고생하며' 살아가는 '불쌍한' 자들이라 불렀고, 현자의 본보기로 여기는 오디세우스에 대해서조차 '불운하고 불행한' 자라는 표현을 종종 썼기 때문입니다. 반면에 파리스나 아이아스, 아킬레우스[140]에 대해서는 한 번도 그렇게

---

139 오디세우스의 집에서 돼지치기로 지낸 하인은 왕족 출신의 에우마이오스다. 그릴루스라는 이름은 호메로스의 『오디세이아』에 나오지 않는다. 호메로스는 오디세우스에게 '지략가'라는 별명을 붙여주었다.

140 파리스는 트로이 마지막 왕 프리아모스의 아들이다. 헤라, 아테나, 아프로디테 중 누가 최고의 미녀인지 심판을 맡게 된 그는 자기에게 절세미인을 약속한 아프로디테를 선택한 대가로 스파르타 왕 메넬라오스의 왕비인 헬레네를 얻고, 이로 인해 트로이아 전쟁이 일어난다. 아이아스는 살라미스의 왕 텔라몬의 아들이며 트로이아 전쟁에

말하지 않았습니다. 그 이유가 무엇이겠습니까? 오디세우스가 영리하고 재주가 많으며 미네르바 여신 못지않은 지혜를 가지고 있어 지나치게 현명한 자인지라 자연의 인도에서 아주 멀리 벗어나 있었기 때문이 아니겠습니까?

지혜를 추구하는 데 열심을 내는 사람들이야말로 행복과 가장 거리가 멀며, 틀림없이 갑절로 어리석은 자들입니다. 그들은 인간으로 태어났으면서도 본분을 망각하고 불멸의 신들처럼 살려고 하며, 신들에게 대항했던 거인족처럼 학문이라는 무기를 가지고 자연에 맞서 전쟁을 벌이기 때문입니다. 반대로 짐승의 본성에 가장 가깝게 살아가면서 인간의 본분을 절대로 넘어서려 하지 않는 사람들이 가장 덜 불행하다고 할 수 있습니다.

이제 이것을 스토아 학파의 삼단논법이 아니라 그저 무식한 예를 하나 들어 증명해보고자 합니다. 불멸의 신들에게 맹세하건대, 일반적으로 바보, 멍청이, 얼간이, 천치 등 내 생각에는 가장 아름다운 명칭으로 불리는 이들이 가장 행복한 부류가 아닐까 싶습니다. 얼핏 듣기에는 내 말이 어리석고 터무니없는 것 같겠지만 이것이야말로 틀림없는 진실입니다. 이들은 죽음을 두려워하지 않는데, 이는 제우스에게 맹세컨대, 적지 않은 고통에서 해방된 것입니다. 그들은 양심의 가책도 받기 않습니다. 기신 이야기에도 진혀 김믹지 않고, 유명이나 악귀를 만나도 무서워하는 법이 없습니다. 나쁜 일들이 들이닥칠 것을 알아도

참전한 그리스군의 영웅이다. 아킬레우스는 프티아의 왕 펠레우스와 바다의 여신 테티스 사이에서 태어난 아들이며 역시 트로이아 전쟁에 참전한 그리스군의 위대한 영웅이다.

걱정하거나 두려워하지 않고, 장차 좋은 일이 생길 것을 알아도 들뜨지 않습니다. 요컨대 인생을 살아가면서 겪는 무수한 염려에 휘둘리지 않습니다. 그들은 수치심도, 두려움도, 야망도, 시기도, 사랑도 알지 못합니다. 그들은 생각이 없다는 점에서 짐승에 가깝기 때문에 신학자들의 말에 의하면 죄를 지을 수도 없는 자들입니다.

그러니 어리석기 짝이 없는 현자여, 당신이 얼마나 많은 밤과 낮을 온갖 염려로 괴로워했는지 돌아보고 그 모든 괴로움을 한자리에 쌓아보십시오. 그러면 비로소 내가 나를 추종하는 어리석은 자들을 얼마나 많은 괴로움에서 건져내주었는지 알게 될 것입니다. 덧붙여 말하자면, 나를 추종하는 어리석은 자들은 늘 스스로 즐거워하며 장난치고 노래하고 웃을 뿐만 아니라, 어디를 가든지 모든 사람에게 즐거움과 재미와 놀이와 웃음을 선사합니다. 우울한 인생을 즐겁고 환하게 밝혀주라는 면허장을 신들에게 받은 것처럼 말이지요.

타인을 대하는 사람들의 태도는 저마다 다르기 마련인데, 나를 추종하는 어리석은 자들에 대해서는 사람들이 늘 가족처럼 생각해서 먹이고, 입히고, 안아주고, 필요할 때 도와주며, 무슨 말을 하든 어떤 행동을 하든 벌하지 않고 다 받아줍니다. 아무도 그들을 해치려 하지 않고, 사나운 들짐승조차 그들의 순진무구함을 본능적으로 알아차리고는 해코지하지 않습니다. 그들은 신들의 보호, 특히 나의 보호를 받고 있기 때문에 해를 당하기는커녕 주변의 모든 사람에게 귀한 대접을 받습니다.

36장
어리석은 자들이 군주의 총애를 받는 이유

위대한 군주들도 나를 추종하는 어리석은 자들을 총애합니다. 어떤 군주들은 이들 없이는 먹지 않고, 아무데도 가지 않을 뿐만 아니라 한시도 견디지 못할 정도라고 합니다. 군주들은 대개 위신을 생각해 엄숙한 현자 여러 명을 곁에 두지만, 실제로는 그들보다 나의 추종자인 얼간이들을 훨씬 더 총애합니다. 군주들이 얼간이들을 총애하는 이유는 아주 분명하고 그리 이상한 일도 아닙니다. 현자들은 자신들이 모시는 군주에게 우울한 얘기만 하고, 자신들의 학식만 믿고서 종종 쓰라린 진실로 군주의 여린 귀를 후벼 파서 상처 내는 일도 마다하지 않습니다. 반면에 얼간이들은 언제나 군주들이 원하는 것, 즉 재담과 웃음과 즐거움을 제공합니다.

여러분은 어리석은 자들이 주는 또 하나의 무시할 수 없는 선물이 있음을 알아야 합니다. 오직 그들만이 있는 그대로 진실을 말한다는 것입니다. 진실을 말하는 것보다 더 칭찬받아 마땅한 일이 무엇이겠습니까? 플라톤의 글에서 알키비아데스는 속담을 인용해 진실은 술과 어린아이의 것이라고 말했지만,[141] 사실 이러한 칭송은 모두 우신인 내 덕분에 이루어졌습니다. 에우리피데스가 "있는 그대로 말하는 것을 보니 어리석은 자로군"이라고 읊은[142] 유명한 시구가 그 증거입니다. 어리석은 자는 마음속에 품고 있는 것은 무엇이든지 있는 그대로 얼굴에 드러내고 말로 표현합니다.

반면에 현자들은 두 개의 혀가 있어 에우리피데스가 잘 상기시켜 주었듯이, 하나로는 진실을 말하고 다른 하나로는 현재 상황에 적절하다고 판단되는 말을 합니다. 그들은 검은색도 흰색으로 둔갑시키고, 한 입으로 춥다고 했다가 덥다고 하는 등, 마음속에 품고 있는 것과 입 밖으로 내는 것이 아주 다릅니다. 그러니 군주들처럼 행복한 사람이 또 있을까 싶지만, 진실을 말해줄 사람 하나 없이 아부하는 자들만 친구랍시고 곁에 모여 있다면 그보다 더 불행한 사람도 없습니다.

어떤 사람들은 군주들이 진실을 듣기 싫어서 현자들을 피한다고 말합니다. 그들 중에 듣기 좋은 말만 하는 게 아니라 있는 그대로의 진실을 주저 없이 말하는 자가 갑자기 튀어나올까 봐 두렵기 때문이라지요. 군주들이 진실을 싫어하는 것은 사실입니다. 그런데도 나의 추종자인 바보들은 놀라운 능력을 발휘합니다. 군주들에게 단순히 진실을 말할 뿐만 아니라 신랄하게 욕하기도 하고 조롱도 하며 야단법석을 떠는데도 군주들은 그런 말을 들으면서 즐거워합니다. 현자들이 그와 같은 말을 했다면 당장 목이 날아갔겠지만, 바보들이 그런 말을 하니 놀

---

141 알키비아데스는 각주 119를 보라. 여기에 언급된 내용은 플라톤의 『향연』에 나온다.
142 에우리피데스(기원전 약 484-406년)는 고대 그리스의 3대 비극시인 중 한 명이다. 신들을 좀 더 인간적인 관점에서 표현하고, 인간들 사이의 갈등과 고뇌 등을 묘사하면서도 교훈과 위안을 의도하지 않았다. 여기에 언급된 내용은 『바쿠스 신의 여사제들』에 나온다.

랍게도 큰 즐거움이 생깁니다. 진실은 본래 사람들을 기쁘게 해주는 힘이 있습니다. 하지만 듣는 사람이 기분 나쁘지 않게 다가갈 때에만 그 힘이 제대로 드러나는데, 신들은 이런 능력을 오직 바보들에게만 주었습니다.

아마도 이런 이유 때문에 바보들이 여자들에게 크나큰 기쁨을 주는 것 같습니다. 여자들은 천성적으로 하찮은 일들에도 즐거워하기 때문입니다. 그래서 이런 부류의 사람들, 즉 바보들과 자주 어울리다가 곤혹스러운 일을 겪기도 하지만 한때의 즐거운 경험으로 치부해버립니다. 여자들은 특히 자신이 저지른 실수를 감쪽같이 봉합하는 데 천부적인 재능이 있습니다.

37장

바보의 행복한 삶과 현자의 불행한 삶

바보들이 누리는 행복으로 다시 돌아가봅시다. 그들은 죽음을 두려워하지 않는 것은 물론이고 의식조차 하지 않는 가운데 즐거운 인생을 보낸 후, 곧바로 엘리시온의 들판[143]으로 거처를 옮겨 거기에서도 재미있게 장난치며 편안히 쉬고 있는 경건한 영혼들에게 즐거움을 안겨줍니다.

　이제 현자의 운명과 바보의 운명을 비교해봅시다. 먼저 전형적인 현자의 모습을 생각해보십시오. 그는 학문을 갈고닦는 데 청소년기를 송두리째 쏟아부었을 것이고, 인생의 가장 달콤한 시절에 허구한 날 밤새우고 노심초사하며 학문에 매달렸을 것이며, 남은 삶에서도 아주 작은 즐거움조차 맛보지 못했을 것입니다. 늘 궁색하고 쪼들리고 우울하고 심각했을 것이며, 자신에게 엄격하고 가혹하며 다른 사람들에게 신랄하고 적대적이었을 것입니다. 창백하고 수척한 데다가 병약하고,

---

143 우신이 앞에서 '행복의 섬'이라고 말했던 곳으로 신들의 축복을 받은 영웅들이 불사의 몸이 되거나 이 땅의 삶을 마치고 가는 이상향이다(각주 31, 41을 보라).

눈은 침침하고, 늙기도 전에 머리가 하얗게 세고, 결국에는 요절하고 말았을 것입니다. 그런데 한 번도 살아 있었다고 할 수 없는 사람이 죽은들 살았던 때와 무엇이 다르겠습니까? 이것이 꼴좋은 현자들의 초상입니다.

38장

나쁜 광기가 있고, 좋은 광기가 있다

이 대목에서 '스토아 학파의 개구리들'이 또다시 시끄럽게 개굴개굴 울어대는군요. 그들은 "광기보다 더 불쌍한 것은 없다"라고 시끄럽게 외쳐댑니다. 사실 탁월한 어리석음은 광기에 가까울 뿐만 아니라 광기 그 자체입니다. 미친 것과 정신 나간 것이 무엇이 다르겠습니까? 그러니 스토아 학파의 저 개구리들이 하는 말은 완전히 틀렸습니다. 그렇다면 무사 여신들의 도움을 받아 그들의 논리를 파헤쳐보겠습니다.

플라톤의 글에서 소크라테스가 베누스와 쿠피도를 각각 두 가지 모습으로 나누어 지혜롭게 논증을 펼쳤던 것처럼,[144] 이 변증가들도 자신이 제정신임을 입증하고자 했다면 서로 다른 두 종류의 광기를 구별해서 말했어야 합니다. 광기라고 해서 다 재앙은 아니기 때문입니다. 그렇지 않다면 호라티우스[145]는 "사랑스러운 광기가 나를 가지고 노는

---

144 플라톤의 『향연』에서 소크라테스는 미의 여신 베누스(아프로디테) 및 성애의 신 쿠피도(에로스)에는 두 종류가 있어 좋은 베누스와 에로스, 타락한 베누스와 에로스가 사람들에게 서로 다른 영향력을 미친다고 말한다.

145 호라티우스(기원전 65-8년)는 고대 로마의 서정시인이자 풍자시인이다. 탁월한 기교

것인가"라고 말하지 않았을 테고, 플라톤도 시인과 예언자와 연인들의 광기를 가리켜 인생에 주어진 특별한 축복이라고 말하지 않았을 것이며,[146] 여사제 역시 아이네이아스가 하려는 일을 미친 짓이라고 하지 않았을 것입니다.[147]

광기에는 두 종류가 있습니다. 하나는 저승에서 온 복수의 여신들[148]이 뱀을 던져 사람들의 마음속에 전쟁에 대한 열망, 황금에 대한 욕심, 추악한 애욕, 부친 살해, 근친상간, 신전 약탈 등과 같은 전염병을 집어넣을 때마다, 또는 양심의 가책에 시달리는 사람들의 영혼에 공포를 불어넣고 광분하게 할 때마다 생기는 광기입니다. 다른 하나는 앞에서 말한 광기와는 전혀 다르게 우신인 내게서 시작되는 매우 바람직한 광기입니다. 이런 광기는 정신이 기분 좋은 망상을 통해 온갖 근심과 걱정에서 해방되어 다시 즐거움으로 도배될 때 생겨납니다. 키케로는 아티쿠스에게 보낸 서신에서,[149] 이러한 망상은 아무리 안 좋은 일도 잊

와 도시적인 유머, 인간미가 특징인 그의 『서정시집』 네 권은 로마 서정시의 백미로 평가된다.

146 미와 사랑을 주제로 한 플라톤의 『파이드로스』에서 소크라테스가 한 말이다.

147 아이네이아스는 미의 여신 아프로디테와 트로이아의 왕족 안키세스 사이에서 태어난 아들이며 트로이아군에서 총사령관 헥토르에 버금가는 영웅이다. 트로이아가 멸망한 후 신탁을 따라 고생 끝에 이탈리아로 건너가는데, 도중에 죽은 아버지가 저승에서 네를 찾으니 왔다나며 꿈에 나타난다. 여기에서 언급된 내용은 그가 여사제 시빌레에게 저승으로 가겠다며 도와달라고 하자 여사제가 한 말이다. 결국 그는 저승에 가서 아버지를 만났고, 수 세기 후에 그의 후손 로물루스가 로마를 건국한다. 이 이야기는 고대 로마의 최고 시인 베르길리우스의 『아이네이스』에 자세히 나온다.

148 '복수의 여신들'(에리니에스)에는 선과 악에서 분수를 뛰어넘는 과도함이나 오만이 있을 때 벌하는 네메시스가 있고, 부모나 형제 살해를 비롯해 질서를 어지럽히는 범죄를 저지른 자를 응징하는 세 자매 티시포네, 알렉토, 메가이라가 있다.

149 키케로는 각주 99, 102를 보라. 아티쿠스(기원전 약 112-35년)는 로마의 은행가, 편집자, 문학 후원가이며, 어릴 때부터 키케로와 절친이어서 그와 나눈 서신과 우정으로

게 해준다는 점에서 신들이 준 최고의 선물이라고 말합니다.

아르고스의 한 남자[150]가 경험한 망상도 결코 나쁘지 않았습니다. 그는 미친 나머지 아무 공연도 하지 않는 빈 극장에 혼자 앉아, 무대에서 멋진 비극이 공연되고 있다고 믿으며 온종일 웃고 박수치며 즐거워했습니다. 하지만 나머지 생활은 아무 지장 없이 잘해냈습니다. 그는 '친구들에게는 유쾌하고, 아내에게는 다정하며, 술독의 봉인이 뜯긴 것을 보아도 화내지 않고 노예들을 용서할 줄 아는' 사람이었습니다. 이 사람이 친척들의 도움으로 약을 먹고 병이 나아 제정신으로 돌아왔습니다. 하지만 이렇게 한탄했지요. "자네들은 나를 살린 것이 아니라 죽인 것이네. 내게서 즐거움을 가져가지 않았나. 나는 내 영혼이 즐기던 감미로운 망상을 빼앗기고 말았네."

참으로 맞는 말입니다. 말은 분명히 맞습니다. 이렇게 행복하고 즐거운 광기를 어리석게도 무슨 질병으로 여기며 약을 먹여 몰아내야 한다고 판단한 친구들이 실은 더 미쳤습니다. 헬레보레[151]로 만든 약은 오히려 그들이 먹었어야 했습니다.

모든 감각의 오류나 정신의 망상을 광기라고 부르는 것이 과연 옳은지 나는 아직 판단이 서지 않습니다. 눈이 침침해 어쩌다가 노새를 당나귀로 착각한다거나, 형편없는 시를 최고의 시로 여겨 칭송했다고 해서 언제나 미쳤다고 볼 수는 없기 때문입니다. 물론 감각뿐만 아니

유명하다. 키케로는 저서 『우정론』을 아티쿠스에게 헌정했다.

150 아르고스는 포로네우스가 고대 그리스 펠로폰네소스 반도에 있는 현재의 아르골리스 주에 건설한 도시다. 이 이야기는 호라티우스의 『서간집』에 나온다.

151 유럽과 아시아에 분포한 독초다. 그리스 신화에 의하면, 아르고스 왕의 딸들이 미쳐서 벌거벗고 도시를 질주하며 비명을 지르자 전설적인 주술 치료사 멜람푸스가 주신 디오니소스가 가르쳐준 대로 헬레보레를 사용해 그들의 광기를 고쳤다고 한다.

라 판단에서도 오류를 저지르고, 그 정도가 통상적인 수준을 넘어서며 오래 지속된다면 광기에 가깝다고 할 수 있습니다. 예컨대 당나귀 우는 소리를 위대한 교향곡으로 듣는다든지, 가난뱅이 천민이 자신을 리디아의 왕 크로이소스[152]라고 믿는 경우가 그렇습니다.

이런 종류의 광기는 그렇게 느끼는 당사자뿐만 아니라 이를 지켜보는 이들에게도 적지 않은 즐거움을 선사합니다. 이런 경우는 일반적으로 생각하는 것보다 훨씬 더 자주 볼 수 있습니다. 또한 미친 사람은 다른 미친 사람을 보고 웃으며 서로에게 즐거움을 안겨줍니다. 여러분도 심심치 않게 보셨겠지만, 크게 웃는 사람일수록 더 미쳐 있는 경우가 많습니다.

---

152 리디아는 기원전 7-6세기에 소아시아 서부 지방에서 번영했던 왕국이며 수도는 사르디스다. 리디아의 마지막 왕 크로이소스(기원전 약 595-547년)는 그 이름이 그리스와 페르시아에서 '부자'라는 뜻으로 통할 정도로 재산이 많았다.

39장

좋은 광기의 예:
사냥꾼, 건축가, 화학자, 노름꾼

우신인 나의 판단으로는, 내게 속한 광기에 머물러 있는 한 여러 방면에서 다양한 방식으로 미쳐 있는 사람일수록 더욱 행복합니다. 이런 광기는 아주 널리 퍼져 있어, 평생을 살아가면서 늘 현명하고 한순간도 광기에 빠지지 않은 사람은 인류를 통틀어 단 한 명도 찾아볼 수 없을 것입니다.[153] 다만 어떤 것은 광기라 부르고, 어떤 것은 그렇지 않다는 차이가 있을 뿐입니다. 호박을 보고 여자라고 믿는 남자를 가리켜 사람들은 미쳤다고 말합니다. 그런 일은 극소수에게만 일어나는 일이기 때문입니다. 하지만 아내가 다른 많은 남자와 바람을 피우는데도 행복한 착각에 빠져 아내를 페넬로페[154]보다 훨씬 더 정숙한 여자라 철석같이 믿는 남자를 보고 미쳤다고 말하는 사람은 아무도 없습니다. 그런 일은 거의 모든 남편이 겪는 일이기 때문입니다.

---

153 이 말은 플리니우스의 『박물지』에서 속담으로 인용된다.

154 호메로스가 쓴 『오디세이아』의 주인공 오디세우스의 아내다. 오디세우스가 트로이아 전쟁에 참전해 오랜 세월이 지나도 돌아오지 않고 생사를 확인할 수 없는 상황에서 100명이 넘는 구혼자들의 괴롭힘을 참고 견디다가 마침내 남편과 해후한다.

이런 부류에는 소름 끼치는 뿔피리 소리와 사냥개들이 짖어대는 소리를 들을 때 말로 다할 수 없는 희열을 느낀다는 광적인 사냥꾼들도 속합니다. 그들은 들짐승을 사냥하는 데 골몰한 나머지 다른 것에는 전혀 관심이 없습니다. 내가 보기에 그들은 사냥개의 배설물에 코를 들이대고도 계피향이 난다고 할 자들입니다. 그런 자들이니 사냥한 들짐승을 해체할 때마다 얼마나 황홀하겠습니까? 황소나 양은 평민도 도축해 나눌 수 있지만, 들짐승을 사냥해서 자르는 것은 귀족에게만 허용된 일이고 평민이 하면 불경죄가 됩니다.

여기 이 귀족은 모자를 벗고 무릎을 꿇고서 전용 칼을 사용해(아무 칼이나 사용하는 것은 불경한 일입니다) 정해진 동작으로 사냥한 들짐승의 특정 부위들을 정해진 순서를 따라 경건하게 해체합니다. 더욱 놀라운 것은 빙 둘러서서 아무 말 없이 그 모습을 지켜보는 사람들입니다. 그들은 이미 수천 번은 보았을 그 광경을 마치 처음 보는 신기한 일인 양 감탄하며 지켜봅니다. 어쩌다가 그 들짐승의 살코기를 한 점이라도 맛볼 기회를 갖게 된 사람은 자신이 귀족의 신분에 한 걸음 성큼 다가선 것처럼 생각합니다. 들짐승을 수없이 사냥해 잡아먹는 일은 들짐승과 같은 수준으로 자신을 격하시키는 것 말고는 달리 성취하는 것이 없는 일인데도, 그들은 그런 일을 통해 자신이 왕처럼 살아가고 있다고 생각합니다.

이런 귀족들과 아주 비슷한 부류가 또 있습니다. 그들은 건축에 대한 채워지지 않는 열정을 불태우며 둥근 것을 네모난 것으로, 다시 네모난 것을 둥근 것으로 바꾸기를 반복하는 자들입니다. 그들의 반복에는 끝이 없고 적당한 선도 없습니다. 그들은 가진 것을 모두 탕진하고 살 집도 없고 먹을 것도 거덜날 때까지 그 짓을 반복합니다. 그래도 최소한 몇 년 동안은 최고의 즐거움을 원 없이 누렸으니 이후야 어떻게 되든 무슨 상관이 있겠습니까?

내가 보기에는 새롭고 신비한 기술로 사물의 성질을 바꾸기 위해 그 기술의 토대가 될 제5원소를 찾아 산과 바다를 돌아다니는 사람들도 앞에서 말한 부류와 비슷합니다. 달콤한 희망에 이끌려 살아가는 이들은 놀라운 창의력을 발휘해 기쁨이 될 만한 허황된 것을 끊임없이 생각해내고, 그것을 이루어내기 위해 자신의 피땀과 돈을 아낌없이 쏟아붓습니다. 마침내 전 재산을 날리고 작은 화덕에 불 피울 형편조차 되지 않을 때에도 그들은 즐거운 꿈꾸기를 멈추지 않고, 다른 사람들도 자신과 똑같이 행복한 꿈을 꿀 수 있게 하려고 애씁니다. 그러다가 결국 모든 희망이 사라졌을 때도 그들은 마지막까지 남아 있는 한 문장을 들여다보며 차고 넘치는 위안을 받습니다. "위대한 일은 시도해본 것만으로도 충분하다." 그러고는 위대한 일을 이루기에는 인생이 너무 짧다고 한탄합니다.

주사위 놀이로 노름하는 사람들도 위와 같은 부류임을 나는 전혀 의심하지 않습니다. 노름에 중독되어 주사위 굴러가는 소리만 들어도 심장이 쿵쾅거리고 맥박이 빨라지니, 그 어리석고 우스꽝스러운 모습을 보고 웃지 않을 수 없습니다. 그들은 크게 한몫 잡으려는 유혹에 이끌려 전 재산을 가지고 항해하다가, 말레아곶[155] 못지않게 가공할 주사위 노름이라는 암초에 걸려 난파해 전 재산을 잃고 옷도 걸치지 못한

---

155 말레아곶은 펠로폰네소스 반도의 남동쪽 라코니아 지방에 돌출해 있는 곳이다. 고대에는 지중해 북동부에서 서부로 가는 주요 항해로 중 하나여서 선박이 붐볐는데, 악천후로 악명이 높았다. 호메로스는 『오디세이아』에서 오디세우스가 말레아곶을 지나다가 난파당해 10여 년 동안 표류했다고 말한다.

채 몸만 간신히 물에서 빠져나옵니다. 그런데도 자신의 처지가 알려지면 노름판에 끼지 못할까 봐 자신의 돈을 따간 사람을 제외한 모든 사람에게 여전히 돈이 있는 척합니다. 이제는 늙어서 눈앞이 가물가물한데도 돋보기를 쓰고서라도 노름을 하겠다니 어떡하겠습니까? 나이가 들면 찾아오는 관절염으로 관절이 망가졌더라도 다른 사람을 시켜서 대신 주사위를 던지게 하겠다니 어떡하겠습니까? 이 재미있는 놀이가 실성 수준으로 변질되는 일은 그리 많이 일어나지 않지만, 그런 경우는 더 이상 나 우신이 아니라 복수의 여신이 관장하는 영역이 됩니다.

40장

가톨릭에 만연한 온갖 미신들

신기한 기적이나 허무맹랑한 이야기를 듣거나 말하기를 즐기는 사람들도 앞에서 말한 그런 부류, 즉 우리 식구라는 네 의심의 여지가 없습니다. 그들은 귀신이나 유령, 원혼, 도깨비, 망령 같은 것에 관한 허황되고 기괴한 이야기들을 수없이 들어도 질리는 법이 없습니다. 진실과 거리가 먼 이야기일수록 더 진실이라 믿고, 귀를 살살 간지럽히는 쾌감을 더 크게 느낍니다. 이런 이야기들은 지루한 시간을 보내는 데 기막히게 좋을 뿐만 아니라, 특히 사제와 설교자에게는 돈벌이도 됩니다.

또한 어리석지만 즐거운 미신을 품고 살아가는 사람들도 앞에서 말한 부류의 이웃사촌이라 할 수 있습니다. 예컨대 그들은 폴리페모스처럼 거인이었던 크리스토포루스 성인을 그린 그림이나 목각상을 보면 그날에는 절대 죽지 않는다거나,[156] 성녀 바르바라 조각상 앞에서

---

156 폴리페모스는 그리스 신화에서 대지의 여신 가이아와 하늘의 신 우라노스 사이에서 태어난, 이마 한가운데 둥근 눈 하나만 있는 외눈박이 삼형제와 그 자손들인 거인족 키클로페스 중 한 명이다. 트로이아 전쟁을 끝내고 귀향하던 오디세우스 일행을 잡아먹으려다 눈을 찔려 장님이 된다. 폴리페모스는 키클로페스 중에서 가장 야만적이고

주문을 외우며 경배를 올리면 전쟁터에서 무사히 돌아올 수 있다거나,[157] 에라스무스 성인에게 정해진 기간 동안 정해진 밀랍초를 바치면서 정해진 기도문으로 기도하면 머지않아 부자가 된다고 믿습니다.[158] 그들은 제2의 히폴리토스를 만들었던 것처럼[159] 성 게오르기우스를 이미 제2의 헤라클레스로 만들어놓았습니다.[160] 성 게오르기우스의 말을 마

무시무시한 식인 거인이다. 크리스토포루스는 3세기경에 살았던 전설적인 성인이다. 악마가 그리스도를 무서워하는 것을 보고 그리스도를 찾아나서고, 그 과정에서 많은 사람을 재난에서 구해주는 선행을 한다. 어느 날 어린아이를 업고 강을 건너는데 아이가 점점 더 무거워져 간신히 건너고 난 후, 그 아이가 온 세상의 무게를 짊어진 그리스도였음을 알게 된다. 그 후로 그는 사람들을 재난에서 구해주는 수호성인으로 숭배되었다.

157 성녀 바르바라(약 306년 사망)는 이교도 디오스코루스의 딸로 기독교 신자가 되었다가 아버지에게 붙잡혀 재판에 넘겨져 모진 고문을 받고 배교를 강요당한다. 결국 아버지에 의해 참수되었는데, 아버지는 집으로 돌아오는 길에 벼락에 맞아 죽었다고 한다. 이후로 그녀는 번개와 광산과 포탄으로 죽은 사람들의 수호성인이 되었다.

158 포르미아의 에라스무스(약 303년 사망)는 디오클레티아누스 황제 때 박해를 피해 레바논 산 속으로 들어가 7년 동안 까마귀가 물어다 주는 음식으로 살아가다가 투옥되어 고문당했지만, 천사의 도움으로 빠져나와 많은 사람에게 기독교 신앙을 전파했다. 결국 다시 붙들려 내장을 뽑히는 고문을 당한 후 처형되었다. 이후에 복통을 치료하는 성인이자 항해자의 수호성인이 되었다.

159 히폴리토스는 그리스 신화에서 아테네 왕 테세우스의 아들이다. 아버지의 후처인 파이드라의 모함으로 쫓겨난 그는 전차를 타고 해변을 달리다가 바다에서 나온 괴물을 보고 놀란 말들 때문에 전차에서 떨어진 후 말들에게 끌려가다가 내장이 파열되어 죽는다. 교부이자 성인인 히폴리토스(약 170-235년)는 신화에 나오는 히폴리토스처럼 민머리 들 때 바다에 빠져 살려가는 형벌로 순교했다고 한다.

160 게오르기우스는 3-4세기경 소아시아 카파도키아 출신의 전설적인 성인이다. 로마 제국의 군인으로 우상숭배를 거부하여 고문을 당한 후 순교했다. 말을 타고 동방을 여행할 때, 그 지역의 왕녀가 악한 용의 제물로 물가에 묶여 있는 것을 발견하고서 말 위에서 창과 검으로 용을 쓰러뜨리고 왕녀를 구했다는 전설이 있다. 기사, 사수, 농민, 무구제조인, 말 등의 수호성인이다. 헤라클레스는 그리스 신화에서 가장 힘이 세고 유명한 영웅이다. 불사의 몸을 타고난 네메아의 사자를 죽이는 일, 머리가 아홉 개인 괴수 히드라를 죽이는 일 등 헤라클레스의 12가지 과업이라 불리는 무용담으로 유명하다.

구와 장신구들로 경건하게 장식하고 경배할 정도입니다. 그뿐 아니라 새롭게 마련한 작은 예물을 바치며 은총을 구하고, 군주라면 모름지기 성 게오르기우스의 청동 투구를 걸고 맹세해야 한다고 말합니다.

면죄부라는 거짓 문서를 받아들고서 진짜인 양 뛸 듯이 기뻐하는 자들에 대해서도 말하지 않을 수 없겠군요. 그들은 물시계처럼 한 치의 오차 없이 정확히 계산하는 수학 공식이라도 있는 양 사람들이 연옥에 몇 세기, 몇 년, 몇 달, 몇 날을 있어야 하는지 계산해냅니다. 또한 성직에 있는 어떤 사기꾼이 재미 삼아, 또는 돈벌이를 위해 고안해낸 마법의 표시를 하고 기도문을 외우기만 하면 부귀영화, 즐거운 인생, 풍족한 삶, 무병장수, 이팔청춘 같은 노년이 주어지고, 마지막에는 천국에 가서 예수님 옆에 앉게 될 것이라고 믿는 사람들도 있습니다. 하지만 마지막에 누릴 천국의 복은 이승에서 온갖 쾌락을 악착같이 누리다가 어쩔 수 없이 이승을 떠나야 할 때에 가서야 마지못해 원합니다. 상인이나 군인, 법률가 같은 사람들은 남의 것을 강탈해 모은 재산 중에서 푼돈에 불과한 금액을 헌금하면, 자신들이 평생 저지른 레르나 늪[161] 같은 죄를 단번에 씻어낼 수 있다고 믿습니다. 돈 주고 산 면죄부 한 장으로 그동안 무수히 저질러온 온갖 위증, 방탕, 분쟁, 살인, 사기, 배신, 반역 같은 범죄들에 대한 값을 다 치렀다고 믿기 때문에, 원점에서 다시 새롭게 죄를 지어도 된다고 생각합니다.

성경 「시편」의 짧막한 일곱 구절을 날마다 암송하면 최고의 행복

---

161 고대 그리스 펠로폰네소스 반도의 동부 해안, 아르고스 남쪽의 호수와 늪지를 말한다. 그리스 신화에서 이곳은 저승으로 들어가는 관문 중 하나가 있는 곳으로, 머리가 아홉 개 달린 수중 괴물 히드라가 그 관문을 지켰다. 저지른 악행이 많은 것을 가리켜 "레르나 같은 악"이라고 말하는 속담이 있었다.

우신예찬

을 얻을 수 있다고 믿는 사람들은 또 얼마나 어리석은, 아니 행복한 자들입니까? 그런데 이 마법의 시편 구절은 영리하다기보다 어리숙한 한 악마가 성 베르나르두스를 골탕 먹이려다가 자기 꾀에 넘어가 가르쳐준 것이라지요.[162] 그런데도 가련한 자들은 그 일곱 구절에 매달립니다. 하도 어리석은 짓이라 우신인 나조차 창피할 지경인데, 일반 대중뿐만 아니라 성직자들까지 그렇게 믿고 그 구절을 암송하라고 적극적으로 선전합니다.

각 지역마다 서로 다른 수호성인을 모시고 가호를 비는 것도 같은 경우라 하겠습니다. 각각의 성인에게 고유한 영역을 할당하고, 성인에 따라 각기 다른 의례를 치릅니다. 그래서 치통을 낫게 해주는 성인이 있는가 하면, 출산을 돕는 성인, 도둑맞은 물건을 찾아주는 성인, 난파당한 배를 돕는 성인, 양 떼나 소 떼를 보호해주는 성인도 있습니다. 그밖에도 온갖 성인들이 있어 하나하나 열거하자면 끝이 없을 정도입니다. 혼자서 여러 가지 일을 돌보는 성인들도 있는데, 특히 성모 마리아가 그렇습니다. 대다수 사람은 성모에게 기도하는 것이 성자 예수에게 기도하는 것보다 더 효험이 있다고 믿습니다.

---

162 성 베르나르두스(1090-1153년)는 프랑스의 신비 사상가이자 시토회의 수도사다. 전설에 의하면, 어느 날 악마가 그에게 나타나 날마다 암송하면 반드시 구원받게 해주는 시편 일곱 구절이 있다고 말하면서 어느 구절인지는 약 올리듯 밝히지 않는다. 하지만 베르나르두스는 자신은 날마다 시편 전체를 암송하기 때문에 굳이 마법의 일곱 구절을 알 필요가 없다고 대답한다.

41장

가톨릭 교인의 기도와,
장례식을 준비하는 자들

그런데 사람들이 성인들에게 간구하는 것을 보면 죄다 우신인 나와 관련된 일들입니다. 성당의 벽들을 채우다 못해 천상까지 뒤덮고 있는 온갖 감사의 봉헌 기도문을 읽어보십시오. 거기에서 어리석음을 몰아내주었다거나 조금이라도 지혜롭게 해주어 감사하다는 내용을 한 번이라도 본 적이 있습니까?

어떤 사람은 난파당했는데도 무사히 헤엄쳐 나온 것을 감사합니다. 어떤 사람은 전투에서 부상을 입었지만 살아남은 것을 감사합니다. 어떤 사람은 전우들에게는 계속 싸우라고 해놓고 자기 혼자만 용감하게, 그리고 운 좋게 도망쳐 나온 것을 감사합니다. 어떤 사람은 십자가에 처형될 뻔하다가 도둑들 수호성인의 도움으로 목숨을 건졌으며, 덕분에 많은 재산을 감당하지 못하는 이웃의 짐을 덜어주는 일을 계속할 수 있게 된 것을 감사합니다. 어떤 사람은 탈옥에 성공한 것을 감사합니다. 어떤 사람은 의사들도 못 고치는 열병에서 스스로 회복되어 그들의 코를 납작하게 해준 것을 감사합니다. 어떤 사람은 아내가 많은 돈과 정성을 들여 준비한 독약을 마셨지만, 아내에게 미안하게도 죽기

느커녕 설사를 하느라 위장이 깨끗해져 건강이 더 좋아지게 된 일을 감사합니다. 어떤 사람은 마차가 전복되었지만 말들을 끌고 무사히 집으로 오게 된 것을 감사합니다. 어떤 사람은 집이 무너졌지만 목숨을 건진 것을 감사합니다. 어떤 사람은 불륜 현장에서 남편에게 붙잡혔지만 도망친 것을 감사합니다. 하지만 어리석음에서 벗어났다고 감사하는 사람은 아무도 없습니다. 어리석은 자가 된다는 것은 정말 좋은 일인가 봅니다. 온갖 일에서 벗어나게 해달라고 기도하면서도 어리석음에서 벗어나게 해달라는 기도는 절대로 하지 않으니 말입니다.

그런데 내가 이 미신의 바다를 계속해서 항해할 필요가 있을까요? "내게 100개의 혀와 100개의 입과 강철 같은 목소리가 있다고 해도, 온갖 형태의 어리석음을 다 열거할 수 없고, 그 명칭들을 빠르게 읊는 일조차 불가능할 것입니다." 사실 기독교인들의 삶 전체가 이런 종류의 어리석음과 광기로 넘쳐나기 때문입니다. 하지만 성직자들은 그런 일들이 쏠쏠한 돈벌이가 된다는 사실을 모르지 않기 때문에 어리석음을 기꺼이 허용하고 조장합니다.

이런 와중에 어떤 밉살맞은 사람이 현자랍시고 진실을 밝히겠다며 나서서 이렇게 말합니다. "착하게 살면 죽어서 고통당하는 일이 없을 것이오. 죄를 용서받고 싶다면 약간의 헌금에 더해 지금까지 저지른 악행을 미워하며 눈물로 참회하고 밤새워 기도하고 금식하고 생활 방식 전체를 바꾸시오. 그리고 성인의 삶을 본받아 산다면 성인이 복을 내려줄 것이오." 다시 한번 말하지만, 현자라는 사람이 이런 말이나 이런 종류의 말을 내뱉으면 행복했던 사람들의 마음이 무너져 내리고 혼란의 소용돌이로 곤두박질치게 된다는 것을 왜 모릅니까?

살아생전에 자신의 장례식을 아주 꼼꼼히 준비하는 사람들도 앞에서 말한 자들과 동일한 부류에 속합니다. 그들은 햇불을 들 자, 상복을 입을 자, 악사, 곡할 자들을 각각 몇 명씩 세울지, 구체적으로 누구를 시킬지 세세하게 정해놓습니다. 자신의 장례식을 직접 지켜보기라도 할 것처럼, 장례식을 성대하게 치르지 않으면 망자인 자신이 수치라도 당할 것처럼, 마치 국가의 제전을 주관하기 위해 새로 선출된 관리라도 된 것처럼 자신의 장례식 준비에 심혈을 기울입니다.

우신예찬

42장

자아도취에 빠진 그 밖의 사람들: 조상을 자랑하는 귀족과 예술가

진도를 빨리 나가야 하지만, 그렇다고 말하지 않고 그냥 지나칠 수 없는 또 다른 비슷한 부류가 있습니다. 비천하기로는 최하층민 노예들과 조금도 다르지 않으면서 귀족이라는 빈껍데기 호칭으로 불리는 것을 대단히 자랑스럽게 여기는 자들입니다. 이들 중 어떤 사람은 아이네이아스를 자기 시조라 하고, 어떤 사람은 브루투스를, 또 어떤 사람은 아르크투루스를 자기 시조라고 주장합니다.[163] 그들은 조상들의 조각상과 초상화를 여기저기 두고서 증조부와 고조부는 물론이고 그 윗대 조상들의 이름을 줄줄 외웁니다. 하지만 그들은 말 못하는 조각상들과 그리 다르지 않고, 자신들이 걸어둔 초상화들보다도 못한 자들입니다. 그런데도 단순한 기이도취에 빠져 너무나 행복하게 살아갑니다. 게다

---

163 아이네이아스는 각주 147을 보라. 브루투스는 각주 102, 126을 보라. 아르크투루스는 목동자리에서 가장 밝은 별을 가리킨다. 5세기 말에서 6세기 초에 게르만 족의 침략을 막아낸 브리튼인들의 전설적인 군주 아서(라틴어로는 '아르투루스')의 이름이 '아르크투루스'에서 왔다는 설이 있다. 1485-1603년에 영국을 통치했던 튜더 왕조의 왕들이 자신들은 아서왕의 후예라고 주장했는데, 에라스무스가 이런 모습을 풍자한 것으로 보인다.

가 이런 짐승 같은 무리를 신이라도 되는 듯 우러러보는, 그들 못지않게 어리석은 자들도 있습니다.

자아도취에 빠져 행복하게 살아가는 사람들이 놀랍게도 도처에 널려 있는데, 내가 구태여 이런저런 예를 들어야 하는지 잘 모르겠습니다. 어쨌든 원숭이보다 못생겼는데도 자신이 니레우스처럼 잘생겼다고 생각하는 사람이 있는가 하면, 컴퍼스로 원을 그린 후 그 원에 접하는 세 개의 선을 그어놓고서는 자신이 에우클레이데스라고 착각하는 사람도 있으며, '당나귀가 리라를 연주할 때 나는 소리', 더 심하게는 '수탉이 암탉을 쪼아댈 때 내는 소리'보다 형편없는 목소리를 내면서도 자신이 제2의 헤르모게네스라고 믿는 사람도 있습니다.[164]

대단히 달콤한 광기에 빠져 살아가는 사람들이 또 있습니다. 바로 자기가 부리는 노예의 재능을 마치 자기 재능인 양 자랑하고 다니는 자들입니다. 세네카의 글에 나오는 갑절로 행복했던 부자[165]가 바로 그런 사람입니다. 그는 어떤 이야기를 할 때마다 자신이 해야 할 말을 일러주는 노예들을 옆에 두었고, 숨 쉬고 다니는 것이 신기할 정도로 약골인데도 누군가가 결투 신청을 하면 집에 있는 건장한 노예들을 믿고서 대결을 기꺼이 받아들였습니다.

예술가들의 자아도취에 대해서도 말하지 않는다면 섭섭하겠지요.

---

164 니레우스는 각주 91을 보라. 에우클레이데스(기원전 330~275년, 영어로 '유클리드')는 고대 그리스의 수학자다. 당시에 이집트, 바빌로니아, 그리스에 축적된 수학과 기하학의 지식을 집대성한 『원론』(그리스어로 '스토이케이아')으로 유명하다. 호라티우스의 『풍자시집』에 의하면, 헤르모게네스는 사르디아 출신의 유명한 가수다.

165 세네카는 각주 12를 보라. 이 이야기는 그의 『도덕 서간집』에 나온다. 칼비시우스 사비누스라는 이름의 이 부자는 해방 노예 출신으로 세네카는 무식했지만 유식한 사람처럼 행세하기를 좋아했던 그를 경멸했다.

이들은 모두 독특한 자아도취에 빠져 살아가는 자들입니다. 이들 가운데는 예술적 재능이 뒤떨어진다는 말을 들을 바에야 차라리 선조에게 물려받은 전답을 포기하는 편이 낫다고 말하는 사람들이 많습니다. 그러한 경향은 특히 배우, 가수, 대중연설가, 시인에게서 두드러지게 나타나는데, 재능이 없을수록 오만방자하고 대단한 사람이나 되는 것처럼 유세를 떨며 허풍이 심합니다.

유유상종이라 했던가요? 내가 앞에서 말했던 것처럼 대다수의 사람들이 우신인 나를 추종하기 때문에 어리석은 것일수록 사람들의 찬사가 따르고, 형편없는 것일수록 사람들이 마음에 들어 합니다. 게다가 예술가들도 실력이 없을수록 스스로 쉽게 만족하고 다른 사람들에게 찬사를 받는 일이 많은데, 누가 더 많이 배우고 열심히 재능을 갈고 닦으려 하겠습니까? 그러자면 무엇보다 시간이 많이 걸리고 지겨운 데다가 자신감도 떨어지고, 결국은 훨씬 적은 수의 사람들만 즐겁게 할 뿐이니 누가 그렇게 하려 하겠습니까?

43장

민족과 국가의 자아도취

그런데 나는 자연이 인간 개개인에게 자아도취를 심어놓은 것처럼 각각의 민족과 국가에도 일종의 자아도취를 심어놓은 것을 봅니다. 그 결과 영국인들은 특히 준수한 용모와 음악, 고급스러운 음식에서 자신들을 따라올 민족이 없다고 생각합니다. 스코틀랜드인들은 왕족의 고귀한 혈통과 논리적 변증에서 자신들이 최고라는 자부심이 대단합니다. 프랑스인들은 세련된 취향을 내세우고, 파리 시민들은 신학 분야에서 자신들이 세운 공이 타의 추종을 불허한다고 생각합니다. 이탈리아인들은 문학과 수사학이 자기네 것이라고 주장하면서 자신들만이 유일하게 야만인이 아니라는 달콤하기 그지없는 자아도취에 빠져 살아갑니다.[166]

이런 종류의 행복과 관련해 둘째가라면 서러워할 사람들은 아직

---

166 16세기 초에 많은 스코틀랜드인들이 파리로 건너와 철학을 가르쳤다. 파리는 소르본 대학을 중심으로 가톨릭 신학의 본산이었다. 14세기 후반에서 15세기 전반에 걸쳐 이탈리아는 고대 그리스와 로마 문화의 부흥을 통해 새로운 문화의 창출에 이바지하려 한 르네상스의 발상지다.

도 고대 로마의 영광에 취해 사는 로마인들입니다. 베네치아인들은 자신들이 고귀한 혈통을 이어받았다고 생각하며 행복해합니다. 그리스인들은 온갖 학문을 처음 만들어낸 민족임을 자처하며 옛 영웅들의 화려한 명성이 지금도 자기들 것인 양 살아갑니다.

심지어 터키인들을 비롯해 진정 야만인이라 할 수 있는 주변의 종족들조차 자기 종교에 대한 자부심이 대단해, 기독교인들을 한낱 미신 믿는 자들로 취급하며 조롱합니다.[167] 더 재미있는 민족은 유대인들[168]입니다. 그들은 지금도 변함없이 구세주를 기다리고 있으며, 오늘날까지 모세를 굳세게 붙잡고 아주 즐겁게 살아가고 있습니다. 스페인인들은 군사적 명성을 누구에게도 양보하지 않으며, 독일인들은 크고 건장한 신체와 마법에 대한 해박한 지식에 자부심을 갖고 있습니다.

---

167 터키인들의 종교는 신비주의 성격을 띤 수피파 이슬람교다. '수피'는 아랍어로 '양모'를 가리킨다. 금욕과 청빈을 상징하는 하얀 양모로 짠 옷을 입는다고 해서 수피파로 불리게 되었다. 에라스무스가 살았던 16세기에도 활발하게 활동했다.

168 여기에서 '유대인들'이란 유대교 신자를 말한다. 유대교는 구약 성경의 모세 율법이 근간이 된 랍비들의 율법 해석서 『할라카』를 경전으로 삼는다. 이들은 예수 그리스도와 신약 성경을 인정하지 않으며 여전히 장차 올 그들의 메시아(구세주)를 기다린다.

44장
아부

자아도취가 도처에서 개인이나 민족이나 국가에 얼마나 많은 즐거움을 주고 있는지 여러분도 잘 알았을 테니 더 이상 자세히 말하지 않겠습니다만, 자아도취에게는 아부[169]라는 여동생이 있는데 둘은 매우 닮았습니다. 자아도취가 자기 자신을 잘하고 있다며 어루만지는 것과 다르지 않다면, 아부는 그 동일한 일을 다른 사람에게 하는 것이기 때문입니다.

오늘날에는 남 앞에서 꼬리 치며 아부하는 것을 좋게 생각하지 않지만 사실 자체보다는 말에 현혹되는 사람들에게는 여전히 효과가 좋습니다. 사람들은 아부와 진실이 양립할 수 없다고 생각하지만 짐승들의 예만 보아도 전혀 그렇지 않음을 알 수 있습니다. 모든 짐승 중에서 꼬리를 가장 잘 치지만 개보다 더 충직한 짐승이 있던가요? 모든 짐승

---

169 에라스무스는 앞에서 '아부'를 지칭할 때는 그리스어 '콜라키아'를 사용했으나, 여기에서는 라틴어 '아센타티오'를 사용한다. '아센타티오'는 다른 사람의 말에 동의하고 맞장구치는 것을 뜻한다. '자아도취'를 지칭할 때는 그리스어로 '자기애'를 뜻하는 '필라우티아'를 사용한다.

중에서 가장 알랑거리지만 다람쥐보다 더 사람에게 헌신적인 짐승이 있던가요? 포효하는 사자나 사나운 호랑이, 포악한 표범이 인간의 삶에 더 유익하다고 생각하는 사람은 아마도 없을 테지요.

물론 명백하게 해로운 아부가 있기는 합니다. 사기성이 농후한 냉소주의자들이 가련한 자들을 파멸로 이끄는 데 사용하는 것이 바로 그런 아부입니다. 하지만 우신인 내가 데리고 있는 아부는 다른 사람에게 호의를 베풀고자 하는 순수한 마음에서 나오는 것이어서 그런 아부와는 정반대됩니다. 호라티우스가 심사가 뒤틀려 막무가내로 신랄하게 내뱉는 직언이라고 말한 것보다 훨씬 더 미덕에 가깝습니다.

내게 속한 아부는 낙심한 마음을 일으켜 세워주고, 우울해하는 사람에게 위안을 주고, 지쳐서 늘어진 사람에게는 자극을 주고, 멍 하니 있는 사람을 일깨우고, 병자의 고통을 덜어주고, 사나운 심사를 부드럽게 풀어주고, 사람들을 사랑으로 맺어주며 그 사랑을 유지하게 해줍니다. 아이들에게는 열심히 공부하고 싶은 마음을 불러일으키고, 노인들을 즐겁게 해주며, 군주가 마음 상하지 않도록 칭송하듯이 조언하고 가르칠 수 있게 해줍니다. 요컨대 사람이 행복하려면 자기 자신을 기뻐하고 사랑하는 것이 아주 중요한데, 우신인 내게 속한 아부는 누구든 그렇게 만들어줍니다. "노새끼리 서로 가려운 곳을 긁어주는 것"보다 더 필요한 일이 무엇이겠습니까? 아부는 저 유명한 대중연설에서 큰 역할을 하고, 의술에서는 더 큰 역할을 하며, 시에서는 가장 큰 역할을 합니다. 하지만 이 자리에서는 아부가 모든 인간관계를 달콤하게 해주는 꿀이며 풍미를 더해주는 양념이라는 말만 하겠습니다.

45장

행복을 가져다주는 것은 진실이 아니라 거짓이다

사람들은 속는 것이 불행한 일이라고 말하지만, 사실은 속지 않는 것이 훨씬 더 불행한 일입니다. 인간의 행복이 진실을 아는 데 있다고 생각하면 엄청난 착각입니다. 행복은 어떻게 생각하느냐에 달려 있습니다. 인간사는 아주 모호하고 천차만별인지라 철학자들 중에 가장 덜 오만한 우리 아카데미아 학파 사람들이 올바르게 말했듯이,[170] 확실히 알 수 있는 것은 아무것도 없기 때문입니다. 설령 알 수 있다 해도 그로 인해 인생의 즐거움을 방해받는 일이 비일비재합니다.

　인간의 마음은 진실보다는 거짓에 훨씬 더 쉽게 사로잡히지요. 이에 대한 명백한 증거를 보고 싶다면 교회에 가서 설교 시간에 사람들이 어떻게 하고 있는지 살펴보십시오. 설교자가 진지한 이야기를 하면 너 나 할 것 없이 졸고 하품하고 짜증을 냅니다. 그런데 설교자가 할머

---

170 아카데미아 학파는 소크라테스와 플라톤의 가르침을 중심으로 한 고대 그리스의 한 철학 학파다. 소크라테스는 문답법을 사용해 당시에 지혜롭다고 하는 유명인사들이 사실은 아무것도 알지 못하고 있음을 폭로했다. 또한 고대 그리스 델포이의 아폴론 신전 기둥에 새겨진 "너 자신을 알라"는 문구를 인용해 사람들의 무지를 일깨웠다.

니들이 들려줄 법한 옛날이야기들을 떠들어대기 시작하면(아, 설교한다고 해야 하는데 그만 말이 헛나갔습니다)[171] 꾸벅꾸벅 졸던 사람들이 갑자기 몸을 바로 세우고 입을 벌린 채 귀를 기울입니다. 한술 더 떠서 게오르기우스나 크리스토포루스나 바르바라 같은 성인을 등장시켜 이야기를 재미있게 꾸며내면, 사람들은 베드로나 바울,[172] 심지어 예수보다 그 성인들을 더 경배하게 되는지도 모릅니다. 하지만 이런 얘기는 하나의 예로 든 것이므로 이 정도로 해두겠습니다.

거짓을 통해 행복을 얻는 데는 비용이 그리 들지 않습니다. 진실을 알기란 대단히 힘든 일이므로 문법처럼 별것 아닌 문제조차 진실을 알아내려면 몇 배는 더 노력을 기울여야 합니다. 반면에 거짓을 바탕으로 자기에게 좋은 쪽으로 생각하기란 아주 쉽고, 그런 생각은 곧바로 행복으로 이어지며, 생각이 거짓될수록 행복은 더욱 커집니다.

여기 소금에 절여 삭힌 생선을 먹는 사람이 있습니다. 다른 사람들은 그 고약한 냄새를 못 견뎌 하는데, 그는 삭힌 생선을 신들의 음식처럼 더할 나위 없는 별미로 느낍니다. 그렇다면 그에게 행복을 가져다준 것은 무엇이겠습니까? 반대로 철갑상어 알 요리를 맛보고는 토할 것 같다며 먹지 못한다면 아무리 귀한 음식이라 한들 그의 삶에 어떤 행복을 가져다줄 수 있겠습니까?

---

171 '떠들어대다'로 번역한 라틴어 '클라모'(clamo)는 설교자가 옛날에 일어났다고 전해지는 기적이나 신기한 일을 이야기하면서 흥분한 나머지 큰 소리로 열 올리는 모습을 풍자한다. 여기에서 에라스무스는 "설교하다, 연설하다"를 뜻하는 라틴어 '데클라모'(declamo)에 빗댄 언어유희를 하고 있다.

172 베드로는 예수가 선택한 열두 제자 중 대표적인 인물이다. 바울은 부활 승천한 예수를 다메섹 도상에서 만나 회심한 후 이방인의 사도로 자리매김했으며, 그가 쓴 서신들은 기독교 교리의 초석이 되었다.

아무리 못생긴 아내일지라도 남편 눈에는 베누스 여신과 견주어도 절대로 뒤지지 않을 만큼 아름답게 보인다면, 그는 천하제일의 미녀와 함께 살고 있는 것이 아니겠습니까? 붉은색과 노란색 물감으로 아무렇게나 그린 그림을 아펠레스나 제욱시스[173]의 그림이라고 확신하고서 감탄을 연발하며 넋을 잃고 감상하는 사람이, 거금을 들여 그 위대한 화가들의 그림을 사서 감상하는 사람보다 더 큰 즐거움을 느낀다면, 전자가 후자보다 훨씬 더 행복한 사람임에 분명합니다.

나 우신의 식구인 또 다른 남자도 내가 아는데, 그는 자신의 신부에게 가짜 보석을 선물하면서 뛰어난 말솜씨를 발휘해, 그것이 진짜 자연산일 뿐만 아니라 값을 매길 수 없을 정도로 희귀한 보석이라고 믿게 만들었다고 합니다. 이 대목에서 나는 묻고 싶습니다. 신부가 가짜 보석을 진짜라 믿고 들여다볼 때마다 더할 나위 없이 행복해하고, 애지중지하며 자기 방에 소중히 보관해두었다면, 그 보석이 진짜든 가짜든 신부에게 무슨 차이가 있겠습니까? 남편은 아내의 착각을 이용해 거금을 들이지 않고도 값비싼 선물을 했을 때와 똑같은 효과를 거두고 아내의 마음을 단단히 붙들어두었으니 여러 모로 잘한 것입니다.

플라톤의 글을 보면 동굴 안에서 살아가는 사람들의 이야기가 나옵니다. 그들은 동굴 벽에 비치는 다양한 사물들의 그림자와 영상만 볼 뿐인데도 경탄하고, 사물의 진상을 알지 못하는데도 만족하며 살아

---

173 아펠레스는 기원전 4세기 후반에 활동한 고대 그리스의 유명한 화가다. 소아시아 코로폰 출신으로 알렉산드로스 대왕의 궁정 화가로도 활동했다. 제욱시스는 기원전 5세기 말과 4세기 초에 활동한 고대 그리스의 화가로 그와 동시대인인 최고의 희극시인 아리스토파네스, 『키루스의 교육』의 저자인 크세노폰 그리고 플라톤의 저작에 언급될 정도로 유명했다.

갑니다. 그렇다면 동굴 안에서 계속 살아가는 그들과, 동굴 밖으로 나와 사물의 실체를 본 현자 사이에 어떤 차이가 있다고 생각하십니까?[174] 만일 루키아노스의 글에 나오는 미킬로스가 황금 꿈을 영원토록 꿀 수 있었다면[175] 그 밖에 다른 행복은 전혀 바라지도 않았을 것입니다.

행복하다면 그것이 거짓으로 말미암은 것이든 진실로 말미암은 것이든 아무런 차이가 없습니다. 차이가 있다 해도 어리석은 자들이 누리는 행복이 더 낫습니다. 그들의 행복은 그저 그렇다고 믿기만 하면 되는 까닭에 돈이 거의 들지 않기 때문입니다. 게다가 그렇게 얻은 행복은 많은 사람들과 공유할 수 있습니다.

---

174 플라톤은 『국가』에서 동굴의 비유를 들어, 사람들은 실상이 아니라 허상만 보고 살아간다는 것을 설명한다. 동굴 밖으로 나온 현자는 허상을 버리고 실상, 즉 이데아 세계를 보게 된 철학자를 가리킨다. 플라톤은 이러한 철학자가 왕인 국가가 최고의 이상 국가라고 설파하지만, 여기에서 우신은 정반대 주장을 전개한다.

175 에라스무스가 번역한 루키아노스의 『수탉』에서, 미킬로스는 수탉이 깨우는 바람에 자기는 꿈에서도 가난에서 벗어날 수 없었다고 불평한다.

46장
우신이 주는 선물이 가장 좋다

아무리 좋은 것이라 해도 함께 나눌 사람이 없다면 즐거울 수 없습니다. 그런데 현자들은 정말이지 몇 명 되지 않습니다. 전 세대의 그리스인을 다 뒤져보아도 현자로 손꼽을 만한 사람은 고작 일곱 명입니다. 좀 더 정확히 따지자면, 목숨 걸고 맹세하건대, 그 일곱 명 중에 진짜 현자는 반이나 3분의 1밖에 되지 않을 것입니다.

바쿠스가 칭송받는 가장 중요한 이유는 마음속의 걱정과 근심을 씻어주는 데 있습니다. 하지만 그 효과는 잠시뿐입니다. 술에서 깨자마자 속담에 이르듯이, 마음의 괴로움이 네 마리 백마가 끄는 마차를 타고 돌아오기 때문입니다. 반면에 내가 베푸는 은덕은 얼마나 풍성하고 지속적입니까? 나는 사람들의 정신을 지속적으로 취하게 만들어 즐거움과 행복과 희열만 가득하고 괴로움은 전혀 느끼지 못하게 하지 않습니까!

게다가 나의 선물은 누구나 받을 수 있습니다. 다른 신들은 누구에게 선물을 줄지 혹은 주지 않을지 선택하지만, 나는 그렇지 않습니다. 근심을 몰아내고 희망을 차고 넘치게 해주는 좋은 품질의 포도주는 아무데서나 생산되지 않습니다. 베누스 여신의 선물인 아름다움도 소수에게만 주어지고, 메르쿠리우스의 선물인 말솜씨는 더 소수에게만 주어집니다. 헤라클레스의 도움으로 부자가 되는 사람도 그리 많지 않습니다. 호메로스의 글에 나오는 제우스는 아무에게나 제왕의 권력을 주지 않습니다. 마르스는 전쟁에서 어느 편도 들지 않은 경우가 많습니다. 델포이의 아폴론 신전에서 좋은 신탁을 듣고 돌아오는 사람은 적습니다. 사투르누스의 아들은 툭하면 벼락을 던집니다. 포이보스는 가끔씩 화살을 쏘아 전염병을 퍼뜨립니다.[176] 넵투누스는 사람들의 목숨을 살리기보다 죽일 때가 더 많습니다. 저승 세계의 신들인 하데스, 불화의 여신들, 복수의 여신들, 열병의 여신과 같이 신이라기보다 살인귀라고 해야 할 부류는 더 말해 무엇하겠습니까?[177] 누구에게나 똑같이 아낌없이 은덕을 베푸는 신은 오직 나 우신뿐입니다.

---

176 포도주는 주신 바쿠스(디오니소스)의 선물이다. 베누스(아프로디테)는 미의 여신이고, 메르쿠리우스(헤르메스)는 웅변의 신이며, 헤라클레스의 도움으로 부자가 된 사람에 관한 이야기는 고대 로마의 풍자시인 페르시우스의『풍자시』에 나온다. 마르스(아레스)는 전쟁의 신이다. 델포이는 그리스 중부 파르나소스 산 근처에 있는 고대 도시이며, 그곳의 아폴론 신전에서 받는 신탁은 고대에 권위가 있었다. 사투르누스는 농업의 신이며, 여기에 언급된 그의 아들은 제우스를 가리킨다. '밝게 빛나는 자'라는 의미를 지닌 포이보스는 빛의 신 아폴론의 별명으로 자주 사용된다. 아폴론은 의술의 신이지만 화살을 쏘아 치명적인 질병을 퍼뜨리기도 한다.

177 넵투누스는 바다의 신이고, 하데스는 저승의 지배자다. '불화의 여신들'은 에리스와 아테를 말한다. 에리스는 아테의 어머니이며, 펠레우스와 테티스의 결혼식에 참석해 '가장 아름다운 자에게 바친다'라는 문구가 새겨진 황금 사과를 하객들에게 던져 세 여신(아테나, 헤라, 베누스) 간에 경쟁을 일으켜 트로이아 전쟁의 빌미를 제공한다. 제우스와 에리스 사이에서 태어난 아테는 신과 인간들을 현혹해 어리석은 일을 저지르게 만든다. '복수의 여신들'은 각주 148을 보라. 로마 신화에서 '열병의 여신'은 발열, 열병, 학질이라는 뜻을 가진 페브리스다.

47장

다른 신들과 달리 우신은
온 세상에서 숭배를 받는다

나는 사람들이 제물을 바치며 기원할 때까지 뒷짐지고 기다리지 않고, 제사 중에 어떤 절차를 빠뜨렸다고 격분해서 속죄를 요구하지도 않습니다. 성대한 제사에 다른 신들은 모두 초대해놓고 나만 집에 머물러 있게 했다거나, 저 먹음직스러운 제물들의 냄새를 못 맡게 했다고 해서 천지를 뒤집어놓지도 않습니다.[178] 다른 신들은 이런 일들에 까탈스럽게 굴고 걸핏하면 화를 내기 때문에, 그런 신들을 섬기느니 아예 무시해버리는 편이 더 안전하고 잘하는 일이 아닌가 하는 생각이 들 정도입니다. 마찬가지로 인간들 중에도 그런 부류가 있는데, 비위를 맞추기가 어렵고 걸핏하면 화를 내기 때문에 그런 이들은 친하게 지내기보다 멀리하는 편이 낫습니다.

그런데도 우신인 내게 제물을 바치거나 나를 위해 신전을 세우는

---

178 칼리돈의 왕 오이네우스가 해마다 추수제에서 모든 신에게 제물을 바쳤지만, 사냥의 여신 아르테미스(로마 신화의 디아나)에게만 제물을 바치지 않자 여신은 거대한 멧돼지를 보내 칼리돈 지방을 초토화했다.

사람이 아무도 없다고 합니다. 앞에서도 말했지만 사람들이 이 정도로 배은망덕하다니 희한한 노릇입니다. 하지만 나는 그런 일조차 좋은 쪽으로 편하게 생각하고, 사실 그런 보답을 바라지도 않습니다. 세상 모든 사람이 나를 떠받들고, 심지어 성직자들까지 내게 최고의 찬사를 보내는데, 내가 뭐가 부족해서 사람들에게 유향이나 곡식이나 염소나 돼지를 요구하겠습니까? 인간의 피로 지내는 제사만 받는 디아나 여신을 부러워할 나 우신이 아니지 않습니까?

어디를 가든지 모든 사람의 마음속에 내가 가득 차 있고, 그들의 관습에 내가 표현되어 있으며, 그들의 삶이 나를 반영하고 있다는 점에서, 나는 사람들에게 가장 완벽한 섬김을 받는 신이라고 생각합니다. 성인들 중에 기독교인들에게 이 정도로 열렬하게 공경받는 이도 없습니다. 얼마나 많은 기독교인이 성모 마리아 앞에 촛불을 바치는지 모릅니다. 촛불이 전혀 필요하지 않은 대낮에도 그렇게 합니다. 하지만 금욕하고 절제하며 하늘에 속한 것들을 사랑한 성모 마리아의 삶을 본받으려고 애쓰는 사람은 얼마 되지 않습니다. 그것이 성모 마리아를 진정으로 공경하고, 하나님이 가장 기뻐하시는 일인데 말입니다.

온 세상이 나의 신전이며, 내 생각이 틀리지 않는다면 가장 아름다운 신전인데, 내게 왜 신전이 따로 필요하겠습니까? 사람들이 있는 곳이면 어디든지 나 우신을 섬기는 사제들도 있습니다. 게다가 나는 나의 신상을 돌로 만들어 색칠해서 세워놓고 경배하라고 요구할 만큼 어리석지 않습니다. 어리석고 우둔한 자들이나 신 자체가 아니라 신상을 경배하지요. 결국 신이 신상에게 밀려나면서 사람들이 신들을 예배하는 데 신상이 도리어 방해가 되는 일이 종종 벌어집니다.

사실 나의 신상은 세상 곳곳에 항상 무수히 세워져 있습니다. 우신인 내 모습을 하고 돌아다니는 사람들이야말로 그들이 원하든 원하지 않든 살아 있는 나의 형상들입니다. 그래서 나는 다른 신들이 전혀 부럽지 않습니다. 그들은 각자 세상의 어느 한 구석에서 정해진 날에만 숭배를 받기 때문입니다. 예컨대 아폴론은 로도스 섬에서, 베누스 여신은 키프로스 섬에서, 헤라 여신은 아르고스에서, 미네르바 여신은 아테네에서, 제우스는 올림포스에서, 넵투누스는 타렌툼에서, 프리아포스는 람프사코스에서 그러하지요.[179] 하지만 나는 이 세상 어디에서나 훨씬 더 귀한 제물을 끊임없이 받고 있습니다.

---

179 로도스는 에게해 남동부의 섬으로 구름이 끼지 않고 언제나 화창해 이곳 사람들은 빛의 신 아폴론을 숭배했다. 키프로스는 지중해 동쪽에 있는 세 번째로 큰 섬이다. 아르고스는 펠로폰네소스 반도에 있는 도시로서 아테네에서 서쪽에 있다. 타렌툼은 이탈리아 남부의 그리스 식민도시로 기원전 8세기 후반에 라코니아인이 건설했다. 프리아포스는 각주 73을 보라.

48장

도처에 널린 우신 숭배자들

내 말이 진실이 아니라 허풍이고 허세라고 생각하는 사람이 있을지 모르니 사람들이 실제로 어떻게 살아가는지 잠시 살펴보고자 합니다. 지위고하를 막론하고 거의 모두가 얼마나 내게 신세를 지고 있는지, 나를 본받아 살아가는지 명백히 드러날 것입니다. 하지만 사람들의 삶을 일일이 살펴보려면 한없이 길어질 테니, 대표적인 삶을 통해 나머지 다른 사람들이 살아가는 모습을 가늠해보려 합니다. 나의 추종자임이 너무나 확실한 평민과 천민의 삶을 이 자리에서 군이 살펴볼 필요는 없지 않겠습니까? 그들 가운데서는 온갖 형태의 어리석음이 넘쳐나고, 그것도 모자라 날마다 새로운 형태의 어리석음이 생겨나고 있어 데모크리토스[180]가 천 명이 와도 그들을 다 조롱할 수 없기에 더 많이 데려와야 할 정도입니다.

　여러분은 못 믿겠지만, 신들은 날마다 인간에게서 무수히 많은 재밋거리와 웃음거리를 찾아내 즐기고 있습니다. 신들은 오전 시간은 맑

180　각주 6을 보라.

은 정신으로 여러 가지 골치 아픈 분쟁을 처리하고 사람들의 기도를 검토하는 데 할애하지만, 그 밖의 시간에는 신주를 마시고 얼큰하게 취해서는 진지한 일은 제쳐두고 하늘에서 가장 돌출된 곳으로 가서 몸을 내밀고 사람들이 무슨 일을 하는지 지켜봅니다. 사람들을 구경하는 것보다 더 즐거운 일도 신들에게 없습니다. 불멸의 신이여, 인간 세상은 어리석은 자들의 무수한 소동이 펼쳐지는 극장이 아니던가요? 나도 가끔 신들의 관람석에 가서 앉아 있곤 합니다.

저기 어떤 사람은 한 소녀에게 반했는데, 소녀가 차갑게 대할수록 사랑이 걷잡을 수 없이 타오르는군요. 어떤 사람은 여자가 아니라 결혼 지참금을 보고 결혼합니다. 자기 아내에게 매춘을 시키는 사람도 있습니다. 어떤 사람은 의처증이 있어 아르고스[181]처럼 아내를 감시합니다. 어떤 사람은 곡하는 자들을 고용해서 장례식을 마치 연극처럼 치르면서 온갖 어리석은 언행을 연출합니다. 계모의 무덤 앞에서 큰 소리로 울고 있는 사람도 있네요. 어떤 사람은 밥 한 톨 남기지 않고 박박 긁어 배 속에 집어넣지만 돌아서면 못 참을 정도로 허기를 느낍니다. 어떤 사람은 잠자고 빈둥거리는 것이 세상에서 제일 행복하다고 말합니다. 어떤 사람은 오지랖 넓게 남 일을 챙기면서도 정작 자기 일은 소홀히 합니다. 어떤 사람은 남에게 빌린 돈을 펑펑 쓰면서 파산을 앞두고도 자신이 부자라고 생각합니다. 어떤 사람은 상속자를 부자로 만들어주기 위해서인지는 모르겠으나 구두쇠로 사는 것을 행복

---

181 아르고스는 각주 89를 보라. 강의 신 이나코스의 아름다운 딸 이오는 원래 헤라를 모시는 여사제였으나 이오에게 반한 제우스가 이오를 겁탈한 후 헤라가 알지 못하게 흰 송아지로 변신시킨다. 헤라는 그 사실을 눈치 채고 아르고스에게 송아지로 변한 이오를 감시하게 한다. 아르고스는 잘 때도 두 개의 눈만 감고 나머지 눈은 뜨고 있다.

으로 여깁니다. 어떤 사람은 보장되지도 않은 얼마 안 되는 돈을 벌겠다며 무엇과도 바꿀 수 없는 목숨을 파도와 바람에 맡긴 채 온 바다를 누비고 다닙니다. 어떤 사람은 집에서 안전하고 한가하게 살기보다 전쟁터에 나가 일확천금을 얻으려 합니다. 처자식 없는 부자 할아버지를 유혹해 한몫 단단히 챙길 생각을 하는 여자들이 있는가 하면, 같은 목적으로 돈 많은 할머니에게 접근하는 남자들도 있습니다. 노인들을 후리려던 자들이 도리어 그들의 술수에 넘어가 당하는 광경을 지켜보는 것은 관객인 신들에게 아주 특별한 즐거움을 선사합니다.

모든 사람 중에 가장 어리석고 추악한 이들은 장사꾼입니다. 잘 알다시피 가장 추악한 일을 추악하기 그지없는 방식으로 행하기 때문입니다. 그들은 거짓말과 거짓 맹세, 도둑질, 사기 치기, 농간 부리기를 밥 먹듯이 하면서도 손가락마다 금붙이를 둘렀다는 이유만으로 세상에서 제일 잘나가는 양 거드름을 피웁니다. 성직자들 중에 장사꾼들에게 찬사를 보내며 존경받아 마땅한 사람이라고 아부하는 자들이 있는데, 이는 그들의 불의한 이득에서 떨어지는 콩고물이나마 받아먹기 위해서일 것입니다.

저기 피타고라스[182]를 추종하는 사람들도 보이는군요. 그들은 모든 것을 공동 소유로 여기기 때문에 어디에서든 조금이라도 방치된 물건을 발견하면, 마치 자기 것인 양 태연하게 집어 들고 집에 가져옵니다. 어떤 사람은 기도한 것만으로 이미 부자가 된 듯이 여기고, 즐거운 꿈

---

182 각주 51을 보라. 고대 그리스의 철학자이자 수학자, 종교인인 그는 60세 전후에 이탈리아의 크로톤에 거주하면서 학문 연구와 종교를 결합한 교단을 창설했다. 그의 추종자들은 공동생활을 하며 모든 것을 공유했다.

을 꾸는 것만으로도 충분히 행복해합니다. 어떤 사람은 집에서는 먹을 것이 없어 굶을지언정 밖에 나가서는 부자라는 소리를 들으면 좋아합니다. 어떤 사람은 무엇이든 수중에 들어오기 무섭게 다 써버리고, 어떤 사람은 합법이든 불법이든 가리지 않고 악착같이 벌어서 쌓아두기만 합니다. 어떤 사람은 공직에 선출되기 위해 사방팔방으로 부지런히 유세하며 다니는가 하면, 어떤 사람은 집 안에 틀어박혀 있는 것을 좋아합니다. 많은 사람이 자기 이득을 챙기기 위해 끊임없이 소송을 걸어, 재판을 오래 끄는 재판관과 변론해서 먹고사는 변호사만 부자로 만들어줍니다. 어떤 사람은 세상을 바꾸는 일에만 골몰하고, 어떤 사람은 무언가 엄청난 업적을 이루려고 애씁니다. 별다른 볼일도 없으면서 처자식을 내팽개치고 로마나 예루살렘 또는 성 야고보의 성지[183]를 찾아다니는 사람도 있습니다.

요컨대 옛적에 메니포스[184]가 그랬던 것처럼 달에서 무수히 많은 사람들이 펼치는 소동을 내려다볼 수 있다면, 여러분은 파리나 각다귀 떼가 자기들끼리 다투고, 싸우고, 속이고, 약탈하고, 조롱하고, 난장판을 벌이며, 태어나 늙고 죽는 모습을 보고 있다는 생각이 들 것입니다. 너무나 하찮고 얼마 살지도 못하는 비천한 미물들이 이토록 엄청난 소

---

183 성 야고보의 성지는 스페인의 콤포스텔라를 가리킨다. 그곳에 있는 산티아고데콤포스텔라 성당에는 예수님의 열두 제자 중 한 명인 야고보의 유해가 있어 중세시대에 가톨릭 신자들의 중요한 순례지가 되었다.

184 메니포스는 기원전 3세기에 활동한 견유학파 철학자이자 풍자작가다. 그의 작품은 현존하지 않지만, 고대 로마의 위대한 학자이자 다작의 저술가 마르쿠스 테렌티우스 바로(기원전 116-27년)와 그리스인 풍자작가 루키아노스(약 125-180년)에게 큰 영향을 끼쳤다. 루키아노스는 『이카로메니포스』에서 주인공 메니포스가 상상으로 달을 여행하는 내용을 다룬다.

동과 비극을 만들어낼 수 있다니 정말 믿기지 않는 일입니다. 작은 전쟁이나 전염병이 한 번만 휩쓸고 지나가도 수많은 사람이 한꺼번에 죽어나가는 일이 심심치 않게 벌어지기 때문입니다.

49장

선생

하지만 내가 이렇게 대중의 어리석음과 광기의 유형들을 계속해서 열거한다면, 데모크리토스가 큰 소리로 웃으며 조롱할 것이 분명합니다. 그래서 지금부터는 사람들 사이에서 현명하다는 소리를 듣는, 이른바 황금 가지[185]를 찾는 자들을 살펴보려 합니다.

　그런 사람들로는 먼저 학교 선생들을 들 수 있습니다. 분명 누구보다 비참하고 괴롭고 힘든 사람들이지요. 내가 그들의 끔찍한 직업에 얼마간의 달콤한 광기를 더해 그 폐해를 완화시켜주지 않았다면, 그들은 신들에게 가장 미움받는 사람들이 되었을 것입니다. 그들은 저 그리스인의 경구에 나오는 '다섯 가지 저주'[186] 정도가 아니라 600가지에

---

185 '황금 가지'는 저승이나 엘리시온으로 들어갈 수 있게 해주는 일종의 통행증이다. 아이네이아스(각주 147을 보라)가 나라를 세우기 위해 축복받은 자들이 죽어서 간다는 엘리시온에 있는 아버지 안키세스를 만나려고 700세가 넘는 키메의 여사제 데이포베를 찾아가자, 그녀는 근처의 숲속에서 황금 가지를 꺾어오라고 시킨다. 두 사람은 이승과 저승을 나누는 스틱스강에 도착해 뱃사공 카론에게 황금 가지를 내보이고 강을 건너 안키세스를 만난다.

186 여기에서 '저 그리스인'은 4세기경 이집트의 알렉산드리아에서 활동한 시인 팔라다

이르는 저주 아래 놓여 있기 때문입니다. 선생들은 학교에서 늘 허기지고 누추한 몰골을 하고 있습니다. 아니, 학교라기보다는 '생각을 팔아먹는 상점' 또는 '학생들을 짓찧어 가루로 만드는 방앗간이자 형장'이라고 하는 편이 어울리겠군요. 그들은 북적거리는 아이들의 틈바구니에서 사형집행인으로 일하면서 쉴 새 없이 떠드는 소리에 귀는 멀어가고, 아이들의 몸에서 나는 악취에 찌든 채 빠르게 늙어갑니다.

그런데도 그들은 나 우신 덕분에 스스로 최고의 인간이라고 생각합니다. 무서운 표정과 목소리로 겁먹은 아이들을 떨게 만들고, 가련한 아이들에게 회초리와 몽둥이, 채찍을 휘두르며 키메의 당나귀[187]처럼 마음껏 분노를 쏟아부을 수 있는 것에 만족합니다. 열악한 환경 속에서 궂은일을 하는 것이 더할 나위 없이 숭고하다고 생각합니다. 아이들 몸에서 나는 악취가 그들에게는 마저럼[188]처럼 향기로우며, 비참한 노예생활을 하면서도 왕처럼 군림하고 있다고 생각하기에 자신의 권력을 팔라리스나 디오니시오스[189]의 권력과도 바꾸려 하지 않습니다.

무엇보다 그들을 행복하게 하는 것은 자신이 독보적인 학식을 갖

스다. 그가 지은 경구는 151개가 남아 있으며, 이 경구들은 학교에서 온 힘을 다해 아이들을 가르치는 이방인 선생의 모습을 보여준다. 호메로스가 『일리아스』의 처음 다섯 행에서 언급한 재앙들을 '다섯 가지 저주'라는 이름으로 엮거하다

187 키메(라틴어로는 '쿠마')는 고대에 그리스가 이탈리아 본토에 세운 최고의 식민도시다. 여기에서 언급된 당나귀는 아이소포스(이솝) 우화에서 사자탈을 뒤집어쓰고 광분한 당나귀를 가리킨다.

188 '마저럼'은 지중해 연안이 원산지로 유럽 중부와 동부에서도 재배된다. 그리스와 로마에서 행복의 상징으로 알려진 마저럼 꽃은 결혼식 화관으로 사용되었고, 무덤 앞에 심어 고인의 영원한 행복을 기원하기도 했다. 16세기 영국에서는 향료와 약초로 인기가 많았다.

189 팔라리스는 각주 23을 보라. 디오니시오스(기원전 약 432-367년)는 시칠리아 섬 시라쿠사의 참주로서 고대인들에게는 잔인하고 시기심이 강한 폭군으로 알려졌다.

추었다는 소신입니다. 그래서 아이들의 머리에 정신 나간 헛소리를 주입하면서도 팔라이몬과 도나투스[190]를 자기들보다 못하게 여기며 깔봅니다. 어떤 마술을 부리는지는 알 수 없지만, 그들은 자신들만 그렇게 생각하는 것이 아니라 백치같이 어리석은 학부모들조차 선생이 정말 그런 사람들이라고 믿게 만듭니다.

선생들은 케케묵은 고서에서 대중이 알지 못하는 안키세스[191]의 유모 이름이나 '부브세쿠아', '보비나토르', '만티쿨라토르'[192]와 같이 희귀한 단어를 찾아내거나, 오래된 비석 파편에서 마모되어 잘 보이지 않는 글씨를 해독해냈을 때 희열을 느낍니다. 오, 제우스여, 아프리카나 바빌론 성을 정복한 것마냥[193] 뛸 듯이 기뻐하고 의기양양하며 서로 칭찬해대는 저 모습이라니!

아무리 썰렁하고 지루하기 짝이 없는 시를 읊조려도 늘 그들을 칭송하는 자들이 있기 때문에, 그들은 자기 가슴속에 베르길리우스[194]의 영혼이 환생했다고 믿습니다. 무엇보다 재미있는 것은 자기들끼리 찬사와 축하를 주고받는 것은 물론이고 비난하고 흠집 내는 일에도

---

190 팔라이몬은 해방 노예 출신으로 세계 최초의 체계적 문법서 『문법학』을 쓴 1세기 로마의 문법학자다. 도나투스는 4세기 중반에 활동한 로마의 문법학자이자 수사학자다. 고대 이래로 가장 유명한 라틴어 문법서를 썼으며, 이 책은 중세시대까지 이 분야 교과서로 사용되었다.

191 안키세스는 그리스 신화에서 다르다니아의 왕이다. 아프로디테 여신과의 사이에서 훗날 로마의 시조가 된 아이네이아스를 낳는다. 트로이아 전쟁에서 트로이아 진영에 참전했다가 패배한 후, 아들과 함께 이탈리아로 가는 중에 죽지만, 나중에 저승으로 찾아온 아들에게 건국과 관련해 조언한다(각주 185도 보라).

192 '부브세쿠아'(bubsequa)는 '목자'를, '보비나토르'(bovinator)는 '회피하는 자'를, '만티쿨라토르'(manticulator)는 '소매치기'를 가리키는 희귀한 용어다.

193 '아프리카 정복'과 '바빌론 성 정복'은 불가능한 일을 해낸 위대한 업적을 가리킬 때 사용하는 관용구다.

탈리오의 법칙[195]이 적용된다는 점입니다. 그들 중 한 명이 단어 하나를 잘못 사용했는데 누군가가 그것을 알아차리기라도 하면 그 즉시 끔찍한 비극이 눈앞에 펼쳐집니다. 격한 말싸움이 벌어지다가 결국에는 고성이 오가며 악담을 퍼붓는 등 난장판이 되고 맙니다. 내가 여기에 거짓말을 한 마디라도 보탰다면 세상 모든 선생이 잡아먹을 듯이 내게 달려들 테지요.

그리스어, 라틴어, 수학, 철학, 의학 분야에서 '제왕의 자리에' 오른 '만물박사' 한 분을 알고 있습니다.[196] 벌써 60세가 된 그는 지난 20년이 넘도록 다른 학문들은 제쳐두고 오직 문법 연구에만 몰두하며 자신을 고문하듯 쥐어짰습니다. 그는 아직 충분히 밝혀지지 않은 그리스어나 라틴어의 8품사 구분을 살아생전에 확실하게 정립할 수만 있다면 세상 그 누구보다 행복할 것 같다고 말합니다. 사실 접속사를 부사의 일종으로 분류할 수 있는가 하는 품사 구분의 문제는 전쟁을 방불케 하는 격전장입니다. 문법학자의 수만큼이나, 아니 그보다 더 많은 문법이 존재합니다. 내 친구 알두스[197]만 해도 혼자 문법책을 다섯 권 넘게 펴낸 것을 보면 알 수 있습니다.

내가 말한 '만물박사'는 문법책이라면 아무리 조잡하고 엉터리 같

---

194 각주 10을 보라.

195 '탈리오의 법칙'은 "눈에는 눈, 이에는 이"라는 말로 대표되는 법칙으로, 동일하게 응징하는 것을 가리킨다. 고대 바빌로니아의 함무라비 법전이 이 법칙을 채택했다.

196 여기에서 언급된 '만물박사'는 토머스 리너커(약 1460-1524년)로 추정된다. 영국에서 가장 박학다식한 인문주의자 중 한 사람이자 의사이며 헨리 8세의 주치의였다. 그리스어와 라틴어에 뛰어나 많은 책을 번역했다.

197 알두스(약 1449-1515년)는 이탈리아 출신의 인문주의자, 학자, 교육가이자 출판인으로 1485년 베네치아에서 알두스 출판사를 창립해 그리스어와 라틴어 희귀본들을 출간하고 보급했다.

더라도 그냥 지나치는 법 없이 꼼꼼하게 검토합니다. 문법을 잘 알지 못하는 사람이 쓴 책조차 들여다보며 시기합니다. 자신이 차지해야 할 영광을 누군가가 가로챌지도 모른다는, 수십 년 동안 들인 노고가 헛수고로 끝날지도 모른다는 두려움 때문입니다. 여러분은 이것을 광기라고 하겠습니까 아니면 어리석음이라고 하겠습니까? 아무래도 나는 상관없습니다. 모든 동물 중에서 가장 가련한 이 문법 선생을 행복하게, 자신의 삶을 페르시아 왕들[198]의 삶과도 바꾸고 싶지 않다고 생각할 정도로 행복하게 만들어준 것이 나 우신이라는 점만 인정한다면 말입니다.

---

198 '페르시아 왕들'은 키루스 2세가 바빌로니아 제국을 멸망시키고 세운 아케메네스 왕조의 페르시아 제국(기원전 550-330년)을 가리킨다. 수도 바빌론은 고대에서 영광과 부의 중심지로 유명했다.

50장

시인, 수사학자, 저술가

시인들은 우신인 내게 속한 부류이기는 하지만, 속담에도 있듯이 워낙 자유분방한 족속이어서 내게 크게 신세를 지고 있지는 않습니다. 그들이 온 힘을 기울이는 유일한 일은 아무짝에도 쓸데없고 실없으며 우스꽝스러운 이야기들을 지어내 어리석은 자들의 귀를 매만져주는 것입니다. 이상하게도 그들은 이런 이야기들을 통해 자신들이 신처럼 불사할 수 있다고 믿고, 다른 사람들에게도 그런 삶을 약속합니다. 나의 시종 중에 그들과 가장 친한 자들은 '자아도취'와 '아부'인데, 인간의 온갖 부류 중에 시인들보다 더 일편단심으로 나를 추종하고 경배하는 자들도 없습니다.

일부 수사학자들이 철학자들과 어울려 다니기는 하지만, 그들도 우신인 내게 속한 부류임을 보여주는 증거가 많습니다. 특히 사람들을 웃기는 방법에 관한 글들을 심혈을 기울여 아주 많이 쓴다는 것이 그 증거입니다. 아무짝에도 쓸데없고 형편없는 글들을 말이지요. 『헤렌니우스에게 헌정함』이라는 수사학 책을 쓴 어떤 사람[199]은 어리석음을 기지와 재치의 한 종류로 열거하고, 오랫동안 수사학 분야에서 최고 권위자인 쿠인틸리아누스[200]는 웃음에 대해 설명하는 데 『일리아스』보다 더 긴 한 장을 할애합니다. 그들이 이렇게 어리석음을 설명하는 데 공을 들이는 이유는 어떤 논리로도 해결할 수 없는 곤경에서 웃음으로 빠져나오는 경우가 많기 때문입니다. 우스갯소리로 사람들에게 폭소를 터뜨리게 하는 것이 우신인 나 덕분이 아니라고 할 사람이 누가 있겠습니까?

책을 출간해 불멸의 명성을 얻으려 하는 사람들도 시인들과 같은 부류에 속합니다. 그들은 모두 내게 신세를 많이 지고 있는데, 쓰레기 같이 형편없는 글을 종이 위에 마구 발라놓는 자들이 특히 그렇습니다. 그런 자들과는 달리 소수의 학자들만 읽을 수 있는 현학적인 글을 써서 페르시우스와 라일리우스[201]에게 인정받으려는 사람들도 있는데, 그들은 스스로를 괴롭히기 때문에 행복하기는커녕 가련한 사람들입니다. 자신이 쓴 글에 무언가를 추가하고, 바꾸고, 지우고, 다시 살렸다가 또다시 지우고, 다른 사람들에게 보여주기를 9년 내내 계속하면서도 만족하지 못합니다. 돌아오는 보상은 몇 안 되는 이들의 칭찬 한마

---

199 『헤렌니우스에게 헌정함』은 당시에 인기 있던 수사학 책으로 한때 키케로가 저자라고 알려졌지만 사실이 아니다. 이 책은 기원전 80년대 후반에 쓰인 것으로 현존하는 라틴어 수사학 책 중에서 가장 오래되었고, 오늘날에도 여전히 수사학과 설득 기술의 교과서로 사용된다.

200 쿠인틸리아누스는 각주 99를 보라. 그는 수사학의 이론과 실제에 관해 12권으로 된 『대중연설 개요』(Institutio Oratoria)의 제6권 3장을 '웃음'이라는 주제에 할애했다. 『일리아스』는 호메로스가 쓴 트로이아 전쟁을 다룬 서사시로서 24권 15,693행으로 이루어져 있다.

201 페르시우스(34-62년)는 로마의 시인이자 풍자작가다. 스토아 철학의 지혜를 보여주는 그의 시와 풍자문은 중세시대에 큰 인기를 끌었다. 라일리우스는 키케로의 『대중연설론』에서 박학다식한 인물로 언급되지만 그에 대해 알려진 바는 없다.

디에 불과하지만, 그것을 위해 그들은 달콤한 잠과 온갖 즐거움을 희생하고 무수히 땀을 흘리며 숱한 고통을 감수합니다. 그러다가 건강이 나빠지고 용모는 망가지며 눈은 침침해지거나 아예 멀어버립니다. 돈이 떨어져 궁핍해지고 심보는 고약해지고 즐거움도 사라지며 일찍 늙거나 요절하는 등 온갖 재앙이 몰려옵니다. 그런데도 그들은 한 눈먼 학자가 자기 글을 인정해주기만 하면 지난날을 다 보상받았다고 생각합니다.

그런 자들과는 달리 내게 속한 정신 나간 작가는 훨씬 더 행복합니다. 그는 마음속에 문득 떠오르는 내용이나 꿈에서 본 장면을 펜이 가는 대로 써 내려가면 되므로 굳이 밤샘 작업을 할 필요가 없습니다. 비용도 종잇값 말고는 드는 것이 없습니다. 글이 형편없을수록 더 많은 사람들, 즉 모든 어리석고 무식한 사람에게 인정받게 된다는 사실을 잘 압니다. 학자들은 그의 글을 볼 리도 없지만, 혹여 서너 명이 읽고 혹평한들 무슨 의미가 있겠습니까?

그들보다 더 영악한 자들은 다른 사람의 작품, 즉 다른 사람이 각고의 노력 끝에 탄생시킨 명작을 단어만 조금 바꾸어 자기 것인 양 출간하는 자들입니다. 설령 나중에 표절했다는 사실이 드러나 엄청난 비난을 받더라도 그 전까지는 얼마간의 이득을 챙길 수 있다고 생각하기 때문입니다. 사람들이 "이분이 바로 그 대단한 분이야" 하고 손가락으로 자신을 가리키며 칭송할 때, 서점에 그의 책이 진열되어 있거나, 책 표지에 낯설고 마법 같은 자기 이름 석 자[202]가 찍혀 있는 것을 볼 때,

---

202 로마인들의 명칭은 이름, 가문명, 성, 세 부분으로 되어 있다. 예를 들어, 키케로의 정식 명칭은 마르쿠스 툴리우스 키케로인데, 마르쿠스는 이름이고, 툴리우스는 가문명

흐뭇해하는 그들의 모습은 정말이지 가관입니다. 불멸의 신에게 맹세하건대, 그 저서 중에서 창작품이라고는 그들의 이름 말고 무엇이 더 있겠습니까?

세상이 아주 넓다는 것을 고려하면 그들의 이름을 듣게 될 사람은 실제로 얼마 되지 않습니다. 게다가 무식한 자들도 취향은 다양하기 때문에 그들의 이름을 칭송할 사람들은 더욱 적습니다. 그런데도 그들은 심혈을 기울여 필명을 직접 짓는 경우가 많습니다. 고서에 나오는 이름을 가져다가 쓰기도 하는데, 이것이 그렇게까지 해야 할 일입니까? 어떤 사람은 필명을 텔레마코스라 짓고, 어떤 사람은 스텔레로스 또는 라에르테스, 어떤 사람은 폴리크라테스, 어떤 사람은 트라시마코스라 짓고는 기뻐합니다.[203] 반면에 책 제목은 '엉겅퀴'라고 짓든 '호박'이라고 짓든, 철학자들처럼 '알파' 또는 '베타'라고 짓든 아무런 관심이 없습니다.

그런 부류 중에서도 자기들끼리 시나 찬가를 주고받으며 서로 칭송하는 자들이 가장 웃깁니다. 어리석은 자가 어리석은 자를, 무식한 자가 무식한 자를 칭송하는 꼴입니다. 이 사람이 저 사람을 알카이오스라고 치켜세우면, 저 사람은 이 사람을 칼리마코스라고 화답합니다.[204]

이며, 키케로는 성이다. 이 중에서 특히 가문명은 로마 시대에 사회적으로 매우 중요한 의미를 갖는다. 한글 이름의 석 자와는 다른 개념이지만 '이름 석 자'로 번역했다.

203 오디세우스는 이타카의 왕으로서 트로이아 전쟁에서 그리스군으로 출전한 위대한 영웅이며 호메로스가 쓴 『오디세이아』의 주인공이다. 텔레마코스는 그의 아들이고, 라에르테스는 그의 아버지다. 스텔레노스에 대해서는 알려진 바가 없다. 폴리크라테스는 각주 11을 보라. 트라시마코스(기원전 459-400년)는 고대 그리스의 아테네에서 활동한 소피스트로서 플라톤의 『국가』에 유명한 소피스트로 등장해 소크라테스의 정의론을 반박한다.

저 사람이 이 사람을 키케로보다 훌륭하다고 칭송하면, 이 사람은 저 사람을 플라톤보다 해박하다고 칭송합니다. 종종 의도적으로 적수를 만들기도 합니다. 그렇게 하면 경쟁자가 되어 서로 명성을 높일 수 있기 때문입니다. 어느 쪽이 옳은지 확실치 않은 상황에서 대중이 두 진영으로 나뉘면, 둘은 각 진영의 우두머리가 되어 그동안의 전과를 내세우며 서로 자기가 승자임을 선언하고 승전식을 올립니다.

물론 현자들은 이런 일을 두고 어리석기 짝이 없다며 비웃습니다. 이것이 어리석은 일임을 누가 부정하겠습니까? 하지만 그들은 자신의 승리를 두 명의 스키피오[205]가 거둔 전공과도 바꾸지 않을 것입니다. 그들이 그렇게 즐거운 삶을 영위하는 것은 다 나 덕분입니다. 사실 그들을 비웃으며 다른 사람들의 광기를 즐기는 가운데 정신적 쾌락을 맛보는 학자들도 내게 적지 않은 신세를 지고 있습니다. 배은망덕한 사람들이라면 모를까 이는 누구도 부정할 수 없는 사실입니다.

---

204 알카이오스(기원전 약 625-580년)는 레스보스 섬 출신의 고대 그리스 서정시인이다. 칼리마코스(기원전 약 310-240년)는 알렉산드리아에서 활동한 고대 그리스의 시인으로 헬레니즘 시대의 고대 그리스 문학을 대표하며 여러 장르에 걸쳐 800편에 달하는 작품을 썼다.

205 대(大) 아프리카누스라는 별칭을 가진 스키피오(기원전 236-184년)는 로마의 정치가이자 장군이다. 새로운 전술 개발과 무기 개량을 통해 혁신된 로마군을 이끌고 제2차 포에니 전쟁에서 기원전 203년에 카르타고군을 섬멸하고, 이듬해에는 한니발을 격파해 환생한 알렉산드로스 대왕이라 불렸다. 소(小) 아프리카누스라고 불리는 스키피오(기원전 약 185-129년)는 고대 로마의 정치가이자 장군으로 카르타고와의 제3차 포에니 전쟁에서 혁혁한 전공을 세웠다.

51장

법률가와 변증가

유식한 부류들 중에 둘째가라면 서러워할 사람들이 법률가들입니다. 그들은 시시포스의 바위[206]를 굴리듯이 600여 개의 법조문을 단숨에 줄줄 읊어대는 자들입니다. 하지만 그 법률들이 어떻게 적용되는지에는 관심이 없고, 어려운 용어와 학설만 잔뜩 늘어놓아 법학이 모든 학문 중에서 가장 어렵다는 인상을 주려 합니다. 난해하고 배우기 어려울수록 그 학문을 하는 사람이 고귀하고 빛나 보일 것이라고 생각하기 때문입니다.

법률가와 어깨를 나란히 하는 자들로는 도도나의 청동 솥[207]보다 더 시끄러운 족속인 변증가들과 소피스트들이 있습니다. 이들은 말 많

---

206 시시포스는 그리스 신화에 나오는 코린토스의 왕으로 영민하고 지혜가 많다. 제우스의 분노를 사서 저승에 갔지만, 저승을 다스리는 신인 하데스를 속이고 다시 지상으로 올라와 장수를 누렸다. 결국 그 일로 저승에서 무거운 바위를 산 정상으로 밀어 올렸다가 굴러 떨어지면 다시 올리는 일을 영원히 반복하는 형벌을 받는다.

207 도도나는 고대 그리스 북서부 에페이로스 지방의 산속에 있는 고대의 성지다. 호메로스는 이곳에서 제우스 신의 신탁이 주어졌다고 말한다. 그곳의 사제나 여사제는 바람이 불면 참나무에 걸린 청동 솥이 내는 요란한 소리를 듣고 신탁을 해석했다.

고 입심 좋기로 소문난 여자 20명과 혼자 말싸움을 벌여도 절대로 밀리지 않습니다. 말 많고 수다스럽기만 한 언쟁에서 이겨먹으려 하지 않는다면 얼마든지 행복할 텐데, 그들은 염소 털같이 하찮은 문제를 두고도 죽기 살기로 끝까지 싸웁니다. 그들에게는 무엇이 진실인지보다 말싸움에서 이기는 것이 훨씬 더 중요합니다. 그런데도 자아도취에 빠져 스스로 행복하다고 생각하며, 삼단논법으로 무장하고 있다가 무슨 주제이든, 상대가 누구이든 주저하지 않고 논쟁을 벌입니다. 게다가 끈덕지기로는 스텐토르[208]와 붙어도 지지 않습니다.

---

208 호메로스의 『일리아스』에 등장하는 스텐토르는 트로이아 전쟁에서 그리스군의 전령으로 목소리가 남자 50명의 목소리와 맞먹을 정도로 우렁찼다. 아리스토텔레스는 저서 『정치학』에서 "스텐토르의 목소리를 지니지 않은 자가 무수히 많은 사람의 장군이 되거나 전령이 될 수 있겠는가"라고 말한다.

52장

철학자

법률가와 변증가 다음으로는 긴 수염과 짧은 외투의 용모가 근사해 보이는 철학자들이 있습니다. 그들은 자신만이 현자입네 자처하고, 남들은 모두 아무것도 모르고 그림자처럼 살아가는 자들로 여깁니다. 그들은 무수히 많은 세계를 만들고, 손가락과 실로 해와 달과 별의 크기를 측정하며, 우레나 바람이나 일식 등과 같이 설명하기 어려운 현상들의 원인을 설명합니다. 마치 자신들이 만물의 건축가인 자연의 비서라도 되는 것처럼, 신들의 회의에 갔다 오기라도 한 것처럼 말이지요. 정작 자연은 그들의 억측을 보며 코웃음 치는데도 그들이 아무 거리낌 없이 그렇게 하는 것을 보면 정말 재미있습니다.

그들의 억측 가운데서 확실한 것은 하나도 없습니다. 그들 사이에서 의견이 분분하지 않은 주장이 단 하나도 없다는 것이 그 증거입니다. 그들은 아무것도 모르면서 다 안다고 큰소리치지만, 실은 자기 자신에 대해서도 알지 못하고, 눈이 침침해서 그런 건지 아니면 정신이 딴데 팔려서 그런 건지 발앞에 놓인 도랑이나 돌부리도 보지 못합니다. 그러면서도 이데아, 보편 형상, 개별 형상, 질료, 필연성, 우유성[209] 같은 것들을 안다고 큰소리칩니다. 하지만 내 생각에 그런 심오한 것들은 린케우스[210]도 알지 못할 것 같습니다. 그들은 삼각형, 사각형, 원 같은 기하학 도형들을 가져와 미로처럼 뒤섞어놓고, 그것도 모자라 수학 기호들을 전투 대형처럼 사방으로 배치해, 그런 것들에 까막눈인 대중을 컴컴한 구석으로 몰아붙이고서는 그런 것도 모른다고 무식하다며 업신여깁니다. 그런 부류 중에 별자리를 보고 미래를 점치는 자들도 있고, 더 놀라운 마법을 약속하는 자들도 있습니다. 그런데도 그런 자들의 말을 믿는 사람들이 있으니 그들은 행복한 사람들입니다.

---

209 플라톤 철학의 가장 큰 특징인 '이데아론'은 모든 것의 원형인 이데아 세계가 존재하고, 개별 사물들은 완전한 이데아의 모사에 지나지 않는다고 주장한다. 이데아는 '형상'이라고도 하는데, 형상에 '질료'가 더해지면 개별 사물이 된다. 이와 반대로 아리스토텔레스는 개별 사물을 떠나 존재하는 이데아 같은 것은 존재하지 않고 개별 사물에 이미 형상이 포함되어 있으므로 개별 사물의 추상이 곧 이데아이자 형상이라고 주장한다. 여기에서 '보편 형상'과 '개별 형상' 개념이 생겨났다. '필연성'은 어떤 사물이 존재하기 위해 반드시 지녀야 하는 속성을 가리키고, '우유성'(偶有性)은 어떤 사물의 존재에 영향을 미치지 못하는 속성을 가리킨다. 중세와 르네상스 시대에 이러한 논쟁은 아리스토텔레스의 철학을 기반으로 신학을 체계화한 『신학대전』을 쓴 토마스 아퀴나스(1224-1274년), 거기에 대항한 둔스 스코투스(1266-1308년)를 중심으로 스콜라 신학과 철학이라고 부르는 거대한 논쟁을 불러일으켰다. 에라스무스는 나중에 스콜라 신학자들을 통렬히 풍자한다.

210 각주 124를 보라.

53장

신학자

다음으로 신학자들을 들 수 있지만, 그들에 대해서는 아무 말도 하지 않고 그냥 지나치는 편이 낫겠습니다. '카마리나 늪'이나 '아나기리스' 같은 독초는 건드려서 좋을 게 없으니까요.[211] 그들은 놀라울 정도로 거만한 데다 아주 예민해 쉽게 화를 내는 자들입니다. 혹여 내가 비위를 거스르는 말을 하면, 그들은 600가지의 결론을 가지고 떼로 달려들어 그 말을 취소하라고 강요하고, 그런데도 내가 거부하면 그 즉시 나를 이단으로 몰아갑니다. 그들은 자기 마음에 들지 않는 사람에게 그런 식으로 겁을 주는 습관이 몸에 배어 있기 때문입니다.

신학자들처럼 내가 베푼 은혜를 인정하려 하지 않는 사람들이 없

---

211 카마리나는 현재 시칠리아 섬의 남부 연안에 있던 고대 도시다. 기원전 5세기에 카마리나에 출처를 알 수 없는 전염병이 돌자 사람들은 그곳에 있는 늪이 원인이라고 생각해 늪을 건드리지 말라는 신탁이 있었음에도 늪의 물을 빼버렸다. 그러자 늪이 가로막고 있어 카마리나를 침공하지 못했던 카르타고인들이 즉시 침략해 주민들을 몰살했다. 여기에서 '카마리나의 늪'은 '건드리지 말아야 할 것'인 동시에 '건드리면 재앙을 불러오는 것'이라는 의미를 갖는다. 아나기리스는 콩과의 식물로 '악취를 풍기는 아나기리스'라는 뜻을 가진 독초.

다는 것은 분명합니다. 그들은 아주 중요한 부분에서 내게 신세를 지고 있는데, 그것은 바로 자아도취입니다. 자아도취 덕분에 그들은 마치 삼층천[212]에서 살아가는 것처럼 착각하고, 그 높은 곳에서 내려다보면서 다른 모든 자는 마치 땅 위를 기어 다니는 짐승인 양 불쌍히 여깁니다.

그들은 수많은 현학적 정의와 결론, 부수적 결론, 명시적이거나 묵시적 명제들을 마치 군대처럼 포진시켜 '빠져나갈 온갖 구멍을 마련해 둡니다'. 그래서 불카누스의 사슬[213]로도 그들을 옭아맬 수 없습니다. 이러저런 교묘한 개념 구분을 통해 테네도스의 양날 도끼[214]보다 더 쉽게 사슬을 자르고 빠져나올 수 있기 때문입니다. 개념을 즉석에서 고안하는 자들인지라 언제나 수많은 개념을 샘물처럼 퍼올립니다. 또한 그들은 인간에게는 감춰져 있는 심오한 신비들을 제멋대로 설명합니다. 예컨대 이 세계가 어떤 원리로 창조되고 구분되었으며, 어떤 통로로 원죄의 오점이 자손들에게 대물림되었고, 예수가 처녀의 자궁에서 얼마 동안 어떤 방식과 어떤 크기로 형성되었으며, 존재하지 않은 것들이 어떻게 성체 성사에서 갑자기 생겨나는가 하는 등의 문제들 말입니다.[215]

---

212 유대교에서는 일곱 개의 하늘이 있다고 말한다. 그중 삼층천은 에덴동산 같은 일종의 낙원으로 그곳에 모세를 비롯해 아브라함, 이삭, 야곱, 아론, 출애굽 때의 이스라엘 백성, 다윗이 거주한다고 믿는다.

213 로마 신화에서 불카누스라 불리는 헤파이스토스는 불과 대장장이의 신이며 신들의 무기와 무구를 만든다. 그는 자기를 버린 어머니 헤라에게 복수하기 위해 황금 의자를 만들고, 거기에 자기 외에 아무도 끊을 수 없는 눈에 보이지 않는 사슬을 설치해 선물로 보냈다. 헤라는 그 의자에 앉았다가 사슬에 묶이고 만다.

214 속담 '테네도스의 양날 도끼'는 무엇이든지 자를 수 있는 도구를 가리킨다.

215 우주가 어떻게 창조되었는지를 다룬 창조론, 인류의 시조 아담이 처음으로 지은 죄

하지만 그런 질문들은 무수히 논의된 것들이고, 계몽인이라고 자처하는 신학자들의 눈이 번쩍 뜨일 만한, 그들에게 걸맞은 질문들은 따로 있습니다. 예컨대 이런 것들입니다. 그리스도는 정확히 언제 탄생했는가? 그리스도의 아버지는 둘인가? 성부 하나님이 성자 하나님을 미워한다는 명제는 성립하는가? 하나님은 여자, 악령, 당나귀, 호박, 부싯돌의 모습으로도 나타날 수 있는가? 만약 호박으로 나타난다면, 호박은 어떤 식으로 설교하고 기적을 행하며 십자가에 못 박힐 수 있는가? 베드로는 그리스도에게 모든 것을 바쳤다고 하는데, 그리스도의 몸이 십자가에 매달린 동안 도대체 무엇을 바친 것인가? 그리스도는 십자가에 달려 있을 때에도 인간이라고 할 수 있는가? 사람들이 장차 부활한 후에도 먹고 마실 수 있는가? 보십시오, 이들은 벌써부터 배고픔과 목마름에 대비하고 있습니다.

위의 문제들보다 훨씬 더 난해한 문제들이 무수히 많습니다. 예컨대 개념, 관계, 형상, 필연성, 우유성 같은 문제들 말입니다. 이런 것들은 눈에 보이지 않는 것들인지라 아무것도 보이지 않는 상황에서 존재하지 않는 것들을 볼 수 있는 린케우스 말고는 알 수 없습니다. 게다가 신학자들의 '금언'이 있습니다. 그 금언들은 어찌나 황당한지, 평소 황당하다는 소리를 듣는 스토아 학파의 금언들도 그에 비하면 양호하고 평범해 보일 정도입니다. 예컨대 신학자들은 주일에 가난한 사람의 신발을 수선해주는 것이 사람 1천 명을 죽이는 것보다 더 큰 죄라고 주

(원죄)가 어떻게 대물림되는지 설명한 원죄론, 예수가 처녀의 몸에 어떻게 잉태되어 자랐는지를 다룬 동정녀 탄생론, 성체 성사에서 물리적인 떡과 포도주가 어떻게 예수 그리스도의 몸과 피로 변하는지 설명하는 성찬론을 가리킨다.

장합니다.[216] 사소한 거짓말이라도 한 번 하느니 음식과 옷을 비롯해 이 세계 전체가 소멸하게 내버려두는 편이 더 낫다고 말합니다.[217]

이렇게 복잡하고 난해한 문제들을 한층 더 복잡하고 난해하게 만드는 학파들이 수없이 많습니다. 실재론자와 유명론자,[218] 토마스주의자와 알베르투스주의자,[219] 오컴주의자와 스코투스주의자[220] 같은 학파들의 복잡한 논쟁에서 빠져나오기보다 미로에서 빠져나오는 편이 더 쉬울 것입니다. 게다가 나는 지금 모든 학파를 다 열거한 것도 아니고 단지 몇몇 학파만 거론했을 뿐입니다.

---

216 구약의 안식일(하나님이 6일 동안 천지만물을 창조한 후 일곱 번째 날에 휴식한 것을 기념하는 날)은 신약에서 주일(한 주간의 첫 날, 예수가 부활한 날)로 바뀌지만, 여전히 거룩한 날로 지키며 세속적인 일을 해서는 안 되었다. 스콜라 신학자들은 주일 성수하지 않는 것을 극히 중대한 범죄로 여겼다.

217 세계를 구하기 위해 거짓말을 하느니 차라리 세계가 멸망하는 편이 낫다는 뜻이다. 이는 당시 스콜라 신학자들이 얼마나 사변적이고 현실과 동떨어진 논리를 폈는지 잘 보여준다.

218 '실재론'과 '유명론'은 중세부터 근대까지 이어진 유명한 '보편 논쟁'과 관련되어 있다. 보편자는 개별 사물이 공통적으로 지닌 본질적 특성을 이르는데, 실재론자는 보편자가 개별자 안에 실현되어 있다고 보는 반면에, 유명론자는 보편자는 존재하지 않고 하나의 추상적 개념으로만 존재한다고 본다.

219 토마스 아퀴나스의 추종자인 토마스주의자들은 아리스토텔레스의 철학을 신학에 적용하면서도 철저하게 신학 우위의 논리를 전개했다. 반면에 토마스 아퀴나스의 스승 알베르투스 마그누스(약 1193-1280년)를 추종하는 알베르투스주의자들은 아리스토텔레스의 철학을 기반으로 신학과 철학을 분리하는 입장을 따랐다.

220 윌리엄 오컴(약 1285-1349년)은 영국 프란치스코 수도회의 수도사이자 철학자다. 직관적 인식만이 지식의 유일한 원천이라 보고 보편을 부정해 유명론의 선구자가 되었다. 둔스 스코투스는 '엄밀 박사'라고 불릴 정도로 치밀한 사변을 전개했다. 성찬론에서는 화체설을, 마리아가 원죄에서 벗어난 상태에서 예수를 잉태했다는 무원죄수태설을 주장했으며, 교황에게 최고 권위가 있음을 인정했다. 이런 것들은 이후에 가톨릭의 교리가 된다. 스코투스주의자들은 아우구스티누스의 신학 사상을 아리스토텔레스의 철학에 접목시킴으로써, 아리스토텔레스의 철학을 기반으로 신학 체계를 수립한 토마스주의자들과 대립했다.

학파들 간에 논의되는 해박한 지식은 너무나 복잡해서 이 새로운 신학자들과 그러한 문제들을 논쟁하려면 사도들조차 성령이 하나로는 부족하고 둘은 더 있어야 할 것 같습니다. 바울은 누구보다 뛰어난 믿음의 인물이었지만, "믿음은 바라는 것들의 실상이요 보이지 않는 것들의 증거"라고 말했을 뿐이지 믿음을 현학적으로 정의하지 않았습니다. 또한 누구보다 뛰어난 사랑의 인물이었지만 「고린도전서」 13장에서 사랑을 변증학적으로 구분하거나 정의하지 않았습니다.[221]

사도들은 성체 성사[222]를 경건하게 거행했지만, 내 생각에 다음과 같은 질문은 하지 않았을 것입니다.[223] 성체 성사가 시작되는 시점과 끝나는 시점은 언제인가? 떡과 포도주는 언제 어떻게 그리스도의 몸으로 변화되는가? 그리스도의 몸은 하나인데 어떻게 서로 다른 여러 곳에 있을 수 있는가? 그리스도의 몸은 하늘에 있을 때와 십자가에 달렸을 때, 성체 성사에 있을 때 각각 어떻게 다른가? 떡과 포도주를 가지고 기도하는 데 약간의 시간이 걸린다는 점을 고려했을 때, 떡과 포도주는 정확히 어느 시점에 그리스도의 몸으로 변화되는가? 이런 질문들을 설령 사도들이 했다손 치더라도 스코투스주의자들이 여러 가

---

221 바울은 각주 172를 보라. 여기에 인용한 구절은 바울이 저자로 추정되는 「히브리서」 11장 1절에 나온다. 「고린도전서」는 바울이 소아시아의 고린도 교회에 보낸 서신이다.
222 기독교에서 '성찬' 또는 '성체 성사'는 예수가 십자가에 못 박혀 죽기 전날 밤에 제자들과 마지막 만찬을 하면서 자신의 죽음을 기념하는 예식을 행했고 제자들에게 이 예식을 행하라고 명하여 생겨났다. 여기에서 '성체'는 예수의 몸을 가리킨다.
223 성체 성사(성찬)의 성격 규정에서 가톨릭과 개신교는 확연한 차이를 보인다. 개신교에서도 여러 견해가 있지만 기본적으로 성찬을 기념 예식으로 보는 '기념설'을 주장하는 반면에, 가톨릭에서는 성체 성사를 행할 때 사용하는 떡과 포도주가 실제로 예수의 몸과 피로 변한다는 '화체설'을 주장한다. 여기에서 제시된 모든 질문은 가톨릭의 '화체설'에서 비롯된다.

지로 세밀하게 구분하고 정의한 것처럼 대답하지는 않았을 것입니다.

사도들은 예수의 어머니를 잘 알고 있었지만, 그들 중에 아무도 우리의 신학자들처럼 성모 마리아가 어떻게 아담의 원죄[224]에서 벗어날 수 있었는지 철학적으로 증명하려 하지 않았습니다. 베드로는 천국 열쇠를 받았고, 그에게 그 열쇠를 주신 분은 자격 없는 자에게 열쇠를 주시는 분이 아닙니다. 그리고 성경 어디를 보아도 베드로는 분명 세밀한 논리적 추론이 가능한 사람이 아닙니다. 지식이 없는 자신이 어떻게 해서 천국 지식의 열쇠를 갖게 된 것인지를 베드로 본인이 알았는지, 아니면 몰랐는지 나는 알지 못합니다.[225]

사도들은 가는 곳마다 사람들에게 세례를 베풀었지만 세례의 형상인, 질료인, 동력인, 목적인을 어디에서도 가르치지 않았고, 세례의 소멸성과 불멸성에 대해서는 입도 뻥긋하지 않았습니다.[226] 사도들도 분명 하나님을 예배했습니다. 하지만 그들은 오직 복음서에 나오는 "하나님은 영이시니 예배하는 자가 영과 진리로 예배해야 한다"라는 말씀을 따라 성령으로 예배했습니다. 따라서 벽에 목탄으로 그려진

---

224 '아담의 원죄'란 최초의 인간 아담이 죄를 지어 이후로 모든 인류가 그 죄를 물려받아 죄인의 신분으로 태어나게 될 것을 말한다.

225 우신의 이 말은 「마태복음」 16장 19절에서 예수가 베드로에게 "내가 천국 열쇠를 네게 주리니 네가 땅에서 무엇이든지 매면 하늘에서도 매일 것이요 네가 땅에서 무엇이든지 풀면 하늘에서도 풀리리라"라고 말한 것에 근거한다. 천국을 아는 지식이 논리적 추론에 의한 것이라면, 갈릴리 어촌의 무식한 어부였던 베드로가 어떻게 그런 지식을 갖출 수 있었겠느냐는 반문이다.

226 아리스토텔레스는 사물의 '원인'(原因)을 다음 네 가지로 구분한다. 1) 형상인: 사물의 본질이나 모습, 2) 질료인: 사물을 구성하는 재료, 3) 동력인: 사물이 형성되는 데 작용한 힘, 4) 목적인: 사물의 목적. 사물에서 '소멸될 수 있는 특징'은 우연한 속성을, '소멸될 수 없는 특징'은 필연적 속성을 가리킨다.

어떤 사람의 초상이 긴 머리에 두 팔을 양옆으로 벌리고 있고 머리 뒤로 후광 같은 세 개의 줄이 나 있다고 해서, 그리스도에게 드리는 것과 동일한 예배를 그 그림에도 드려야 한다는 계시를 사도들이 받지 않은 것은 분명합니다.[227]

그러니 36년이라는 세월을 오롯이 바쳐 아리스토텔레스와 스코투스의 형이하학과 형이상학을 연구하지 않는다면, 누가 이런 복잡하고 난해한 문제들을 알 수 있겠습니까?

사도들은 은총을 반복해서 가르쳤지만 어디에서도 무상 은총과 흡족 은총을 구별하지 않았습니다.[228] 사도들은 선행을 격려했지만 인효성과 사효성을 구별하지 않았습니다.[229] 사도들은 사랑을 강조하고 가르쳤지만 선천적인 사랑과 후천적인 사랑을 나누지 않았고, 우연한 것인지 본질적인 것인지, 창조된 것인지 아닌지를 구별하지도 않았습니다.[230] 사도들은 죄를 미워했지만, 내가 목숨 걸고 장담하건대, 우리

---

227 여기에서 우신은 성상 숭배를 풍자하고 비판한다. 십계명 중 제1계명은 "오직 하나님만을 섬겨라", 제2계명은 "우상을 만들지 말라"이다. 인간은 눈에 보이는 것을 섬기려는 성향이 강해 비록 하나님을 섬기려는 취지라 해도 성상을 만들 경우 우상 숭배로 흐르기 쉽기 때문에 성경에서는 이를 금하고 있다. 예수도 요한복음 4장 24절에서 "하나님은 영이시니 예배하는 자가 영과 진리로 예배할지니라"라고 말하며 제2계명을 다시금 확증한다.

228 기독교에서는 하나님이 인간의 죄를 용서하고 의롭다고 선언하는 것을 '칭의'라 하며 칭의를 받은 자만 천국에 들어갈 수 있다고 강조한다. '흡족 은총'은 하나님이 인간의 영혼을 거룩하게 하여 칭의를 가져오게 하는 은총이고, '무상 은총'은 칭의와 관계없이 인간에게 수여하는 은총, 즉 은사를 가리킨다.

229 '인효성'이란 어떤 일의 효력이 행위자의 정성이나 마음자세에 따라 결정되는 것이고, '사효성'이란 행위자와 상관없이 일 자체가 행해지는 것만으로 효력이 발생하는 것을 가리킨다. 이러한 구별은 주로 성체 성사에서 성사를 주관하는 사제의 자격과 성사의 효력을 논쟁하는 과정에서 이루어졌다.

230 사랑과 관련된 이러한 구별도 칭의론과 관련된다. '칭의'는 하나님의 사랑이 인간의

가 죄라고 부르는 것이 무엇인지 학문적으로 정의할 줄 몰랐습니다. 그런 것은 스코투스 문하에서 배워야만 할 수 있는 일이기 때문입니다.

바울의 학식을 보면 다른 모든 사도들의 학식이 어떠했을지 짐작할 수 있다고 나는 믿습니다. 바울은 질문이나 논쟁이나 족보에 관한 얘기가 도를 지나쳐 그가 '언쟁'이라고 부르는 것으로 변질될 경우, 이를 몹시 나무랐습니다. 당시 논쟁은 크리시포스[231]의 논쟁보다 더 교묘하고 난해한 오늘날 학자들의 논쟁에 비하면 촌스럽고 서툰 말싸움 수준일 텐데도 바울은 그런 반응을 보인 것입니다.

그럼에도 이 신학자들은 사도들의 글이 유려하거나 학문적이지 못하다고 비난하지 않고, 오히려 좋은 쪽으로 해석한다는 점에서 아주 점잖은 사람들입니다. 그들은 오래된 것이라는 점에서, 그리고 사도들이 썼다는 점에서 그 글들을 존중합니다. 스승에게 유려하고 학문적인 말을 한 번도 들어본 적 없는 사도들에게 그런 글을 요구한다는 것은 공평하지 않은 일일 테지요. 하지만 신학자들은 크리소스토모스, 바실레이오스, 히에로니무스[232]의 글에서 그러한 투박함을 발견하면, 그 즉

영혼 속에 주입될 때 일어나지만(주입된 사랑), 이 사랑은 인간 안에서 더 커질 수 있다(획득된 사랑). 인간의 영혼에 주입된 사랑은 '창조된 사랑'인 동시에 하나님 안에 원래부터 존재한 '창조되지 않은 사랑'이다

231 크리시포스(기원전 약 279-206년)는 고대 그리스의 철학자로 스토아 철학을 정립하고 체계화한 인물이다. 세계는 신적 로고스(이성)에 의해 지배되고, 모든 불행은 로고스에 의한 질서에서 이탈할 때 생기므로 혼의 행복을 위해서는 로고스의 학문, 즉 논리학이 필수라고 주장했다. 그에게 논리학은 신학이자 우주론이자 윤리학이었다.

232 크리소스토모스(약 347-407년)는 대표적인 그리스 교부이자 성경해석학자로 콘스탄티노플의 제37대 총대주교를 역임했다. 성경을 문자적으로 해석해야 한다고 주장했고, 신구약 성경의 주요 부분들을 설교 형식으로 주석했다. 바실레이오스(약 330-379년)는 그리스 교부 중 한 명으로 이단 아리우스파와 성령피조론자에 맞서 정통 교리를 수호하고 방대한 서간집을 남겼다. 히에로니무스(약 345-419년)는 라틴 교부 중 한

시 '수용 불가'라는 딱지를 붙이고도 남을 사람들입니다.

사도들은 이교 철학자들이나 천성적으로 완고하기 짝이 없는 유대인들에게 반박해 아무 소리도 못하게 만들었지만, 그것은 삼단논법이 아니라 그들의 삶과 그들이 행한 기적을 통해 한 일이었습니다. 더욱이 스코투스의 『자유토론집』[233]을 단 한 줄도 이해하지 못했을 그들에게 삼단논법은 무용지물이었을 것입니다. 오늘날에도 이교도나 이단들은 여전히 온갖 치밀하고 교묘한 말에는 넘어가지 않습니다. 너무 우둔해 그런 말을 이해하지 못한 사람들이나 후안무치해 자기도 모르는 말들을 아무렇지 않게 내뱉는 사람들, 또는 마법사나 검투사가 자신과 실력이 비슷한 상대와 대결을 벌이듯이 교묘한 변증을 훈련받아 서로 맞붙어 싸울 수 있어, 페넬로페가 베틀로 천을 짰다가 풀기를 반복한 것처럼[234] 동일한 논쟁을 끝없이 이어가는 사람들만이 거기에 참여합니다.

그러니 내가 판단하기에 기독교인들은 오랫동안 전투를 제대로 수행하지 못하는 저 아둔한 군대[235] 대신에 시끄러운 스코투스주의자

명으로 히브리어 성경을 연구한 성경학자다. 교황 다마수스 1세의 명령에 따라 히브리어 원문에 의거해 당시에 통용되던 여러 라틴어 성경을 검토해 '불가타역' 성경을 펴냈다. '불가타역'이란 '널리 사용되는 판본'이라는 뜻으로 이후로 가톨릭교회의 공식 성경이 되었다.

233 스코투스의 『자유토론집』은 스콜라주의 학자들이 1년에 두 번 모여 자유토론을 벌일 때 토론 주제로 삼기에 적합한 것들을 모아 설명해놓은 책이며, 1306년과 1307년에 출간된 것으로 보인다.

234 페넬로페는 남편 오디세우스가 트로이아 전쟁에 나가 오랫동안 돌아오지 않자 수많은 구혼자의 집요한 청혼에 시달린다. 그녀는 나이 많은 시아버지 라에르테스를 위해 수의 짜는 일이 끝나면 청혼을 받아들이겠다고 말한 후, 낮에는 천을 짰다가 밤에는 다시 푸는 식으로 시간을 끌었다. 마침내 돌아온 오디세우스는 구혼자들을 모두 죽이고 페넬로페와 해로한다.

들과 완고한 오컴주의자들, 무적의 알베르투스주의자들[236]을 다른 모든 궤변론자와 하나의 군대로 편성해 투르크 족과 사라센 족[237]에게 보내 싸우게 하는 방안을 고려해야 할 것 같습니다. 그러면 세상에서 가장 유쾌한 전투를 보게 될 것이고, 전에 맛보지 못한 승리를 거두게 될 것입니다. 적이 아무리 냉철해도 그들의 치밀하고 날카로운 말에 격앙하지 않을 수 없고, 아무리 우둔해도 그들의 신랄한 독설에 흥분할 것이며, 아무리 눈이 밝아도 그들이 어둠 속으로 몰아붙인다면 아무것도 볼 수 없게 될 것입니다.

지금까지 내가 한 말이 모두 농담처럼 들릴 테지요. 신학자들 중에도 좀 더 배운 이들은 앞에서 말한 그런 신학 논쟁들을 역겨워하고 쓸

---

235 '저 아둔한 군대'는 십자군을 가리킨다. 십자군 전쟁은 1095년 교황 우르바노 2세가 무슬림인 투르크 족에게 위협을 느낀 동로마 제국의 황제 알렉시오스 1세의 요청으로 십자군을 파병하면서 시작되었다. 하지만 오스만 제국이 1444년에 교황청의 공식 지원을 받은 마지막 십자군을 궤멸시키고, 1453년에 콘스탄티노플을 점령해 동로마 제국을 멸망시킨 후 이슬람교를 상대로 한 십자군 전쟁은 유명무실해졌다. 그 후에도 십자군 개념은 18세기 말까지 계속되다가 대항해 시대가 열리고 서유럽 세계의 관심이 이슬람에서 신대륙으로 옮겨가면서 사그라들었다.

236 '시끄러운 스코투스주의자들'이라고 한 것은 그들이 치밀한 논리와 사변으로 말이 많았기 때문이다. 오컴주의자들은 보편자의 존재를 부정하고 오직 개별자만이 존재한다고 주장했다. '완고한 오컴주의자들'이라고 한 것은 '오컴의 면도날'이라는 말이 보여주듯이 오컴이 아주 단순한 이론 체계를 제시하고 고수했기 때문이다. '무적의 알베르투스주의자들'이라고 한 것은 알베르투스가 수도사이자 의사이며 주교로서 치밀한 관찰을 통해 발생학을 연구하고 해부학에 밝아 아주 작은 것까지 놓치지 않았기 때문이다.

237 사라센 족은 고대에는 아라비아 북서 지역과 시나이 반도에 사는 아라비아인들을, 중세에 와서는 모든 아라비아인을 가리키지만, 나중에 십자군 운동에 반대하는 무슬림들을 모두 이렇게 불렀다. 투르크 족은 중앙아시아를 중심으로 시베리아에서 발칸 반도에 이르는 광대한 지역에 거주하며 투르크어를 사용하는 민족을 가리킨다. 1500년대에는 이슬람교가 국교인 오스만 제국이 다스렸다.

데없는 것들이라고 여기는데 이는 전혀 이상한 일이 아닙니다. 그들 중에는 설명하기보다 경배해야 하는 신성한 것들을 더러운 입에 올리고, 세속적이고 이교적인 궤변을 사용해 논쟁하거나 오만방자하게 정의하며, 냉랭하고 추잡하기 짝이 없는 말과 문장으로 신성한 신학의 위엄을 더럽히는 것은 저주받을 신성모독이자 최악의 불경이라고 생각하는 사람들도 있습니다.

그런데도 그런 신학 논쟁에 빠져 있는 자들은 스스로에게 만족해 박수를 보내고, 즐거운 그 노래에 밤낮으로 심취한 나머지 복음서나 바울 서신을 단 한 번이라도 펼쳐볼 시간조차 내지 않습니다. 그들은 학파를 이루어 쓸데없고 형편없는 논쟁을 일삼으면서도, 시인들의 글에 나오는 아틀라스가 자기 어깨로 하늘을 떠받치고 있듯이[238] 자신들도 삼단논법이라는 기둥으로 교회 전체를 떠받치고 있으며, 그들이 없었다면 교회는 이미 무너졌을 것이라고 생각합니다. 그들이 성경을 밀랍처럼 마음 내키는 대로 주무르면서 얼마나 행복해하는지 여러분도 아실 것입니다. 그들은 몇몇 신학자들의 동의를 얻어낸 자신들의 결론을 솔론의 법률[239]이나 교황의 교령보다 앞세웁니다. 또한 전 세계를 감시하는 검열관이라도 된 듯이 그들의 결론과 명시적으로든 묵시적

---

238 여기에서 '시인들'은 호메로스나 헤시오도스 같은 고대 그리스와 로마의 서사시인들을 가리킨다. 아틀라스는 그리스 신화에 나오는 티탄 신족의 후손으로 인간에게 불을 가져다준 프로메테우스의 형제. 티탄 신족과 올림포스 신들의 싸움에서 티탄 신족 편을 들었다는 이유로, 제우스는 그에게 지구 서쪽 끝에서 어깨로 하늘을 떠받치게 하는 벌을 내렸다.

239 고대 그리스 아테네의 정치가이자 시인인 솔론이 단행한 개혁이 담긴 법률을 말한다 (각주 22도 보라). 기존의 혹독한 드라코 법전 대신 제정되었으며 인간미 풍기는 이 법률은 모든 계층의 불만을 샀지만 적극적으로 반발한 계층도 없었다고 한다.

으로든 조금이라도 다른 견해가 나오면 즉시 철회하라고 압박합니다. 그리고 신탁이라도 받은 듯이 이렇게 선포합니다. "그 견해는 하나님을 욕되게 한다. 불경스럽다. 이단 냄새가 난다. 사악하다."

그러니 이 학자 나부랭이들의 깐깐한 검열을 통과하지 않으면 세례도, 복음서도, 바울이나 베드로도, 성 히에로니무스나 아우구스티누스도, 그리고 '아리스토텔레스주의자'인 토마스 아퀴나스조차 단 한 명의 기독교인도 만들 수 없습니다. 이 현자들은 "너에게서 요강처럼 고약한 냄새가 난다"와 "요강에서 고약한 냄새가 난다"[240] 또는 "주전자들이 끓었다"와 "주전자가 끓는다"[241]가 둘 다 문법에 맞는 문장이라고 말하는 사람은 기독교인이 될 수 없다고 가르칩니다. 하지만 그들이 그렇다고 가르쳐주지 않는다면 누가 그 차이를 알 수 있겠습니까? 그들이 그런 오류들을 지적한 책들에 큼지막한 허가 도장을 찍어 출판하지 않았더라면 사람들은 그런 오류들에 관해 읽어볼 기회조차 없었을 것이니, 누가 그런 오류의 어둠에서 교회를 해방시킬 수 있었겠습니까? 그들은 그런 오류들을 지적할 때 얼마나 행복했겠습니까?

---

240 "너에게서 요강처럼 고약한 냄새가 난다"(matula putes)에서 '마툴라'는 '요강처럼'을 뜻하는 탈격 명사이고, '푸테스'는 '너는…고약한 냄새를 풍기다'를 뜻하는 2인칭 단수 현재형의 자동사다. "요강에서 고약한 냄새가 난다"(matula putet)에서 '마툴라'는 '요강'을 뜻하는 주격 명사이고, '푸테트'는 '고약한 냄새를 풍긴다'를 뜻하는 3인칭 단수 현재형의 자동사다.

241 "주전자들이 끓었다"(ollae feruere)에서 '올라이'는 '주전자들'을 뜻하는 주격 복수 명사이고, '페루에레'는 '끓었다'를 뜻하는 3인칭 복수 과거완료형의 자동사다. "주전자가 끓는다"(ollam feruere)는 부정사 구문으로 '올람'은 '주전자'를 뜻하는 대격 단수 명사이고, '페루에레'는 '끓는다'를 뜻하는 현재 능동 부정사다. 당시에 스콜라 신학자들이 라틴어 문법과 관련해 이런 문장들의 적부를 가리는 일이 마치 한 사람의 구원 여부를 결정하는 문제인 양 치열하게 논쟁한 일을 풍자하고 있다.

게다가 그들은 지옥에서 오래 살아본 사람들처럼 지옥에 관한 모든 것을 아주 상세히 묘사합니다. 축복받은 영혼들이 천국에서 편안하게 산책하거나 함께 모여 식사하거나 공놀이 할 공간이 없다는 것은 말이 되지 않는다면서 넓고 아름다운 행성 하나를 제멋대로 만들어 추가하기도 합니다. 그들의 머리는 이런 쓸데없는 짓과 그와 비슷한 생각들로 가득 차 있습니다. 제우스가 팔라스를 낳기 위해 잔뜩 부풀어 오른 머리를 가지고 불카누스의 도끼에 도움을 청하러 갔을 때에도 이들 신학자들의 머리만큼 꽉 차 있지는 않았을 것입니다.[242] 그러니 그들이 온갖 끈으로 머리를 정성껏 동여매고 공개 토론회에 나타난다 해도 이상하게 생각하지 마십시오. 그렇지 않으면 그들의 머리가 터져 날아갈 것이 분명하기 때문입니다.

거칠고 천박하며 상스러운 표현을 사용할수록 가장 위대한 신학자라도 되는 것처럼 착각하는 그들의 모습을 보면, 우신인 나조차 종종 허탈한 웃음이 나옵니다. 그들은 문법에 맞지 않는 토막 난 말들을 던져놓고는 그들 말고는 아무도 알아들을 수 없는데도 너무 심오해 대중이 알아듣지 못하는 것이라고 말합니다. 문법에 맞게 말하라고 압박하면 성경의 권위에 걸맞은 일이 아니라며 거부합니다. 문법적으로 틀리게 말하는 것이 오직 신학자들에게 주어진 특권이라면 정말 놀라운 위엄일 테지만, 사실 그런 특권은 많은 천민도 누리고 있습니다.

---

242 제우스는 첫 번째 아내 메티스가 낳은 아들에게 권좌를 빼앗길 것이라는 예언을 믿고 임신한 메티스를 삼켜버리지만, 태아는 계속해서 제우스의 몸에서 자란다. 제우스는 극심한 두통을 호소하면서 대장장이 신 불카누스에게 도끼로 자신의 머리를 내리쳐달라고 요청했고, 머리 틈 사이로 지혜와 전쟁의 여신 아테나가 완전무장한 상태로 태어난다.

우신예찬

사람들이 그들을 높여 "우리 선생님"이라고 부르며 인사할 때마다 그들은 자신이 신들과 어깨를 나란히 한 줄로 압니다. 그 호칭이 유대인들의 '신성사문자'[243]가 지닌 의미를 어느 정도 지니고 있다고 생각하는 듯합니다. 그래서 그 말을 반드시 대문자 'MAGISTER NOSTER'로 적어야지 그렇지 않으면 불경이라고 말합니다. 누군가가 호칭의 순서를 바꾸어 "NOSTER MAGISTER"라고 부르기라도 하면, 그 즉시 신학자의 위엄 전체가 와르르 무너져 내리는 줄 압니다.

---

243 '신성사문자'는 구약 성경에서 하나님의 이름 '야웨'를 표기할 때 사용하는 네 개의 히브리어 문자를 말한다. 유대인들은 이 이름을 신성시해 입에 담는 것조차 신성모독으로 여긴 나머지 '야웨'가 아니라 '주'(Lord)을 뜻하는 '아도나이'로 읽었다. 한편 우신이 말하는 신학자들은 '우리 선생님'(MAGISTER NOSTER)이라는 그들의 호칭을 신성사문자라도 되는 양 신성시해 대문자로 써야 한다는 등의 특별한 규정을 두고 있다.

54장

수도사

신학자들과 거의 비슷하게 행복을 누리는 사람들로는 '독실한 신앙인' 또는 '수도사'[244]라고 불리는 자들을 들 수 있습니다. 그런데 이 호칭은 둘 다 아주 잘못되었습니다. 그들 대부분은 경건과는 거리가 한참이나 먼 데다가 길에서 가장 흔히 마주치는 부류이기 때문입니다. 내가 여러모로 돕지 않았다면, 아마도 그들은 가련한 신세를 면치 못했을 것입니다. 이들 부류는 사람들 모두가 아주 싫어해 어쩌다 길에서 마주치기라도 하면 재수없는 날이라고 믿을 정도입니다. 그런데도 그들은 자아도취에 빠져 자신들이 대단한 줄 압니다.

그들은 최고의 경건이란 아무것도 모르는 것, 심지어 글도 읽을 줄 모르는 상태라고 생각합니다. 그들은 성전에서 뜻도 모른 채 당나귀가 시끄럽게 울어대는 것처럼 시편을 목청껏 부르기만 하면, 하늘의 하나

---

244 '독실한 신앙인'으로 번역한 '렐리기오수스'(religiosus)는 '신앙이 좋은 사람'이라는 뜻이고, '수도사'로 번역한 '모나쿠스'(monachus)는 '혼자 사는 자'라는 뜻이다. 이후로 이 책에서는 '렐리기오수스'도 '수도사'로 번역했다.

님과 성인들의 귀를 매우 즐겁게 해줄 수 있다고 믿습니다. 그들 중 일부는 더러운 몰골로 구걸하는 행위를 아주 비싼 가격에 팔아먹고 삽니다. 집집마다 돌아다니며 빵을 달라고 고함을 지르고, 여관에 묵거나 마차와 나룻배를 탈 때면 어김없이 소란을 피워 다른 진짜 거지들에게 적지 않은 피해를 줍니다. 이렇게 더럽고 무식하고 촌스러우며 뻔뻔스럽게 살아가면서도 정작 자신은 사도들의 삶을 재현하고 있다고 주장하며 아주 즐거워합니다.

무엇보다도 재미있는 것은 그들이 이 모든 것을 수학 공식처럼 정해진 규율에 따라 정확히 행하고, 그렇게 하지 않는 것을 죄라고 생각한다는 점입니다. 신발 끈의 매듭은 몇 개여야 하고, 허리띠는 무슨 색이어야 하며, 서로 형태가 다른 몇 벌의 수도복을 갖추어야 하고, 허리띠는 어떤 재질로 만들고 그 너비는 어때해야 하며, 고깔은 어떤 모양과 크기여야 하며, 삭발은 손가락 몇 마디 길이까지 해야 하고, 잠은 몇 시간을 자야 하는지 다 규율로 정해놓습니다.

신체와 성격이 천차만별인 사람들에게 규율을 일률적으로 적용하는 것이 겉보기에는 평등해도 실제로는 불평등하다는 사실을 모르는 사람이 있습니까? 그런데도 이 쓸모없는 자들은 하찮고 자질구레한 규율에 집착하며 자신들이 남다르다는 것을 보여주려 할 뿐 아니라 우월감에 젖어 남들을 멸시합니다. 사도들의 사랑을 실천한다고 큰소리치는 자들이 규율에서 정한 것과 다르거나 조금이라도 진한 색깔의 수도복을 입은 수도사를 보면 놀라 자빠질 만한 비극을 연출합니다. 특히 엄격한 수도사들 중에 겉에는 킬리키아의 모직 옷만 입고, 안에는 밀레토스의 면 옷만 입는 자들이 있는가 하면,[245] 겉에는 아마포 옷을 입고 안에는 모직 옷을 고수하는 자들도 있습니다. 돈을 치명적인 독으로 여기며 손도 안 대려 하면서 술이나 여자에 대해서는 별로 절제하지 않는 사람도 있습니다. 그들 모두는 놀라운 열정으로 서로 다른 생활 규칙을 따릅니다. 그러나 그들의 욕망은 그리스도를 닮아가는 것이 아니라 자신이 남다르다는 것을 과시하는 데 있습니다.

그들은 사람들이 불러주는 호칭에서 상당한 행복을 느낍니다. 어떤 수도회 사람들은 '밧줄을 두른 자들'이라고 불리는 것을 좋아합니다. 그들 중에는 콜레트회, 작은형제회, 불리스타회 등과 같은 분파가 있습니다.[246] 그 밖에도 베네딕투스회, 베르나르두스회, 브리지다회, 아우구스티누스회, 윌리엄회, 야고보회 등이 있는데,[247] 이들은 모두 자신이 단지 '기독교인'으로 불리는 것만으로는 성에 차지 않는 것 같습니다.

그들 중 대다수는 기껏해야 자신들이 정한 규율과 인간의 전통을 지키기 위해 애쓸 뿐인데도, 그들의 공로에 대한 상으로 천국 하나만 받기는 부족하다고 생각합니다. 나중에 그리스도가 다른 모든 것은 무

---

245 '킬리키아에서 만든 모직 옷'은 거친 반면에 '밀레토스에서 만든 면 옷'은 아주 부드럽고 섬세했다. 킬리키아는 소아시아 남쪽 해안의 도시이고, 밀레토스는 소아시아 이오니아 지방의 고대 도시다.

246 '밧줄을 두른 자들'이란 프란치스코 수도회의 수도사들을 말한다. '콜레트회'는 성 콜레트(1381-1447년)가 1410년에 세웠으며, 프란치스코회 전통을 따르는 여자 수도회인 클라라 수도회의 지파에 속한 수녀들을 가리킨다. '작은형제회'는 프란치스코회에 속한 남자 수도회다. '불리스타'는 교황의 칙령을 작성하는 사람을 말한다.

247 '베네딕투스 수도회'는 서양 수도회의 아버지라 불리는 성 베네딕투스(약 480-550년)가 535-540년경에 세웠다. '베르나르두스 수도회'는 프랑스의 신비주의 신학자이자 시토회 수도사 베르나르두스(1090-1153년, 프랑스식 이름은 '베르나르')가 세웠다. '브리지다 수도회'는 아일랜드의 성 브리지다(451-525년)가 세웠다. '아우구스티누스 수도회'는 성 아우구스티누스(354-430년)가 400년경에 쓴 회칙을 따르는 수도회를 말한다. '윌리엄 수도회'는 가톨릭 은둔자 윌리엄(1085-1142년)이 세웠으며, 프랑스어로 '기욤 수도회'라고도 한다. '야고보 수도회'는 성 도미니쿠스(1170-1221년)가 1216년에 세운 탁발 수도회인 도미니쿠스 수도회를 가리킨다.

시하고 오직 한 가지 명령, "사랑하라"를 실천했는지만 본다는 사실을 잊고 있기 때문입니다.

어떤 사람은 온갖 종류의 생선을 먹어 잔뜩 부른 배를 보여줄 것이고, 어떤 사람은 100편에 이르는 시편을 쏟아낼 것입니다. 어떤 사람은 수없이 많은 날 금식한 일을 내놓겠지만, 금식 후에는 보상 차원에서 매번 배가 터지도록 먹었다는 사실도 함께 내놓아야 할 것입니다. 어떤 사람은 일곱 척의 화물선에도 다 실을 수 없을 만큼 무수히 많은 종교적 의례를 내놓을 테지요. 어떤 사람은 60년 동안 단 한 번도 자기 손으로 돈을 만져본 적이 없다고 자랑할 것입니다. 장갑 낀 손으로만 돈을 만졌으니 틀린 말은 아닙니다. 어떤 사람은 어부조차 쓰지 않을 지저분하기 짝이 없는 고깔모자를 내밀 것입니다. 어떤 사람은 자기가 50년 넘게 한 장소에서 해면처럼 꼭 붙어 살아왔음을 상기시킬 것입니다. 어떤 사람은 늘 찬송을 부르느라 쉰 목소리를, 어떤 사람은 평생 사람들을 만나지 않고 혼자 살아와 혼미해진 정신을, 어떤 사람은 오랜 묵언 수행으로 뻣뻣해진 혀를 내놓을 것입니다.

그러나 그리스도는 그냥 내버려두었다가는 끝없이 이어질 자랑을 중간에 끊으며 이렇게 말할 것입니다. "이 새로운 유대인들은 어디에서 온 자들인가? 내가 준 계명은 오직 하나인데 그 계명에 대해 말하는 사람은 아무도 없구나. 나는 비유를 사용하지 않고 직설적으로 분명하게 말했다. 사랑과 믿음의 의무를 다한 자에게 내 아버지 하나님의 나라를 상속받게 하겠다고. 고깔모자를 쓰거나 기도를 열심히 하거나 금식을 많이 한 자가 아니다. 너희는 그동안 한 일들을 내세우며 아우성치지만 나는 너희를 인정할 수 없다. 그러니 나보다 더 거룩해 보이고 싶다면 아브락사스파[248]가 말하는 천국으로 가라. 아니면 나의 가르침과 계명보다 자신들의 전통을 앞세우는 자들을 위한 천국을 하나 더 만들어달라고 하라."

　수도사들이 그리스도에게 이런 말씀을 듣고, 자신들이 아니라 어부와 마부가 천국에 들어가는 모습을 본다면 어떤 표정으로 서로 쳐다볼 것 같습니까? 하지만 그것은 나중 일이고, 지금은 그들이 자아도취에 빠져 행복하게 살아가는 것은 오로지 나 덕분입니다. 그들은 공권력과 거리가 멀고 특히 구걸해서 먹고살기는 해도, 이른바 고해 성사[249]를 통해 모든 사람의 온갖 비밀을 쥐고 있기 때문에 아무도 감히 그들을 깔보지 못합니다. 물론 이런 비밀들을 발설하면 불경죄에 해당하므로 평소에는 그런 얘기를 하지 않습니다. 하지만 술자리에서 재미있는 이야기로 흥을 돋우기 위해 누구의 이야기인지는 추측에 맡긴 채 비밀을 풀어놓곤 합니다.

　그러니 벌집 같은 이런 사람들을 건드려서는 안 됩니다. 그랬다가는 그들이 설교할 때, 구체적으로 이름을 밝히지는 않겠지만 알 만한 사람은 알 수 있게 빙 둘러 말하며 복수할 테니까요. 그들은 입에 먹이가 들어오지 않는 한 짖어대기를 멈추지 않습니다. 그들이 설교할 때 대중연설가들을 흉내 내며 그대로 따라 하는 모습을 보면, 어떤 희극 배우나 떠돌이 약장수도 따라올 수 없을 정도로 우스꽝스럽고 재미있

---

248 '아브락사스'(그리스어로 ΑΒΡΑΞΑΣ)는 고대 영지주의의 한 분파가 부르던 신의 이름이다. 2세기의 영지주의자 바실레이데스는 '아브락사스'의 일곱 문자가 365개의 천국이 존재함을 보여준다며, 이 세계를 지배하는 아브락사스가 인간을 365개의 천국으로 들어가게 해준다고 주장했다.

249 '고해 성사'는 가톨릭의 일곱 성사 중 하나로 이를 통해 신자가 자신의 죄를 하나님의 대리자인 사제에게 고백하고 용서를 받는다. 개신교에서는 고해 성사를 인정하지 않기 때문에 신자는 자신의 죄를 하나님 앞에서 직접 고백하고 회개해야 한다.

습니다. 그들의 온갖 몸짓을 좀 보십시오. 설교 내용에 따라 목소리를 적절히 바꾸고, 중후한 저음으로 노래하듯이 말하다가 갑자기 소리를 높이고, 쉴 새 없이 표정을 바꿔가며 고함을 동반합니다. 이런 것이 설교 비법이랍시고 사제에서 사제로 전수됩니다. 나는 비법을 전수받을 위치에 있지는 않지만 어떤 것인지는 대충은 짐작할 수 있습니다.

설교의 서두는 하나님의 도우심을 기원하며 시작되는데, 이것은 시인들이 늘 써온 방법을 차용한 것입니다.[250] 그런 다음 서론으로 들어가 사랑에 대해 말할 때는 이집트 나일강 얘기를, 십자가의 신비를 설명하고자 할 때는 바빌로니아의 벨과 용 얘기[251]를, 금식을 논할 때는 황도 12궁[252] 얘기를, 믿음에 대해 말할 때는 원의 면적 구하는 방법을 한참 늘어놓습니다.

한번은 나도 아주 '어리석은 분'(아니, '학자'라고 말하려다 잘못 말했습니다)의 설교를 들은 적이 있습니다.[253] 그는 많은 사람이 모인 집회에서 삼위일체의 신비를 설명하면서 완전히 새로운 방법을 시도했습

---

250 최초의 서사시인 호메로스 때부터 시인들은 어떤 주제에 대해 글을 쓸 때 예술가들에게 영감을 주는 '무사 여신들'(영어로 '뮤즈')에게 기원하는 말로 운을 뗐다.

251 바빌로니아에서 섬기는 신 '벨'과 용, 두 존재의 거짓과 무능력을 드러내고 무너뜨리는 내용이다. 이 이야기는 구약 성경 「다니엘」의 주인공이자 위대한 신앙의 인물인 다니엘이 바빌로니아에서 겪은 일들을 다룬 외경 「벨과 용」에 나온다.

252 황도는 현상적으로 태양이 도는 경로를 가리키고, 12궁은 그 경로에 있는 12개의 별자리를 가리킨다. 황도 12궁은 점성술과 관계가 깊다. 가톨릭에서는 예수가 십자가에 죽기 전의 40일을 사순절 금식 기간으로 정했는데, 사순절은 태양이 백양궁으로 들어가는 때다. 여기에서 에라스무스는 수도사들이 서로 이질적인 것을 접목시켜 주의를 환기시키는 대중연설 기법을 따라 설교 서두에서 주제와 아무 관련이 없는 엉뚱한 이야기를 한다는 점을 꼬집는다.

253 라틴어로 '어리석은 분'은 '스툴툼'(stultum), '학자'는 '독툼'(doctum)인 것을 이용한 언어유희다.

니다. 신학자들의 귀를 만족시키기 위해서였지요. 먼저 그는 알파벳과 음절과 문장에 관해 설명한 다음, 명사와 동사의 일치, 형용사와 명사와 실명사의 일치에 대해 설명했습니다. 그러자 거기에 모인 대다수가 이게 뭔 말인가 해서 의아해했고, 몇몇은 호라티우스[254]의 문구를 인용해 "악취가 진동하는 이런 말들을 왜 하는 것인가" 하며 수군거렸습니다. 마침내 그는 문법의 기초에 삼위일체의 모형이 분명히 드러나 있으며, 어떤 수학자도 이보다 더 명백하게 삼위일체의 신비를 모래판에 그려 증명할 수 없을 것이라는 결론을 내립니다. 그는 지난 8개월을 꼬박 바쳐 이 설교를 준비했고, 지성을 날카롭게 갈고닦기 위해 눈을 혹사한 탓에 지금은 두더지보다 더 시력이 좋지 않습니다. 그런데도 그는 그렇게 한 것을 후회하기는커녕 작은 희생을 통해 큰 영광을 얻게 되었다고 생각합니다.

이번에는 스코투스가 환생한 것이 아닌가 싶은 어느 80세 신학자의 얘기를 들려드리겠습니다. 그는 예수의 이름에 담긴 신비를 규명하고자 했고, 실제로 예수라는 단어에 숨어 있는 모든 것을 놀라울 정도로 꼼꼼하고 정교하게 밝혀냈습니다. 예수(라틴어로 '예수스')라는 단어는 세 가지 형태로 격이 변화하는데, 이는 삼위일체를 명백하게 상징한다고 그는 말합니다. 제1격인 '예수스'(Iesus)는 s로 끝나고, 제4격인 '예숨'(Iesum)은 m으로 끝나며, 그 밖의 격인 '예수'(Iesu)는 u로 끝나는데, 여기에 '말로 표현할 수 없는' 신비가 담겨 있어 다음 세 글자, 즉 '처음'(숨뭄, summum)과 '중간'(메디움, medium) 그리고 '마지막'(울티뭄, ultimum)을 나타낸다는 것입니다. 또한 수학적으로 분석해보면, 예수라

---

254 호라티우스는 각주 145를 보라. 여기에 인용된 말은 그의 『풍자시집』에 나온다.

는 이름 속에 한층 더 심오한 신비가 숨어 있다고 그는 말합니다. 예수 (Iesus)라는 다섯 개의 음절로 이루어진 이름이 중간의 휴지부인 s를 중심으로 정확히 양분된다는 것입니다. 이 문자는 히브리어로는 𝔴이라 쓰고 '쉰'이라고 발음하는데, '쉰'은 스코틀랜드 말로 '죄'를 가리키는 단어와 발음이 똑같고, 이는 예수가 세상의 죄를 제거하신 분임을 명백히 보여준다는 논리입니다.

지금까지 들어보지 못한 새로운 방식의 서론 제시에 다들 놀라 입을 다물지 못했습니다. 특히 신학자들은 옛적의 니오베[255]처럼 될 뻔했습니다. 나 역시 무화과나무를 깎아 만든 남근 신 프리아포스가 카니디아와 사가나의 밤중 제사를 목격했을 때 벌어진 끔찍한 일[256]을 당할 뻔했습니다. 이런 반응은 너무나 당연합니다. 그리스인 데모스테네스나 로마인 키케로가 연설할 때 이런 식으로 서두를 꺼내는 것을 본 적이 있습니까? 주제의 본질과 동떨어진 서두는 잘못된 일이고, 자연에서만 배운 돼지치기도 그런 식으로는 이야기를 시작하지 않습니다.

하지만 오늘날 학자라고 하는 사람들은 그들이 '서론'이라고 부르는 연설 첫머리에서, 주제와는 전혀 상관없는 내용을 제시하는 자가 가장 훌륭한 연설가라고 생각해 그런 식으로 연설을 시작합니다. 정작

---

255 그리스 신화에서 테바이의 왕 암피온의 아내다. 일곱 명의 아들과 일곱 명의 딸을 낳은 자기가 아폴론과 디아나 두 남매만 낳은 레토 여신보다 훌륭하다고 자랑하다가, 이 말을 듣고 화가 난 아폴론과 디아나에 의해 자녀들을 모두 잃고 그 충격으로 돌로 변한다.

256 프리아포스는 각주 73을 보라. 카니디아와 사가나가 지낸 제사를 보고 경악해 무화과나무로 만든 프리아포스 신상이 쪼개졌다는 얘기는 호라티우스의 『풍자시집』에 나온다.

청중은 어이없어하며 이렇게 투덜거립니다. "도대체 무슨 말을 하려는 거야?"

　서론에 이어지는 강해는 설교의 핵심인데도, 그들은 복음서에 나오는 특정 부분을 스치듯이 설명하고 얼른 넘어가버립니다. 그러고 나서 다음 단계에서는 완전히 다른 사람이 되어 '하늘에서도 땅에서도 다룬 적이 없는' 몇몇 신학 문제를 들고 나옵니다. 그래야 전문가다운 면모를 보여준다고 믿기 때문입니다. 이 대목에서 그들은 엄숙 박사, 엄밀 박사, 최엄밀 박사, 치품천사 박사, 지품천사 박사, 거룩 박사, 반박불가 박사[257] 등과 같은 호칭을 들먹이며 신학자로서 오만함을 한껏 뽐냅니다. 그런 후에는 삼단논법, 대전제, 소전제, 결론, 부수적 결론, 가정 등 무미건조한 스콜라 철학[258]의 용어와 표현들을 무지한 대중 앞에 마구 던집니다.

　하지만 거기에서 끝나지 않습니다. 그들이 전문가로서 기량을 유감없이 펼쳐 보일 제5막이 아직 남아 있습니다. 여기에서는 『역사 총람』이나 『로마 인물 열전』 같은 책에 나오는 어리석고 무식한 이야기를[259]

---

257 '교회 박사'는 가톨릭에서 교의상 크게 기여한 교회 내 학자에게 수여한 칭호이며, 그 밖에도 여러 가지 영예로운 박사 칭호가 있다. 토마스 아퀴나스는 '천사 박사', 둔스 스코투스는 '엄밀 박사', 보나벤투라는 '치품천사 박사', 윌리엄 오컴은 '무적 박사', 헤일즈의 알렉산더는 '반박불가 박사'였다. 지금까지 교회 박사로 선포된 사람은 총 36명이다.

258 스콜라 철학은 교부 철학이 세운 기독교 신앙을 체계적으로 정리하고 이성적 사유를 통해 논증하고 이해하고자 한 중세 철학의 조류다. 이 이름은 중세 수도원 학교의 교사나 학생을 가리키는 라틴어 '스콜라티쿠스'에서 유래했는데, 중세 스콜라 철학이 성직자들을 양성하는 수도원 학교를 통해 발전했기 때문이다. 9세기에 시작된 스콜라 철학은 13세기에 이르러 그동안 번역된 고대 그리스의 철학 사상, 특히 아리스토텔레스 철학을 기독교 사상에 반영했다.

259 보베의 빈켄티우스(약 1190-1264년)는 중세시대에 백과사전을 편찬한 인물이다. 그

알레고리적, 비유적, 영적으로 해석합니다.[260] 이런 식으로 그들은 호라티우스가 '사람의 머리를'로 시작되는 글에서 만들어낸 괴물과는 비교가 안 될 정도로 기괴한 그들만의 키마이라를 만들어냅니다.[261]

누구에게 들었는지 몰라도, 그들은 차분하면서도 가장 작은 목소리로 설교를 시작해야 한다고 생각합니다. 그래서 설교를 시작할 때 다른 사람에게 들리든 말든, 자신들도 똑똑히 알아들을 수 없을 정도로 아주 작은 목소리로 말합니다. 또한 가끔씩 고함을 질러 청중의 감정을 자극해야 한다고 믿습니다. 그래서 차분하고 진중하게 말하다가 전혀 맞지 않는 상황에서 갑자기 고함을 질러댑니다. 이렇게 엉뚱한 데서 소리 지르는 사람을 보면, 헬레보레[262]를 먹여 그들의 광기를 치료해야겠다는 생각이 들 것입니다. 그들은 설교가 진행되면서 감정을 고조시켜야 한다고 믿습니다. 그래서 설교를 각 구간별로 보면, 처음에는 차분하게 시작하지만 조금 지나서는 별것 아닌 내용인데도 느닷없이 열정적으로 고함을 질러대다가 숨이 끊어진 것이 아닌가 생각될

가 펴낸 '대총람'은 당시의 모든 지식을 망라한 것으로 450명의 저술가와 2천 편의 저작물을 소개하며 『자연 총람』, 『교리 총람』, 『역사 총람』으로 구성되어 있다. 『로마 인물 열전』은 명칭과는 달리 여러 일화과 전해오는 이야기를 모아놓은 책으로 13세기 말이나 14세기 초에 편찬되었다. 이런 책들은 중세시대에 설교 예화로 많이 인용되었다.

260 중세시대에는 성경 본문이 네 가지 수준의 의미, 즉 문자적, 알레고리적, 교훈적, 영적 의미를 지닌다고 보았다. '알레고리'는 '달리 표현하다'라는 뜻의 그리스어 '알레고리아'가 어원이며, 은유적으로 의미를 전달하는 표현 양식이다. '우의', '풍유'라고도 한다. 한 문장이나 이야기 전체가 은유라는 점에서 일반적인 은유나 직유와는 다르다.

261 호라티우스의 『시론』은 다음과 같이 시작된다. "어떤 화가가 사람의 머리를 말의 목 위에 얹는다고 생각해보면 … 어찌 웃지 않을 수 있겠는가?" 키마이라는 그리스 신화에서 머리는 사자, 몸통은 염소, 꼬리는 뱀 또는 용의 모습을 하고 하늘을 날며 불을 내뿜는 괴물이다.

262 각주 151을 보라.

정도로 갑자기 설교를 끝내버립니다.

끝으로, 그들은 웃음을 적절히 유도해야 한다고 수사학자들에게 배웠기 때문에 설교 곳곳에 농담을 곁들이려고 애씁니다. 그런데 이를 어쩝니까?[263] 농담을 해서는 안 되는 대목에서 농담을 하니 말입니다. '리라를 연주하는 당나귀' 꼴이 아닐 수 없습니다. 종종 풍자한다고 하는데도 정신이 번쩍 들게 하기보다 간지럽히는 수준에서 그칩니다. 최대한 '솔직하게 말한다'라고 하지만 실제로는 아부하는 말뿐입니다.

요컨대 수도사들의 이와 같은 행태를 보다 보면 그들의 스승이 혹시 떠돌이 약장수가 아닐까 하는 의구심이 들지도 모르겠습니다. 약장수가 한 수 위겠지만요. 아무튼 둘의 말솜씨는 너무나 흡사해 서로에게 배운 것은 틀림없어 보입니다.

그런데도 그들은 자기 말을 데모스테네스나 키케로가 하는 말로 여기며 들어주는 청중을 만나는데, 이는 순전히 우신인 나 덕분입니다. 이렇게 호응하는 사람들이 주로 상인들과 여자들이기 때문에 수도사들은 그들의 귀를 특히 즐겁게 해주려고 애씁니다. 상인들의 가려운 곳을 살살 긁어주면 사악한 방법으로 벌어들인 수익 중 일부가 그들에게 돌아올지도 모르기 때문입니다. 여자들이 수도사들을 좋아하는 이유는 많지만, 무엇보다 남편에게 화가 나는 일이 있을 때 속마음을 수도사에게 다 쏟아낼 수 있기 때문입니다. 이들 부류가 얼마나 우신인 내게 신세를 지고 있는지, 예배 시간에 쓸데없는 헛소리와 고함으로 사

---

263 라틴어 원문에는 "친애하는 아프로디테여"로 되어 있는 문장을 의역한 것이다. 어처구니없다는 뜻을 나타낼 때, 이 문장이나 "헤라클레스여"와 같이 느닷없이 신의 이름을 부르는 표현을 쓰기도 했다.

람들 사이에서 전횡을 일삼으며 자신들을 파울루스 혹은 안토니우스[264]
라고 믿는지, 이제 여러분도 알게 되었을 것입니다.

---

264 테베의 파울루스(약 226-341년)는 최초의 기독교 은둔자로서 16-130세까지 이집트
사막에서 은둔 생활을 했다고 전해진다. 성 히에로니무스가 그의 전기 『최초의 은둔
자 성 파울루스의 생애』를 썼다. 안토니우스(약 251-356년)는 이집트 출신의 가톨릭
사제이자 성인이다. 20세에 수도원에 들어가 은둔 생활을 시작해 20여 년 동안 나일
강 유역의 산속에서 살았다. 311년 박해 시대에 알렉산드리아로 건너가 많은 기적을
보이며 신자들의 신앙을 격려해 '황야의 별'이라고 불렸으며, 어려울 때 도움을 청하
면 도와주는 구난성인으로 추앙받았다. 성 아타나시우스가 그의 전기 『안토니우스의
생애』를 썼다.

55장

군주

우신인 나 덕분에 행복하게 살아가는데 은혜도 모르고 경건한 척 위장하고 연기하는 위선자들의 얘기는 이쯤에서 그만두고, 이제는 고귀한 혈통에 걸맞게 타고난 기질을 따라 솔직하게 대놓고 우신인 나를 숭배하는 군주들과 궁정 귀족들에 관해 말해보려 합니다. 사실 아까부터 그들에 대해 얘기하고 싶었습니다.

먼저 조금이라도 생각이 있다면, 군주의 삶이 그 누구의 삶보다 우울하고 피하고 싶은 것임을 모르는 사람이 어디 있겠습니까? 한 나라를 제대로 이끌어가려면 어깨에 엄청난 짐을 짊어져야 한다는 사실에 대해 진지하게 생각하는 사람이라면, 위증과 부친 살해까지 저지르면서 군주의 권력을 얻으려 하지는 않을 것입니다. 한 나라를 움직이는 조타수 자리에 앉은 사람은 사사로운 일이 아니라 공적인 일을 맡았으므로 공익 외에는 아무것도 생각해서는 안 됩니다. 한 나라의 법률을 제정하고 집행하는 사람으로서 법률을 조금이라도 어겨서도 안 됩니다. 모든 공직자와 각 지역을 다스리는 관리들이 청렴하게 공무를 수행하도록 감독해야 하기 때문입니다. 또한 모든 사람의 눈이 오직 군

우신예찬

주 한 사람만 바라보고 있기 때문에 군주는 훌륭한 인품으로 백성에게 최고의 복을 가져다주는 축복의 별이 되거나, 최악의 재앙을 초래하는 죽음의 혜성이 되기도 합니다.

일반 사람들은 악을 저질러도 잘 알려지지 않고 그 영향이 널리 미치지도 않습니다. 반면에 군주 자리에 앉은 사람이 정직함과 올바름에서 조금이라도 벗어날 경우, 그 영향이 전염병처럼 삽시간에 퍼져 무수히 많은 사람의 삶에 타격을 입히고 그들을 파멸로 이끕니다. 군주 자리에 앉으면 쾌락, 방종, 아부, 사치 등과 같이 군주를 정직함과 올바름에서 끌어내리려 유혹하는 것들이 아주 많기 때문에, 군주는 실수로라도 책무를 소홀히 하는 일이 없도록 더욱 정신을 바짝 차리고 경계해야 합니다. 끝으로, 군주는 반역과 증오를 비롯해 온갖 위험과 두려운 일들에 시달리는 것은 말할 나위도 없고, 머지않아 자신이 저지른 작은 악행 하나에 대해서까지, 그가 지닌 막강한 권력에 걸맞게 아주 엄하게 책임을 물을 저 참된 왕[265]이 있음을 알아야 합니다.

내가 지금까지 말한 것들과 그 밖에 다른 많은 사항을 주의 깊게 생각할 정도로 현명한 군주라면, 아마도 편안히 잠자고 즐겁게 식사할 수 없을 테지요. 하지만 오늘날 군주는 우신인 나 덕분에 온갖 염려는 신들에게 맡겨두고, 오직 편안하고 안락하게 살아가는 데만 관심을 기울입니다. 그래서 그들의 마음을 즐겁게 해주고 아무 근심도 불러일으키지 않게 말하는 자들에게만 귀를 기울입니다.

---

265 '저 참된 왕'은 하나님과 예수 그리스도를 가리킨다. 신약 성경의 디모데전서 6장 15절은 "하나님은 복되시고 유일하신 주권자이시며 만왕의 왕이시며 만주의 주시요"라고 말하고, 요한계시록 17장 14절은 예수 그리스도를 가리켜 "만주의 주시요 만왕의 왕"이라고 말한다.

군주들은 끊임없이 사냥하고, 명마를 기르고, 행정과 군대의 요직을 팔아 이익을 얻고, 신민들의 재산을 털어 자신의 금고를 채울 새로운 방법을 날마다 생각해냅니다. 아무리 부당한 일도 그럴 듯한 명분을 붙여 공정한 처사로 보이게 만듭니다. 그래야 군주의 모든 책무를 제대로 수행하는 것이라 믿습니다. 백성의 마음을 자기편에 붙들어두기 위해 어느 정도 잘 보이려고도 합니다. 오늘날 군주가 어떤 사람들인지 한번 생각해보십시오. 그들은 법률에 무지하고, 사익만 추구하느라 공익은 거의 적대시하고, 쾌락의 노예가 되어 있고, 학문과 자유와 진리를 미워하고, 국가의 안녕은 전혀 생각하지 않으며, 모든 것을 자기 욕망과 이익에 비추어 판단하는 자들입니다.

군주들은 모든 미덕이 어우러져 조화를 이루고 있음을 나타내는 황금 사슬을 목에 걸고, 영웅다운 용맹함에서 타의 추종을 불허함을 상기시켜주는 특별한 보석 왕관을 쓰고 있습니다. 정의와 청렴을 상징하는 홀을 지니고 있고, 지극한 국가 사랑을 상징하는 자주색 옷을 입고 있습니다. 몸에 걸친 장신구와 자신의 삶을 비교해서 볼 줄 아는 군주라면, 이런 것들로 자신을 장식하고 있음을 부끄러워하며, 비극에나 나올 것 같은 이런 복장을 어느 풍자가가 웃음거리로 삼고 조롱하지는 않을지 두려워할 것입니다.

56장
궁정 귀족

이제 궁정 귀족들에 대해 말해보겠습니다. 그들 중 대다수는 더할 나위 없이 비굴하고 우둔하며 천박합니다. 그런데도 모든 면에서 가장 앞서고 싶어 합니다. 하지만 한 가지에서는 최고의 양보심을 발휘하지요. 그들은 황금과 보석과 자주색 관복을 비롯해 미덕과 지혜를 나타내는 온갖 것을 몸에 두르는 일에는 양보를 모르지만, 미덕과 지혜를 갈고닦는 일만큼은 흔쾌히 남들에게 양보합니다. 그들은 자신이 군주를 주군이라 부를 수 있고, 군주에게 몇 마디 인사말을 건넬 수 있으며, '각하'니 '주군'이니 '폐하'니 하는 궁중 호칭을 남발하는 데서 말할 수 없이 큰 행복을 느낍니다. 부끄러운 줄 모르고 이런 일을 천연덕스럽게 해내고 기쁜 마음으로 아부하는데, 이것이야말로 궁정 귀족이라면 마땅히 갖추어야 할 전문 기술이지요.

궁정 귀족들이 살아가는 방식 전체를 좀 더 면밀히 살펴본다면, 그들이 영락없이 파이아케스인들이나 페넬로페의 구혼자들[266] 같다는 사

---

266 파이아케스인들은 호메로스의 서사시 『오디세이아』에 나오는 해양 부족으로 스케리아

실을 알게 될 것입니다. 그들이 어떤 사람들인지는 서사시에 나와 있으니 나보다는 메아리 요정 에코[267]가 잘 전해줄 것입니다. 그들은 해가 중천에 떠오를 때까지 잠을 자고, 사제를 고용해 침대 옆에 대기시켰다가 침대에 누운 채로 재빠르게 미사를 드립니다. 그러고 나서 아침 식사를 하고 바로 점심 식사로 넘어가지요. 주사위 놀이와 장기, 점치기, 어릿광대, 익살꾼, 매춘부, 음담패설이 이어지고, 그 사이에 한두 번의 간식이 나옵니다. 그런 다음 저녁 식사를 하고, 곧이어 제우스에게 맹세하건대, 한 차례 이상의 술판을 벌입니다. 그들은 그런 삶을 전혀 지겨워하지 않고 몇 시간이든 몇 날이든 몇 달이든 몇 년이든 몇 백 년이든 그렇게 살아갑니다.

우신인 나조차 그들이 '허세를 부리는' 모습을 보면 종종 역겨움을 느낍니다. 귀부인들은 너 나 할 것 없이 드레스 자락을 길게 늘어뜨려 질질 끌고 다닐수록 자신이 더 여신처럼 보인다고 생각하고, 남자 귀족들은 남들보다 더 비스듬히 드러누울수록 자신이 제우스와 가까워 보인다고 생각하며, 목에 더 무거운 황금 사슬을 두르고 다니며 부와 힘을 과시할수록 더욱 대단한 사람이 된 것처럼 즐거워합니다.

섬을 터전으로 삼았으며, 재물이 많고 전쟁이 없어 향락을 즐기며 살았다. '페넬로페의 구혼자들'은 각주 154, 234를 보라.

267 에코는 그리스 신화에 나오는 헬리콘산의 요정으로 수다를 좋아해 한번 말을 시작하면 그칠 줄 몰랐다. 헤라는 남편 제우스가 헬리콘산으로 가는 것을 보고 미행하다가 에코가 계속 말을 거는 바람에 남편이 바람피우는 현장을 놓쳤다. 이에 화가 나서 남이 말하기 전에는 절대로 먼저 말할 수 없고, 말하더라도 남이 한 말의 끝부분만 반복해야 하는 벌을 에코에게 내렸다.

57장

주교

군주와 궁정 귀족들이 하는 짓을 열심히 흉내 내다가 이제는 이를 능가하게 된 사람들이 있는데, 바로 교황과 추기경, 그리고 주교 들입니다. 그들의 복장을 유심히 살펴보면, 아마포로 만들어 눈처럼 흰 예복은 한 점의 흠도 없는 삶을 나타냅니다. 뾰족하게 세운 두 장의 천을 하나의 매듭으로 연결한 주교관[268]은 신약 성경과 구약 성경 둘 다에 대한 순수하고 절대적인 지식을 나타냅니다. 손을 철통같이 감싸고 있는 주교 장갑은 인간사에 오염되지 않은 채 성사를 집례하기 위한 정결함을 나타냅니다. 주교 지팡이는 정신을 바짝 차리고 자신에게 맡겨진 양들을 돌보는 것을 나타냅니다. 앞에 내세운 십자가는 인간의 온갖 욕망에 대한 승리를 나타냅니다.

복장에 담긴 이런 의미를 하나하나 깊이 생각해본다면, 그들이 우울하고 근심 가득한 삶을 살아갈 것 같지 않습니까? 하지만 오늘날 그들은 양 떼 돌보는 일은 그리스도나 그들이 형제라고 부르는 다른 사

---

268 교황, 추기경, 대수도원장, 주교가 의식을 집례할 때 착용하는 모자다.

제들에게 맡겨버리고, 오직 자기 자신만을 돌보며 잘 먹고 잘살고 있습니다. 주교[269]라는 호칭이 맡겨진 양들을 늘 염려하는 가운데 지켜보며 지극정성으로 돌보는 자를 의미한다는 생각은 전혀 하지 못합니다. 반면에 돈을 긁어모으는 일에서는 '눈에 불을 켜고 감시하며' 주교직을 아주 잘 수행합니다.

---

269 가톨릭교회에서 주교는 교구를 관할하는 성직자다. '주교'를 가리키는 라틴어 '에피스코푸스'는 감독자를 뜻하는 그리스어 '에피스코포스'를 차용한 단어다. '~에 대한'을 뜻하는 '에피'에 '파수꾼, 감독자'를 뜻하는 '스포코스'가 결합되었다.

우신예찬

58장

추기경

마찬가지로 추기경[270]도 사도들의 자리를 이어받은 자들[271]이므로 사도들의 본을 그대로 따라야 한다는 점을 진지하게 고려해야 했지만, 실제로 그렇게 하지 않습니다. 그들은 영적 자산의 주인이 아니라 관리자이므로 머지않아 자신이 맡은 모든 일에 철저한 결산이 이루어진다는 점도 진지하게 고려해야 했지만, 실제로는 그렇게 하지 않습니다. 자신의 복장을 돌아보면서 다음과 같이 반문해야 했지만, 실제로는 그렇게 하지 않습니다. "눈처럼 흰 이 예복을 입고 있는 이유는 무엇인가? 가장 탁월하고 정결하게 살라는 뜻이 아니겠는가? 안에 입고 있는 자주색 옷은 무엇을 의미하는가? 하나님을 향해 불같이 활활 타오르는 사랑을 지니라는 뜻이 아니겠는가! 지극히 존귀한 분을 태운 나귀[272]

---

270 가톨릭에서 추기경은 교황 다음으로 지위가 높은 성직자다. 추기경들로 이루어진 원로원 격인 추기경 회의는 교황을 선출하고 교회에 자문하는 역할을 한다.

271 '사도들의 자리를 이어받은 자들'이란 주교들을 가리키며, 추기경과 교황도 주교에 해당한다. 사도들의 수장 격인 베드로의 역할은 교황에게 돌아간다.

272 '지극히 존귀한 분을 태운 나귀'는 예수가 십자가 죽음을 앞두고 예루살렘에 입성할 때 탄 나귀를 가리킨다.

는 물론이고 낙타 한 마리도 거뜬히 덮을 만큼 길게 늘어지고 품이 크며 주름 잡힌 저 외투는 무엇을 의미하는가? 사람들을 가르치고 권하고 꾸짖고 충고하고, 전쟁을 중단시키고, 사악한 군주들에게 저항하며, 그리스도를 따르는 무리를 위해 재산뿐만 아니라 피까지 기꺼이 바치는 등 지극히 큰 사랑을 가지고 모든 사람에게 도움의 손길을 내밀어야 한다는 뜻이 아니겠는가? 가난하게 살아간 사도들의 뒤를 이은 후계자들이 재산에 관심을 둔다는 것이 도대체 말이 되는가?"

　추기경들이 이런 질문들을 주의 깊게 생각해보았다면, 지금의 그 자리를 탐내기는커녕 미련 없이 내던져버리고, 분명 옛날 사도들과 똑같은 방식으로 온 힘을 다해 다른 사람들을 돌보고 수고하며 살았을 테지요.

59장

교황

그리스도의 대리자로 자처하는 교황들이 가난과 노고와 가르침과 십자가와 자기 목숨을 아랑곳하지 않는 태도로 살아간 그리스도의 삶을 닮고자 애썼다면, 또한 '아버지'라는 의미의 '교황'이나 '성하'라는 호칭이 주어진 이유를 진지하게 생각해보았더라면,[273] 자신들이 세상에서 가장 괴롭고 힘든 자리에 있음을 알았을 것입니다. 그 사실을 알고도 온갖 수단을 동원해 그 자리를 차지하려 하겠으며, 설령 차지했다고 해도 칼과 독약과 온갖 폭력을 사용해 그 자리를 지키려 하겠습니까?

어느 때에라도 교황들이 지혜를 얻게 된다면 잃을 것이 얼마나 많겠습니까? '지혜'라고 할 것도 없습니다. 그저 그리스도가 말한 소금 알갱이[374] 하나라도 그들 안에 생긴다면, 그들은 그 많은 재산과 명예,

---

[273] 교황은 가톨릭교회의 수장으로 로마의 주교를 가리킨다. 가톨릭에서는 로마의 주교를 열두 사도들의 수장 격인 베드로의 후계자로 여긴다. 교황의 호칭인 라틴어 '파파'(Papa)는 그리스어로 '아버지'를 뜻하는 '팝파스'에서 왔다. 원래는 모든 성직자를 부르는 호칭이었지만, 로마가톨릭에서는 9세기부터 교황에게만 사용한다. '성하'(Holy father)로 번역되는 '상크팃시미'(Sanctissimi)는 '가장 거룩한 자'라는 뜻으로 역시 교황에게 사용하는 호칭이다.

권력, 전리품, 직위, 면책특권, 수입, 면죄부, 말과 노새와 시종, 즐거움 등을 잃게 될 것입니다. 교황들 뒤에서 거래되는 바다같이 어마어마하게 많은 것과 거기에서 나오는 엄청난 수입을 내가 이 몇 단어들에 담고 있음을 여러분도 아실 것입니다. 그들이 지혜를 얻는 순간 이것들 대신에 철야 기도와 금식, 눈물, 강론, 설교, 노심초사와 탄식을 포함해 수천 가지의 힘들고 어려운 일들이 그들을 기다릴 것입니다.

그렇게 되었을 때 곧이어 일어날 일들도 간과해서는 안 됩니다. 그 많은 서기와 필경사, 공증인, 변호사, 검사, 비서, 노새꾼, 마부, 환전상, 포주(되도록 순화된 표현을 사용하려 했는데 귀에 거슬리지 않았는지 걱정되는군요), 요컨대 로마 교황청 덕에 먹고사는(아니, 로마 교황청을 '빛내는'이라고 말하려 했는데 그만 말이 헛나갔습니다) 많은 사람이 굶주림에 내몰리게 된다는 것입니다.

사실 이들을 생각한다면, 세상의 참된 빛인 교회의 수장들이 봇짐을 메고 지팡이를 짚고 다니는 삶으로 되돌아가는 것은 인정머리 없고 가증한 일이 될 것입니다. 그래서 그들이 그런 삶으로 돌아가기를 그토록 싫어하는지도 모르겠습니다.

오늘날 교황들은 힘들고 어려운 일은 모두 베드로와 바울에게 떠넘긴 채 여유 있는 시간을 누리며 빛나고 즐거운 일만 합니다. 우신인 나 덕분에 어떤 부류보다 걱정 없이 편안히 살아가지요. 지극히 축복받은 자, 공경할 자, 거룩한 자라는 칭호와 함께 무대 의상 같은 신비

---

274 예수는 기독교 복음과 윤리의 핵심이 담겨 있는 산상수훈에서 기독교인들을 소금과 빛에 비유한다. "너희는 세상의 소금이다. 만일 소금이 짠 맛을 잃으면 무엇으로 다시 짜게 만들겠느냐? 그런 소금은 아무짝에도 쓸 데가 없어 밖에 내버려져 사람들에게 짓밟힐 뿐이다"(마태복음 5장 13절).

스러운 복장을 하고 미사를 주관하며, 축복하고 저주하는 감독자 역할만 하면 그리스도를 충분히 받드는 줄로 압니다.

기적을 행하는 것은 지금 시대와는 맞지 않는 옛적의 낡아빠진 일이고, 대중을 가르치는 것은 피곤한 일이며, 성경 해석은 신학교에서나 하는 일이라고 교황들은 생각합니다. 기도는 한가한 사람이나 하는 일이며, 눈물은 가련한 자나 여자가 흘리는 것이며, 가난하게 사는 것은 비천한 일입니다. 멸시당하며 사는 것은 위대한 왕들조차 함부로 자신의 지극히 복된 발에 입 맞추는 것을 허락하지 않는 교황의 위엄에 어울리지 않는 치욕입니다. 죽는 것도 끔찍한 일인데 십자가에 못 박히는 것은 더욱 수치스러운 일이지요. 이들에게 남아 있는 무기는 바울에게 물려받아 남발하고 있는 달콤한 축복 기도, 성사나 미사의 참여를 막는 금지령, 성직과 성무 집행 정지, 파문, 저주, 심판 장면을 그린 그림, 고갯짓 한 번으로 사람들의 영혼을 지옥의 심연으로 보내버리는 무시무시한 벼락 말고는 없습니다.

그리스도의 지극히 거룩한 사제들과 대리자들은 사탄의 부추김을 받아 베드로의 유산을 갉아먹고 거덜내는 자들을 가장 따끔하게 혼내주어야 할 위치에 있습니다. 그런데 성경의 복음서에 따르면, 베드로는 이렇게 말합니다. "우리가 모든 것을 버리고 주님을 따랐습니다."[275] 그들은 토지, 성읍, 세금 징수권, 통행세 받을 권리, 통치권 등을 베드로의 유산이라고 부릅니다. 그리고 그런 것들을 지키기 위해 그리스도를 향한 사랑에 불타올라 불과 칼을 동원해 싸우고, 수많은 기독교인

---

275 마태복음 19장 27절. 에라스무스는 '모든 것을 버리고 주님을 따르는 것'이 베드로가 물려준 유산이라고 말한다.

의 피 흘리는 대가를 마다하지 않는 것은 물론이고, 그렇게 하는 것이 사도들처럼 교회와 그리스도의 원수들에 용감하게 맞서 원수들을 궤멸시키고 그리스도의 신부인 교회를 지키는 일이라고 믿습니다.

하지만 저 불경스러운 교황들보다 교회에 더 위험하고 해로우며 파괴적인 원수도 없습니다. 그들은 침묵함으로 이 세상에서 그리스도를 지우고, 자신들에게 이득을 가져다주는 온갖 교회법으로 그리스도에게 족쇄를 채우고, 억지 해석으로 그리스도의 가르침을 왜곡하며, 전염병같이 끔찍한 삶으로 그리스도를 죽이는 자들입니다.

교회는 그리스도의 피로 세워졌고, 그 피로 견고히 뿌리를 내렸으며, 그 피로 성장했습니다. 하지만 그들은 이제 그리스도가 죽고 없으니 그리스도의 방식만으로 교회를 지킬 수 없으며 칼로 지켜야 한다고 생각합니다. 전쟁은 인간이 아닌 짐승에게나 어울리는 끔찍한 일이고, 시인들의 말마따나 복수의 여신들이 보낸 미친 짓이며, 모든 것을 한꺼번에 휩쓸어버리는 전염병처럼 파괴적이고, 흉악무도한 강도가 가장 잘하는 불의한 일이며, 그리스도에게는 전혀 어울리지 않는 불경한 일입니다.

그런데도 교황들은 다른 것은 몰라도 전쟁만은 반드시 합니다. 노쇠한 교황들도 전쟁 앞에서는 청년의 열정과 강인한 힘을 보여주고, 비용이 많이 들더라도 아랑곳하지 않고, 아무리 힘들고 어려워도 굴하지 않으며, 국법이나 종교나 평화를 비롯해 인간 만사가 엉망진창이 되어도 그만두려 하지 않는다는 사실을 여러분도 보셨을 것입니다. 그런 교황들 옆에는 박학다식한 아첨꾼들이 꼭 있어, 한편으로는 너무나 명백한 광기를 그리스도를 향한 뜨거운 사랑이자 경건이며 용기라 부르고, 다른 한편으로는 그리스도의 가르침을 따라 기독교인이라면 반

드시 지켜야 하는 이웃 사랑이라는 최고의 계명을 조금도 어기지 않고
서도 칼을 뽑아 형제의 복부에 꽂을 수 있는 방법을 찾아냅니다.

60장

사제

사실 나는 이 일과 관련해 게르마니아의 주교들이 먼저 선례를 남긴 것인지, 아니면 기존 사례를 따른 것인지 아직 결론 내리지 못하고 있습니다. 어쨌든 그들은 미사와 축복기도를 포함해 온갖 의례는 생략한 채 아예 대놓고 페르시아의 총독직[276]을 수행하면서, 전쟁터가 아닌 곳에서 용기 있게 자기 영혼을 하나님께 드리는 것은 주교라는 고귀한 직분에 어울리지 않는다는 듯이 행동합니다.

사제 무리도 자신이 모시는 주교들이 이러한 거룩함에 뒤처지는 것을 불경이라 여겨, 십일조의 법을 지키기 위해 진짜 병사처럼 칼과 창과 돌 등 온갖 무기를 들고 전쟁을 벌입니다. 그들 중에서 눈이 밝은 자는 고문서들을 뒤져서 백성을 겁박해 십일조보다 더 많은 재물을 뜯

---

276 페르시아 제국은 각 지역에 총독을 파견해 독자적으로 군대를 보유하고 그 지역의 왕으로서 권한을 행사하게 했다. '게르마니아'는 고대 로마인이 게르만인의 거주지를 지칭하던 이름으로 유럽 중부, 도나우강 북쪽, 라인강 동쪽에서 비슬라강에 이르는, 현재 독일을 중심으로 한 지역이다. 게르마니아의 주교들이 '페르시아의 총독직'을 수행했다는 것은 실제로 주교의 본래 직무가 아니라 세속 왕 역할을 했다는 뜻이다. 그리고 당시 왕의 가장 중요한 소임은 전쟁이었다.

어낼 수 있는 근거를 찾아냅니다. 문서에는 백성을 위해 사제가 행해야 하는 많은 의무가 곳곳에 기록되어 있지만 그런 내용은 그들의 눈에 들어오지 않습니다. 사제들의 삭발한 머리는 이 세상의 모든 욕망에서 벗어나 하늘에 속한 일들만 생각한다는 의미지만, 그들은 그런 데서 전혀 교훈을 얻지 못합니다. 자아도취에 빠져 그저 즐거운 이 사람들은 무슨 말인지도 모르는 기도를 한참 중얼거리는 것으로 의무를 다했노라고 생각합니다. 맙소사, 어떤 신도 알아들을 수 없는 것은 물론이고, 귀에 대고 큰 소리로 외치지만 스스로도 알아듣지 못하는 기도라니! 우신인 나조차 기가 막힐 노릇입니다.

사제들 모두가 밤낮없이 돈을 모으고 치부하는 데 열을 올리고, 그와 관련된 법률에 아주 밝다는 점에서 세상 사람들과 다르지 않습니다. 하지만 그 밖의 영역에서는 조금이라도 부담스러운 일은 건네받은 공을 또 다른 사람에게 얼른 전달하듯 영악하게 다른 사람에게 떠넘깁니다. 세속의 군주들이 나랏일을 대신들에게 떠넘기면, 대신들이 그 일을 또다시 하급 관리에게 떠넘기는 것처럼, 사제들은 양보의 미덕을 발휘해 경건에 힘써야 할 온갖 의무를 신도들에게 떠넘깁니다. 그러면 신도들은 자신은 교회와 아무런 상관이 없고 세례받을 때 한 서원도 의미 없다는 듯이 그 일을 '교회 사람들'이라 부르는 성직자들에게 떠넘깁니다.

그러면 그리스도가 아닌 세상에 헌신하기라도 했다는 듯이 자신을 '재속 사제'라 부르는 교구 사제들은 그 짐을 수도회 사제들에게 굴려 보내고, 수도회 사제들은 수도사들에게, 느슨하게 고행하는 수도사들은 엄격하게 고행하는 수도사들에게 굴려 보냅니다. 그리하여 모든 경건의 짐은 탁발 수도사들에게 집중되고, 결국 카르투시오회 수도사들[277]에게 넘어갑니다. 따라서 경건은 오직 카르투시오회 안에서만 은밀하게 간직되어 여간해서는 보기가 불가능합니다.

마찬가지로 교황도 미사를 통해 돈을 긁어모으느라 바쁘기 때문에 사도의 막중한 과업을 주교들에게 떠넘기고, 주교는 사제들에게, 사제는 부제들에게, 부제는 탁발 수도사들에게 떠넘깁니다. 탁발 수도사는 그 과업을 양털 깎는 목자들에게 떠넘기지요.

사실 나에게는 교황이나 사제들의 삶을 들추어내어 풍자하려는 의도가 없습니다. 좋은 군주들을 비판하고 나쁜 군주들을 칭송하려는 것도 아니며, 단지 우신인 나 자신을 예찬하려는 것입니다. 나 우신을 예배하고 내게 잘 보이지 않는 사람은 누구도 즐겁게 살아갈 수 없음을 분명히 하기 위해 그들의 삶을 조금 살펴보았을 뿐입니다.

---

277 카르투시오 수도회는 가톨릭의 봉쇄 수도회 중 하나로, 1084년에 성 브루노가 프랑스 알프스 지역의 계곡에 은둔처를 마련한 데서 유래한다.

61장

어리석어야 출세한다

.

인간의 행복과 불행을 주관하는 람누스 여신[278]도 언제나 나처럼 현자들에게는 적대적인 반면에, 어리석은 자들에게는 잠들어 있어도 좋은 일이 생기게 해주는 이유가 무엇이겠습니까? 여러분은 티모테오스를 잘 알 텐데 그의 이름이 무엇을 뜻하는지도 알며, "사람이 자고 있어도 통발이 물고기를 잡는다"라거나 "올빼미가 날아다닌다"라는 속담을 들어보았을 것입니다.[279] 반면에 현자들과 관련해서는 '넉 달 만에 태어난 자'라든지 '세야누스의 준마'라든지 '톨로사의 황금'이라는 말을 들어보았을 것입니다.[280] 하지만 여기에서 '속담을 더 인용하면' 에라스

---

278 람누스는 복수의 여신 네메시스 신상이 있는 고대 그리스 아테네 근처의 작은 성읍이다. 네메시스는 모든 지나침, 즉 지나친 행동이나 오만을 벌하는 여신이다. 고대 그리스인들은 행복이 너무 지나쳐도 화를 입을 수 있다고 생각해 조심했으며, 반대로 분수를 지키는 자들에게는 행운이 온다고 여겼다.

279 티모테오스(기원전 354년 사망)는 고대 그리스의 정치가이자 장군이다. 당대에 가장 영향력 있는 수사학자였던 이소크라테스는 그를 최고의 지휘관으로 보았다. '티모테오스'라는 이름은 '신이 귀히 여기는 자'라는 뜻이다. 올빼미는 지혜와 전쟁의 여신 아테나를 가리킨다.

280 '넉 달 만에 태어난 자'란 헤라클레스와 같은 운명을 타고나 죽도록 고생하며 산다는

무스의 책을 표절한 것처럼 보일 수 있으므로 이 정도에서 그치겠습니다.[281]

요컨대 운명의 여신은 앞뒤 생각하지 않고 대담하게 덤벼드는 사람들, "주사위는 이미 던져졌다"라고 믿는 사람들을 사랑한다는 것입니다. 반면에 지혜는 사람을 소심한 겁쟁이로 만듭니다. 그래서 현자들은 대체로 가난과 굶주림과 헛된 희망 속에서 무시당하고 미움받으며 이름 없이 살아갑니다. 반대로 어리석은 자들은 돈을 긁어모으고 국정에 참여해 나라를 이끌어가는 등 한마디로 모든 면에서 승승장구합니다.

여러분이 군주의 총애를 받아 보석으로 치장한 신과 같은 이들 가운데서 살아가는 것을 행복이라고 생각한다면, 이런 일에 지혜보다 더 쓸데없는 것이 무엇이며 현자라고 하는 저 부류와 어울리는 것보다 더 큰 저주가 어디 있겠습니까? 부자가 되고 싶어 상인이 된 사람이 지혜를 따르려 하고, 거짓 맹세를 싫어하며, 거짓말했다가 들통 나면 얼굴이 붉어지고, 사기를 치거나 폭리를 취하려 할 때마다 현자의 소심함이 발동해 심기가 불편해진다면 어떻게 큰돈을 벌 수 있겠습니까?

교회에서 높은 지위와 재산을 얻고자 한다면, 당나귀나 물소가 현자보다 더 빨리 그 목표에 도달할 것입니다. 쾌락을 얻으려 한다면, 어리석은 자들에게는 여자들이(지금까지 여자들은 나의 이야기에서 매우 중

뜻의 속담이다. '세야누스의 준마'는 훌륭한 명마로 알려졌지만 결국 주인에게 불행만 가져다주었고, '톨로사의 황금'도 좋은 것인 줄 알았는데 그것을 만지는 자는 고통 속에 죽어갔다. 두 속담은 고대 로마의 수필가 아울루스 겔리우스(약 125-165년)가 쓴 『아티카 야화』에 나온다. 이 책은 멸실된 그리스와 로마의 원전을 많이 인용하고 있어 에라스무스 시대에도 저술가들이 많이 참조했다.

281 에라스무스는 많은 속담과 격언을 수집하고 해설해서 수록한 『격언집』을 펴냈다.

한 역할을 했습니다) 온 마음으로 헌신하는 반면에 현자들을 만나면 마치 전갈이라도 본 것처럼 기겁하며 달아난다는 사실을 알아야 합니다. 그러니 좀 더 즐겁고 부유하게 살고 싶다면, 무엇보다 현자들을 피하고 좀 더 짐승 같은 이들과 어울려야 합니다. 요컨대 어디를 둘러보아도 교황이나 군주, 재판관, 방백, 친구, 고관대작, 말단관리 할 것 없이 그들 가운데 돈이 있어야 모든 일이 돌아갑니다. 그런데도 현자들은 돈을 멸시하니 그들을 만나면 여러분은 얼른 피하는 습관을 들이는 것이 좋겠습니다.

나 우신을 칭송하자면 끝도 한도 없지만, 이제 이야기를 끝낼 때가 되었습니다. 하지만 그 전에 위대한 저술가들이 그들의 글과 행동을 통해 내 이름을 빛내주었음을 잠시 보여주고자 합니다. 그래야 내가 자아도취에 빠져 혼자 이런 연설을 한다는 소리를 듣지 않을 테고, 트집 잡기 좋아하는 사람들도 나를 칭송하는 문헌이 도대체 어디 있느냐며 비난하지 못할 테지요. 저술가들이 어떤 말을 했는지 제시해 내가 '단지 말만 앞세운 것이 아니라는' 사실을 증명해보겠습니다.

62장

우신을 칭송한 저술가들

사람들이 널리 알고 인정하는 속담이 있습니다. "진짜가 없는 곳에서는 진짜와 닮은 것이 최고다." 또한 "적절한 때에 어리석은 척하는 것이야말로 최고의 지혜다"라는 시구도 옳게 여겨 아이들에게 가르칩니다. 이런 말들만 보아도 나 우신이 얼마나 훌륭한 존재인지 알 것입니다. 우신인 나를 흉내 낸 가짜조차 현자들에게 이토록 칭송을 받고 있으니 말입니다.

에피쿠로스 철학자들 중에서 살찌고 윤기 흐르는 한 돼지[282]는 "지혜에 어리석음을 섞으라"라고 가르쳤습니다. '어리석음' 앞에 '약간의'라는 수식어를 붙이는 잘못을 저지르기는 했지만요. 다른 곳에서는 "적당히 어리석어야 매력적이다", "영리해서 알아차리고 화내기보다 멍청해서 모르는 편이 낫다"라고 말하기도 했습니다. 시인 호메로스는 텔레마코스를 '어린아이같이 어리석은' 자라고 부르며 수차례 칭찬했

---

282 호라티우스는 『서간집』에서 자신을 가리켜 "에피쿠로스 철학자들의 무리에서 살찐 돼지"라고 말했다. 호라티우스는 각주 145를 보라.

으며,[283] 비극시인들은 그와 동일한 표현을 청소년들에게 좋은 의미로 기꺼이 사용하곤 합니다. 『일리아스』라는 성스러운 서사시 또한 어리석은 왕과 백성의 분노에 관한 이야기가 아니면 무엇이겠습니까? "세상은 어리석은 자들로 가득하다"라는 키케로의 말은 나 우신에 대한 절대적 칭송이 아니면 무엇이겠습니까? 좋은 것일수록 더 널리 퍼져 나간다는 사실을 모르는 사람은 없을 테니 말입니다.

---

283 텔레마코스는 호메로스가 쓴 『오디세이아』에서 주인공 오디세우스의 아들로, 아버지가 트로이아 전쟁에 나가 돌아오지 않은 오랜 세월 동안 어머니의 구혼자들에게 용감하게 맞선 청년으로 나온다.

63장

우신을 칭송한 성경의 예(1)

하지만 기독교인들은 이런 저술가들의 증언을 고려할 가치도 없는 하찮은 것들이라고 생각하겠지요. 그래서 이제는 우신인 나를 칭송한 증거를 성경에서 찾거나 학자들이 논증하는 방식으로 증명해 보이려 합니다.

먼저 이 일에 대해 신학자들에게 양해를 구합니다. 이 험난한 일을 감행하면서 헬리콘산에 있는 무사 여신들[284]에게 여기까지 먼 걸음을 해주십사 또다시 부탁하기도 무례한 일일 테고, 특히나 이 일이 그들 소관도 아니라는 점을 감안하면 더욱 그러합니다. 그러니 이왕 신학자 노릇을 하기로 하고 가시밭길을 걸어야 한다면, 차라리 스코투스의 영혼을 소르본[285]에서 불러내 잠시 내 가슴속에 들이는 편이 나을 듯합

---

284 '무사 여신들'은 각주 28과 120을 보라.

285 프랑스 파리에 있는 소르본 대학, 그중에서도 신학대학을 가리킨다. 1215년에 설립되어 가톨릭 신학의 본산 역할을 했고, 유럽 전역에서 많은 영재가 이 대학으로 몰려들었다. 둔스 스코투스는 1293-1296년에 이 대학과 옥스퍼드 대학에서 철학과 신학을 연구했고, 1302년에는 스콜라 철학자로서 이 대학에서 강의했다.

니다. 그런 다음 고슴도치보다 가시가 많은 그의 영혼을 그가 원하는 곳으로 되돌려 보내거나 '까마귀에게' 주어버리는 편이 나을 테지요.

그러니 내가 다른 사람의 얼굴을 하고 신학자의 옷을 입는 것을 양해해주기 바랍니다. 누군가가 나의 신학적 자산을 보고는 내가 우리 시대의 위대한 신학자들의 서재에 몰래 들어가 그 지식을 훔친 것으로 오해한 나머지 나를 절도죄로 고발하지는 않을지 걱정됩니다. 하지만 나의 신학 지식은 나와 아주 오랫동안 가깝게 지낸 신학자들의 어깨너머로 들어 알게 된 것이니 전혀 이상하게 볼 필요가 없습니다. 무화과나무로 만든 프리아포스 신[286]도 그의 주인이 그리스어로 말하는 것을 듣고서 몇몇 그리스어 표현을 익혔고, 루키아노스의 글에 나오는 수탉도 사람들과 함께 오랫동안 살다 보니 사람들의 대화를 이해하는 데 어려움이 없었다고 하지 않습니까?[287]

그러면 양해를 받은 것으로 알고 본론으로 들어가겠습니다. 전도서 1장에서는 "어리석음은 그 수가 무한하다"라고 말합니다.[288] 이 말은 평생에 한 번 볼까 말까 한 몇몇을 제외한 모든 사람이 어리석다는 말이 아니겠습니까?

예레미야 10장에서는 좀 더 직설적으로 말합니다. "모든 사람이 자신의 지혜로 말미암아 어리석게 되었다."[289] 예레미야는 오직 하나님

---

286 각주 73을 보라.

287 루키아노스는 각주 8을 보라. 이 이야기는 에라스무스가 번역한 루키아노스의 작품 『수탉』에 나온다.

288 전도서 1장 15절. 전도서는 구약 성경의 한 책이며, 저자는 이스라엘의 왕 솔로몬으로 알려져 있다. 세상만사가 헛되지만 하나님을 알고 경외하는 것만이 유일하게 헛되지 않다는, 말년에 이른 저자의 깨달음을 담고 있다.

289 예레미야 10장 14절. 예레미야는 구약 성경의 한 책이며, 이스라엘이 북왕국과 남왕

만이 지혜롭고 모든 인간은 어리석다고 말합니다. 조금 앞에서는 "사람은 자신의 지혜를 자랑해서는 안 된다"[290]라고 말했습니다. 예레미야여, 당신은 왜 자신의 지혜를 자랑해서는 안 된다고 말한 것입니까? 그는 이 질문에, 사람에게는 지혜가 없기 때문이라고 대답할 것이 분명합니다.

다시 전도서로 돌아와 보면, 전도자는 "헛되고 헛되니 모든 것이 헛되다"[291]라고 외칩니다. 이 말은 내가 앞에서 말했던 것, 즉 인간의 삶은 우신인 나의 놀잇감이라는 의미가 아니면 무엇이겠습니까? 전도자는 내가 방금 앞에서 인용했던 키케로의 말, "세상은 어리석은 자들로 가득하다"라는 칭찬받아 마땅한 말에 찬성표를 던진 셈입니다.

집회서를 쓴 현자는 "어리석은 자는 달처럼 변하지만, 지혜로운 자는 해처럼 변함이 없다"[292]라고 말했습니다. 이것은 모든 사람이 어리석고, 지혜라는 단어는 오직 하나님에게만 사용하는 것이 적절하다고 말한 것이 아니면 무엇이겠습니까? 달은 인간 본성을 나타내고, 해는 모든 빛의 근원인 하나님을 나타내기 때문입니다. 그리스도도 복음서에서 오직 하나님 한 분만 선하시므로 사람들을 아무도 선하다고 해서는 안 된다고 말하며 이를 뒷받침합니다. 스토아 철학자들이 말한 대로 선한 것이 지혜로운 것이라면, 지혜롭지 못한 자는 어리석은 것이

국으로 분열된 후 북왕국이 먼저 멸망하고 남왕국이 멸망하는 시기에 활동한 예레미야 선지자의 예언을 기록하고 있다.

290 예레미야 9장 23절.

291 전도서 1장 2절.

292 집회서 27장 11절. 집회서는 기원전 180년경 유대인 벤 시라가 썼으며, 가톨릭에서는 구약 성경의 한 책으로 인정하지만 개신교에서는 외경으로 분류한다. 일상의 지혜와 생활 방침을 조언한 지혜 문학에 속한다.

며, 인간은 모두 필연적으로 어리석음에 포함될 수밖에 없습니다.

솔로몬은 잠언 15장에서 "속없는 자는 어리석은 일을 좋아한다"[293]라고 말했는데, 이는 어리석음 없이 인간의 삶은 결코 즐거울 수 없음을 분명하게 밝힌 것입니다. "지혜가 많으면 번뇌도 많고, 아는 것이 많으면 걱정도 많다"[294]라는 말도 동일한 취지입니다. 이 탁월한 설교자는 7장에서도 "지혜로운 사람의 마음은 초상집에 가 있고 어리석은 사람의 마음은 잔칫집에 가 있다"[295]라고 말하며 비슷한 생각을 말합니다. 이런 이유로 솔로몬은 지혜에 통달하는 것만으로는 충분하지 않고 나 우신과도 알고 지내야 한다고 말합니다.

내 말이 믿기지 않는다면 그가 1장에서 한 말을 직접 들어보십시오. "나는 또 무엇이 슬기롭고 똑똑한 것인지, 무엇이 얼빠지고 어리석은 것인지를 구별하려고 심혈을 기울였다."[296] 여기에서 단어들의 위치를 눈여겨보아야 하는데, 어리석음을 마지막에 언급하며 어리석음에 경의를 표하고 있습니다. 전도자는 아마도 가장 높은 사람이 가장 마지막에 등장하는 교회의 서열 방식을 따랐거나, 적어도 복음서에 나오는 가르침을 기억하며 이렇게 썼을 것 같습니다.[297]

집회서의 저자가 어떤 사람인지는 모르겠지만, 그는 44장에서 어리석음이 지혜보다 낫다고 분명히 말합니다. 하지만 그의 말을 무턱대고 능서로 내세우기보다는, 플라톤의 글에서 소크라테스가 자신과 토

---

293 잠언 15장 21절.

294 전도서 1장 18절.

295 전도서 7장 4절.

296 전도서 1장 17절.

297 마태복음 23장 12절에서 예수는 "자기를 높이는 사람은 낮아지고 자기를 낮추는 사람은 높아진다"며 잔치의 윗자리와 회당의 높은 자리에 앉으려 하지 말라고 말한다.

론하는 사람들에게 썼던 문답법[298]을 사용해 여러분의 적절한 대답을 '유도하는' 것이 유익하리라고 봅니다.

희귀하고 값비싼 물건과 흔하고 값싼 물건 중에서 여러분은 어느 쪽을 잘 감추어두고 싶습니까? 왜 아무 말도 하지 않습니까? 모르는 척 시치미를 떼도 "물동이는 현관에"라는 그리스 속담이 여러분 대신 대답해줄 것입니다. 이것이 어떻게 대답이 되느냐고 반발할 사람이 있을 것 같아 한마디 해두자면, 우리의 선생들이 신으로 받드는 아리스토텔레스가 언급한 속담입니다.[299]

여러분 중에 금은보화를 길거리에 내버려둘 만큼 어리석은 사람이 있습니까? 한 명도 없겠지요. 여러분은 그 보물들을 견고한 금고에 넣어 사람의 손이 닿지 않게 은밀하고 구석진 곳에 보관하겠지만, 쓰레기는 누구나 볼 수 있는 밖에 둘 것입니다. 귀하고 값비싼 물건은 감추고 무가치하고 값싼 물건은 드러낸다면, 집회서의 저자가 지혜는 감추지 말고 어리석음은 감추라고 명령한 것으로 보아 어리석음이 지혜보다 더 귀한 것이 분명하지 않습니까? 그의 증언을 직접 들어보십시오. "자신의 어리석음을 감추는 사람이 자신의 지혜를 감추는 사람보다 더 낫다."[300]

성경은 자기와 대등한 사람은 아무도 없다고 생각하는 현자들에 비해 어리석은 자들이 더 훌륭한 마음을 가지고 있다고 말합니다. 예

---

298 플라톤의 대화편에 속하는 저작들을 보면, 소크라테스는 상대방과 대화를 전개하는 가운데 상대방의 말과 생각이 모순이고 오류라는 사실이 자연스럽게 드러나도록 유도하며 진리를 설파하는 '문답법'을 사용한다.

299 아리스토텔레스의 『수사학』에 이 속담이 언급되었고, 에라스무스도 자신의 『격언집』에서도 이 속담을 다룬다.

300 집회서 20장 31절.

컨대 전도서 10장을 보면 "어리석은 자는 자신이 어리석기 때문에 길을 가며 만나는 사람들마다 다 어리석다고 생각한다"[301]라는 말이 나옵니다. 저마다 자기가 가장 잘났다고 생각하는 세상에서 다른 모든 사람을 자신과 대등하게 생각하며 자신의 영예를 나누고자 하는 어리석은 자들이야말로 정말 훌륭한 사람이 아니겠습니까? 잠언 30장에 나오는 왕도 "나는 사람들 가운데서 가장 어리석은 자다"[302]라고 말하며 자신을 '어리석은 자'라고 지칭하기를 부끄러워하지 않았고, 이방인들의 선생이었던 바울도 자기가 어리석음에서 다른 사람보다 뒤지는 것을 부끄럽게 생각한다는 듯이 고린도 교회에 보낸 서신에 이렇게 썼습니다. "내가 어리석은 자같이 말하노니, 나는 더욱 그러하다."[303]

이 대목에서 그리스어를 좀 한다고 하는 사람들의 야유가 들려오는 듯합니다. 그들은 자신들이 쓴 주석서로 연막을 쳐서 오늘날 까마귀 같은 신학자들의 눈을 멀게 하는 자들입니다(이들 무리 중에 우두머리는 아니어도 2인자쯤 되는 자가 나의 시종 에라스무스인데, 나는 칭찬하기 위해 그의 이름을 자주 거론하는 편입니다). 그들은 이렇게 소리칩니다. "우신답게 인용하는 것도 참 어리석구나. 사도가 의도한 바는 당신이 멋대로 해석한 것과 거리가 멀다! 바울은 자신이 다른 사람들보다 어리석다는 것을 주장하기 위해 그렇게 말한 것이 아니다. '그들이 그리스도의 일꾼이라면, 나도 그러하다'라고 말한 것은 짐짓 자신을 거짓 사도들[304]과

---

301 전도서 10장 3절.
302 잠언 30장 2절.
303 고린도후서 11장 23절.
304 고린도 교회 신자들이 바울에게 전도를 받아 예수를 믿게 되었는데도, 바울이 떠나 있는 동안 예루살렘에서 온 순회전도자들이 자기는 예수를 직접 본 '사도들'인 반면에 바울은 예수를 본 적도 없는 거짓 사도라도 주장한 바를 반박하기 위해 바울이 고린

대등한 자리에 놓은 것이고, 그런 다음 그 말을 수정하려는 듯이 '나는 더욱 그러하다'라는 말을 덧붙인 것은 자신이 그들과 대등하게 복음 사역을 해왔을 뿐만 아니라 그들보다 더 열심히 해왔음을 말하고자 한 것이다. 하지만 진실을 밝히는 자신의 말이 혹여 사람들의 귀에 거슬리지 않도록, 자신이 잠시 어리석은 자가 되어 말하겠다는 의미로 '내가 어리석은 자같이 말하노니'라고 양해를 구한 것이다. 오직 어리석은 자만이 다른 사람의 감정을 건드리지 않고 진실을 말하는 특권을 가지고 있음을 알았기 때문이다."

그렇다면 바울이 어떤 의도로 그런 말을 했는지에 대해서는 그 사람들끼리 논쟁하도록 내버려두고, 나는 몸집이 크고 비대하며 둔하지만 대중에게 권위를 인정받는 신학자들의 의견을 따르겠습니다. 제우스에게 맹세하건대, 대부분 학자도 세 가지 언어를 배워 성경을 정확히 알려 하기보다는[305] 이 신학자들을 따라 함께 오류 범하기를 더 좋아하기 때문입니다. 신학자들 가운데 누구도 '그리스어를 좀 한다고 하는 자들'을 시끄러운 '까마귀 떼' 이상으로 생각하지 않습니다.[306]

특히 한 저명한 신학자[307](그의 이름을 말하면 그 즉시 우리의 시끄러운

도후서 11장 13절에서 이 말을 한다. 원래 '사도들'이란 예수가 직접 임명한 열두 제자를 가리키지만, 순회전도자들은 자신들도 사도라고 지칭했다.

305 당시 신학자들은 라틴어 성경만으로 충분하고 신학을 하는 데 라틴어만 알면 된다고 주장한 반면에, 인문주의자들은 성경에 토대를 둔 신앙과 신학을 정립하기 위해서는 세 가지 언어(그리스어, 히브리어, 라틴어)가 필수라고 주장했다. 구약 성경은 히브리어로, 신약 성경은 그리스어로 기록되어 있으며, 여러 신학 저작을 읽으려면 라틴어를 알아야 했기 때문이다.

306 '그리스어를 좀 한다고 하는 자들'은 그리스어로 '그라이쿨로스'(graeculos), '까마귀 떼'는 '그라쿨로스'(graculos)인 점을 이용한 일종의 언어유희다.

307 여기에서 '한 저명한 신학자'는 리라의 니콜라우스(약 1270-1349년)를 가리킨다. 그가

까마귀 떼가 '리라를 연주하는 당나귀' 운운하며 조롱할 것이 뻔하므로 여기에서 그의 이름을 밝히지 않는 편이 현명하리라 생각합니다)는 "내가 어리석은 자 같이 말하노니, 나는 더욱 그러하다"라는 사도의 말을 대가답게 신학 적으로 해설해놓았습니다. 최고의 변증 없이는 할 수 없는 그의 해설 은 이 구절을 해석하는 방식에서 새로운 장을 열었습니다. 그가 한 말 을 원문의 형식뿐만 아니라 실제로 사용한 단어 그대로 인용해보겠습 니다. "'내가 어리석은 자같이 말하노니, 나는 더욱 그러하다'라는 구절 은 '내가 나 자신을 거짓 사도들과 대등하다고 말하기만 해도 너희는 나를 어리석은 자로 볼 것이므로, 이에 맞추어 내가 나 자신을 거짓 사 도들보다 더 우월하다고 말한다 해도, 너희는 나를 더욱 어리석은 자 로 보게 될 것'이라는 뜻이다." 이렇게 말하고 나서 그는 정신 나간 사 람처럼 엉뚱한 이야기를 늘어놓습니다.

쓴 『성서 주해서』는 최초의 주석서로 중세시대에 큰 영향력을 미쳤다. 16세기에 "리 라가 리라를 연주하지 않았더라면, 루터는 춤추지 않았을 것이다"라는 말이 회자될 정도였다.

64장

신학자들의 성경 왜곡

하지만 왜 내가 이 성경 구절 하나를 놓고 내 말이 옳다는 것을 입증하
는 데 진을 빼야 합니까? 하늘을 가죽처럼 마음대로 늘일 수 있는 것,
즉 성경을 마음대로 해석하는 것은 신학자들에게 공인된 특권이 아닙
니까? '다섯 개의 언어에 정통한'[308] 히에로니무스의 말을 믿는다면, 성
바울이 성경에 기록한 글 중에 그 자체로는 아무런 문제가 없어 보이
지만 사실은 문제가 있는 것이 있다고 합니다. 바울이 아테네에서 어
느 제단에 새겨진 문구를 우연히 보고는 기독교에 부합하는 마지막 두
단어 '알지 못하는 신에게'만을 남기고, 그 밖의 단어는 생략해 마치
그 문구가 기독교 신앙을 옹호하는 듯이 왜곡했다는 것입니다.[309] 문구
전체는 "아시아, 유럽, 아프리카의 신들에게, 알지 못하는 이방의 신들
에게"로 되어 있어 '알지 못하는 신에게'라는 어구조차 왜곡되었다는

---

308 히에로니무스가 정통한 '다섯 가지 언어'는 라틴어, 그리스어, 히브리어, 아람어, 달마
티아어(19세기에 소멸)다.
309 이 이야기는 신약 성경의 사도행전 17장에 나온다.

우신예찬

것이지요.

　내 생각에는 오늘날 '그 후예들인 신학자들'도 도처에서 그런 것을 본받아 성경 여기저기의 문맥에서 네댓 개의 단어를 가져와서는, 자기 목적에 맞게 바꿀 필요가 있는 경우 그 단어들이 원래 지니고 있던 전후맥락과 전혀 상관없이, 혹은 정반대 의미로 왜곡하기까지 합니다. 이런 일들을 아무렇지 않게 저지르면서 행복해하기 때문에 법률가들이 신학자들을 부러워하는 경우가 많습니다. 앞에서 말한 저명한 신학자(하마터면 그의 이름이 튀어나올 뻔했지만 '리라를 연주하는 당나귀' 운운하는 것이 두려워 다시 삼킵니다)도 이들 못지않게 누가복음에서 몇 개의 단어를 가져와 꿰맞추어 불과 물처럼 절대 합칠 수 없는 것을 그리스도의 정신이라는 이름으로 합쳐놓았습니다.

　그리스도가 절체절명의 위기를 맞이해 그의 충성스러운 종들이 주인 곁에서 전력을 다해 '싸우고자' 할 때, 그리스도는 이들에게서 인간에게 의지하려는 마음을 없애고자 했습니다. 그리스도는 자신이 복음을 전하라고 그들을 보냈을 때 부족한 것이 있었느냐고 물었습니다. 그들은 필요한 어떤 것도 지니지 못한 채, 즉 가시덤불이나 돌부리로부터 발을 보호해줄 신발도 없이, 굶지 않게 해줄 돈주머니도 없이 길을 나선 터였습니다. 제자들이 아무것도 부족하지 않았다고 대답하자 그리스도는 이렇게 덧붙였습니다. "이제 돈주머니가 있는 사람은 그것을 챙겨라. 또 배낭도 그렇게 하여라. 그리고 칼이 없는 사람은 옷을 팔아서 칼을 사라."[310] 그리스도의 가르침은 오직 온유와 인내와 희생을 강조하는 것이며 누가 그 말의 의미를 모르겠습니까? 그리스도는 제자

310　누가복음 22장 36절.

들이 신발과 돈주머니뿐만 아니라 겉옷까지 벗어버림으로써, 다른 것들을 의지하는 마음에서 벗어나 어떤 것에도 구애받지 않고 복음을 위해 일하게 되기를 바란 것입니다. 다만 칼을 준비하라고 했는데, 이는 강도나 살인자가 휘두르는 칼이 아니라 사람들의 마음 가장 깊은 곳에 있는 모든 욕망을 단번에 베어내 하나님을 사랑하는 마음 말고는 아무것도 남지 않게 해줄 성령의 칼을 가리킵니다.[311]

그런데 이 구절을 그 저명한 신학자가 어떻게 왜곡하는지 한번 보십시오. 그는 '칼'은 박해에 대항하라는 뜻으로, '배낭'은 필요한 것들을 충분히 마련하라는 뜻으로 해석합니다. 마치 그리스도가 '왕이 보내는' 사자들이 준비를 충분히 하지 못하고 떠나는 것 같아 걱정된 나머지 전에 했던 지시를 취소한 것처럼 해석합니다. 그리스도 자신이 전에 모욕당하고 욕먹으며 박해당하는 자가 복되다고 말했고, 오만하고 호전적인 자가 아니라 온유한 자가 복되니 악에 저항하지 말라고 명령했으며, 참새와 백합화에서 교훈을 얻으라고 이른 것을 까맣게 잊고서 말입니다. 지금은 그들이 칼 한 자루 없이 떠나는 것이 마음에 걸려 칼 없이 다니기보다 차라리 벗고 다니는 것이 낫다는 듯 겉옷을 팔아 칼을 사라고 명령한 것처럼 해석합니다. 또한 그는 그리스도가 폭력에 대항하기 위해 필요한 모든 것을 '칼'이라는 단어로 포괄한 것처럼, 삶에 필요한 모든 것을 '돈주머니'라는 단어로 포괄한 것이라고 생각합니다.

---

311 사도 바울은 에베소서 6장 17절에서 '성령의 칼'에 대해 언급한다. '하나님의 말씀'이 바로 성령이 사용하는 칼이며, "하나님의 말씀은 살아 있고 활력이 있어 좌우에 날선 어떤 검보다도 예리하여 혼과 영과 및 관절과 골수를 찔러 쪼개기까지"(히브리서 4장 2절) 한다고 말한다.

이 저명한 신학자는 하나님의 뜻을 이런 식으로 해석하고는, 사도들이 창과 활과 돌과 투석기를 가지고 나가 십자가에 못 박힌 그리스도를 전했다고 가르칩니다. 또한 사도들이 숙소에서 아침밥도 못 얻어먹고 길을 나서야 하는 상황을 이미 예상이라도 했듯이 돈주머니와 짐과 배낭을 가지고 다녔다고 말합니다. 또한 그리스도는 앞서 그들에게 칼을 사라고 명령했지만, 얼마 후에는 칼을 칼집에 집어넣으라고 단호하게 명령했고, 사도들이 이교도들의 폭력에 맞서 칼과 방패를 사용했다는 말을 들어본 사람은 한 명도 없는데, 이 저명한 신학자는 전혀 아랑곳하지 않고 그리스도가 그런 상황에서는 자기가 말한 대로 칼을 사용했을 것이라고 말합니다.

그런 부류의 또 다른 신학자(이 역시 그의 명예를 생각해 이름은 밝히지 않겠습니다)가 있는데, 그는 이름이 언제나 맨 윗자리에 기록될 정도로 유명한 사람입니다. 그는 하박국의 "미디안 땅의 가죽들이 흔들릴 것이다"[312]라는 구절에 나오는 '가죽'이 '장막'을 가리키는 것인데도, 이것이 성 바르톨로메우스[313]의 벗겨진 살가죽을 가리킨다고 주장합니다.

나는 최근에 한 신학 토론회에 참석했습니다(나는 그런 곳에 자주 참석합니다). 거기에서 어떤 사람이 이단을 토론으로 설득하기보다 화형으로 다스리라는 명령이 과연 성경적 권위를 갖는 것이냐고 따져 묻더군요. 그러자 신학자 특유의 근엄함과 교만함을 갖춘 그 노인은 몹시 화난 표정으로, 그 법은 "이단에 속한 사람은 한두 번 훈계한 후에 멀

---

312 하박국 3장 7절.
313 성 바르톨로메우스(가톨릭에서는 '바르톨로메오', 개신교에서는 '바돌로매')는 예수가 임명한 열두 사도 중 한 명이다. 전승에 의하면, 아르메니아에서 선교 활동을 하다가 산 채로 살가죽이 벗겨진 후 참수되었다.

리하라(devita)"[314]라고 한 바울의 말에 근거한다고 대답했습니다. 그리고 이 구절을 쩌렁쩌렁한 목소리로 여러 번 반복해서 읽었지요. 그 자리에 있던 대부분의 사람은 도대체 그가 왜 저러는지 의아해했습니다. 마침내 그는 바울의 이 말이 이단의 '목숨을 거두라'(de vita)는 뜻이라고 설명했습니다.[315]

몇몇은 어이가 없어 웃었지만, 그의 설명이 신학적으로 옳다고 보는 사람도 있었습니다. 사람들이 야유하는 가운데, '테네도스의 재판관'[316]과 같이 반박할 수 없는 권위를 지닌 그는 계속해서 말했습니다. "잘 들으시오. 성경에는 '악을 행하는 자는 살려두어서는 안 된다'라고 되어 있소. 그런데 이단이 악을 행하는 자가 아니면 무엇이겠소? 그러므로…." 그 자리에 있던 사람들은 너 나 할 것 없이 그의 뛰어난 논리에 탄복해 발을 구르며 그의 말에 지지를 보냈습니다.

그러나 구약 성경에서 이 율법은 주술사나 마법사, 마술가 들에게 적용되는 것으로, 히브리인들은 이런 자들을 '메카세핌', 즉 '악을 행하는 자'라고 불렀는데, 이 사실을 아는 사람은 그 자리에 아무도 없었습니다. 이런 식이면 간음한 자와 술주정뱅이도 사형에 처해야 할지도 모릅니다.

---

314 디도서 3장 10절.

315 '멀리하라'로 번역된 '데비타'(devita)는 '데비토'(devito)의 2인칭 단수 명령형이다. 이 신학자는 이것을 '분리'를 나타내는 전치사 '데'(de)와 '목숨'을 뜻하는 '비타'(vita)의 합성어로 이해해 '목숨을 거두라'는 의미로 해석한 것이다.

316 테네도스는 에게해의 북동쪽 다르다넬스 해협 입구에 있는 섬이다. 테네도스에서는 재판관 뒤에 도끼를 두어 범죄자가 재판정에서 거짓말한 것이 밝혀지면 그 자리에서 도끼로 쳐서 죽였다고 한다.

하지만 이런 사례들은 셀 수 없이 많아 크리시포스와 디디모스[317]처럼 많은 책을 쓴다고 해도 다 담아낼 수 없을 테니 일일이 열거하기란 무모한 일이겠지요. 앞에서 신학자들의 행태를 언급한 것은 그런 모습을 사람들이 허용하는 것처럼, '엉터리 신학자'라 할 수 있는 내가 비록 모든 것을 정확히 인용하지는 못하더라도 너그럽게 봐주기를 바라기 때문입니다.

이제 다시 바울로 돌아가 보겠습니다. 바울은 "너희가 어리석은 자들을 잘도 용납한다"라고 말했는데, 여기에서 '어리석은 자'는 바울 자신을 가리킵니다. 또한 그는 "나를 어리석은 자로 받아주라", "나는 하나님이 주신 말씀을 전하는 것이 아니라, 마치 어리석은 자같이 말하는 것이다"[318]라고도 말했습니다. 또 다른 곳에서는 "우리는 그리스도

---

317 크리시포스는 각주 231을 보라. 그에게는 700여 권의 저작이 있지만 대부분 고전을 인용한 것이다. 디디모스(기원전 약 83-10년)는 고대 그리스의 학자이자 문법학자로 고대 그리스 문헌을 수집하고 편찬해 3,500여 권의 저작을 남겼다.

318 고린도후서 11장 16-17절.

를 위해 어리석은 자들이 되었다"[319]라고 말하기도 했습니다. 지금까지 여러분은 큰 권위를 지닌 인물이 어리석음에 보내는 많은 찬사를 들으셨습니다. 바울은 더 나아가 어리석음이야말로 구원받는 데 없어서는 안 될 필수 요소라고 공개적으로 가르쳤습니다. "너희 중에 자기가 지혜롭다고 생각하는 사람이 있다면 어리석은 자가 되어라. 그래야 지혜롭게 될 것이다."[320] 누가복음에 따르면, 예수는 길을 가는 두 제자에게 나타나 그들을 어리석은 자들이라고 불렀습니다.[321] 내가 알기로 바울은 하나님에게도 약간의 어리석음을 돌렸는데, 이는 그리 놀랄 만한 일도 아닙니다. "하나님의 어리석음이 사람들의 지혜보다 더 지혜롭다."[322] 오리게네스는 이 구절을 해석하면서 사람들의 생각은 하나님의 어리석음에도 미치지 못한다는 뜻이라고 설명했습니다. 바울이 "십자가에 관한 말씀은 멸망할 자들에게는 어리석은 것일 뿐이다"[323]라고 말한 것도 그런 뜻입니다.

하지만 그리스도 자신이 신비로운 시편에서 성부 하나님에게 "당신은 저의 어리석음을 아십니다"[324]라고 말한 마당에, 내가 이토록 많은 증언을 동원해 나의 주장을 입증하려고 애쓸 필요가 있겠습니까? 하나님이 어리석은 자들을 지극히 기뻐하시는 데는 다 그럴 만한 이유

---

319 고린도전서 4장 10절.
320 고린도전서 3장 18절.
321 누가복음 24장 25절. 부활한 예수가 엠마오로 가는 두 제자를 만났으나 이들이 구약 성경이 예언한 예수의 부활을 기억하지 못하자 한탄하며 '어리석은 자'라고 말한다.
322 고린도전서 1장 25절.
323 고린도전서 1장 18절.
324 시편 69편 5절. 예수 그리스도가 고난 가운데서 하나님에게 탄원하는 기도로 장차 세상에 올 그리스도의 기도를 예언했다고 해서 '메시아 시편'이라고 부른다.

가 있습니다. 가장 높은 지위에 있는 지도자들은 지나치게 똑똑한 사람들을 의심하고 질투하는 반면에 다소 우둔하고 단순한 사람들을 좋아합니다. 예컨대 율리우스 카이사르는 술에 취해 살아가는 안토니우스는 전혀 경계하지 않았지만 브루투스와 카시우스는 미워했고,[325] 네로는 세네카를, 디오니시오스는 플라톤을 의심했습니다.[326] 마찬가지로 그리스도도 자신의 지혜에 의지하는 현자들을 언제나 미워하며 단죄했습니다. 바울은 "하나님께서 세상의 어리석은 자들을 선택하셨다"[327], 하나님이 지혜로는 이 세상을 회복시킬 수 없어 "어리석음을 통해 이 세상을 구원하기로 하셨다"[328]라고 말하고, 또한 하나님이 선지자의 입을 빌려 "내가 지혜로운 자들의 지혜를 없애고, 사려 깊은 자들의 사려 깊음을 배척하리라"[329]라고 말씀하셨다고 선포합니다.

예수 그리스도는 하나님이 구원의 비밀을 지혜로운 자들에게는 숨기고, '어린아이들', 즉 어리석은 자들에게는 드러낸 것에 대해 감사했습니다. 여기에서 '어린아이들'로 번역된 그리스어 '네피오이스'는

---

325 율리우스 카이사르(기원전 100-44년)는 로마 공화정 말기의 장군이자 정치가다. 크라수스, 폼페이우스와 함께 제1차 삼두정치를 행했지만, 결국 숙적 폼페이우스를 격파하고 최고 통치자가 된다. 그러나 공화정을 지지하던 브루투스와 카시우스 등에게 암살당한다. 카이사르의 오른팔이었던 안토니우스(기원전 83-30년)는 카이사르가 암살된 후 옥타비아누스, 레피두스와 함께 제2차 삼두정치를 행했지만, 악티움 해전에서 옥타비아누스에게 패하여 자살한다. 이 이야기는 플루타르코스의 『영웅전』 카이사르 편에 나온다.

326 네로(37-68년)는 로마 제국의 제5대 황제다. 세네카는 각주 12를 보라. 디오니시오스는 각주 189를 보라. 플라톤은 고대 그리스의 대표 철학자로 기원전 366년과 361년에 시라쿠사로 가서 디오니시오스 1세와 2세의 고문 역할을 했다.

327 고린도전서 1장 27절.

328 고린도전서 1장 21절.

329 고린도전서 1장 19절, 이사야 29장 14절.

'지혜로운 자들'을 뜻하는 '소포이스'의 반대말입니다. 복음서에서 예수 그리스도가 바리새인, 서기관, 율법 교사 들은 꾸짖는 반면에 무지한 대중을 끈질기게 옹호하는 내용도 보면 그런 부류에 속합니다. "서기관들과 바리새인들이여, 너희에게 화가 있으라"[330]라고 말한 것이 "너희 지혜로운 자들에게 화가 있으라"라는 뜻이 아니면 무엇이겠습니까? 예수 그리스도는 어린아이들과 여자들과 어부들에게서 가장 큰 기쁨을 얻었던 것으로 보입니다.

짐승들 중에서는 영리한 여우와 가장 거리가 먼 짐승들을 좋아했습니다. 원한다면 얼마든지 안전하게 사자 등에 탈 수 있었겠지만, 실제로 올라탈 짐승으로 나귀를 선택했습니다. 성령은 독수리나 매가 아니라 비둘기의 모습으로 내려왔습니다. 성경에는 사슴이나 노새, 어린 양 이야기가 곳곳에 나옵니다. 게다가 예수 그리스도는 영생을 얻은 자기 사람들을 양 떼라고 부릅니다. 하지만 양만큼 어리석은 짐승도 없는데, 아리스토텔레스의 글에 나오는 '양 같은 행태'라는 속담이 그 증거입니다. 양들의 우둔함에서 유래한 이 속담은 어리석고 아둔한 자들을 꾸짖을 때 자주 사용되는 표현입니다. 그런데도 그리스도는 자신을 이런 양 떼의 목자라고 말했습니다. 그뿐만 아니라 자신이 어린양이라 불리는 것을 기뻐했습니다. 세례 요한은 예수 그리스도를 가리켜 "보라, 하나님의 어린양이로다"[331]라고 말했고, 요한계시록에서도 예수 그리스도를 어린양으로 자주 지칭합니다.

이는 인간 모두가, 심지어 하나님을 믿는 사람들조차 어리석음을

---

330 마태복음 23장 13절.
331 요한복음 1장 29절.

웅변하는 것이 아니면 무엇이겠습니까? 그리스도는 성부 하나님의 지혜가 구현된 존재임에도 어느 정도 어리석은 자가 되었습니다. 죄인을 회복시키기 위해 스스로 죄인이 되었듯이 사람의 어리석음을 돕기 위해 스스로 인간의 본성을 입고 인간의 모습으로 나타났습니다. 그리스도는 오직 십자가의 어리석음과 무지하고 어리석은 사도들을 통해 세상을 구원하고자 했습니다. 그래서 사도들에게 끊임없이 어리석음을 가르쳤고, 지혜에서 벗어나라고 일렀으며, 어린아이나 백합화, 겨자씨, 참새 등을 본받으라고 촉구했는데, 이들 모두 어리석고 천진난만하며 오직 본성을 따라 자연스럽게, 염려 없이 살아가는 존재들입니다.

또한 사도들에게는, 왕이나 총독 앞에 서더라도 무슨 말을 해야 할지 염려하지 말고, 때와 시기를 알려 하지 말라고 이릅니다.[332] 이는 자신의 지혜나 현명함에 의지하지 말고 온 마음을 다해 오직 그리스도만을 의지하라는 뜻으로 보입니다. 하나님이 이 세상을 창조하셨을 때, 마치 지식이 행복을 앗아가는 독약이라도 되는 듯이 지식의 나무 열매를 먹지 못하게 한 것도 같은 맥락이라 하겠습니다.[333] 그래서 바울은 지혜가 사람을 교만하게 하는 위험한 것이라고 공개적으로 단죄했습니다. 성 베르나르두스[334] 또한 같은 연장선상에서 지식의 산을 악마의

<hr />

332 예수 그리스도는 자신이 승천한 후 제자들이 박해를 받게 되지만, 왕이나 총독 앞에 끌려갔을 때 장차 그들에게 보내줄 성령이 무슨 말을 할지 알려줄 것이므로 염려하지 말라고 격려한다. 여기에서 '때나 시기'는 예수 그리스도가 승천한 후 장차 다시 올 것이라는 약속에 의거한 재림의 때를 가리킨다.

333 하나님이 아담과 하와에게 에덴동산의 모든 열매 중에서 오직 '선악을 알게 하는 나무'의 열매만은 먹지 말라고 명령한 일을 가리킨다. 이 이야기는 구약 성경의 창세기 3장에 나온다.

334 성 베르나르두스는 각주 162를 보라. 당시 유럽은 스콜라 문화와 수도원 문화로 양분되어 있었는데, 그는 성경과 교부들의 권위를 강조하고 변증보다 기도를 강조하는

본거지로 해석한 것이 아닌가 합니다.

　여기에서 빠뜨려서는 안 될 또 한 가지 증거가 있습니다. 지혜로운 자는 죄 사함을 받지 못하는 반면에 어리석은 자는 죄 사함을 받아 천국에서 은총을 누린다는 것이지요. 그 때문에 사람들은 고의로 죄를 지어놓고도 마치 어리석어서 죄를 지은 것처럼 핑계 대며 자비를 구합니다. 예컨대 내 기억이 정확하다면, 민수기에서 아론은 누이동생의 죄를 용서해달라고 하나님에게 간청할 때, "내 주여, 우리가 어리석어서 저지른 일이니, 제발 이 죄에 대한 벌을 우리에게 돌리지 마소서"라고 기도합니다.[335] 사울도 다윗에게 용서를 구할 때, "내가 어리석어서 그렇게 행동한 것이 분명하다"라고 말합니다.[336] 다윗도 주님께 이렇게 간청합니다. "주여, 제가 어리석어서 그런 것이니 당신의 종의 죄과를 없애주소서."[337] 여기에서 다윗은 어리석음과 무지를 핑계대지 않으면 용서를 받을 수 없는 것처럼 생각하는 듯합니다.

　좀 더 강력한 증거는 그리스도가 십자가 위에서 자신의 원수들을 위해 하나님에게 드린 기도입니다. "아버지, 저 사람들을 용서해주소서.

수도원 문화를 대표했고, '감밀 박사'라 불리기도 했다. 성경에서는 '악마'(개신교에서는 '사탄', '마귀')의 본거지가 북방에 있는 산이라고 말하는데, 성 베르나르두스는 이사야 14장 13절("내가 신들의 회의장이 있는 저 북극산에 자리 잡으리라")의 주석에서 북극산을 '지식의 산'이라고 말하면서 '지식'이 악마의 토대임을 보여주며 스콜라 문화의 위험성을 지적했다.

335 민수기 12장 11절에서 아론은 하나님이 이스라엘 백성의 지도자로 세운 모세를 비방했다가 나병에 걸린 누이동생 미리암을 대신해 모세에게 용서를 빈다.

336 사무엘상 26장 21절. 다윗은 자기를 죽이려고 군대를 이끌고 온 사울의 진영에 침투해 그를 죽이지는 않고 다만 왔다갔다는 표시만 남겨둔다. 이 사실을 알게 된 사울이 다윗에게 용서를 구하며 하는 말이다.

337 사무엘하 24장 10절.

그들은 자기가 무슨 일을 하는지 모르고 있습니다."[338] 여기에서 유일하게 내세운 변명은 그들의 무지입니다. 마찬가지로 바울도 디모데에게 보낸 편지에서 "내가 믿지 않을 때에 알지 못하고 한 일이므로, 하나님께서 내게 자비를 베풀어주셨습니다"[339]라고 씁니다. 여기에서 '알지 못하고 한 일'이란 악의가 있어서가 아니라 어리석어서 한 일이라는 뜻이 아니면 무엇이겠습니까? '자비를 베풀어주셨다'는 것은 어리석음을 보호막으로 내세우지 않았다면 하나님의 자비를 입지 못했을 것이라는 뜻이 아니면 무엇이겠습니까?

앞의 인용에서 빠졌지만 이제라도 말하자면, 시편을 쓴 저자도 우리 편에 서서 "제 젊은 날의 잘못과 무지들을 기억하지 마소서"[340]라고 기도합니다. 여러분은 그가 제시한 두 가지 변명을 분명히 들었을 것입니다. 그중 하나인 '젊은 날'은 언제나 나 우신을 따라다니는 시종이고, 다른 하나인 '무지들'은 다수를 나타내는 복수형으로 되어 있어 나 우신이 지닌 엄청난 힘을 보여주고 있습니다.

---

338 누가복음 23장 34절.
339 디모데전서 1장 13절.
340 시편 25편 7절.

66장

기독교인의 행복은 광기와 어리석음이다

이런 식으로 말하자면 끝이 없을 테니 요점만 말하자면, 기독교는 일종의 어리석음과 가까운 종교이며 지혜와는 전혀 관계가 없습니다. 이 말이 사실이라는 증거를 원한다면, 먼저 어린아이나 노인, 여자, 그 밖에 순진한 자 들이 미사나 성사 같은 종교적인 일에 더 즐거움을 느끼고, 본능적인 욕구에 이끌려 늘 제단 옆에서 살다시피 한다는 점을 눈여겨보십시오. 또한 초기에 기독교의 토대를 마련한 사람들은 놀라울 정도로 단순했고, 책을 가장 경계해야 할 원수로 여겼습니다.

끝으로, 기독교 신앙의 열정에 사로잡힌 사람들보다 더 어리석게 행동하는 자가 있는지 한번 보십시오. 그들은 신앙을 위해서라면 전 재산도 아낌없이 바치고, 부당한 대우나 모욕도 아무렇지 않게 여기며, 속아도 참고, 친구와 원수를 가리지 않습니다. 쾌락을 혐오하고, 수많은 금식과 철야와 눈물과 고생과 천대를 감수하고, 삶을 멸시하며 죽는 날만을 기다립니다. 간단히 말해, 영혼이 몸속이 아닌 다른 곳에 가 있기라도 한 것처럼 그들의 정상적인 감각은 모두 마비되어 있는 듯합니다. 이것이 미친 것이 아니면 무엇이겠습니까? 그러니 사도들이 새 포도주에 취한 것처럼 보이고, 바울이 로마 총독 페스투스의 눈에 미친 자로 보일 만도 합니다.[341]

이왕 '사자 가죽'을 뒤집어쓴 김에[342] 기독교인들이 온갖 고생을 마다하지 않고 얻으려 하는 행복이 일종의 어리석음이요 광기에 불과하다는 사실을 보여드리고자 합니다. 내 말이 거슬릴지라도 귀를 틀어막지 말고 객관적인 사실에 주목해주기 바랍니다.

기독교인은 플라톤주의자와 아주 비슷한 구석이 있습니다. 영혼이 육체라는 사슬 또는 육중한 감옥에 갇혀 참된 실재를 있는 그대로 바라보거나 누리지 못한다고 생각한다는 점에서 그렇습니다. 또한 플라톤은 철학이란 죽음을 실천하는 것이라고 정의했는데, 영혼을 가시적이고 물질적인 것에서 분리시킨다는 점에서 그렇습니다.[343] 영혼이 육

---

341 신약 성경의 사도행전 2장에는 오순절에 성령이 최초로 강림하는 사건이 나오는데, 이때 성령을 받은 사람들이 유대인의 눈에는 '새 포도주에 취한' 자들처럼 보였다고 기록한다. 사도행전 26장을 보면, 유대에 부임해온 로마 총독 페스투스(개신교에서는 '베스도', 가톨릭에서는 '페스도')는 바울이 전한 복음을 듣고 나서 "네가 미쳤구나, 아는 것이 너무 많아서 미쳐버렸구나"라고 소리친다.

342 당나귀가 사자 행세를 한다는 것으로 분수를 모르고 기고만장해 날뛰는 것을 의미한다. 이 속담은 에라스무스의 『격언집』에도 나온다. '사자 가죽'은 "사자 가죽을 뒤집어쓴 당나귀처럼"이라는 속담을 줄여서 말한 것이다.

343 플라톤주의자들은 기본적으로 영혼이 세계에 그 세계에 존재하는 이데아, 즉 '원형'만이 참된 실재이고, 물질세계와 그 세계에 존재하는 만물은 이 원형이 타락하고 훼손된 형태라 여긴다. 따라서 철학을 한다는 것은 육체와 물질과 감각의 세계로부터 서서히 분리되어 영혼과 이데아의 세계로 가까이 감으로써 실재를 관조하고 체험하는 것이라고 정의한다. 여기에서는 신플라톤주의자들의 사상을 언급하지만, 이러한 사상은 플라톤의 대화편인 『향연』, 『파이돈』 등에도 분명히 나타나 있다. 반면에 기독교인들은 하나님이 원래 아담과 하와를 죄 없는 상태로 지은 것에서 알 수 있듯이 육체와 물질을 악한 것이라고 여기지 않는다. 영혼은 선하지만 육체는 악하다고 보고 영혼을 육체로부터 탈출시키는 기술을 익히는 것은 기독교의 이단 영지주의가 추구하는 바이다. 기독교는 사람이 하나님을 올바르게 알고 섬기면, 영혼과 육체 둘 다 하나

체의 여러 기관을 올바르게 사용하는 동안에는 그런 영혼을 건전하다고 말합니다. 하지만 영혼이 탈옥을 감행하는 것처럼 육체의 사슬을 끊고 자유를 얻으려 하면, 그런 영혼을 가리켜 미쳤다고 말합니다. 그런 일이 육체의 질병과 결함으로 일어난다면, 그것이 광기라는 데 모두가 전적으로 동의할 테지요. 그런데 알다시피 그런 부류의 사람들이 미래를 예언하거나, 이전에 배운 적 없는 언어나 문자를 안다거나, 전적으로 신에 속한 어떤 일을 해내기도 합니다. 이런 일들이 벌어지는 것은 분명 영혼이 육체의 속박에서 얼마간 해방되어 본성적 능력을 발휘했기 때문입니다. 임종을 앞둔 사람들에게도 이와 비슷한 일이 일어나 그들이 무엇인가에 홀린 듯이 이상한 말을 하는 원인도 있다고 나는 생각합니다.[344]

그런데 이런 일이 신앙의 열정으로 일어나면, 앞서 말한 광기와 동일하지는 않지만 그 양상이 아주 유사해 대부분의 사람이 혼동합니다. 일반 사람들과 완전히 다른 생활방식으로 일생 살아가는 사람들은 얼마 되지 않기 때문입니다. 이 대목에서 플라톤이 말한 동굴의 비유가 떠오르는군요. 동굴 밖으로 나오지 못하는 사람들은 그 안에서 사물의 그림자밖에 보지 못합니다. 그런데 동굴 밖으로 나왔다가 돌아온 한 사람이 사물의 실체를 보았다며, 저 하찮은 그림자 외에 아무것도 존재하지 않는다고 믿는 것이 얼마나 잘못된 일인지 알려주었을 때 일어난 일이 일반 사람들과 기독교인들 사이에서 벌어지는 것입니다. 사실

님의 통치를 받아 올바르게 작동하게 된다고 가르치고, 육체라는 감옥에서 영혼을 탈출시킨다는 개념을 철저히 이단적인 교리로 규정한다.

344 에라스무스는 여기에서 '탈혼', 즉 영혼 또는 혼이 육체에서 분리될 때 나타나는 현상을 설명하지만, 이것은 기독교 신앙과 직접적인 상관이 없다고 보아야 한다.

우신예찬

을 알게 된 사람은 동굴에 갇혀 있는 사람들이 거짓에 사로잡혀 있는 것을 안타까워하고 그들을 불쌍히 여기지만, 정작 그들은 그를 미쳤다고 조롱하며 쫓아냅니다.

마찬가지로 일반 사람들은 물질적인 것을 가장 숭배하고 물질적인 것만 존재한다고 생각하는 반면에, 기독교인들은 물질적인 것에 가까운 것일수록 무시하고 눈에 보이지 않는 것을 바라보는 일에 몰두합니다. 일반 사람들은 재물을 가장 중요하게 여기고, 육체의 안락을 두 번째로 생각하며, 영혼을 마지막에 둡니다. 이들 대부분은 눈에 보이지 않는 영혼 같은 건 존재하지 않는다고 믿기 때문입니다. 반면에 기독교인들은 만물 중에 가장 순전한 존재인 하나님을 최우선에 두고, 다음으로 하나님과 가장 가까운 영혼을 중요하게 여깁니다. 육체에는 관심이 없고, 돈은 조개껍데기 보듯이 하찮게 여기고 배척합니다. 어쩔 수 없이 돈을 다루어야 하는 경우가 생기면 몹시 불쾌해하며 마지못해 다루지요. 돈이 있어도 없는 것처럼, 재산을 소유하고 있어도 소유하지 않은 것처럼 행동합니다.

육체와 관련된 것이라 해도 정도의 차이는 있습니다. 우리의 모든 감각은 육체와 관련이 있지만 촉각, 청각, 시각, 후각, 미각같이 육체와 좀 더 밀접한 감각이 있는가 하면, 기억, 지성, 의지같이 육체와 좀 더 소원한 감각도 있습니다. 영혼은 둘 중 어느 쪽으로 기우느냐에 따라 영향을 받습니다. 기독교인들의 영혼은 온 힘을 다해 육체와 좀 더 밀접한 감각들에서 가장 먼 쪽을 지향하기 때문에, 그런 감각들을 접하면 대경실색하며 얼어붙고 맙니다. 반면에 일반 사람들은 육체적인 감각에 탐닉하고 그 밖의 것에는 거의 관심이 없습니다. 어떤 기독교인들이 기름을 포도주로 착각해 마셨다는 일화를 종종 듣는 이유도 거기

에 있습니다.[345]

또한 영혼의 감정들 중에도 성욕, 식욕, 수면욕, 분노, 교만, 시기 같이 육체와 좀 더 밀접하게 연관된 것들이 있습니다. 기독교인들은 이런 것과 절대로 타협하지 않고 싸우는 반면에, 일반 사람들은 그런 것 없이 살아갈 수 없다고 생각합니다. 다음으로는 조국애, 자녀나 부모, 친구 들에 대한 사랑처럼 본성에 가까운 가치중립적인 감정이 있습니다. 대부분의 사람이 이런 감정에 이끌립니다. 그러나 기독교인들은 이마저도 영혼의 가장 숭고한 영역으로 승화시키는 경우가 아니라면 영혼에서 제거하려고 합니다. 예컨대 사람들이 아버지를 사랑하는 것은 아버지를 통해 육체를 가지고 태어날 수 있었기 때문입니다. 하지만 사실 육체를 가지고 태어나게 해준 이는 육신의 아버지가 아니라 하나님 아버지입니다. 그래서 기독교인들은 아버지가 자기를 낳아주었기 때문이 아니라 선한 사람이고 최고의 영혼이신 하나님의 형상을 지녔기 때문에 아버지를 사랑한다고 말합니다.[346] 그들은 하나님만을 최고의 선이라 부르며, 하나님 외에는 어떤 것도 사랑하거나 구하지 않는다고 선언합니다.[347]

---

345 성 베르나르두스와 관련된 일화다. 그는 성경 묵상에 몰두하다가 기름을 물인 줄 알고 마셨다고 한다.

346 이러한 생각은 창세기 1장에서 하나님이 "우리의 형상을 따라 우리의 모양대로 우리가 사람을 만들자"라고 한 후, "자기 형상 곧 하나님의 형상대로 사람을 창조하시되 남자와 여자를 창조하셨다"라고 한 것에 근거한다. 기독교에서 모든 사람의 존엄성은 '하나님의 형상'을 지니고 태어난 것에 토대를 둔다.

347 하나님만 사랑한다는 것은 하나님을 사랑하기 때문에 모든 사람을 사랑한다는 것을 의미한다. "누구든지 하나님을 사랑하노라 하고 그 형제를 미워하면 이는 거짓말하는 자니 보는 바 그 형제를 사랑하지 아니하는 자는 보지 못하는 바 하나님을 사랑할 수 없느니라"(요한1서 4장 20절).

기독교인들은 이것을 기준으로 인생의 나머지 모든 의무를 평가합니다. 눈에 보이는 것이라고 해서 다 무시하는 것은 아니지만, 적어도 눈에 보이지 않는 것보다는 훨씬 하찮게 여깁니다. 그들은 또한 성사를 비롯해 신앙과 관련된 모든 일에도 육체와 영혼이 둘 다 관여한다고 말합니다. 예컨대 금식을 할 때에도 일반 사람들이 절대 사항으로 여기는 것, 즉 고기를 금한다거나 식사를 거르는 일을 기독교인들은 대단하게 여기지 않습니다. 도리어 금식을 한 덕분에 혈기와 감정이 줄어들어 평소보다 분노와 교만이 덜하고, 영혼이 육체라는 무거운 짐에서 조금은 벗어나 하늘의 복을 맛보고 열매 맺는 것을 중요하게 생각합니다.

미사에 대해서도 마찬가지입니다. 기독교인들은 의례 수행을 배척하지는 않지만, 의례 자체가 유익을 가져다주는 것은 아니고, 저 눈에 보이는 것들이 상징하는 영적 요소를 도외시하는 경우에는 심지어 해로울 것이라고 말합니다. 미사는 그리스도의 죽음을 상징하므로 성체 성사(성찬)에 참여하는 사람들은 육체의 정념들을 무덤에 매장하듯이 억제하고 제거함으로 그리스도의 죽음을 몸소 체험해야 합니다. 이로써 새 생명을 얻고 부활해 그리스도와 하나가 되고, 기독교인끼리도 서로 하나가 되어야 하기 때문입니다. 기독교인들은 그렇게 생각하고 행동합니다. 반면에 일반 사람들에게 미사란 그저 제단 앞에 나아가는 것, 최대한 제단에 가까이 가는 것, 소리 높여 외치는 음성을 듣는 것, 이런저런 의례들을 구경하는 것 이상의 의미를 갖지 않습니다.

여기에서 나는 이런 것들을 하나의 예로 제시했지만, 기독교인들은 자신의 삶 전체에서 육체와 관련된 것들을 멀리하고, 영원한 것, 눈에 보이지 않는 것, 영적인 것을 추구합니다. 따라서 기독교인들과 일반 사람들 사이에는 서로 미쳤다고 생각하게 되는 일이 벌어질 수 있습니다. 모든 면에서 서로가 아주 다르기 때문입니다. 하지만 내가 판단하기에 일반 사람들보다는 기독교인들이 더 미쳤다고 보는 편이 맞습니다.

67장

기독교인이 받을 최고의 상은 광기다

앞에서 약속한 대로 기독교인들이 받을 최고의 상이 광기임을 간단히 증명해 보인다면, 이 점은 더욱 분명해질 것입니다. 먼저, 플라톤이 무슨 생각으로 사랑의 광기야말로 최고의 행복이라고 말했을지 한번 생각해보십시오. 그는 분명 나와 같은 생각으로 그런 말을 했을 것입니다. 열렬한 사랑에 빠진 사람은 더 이상 자기 자신이 아니라 자기가 사랑하는 대상을 위해 살아갑니다. 자신에게서 벗어나 사랑하는 대상 속으로 들어갈수록 행복과 기쁨이 커지기 때문입니다. 그런데 영혼이 육체에서 벗어나려 하고 자신의 신체 기관을 적절히 사용하려 하지 않는 상태란 의심할 여지없이 미친 것이고 광기이며, 또한 그렇게 부르는 것이 맞습니다. "제정신이 아니다", "정신 차려라", "제정신으로 돌아왔다" 등 흔히 쓰이는 이런 표현들이 그런 의미가 아니면 무엇이겠습니까? 사랑이 절대적일수록 광기는 커지고 행복도 함께 커집니다.

그렇다면 기독교인들의 영혼이 그토록 열렬히 갈망하는 천국의 삶이란 어떤 것입니까? 그곳에서는 영혼이 더욱 힘이 세져 육체를 집어삼키고 승리자가 될 것입니다. 영혼이 이미 자신의 본향에 와 있는 데다가, 이 세상에서 살아갈 때부터 천국에서 일어날 변화에 대비해 육체를 정화하고 약화시켜왔기 때문에 그런 일을 쉽게 해낼 것입니다. 또한 기독교인들의 영혼은 그들 안에 원래 있던 성령보다 더 강력한 성령에게 삼켜질 것입니다.[348] 이렇게 해서 한 사람이 온전히 자기 자신에게서 벗어나고, 자기 자신에게서 벗어났기에 행복해하며, 만물을 자신 안에 품고 있는 최고선에서 오는 말로 표현할 수 없는 무엇을 누리게 될 것입니다.

장차 영혼이 이전의 육체를 다시 받아 영원한 삶을 살게 될 때 이 행복은 마침내 완전히 이루어질 테지요. 그러나 기독교인들의 삶은 영원한 삶을 관조하는 것이고 영원한 삶의 그림자 같은 것이므로, 그들은 미래에 주어질 상인 영원한 삶을 여기에서도 종종 맛보거나 느낄 수 있습니다. 이것은 영원한 행복의 샘에 비하면 아주 작은 물방울에 지나지 않지만, 모든 사람의 모든 육체적 쾌락을 다 합친 것보다 훨씬 더한 행복이 그 안에 담겨 있습니다.

이렇게 영적인 것은 육체적인 것보다, 눈에 보이지 않는 것은 눈에 보이는 것보다 모든 면에서 우월합니다. 선지자가 약속한 바가 바로 이것임이 분명합니다. "하나님이 자기를 사랑하는 자들을 위하여 준비하신 모든 것은 눈으로 본 적도 없고 귀로 들은 적도 없으며 사람의 마음으로 생각한 적도 없는 것들이다."[349] 기독교인이 되어 삶이 변해도

---

348 에라스무스는 천국에서 부활한 육체가 영혼의 절대적 지배 아래 놓이는 것을 가리켜 '영혼이 육체를 집어삼키고 승리자가 된다'라고 표현한다. 한편 기독교인 안에 내주하던 성령이 이 땅에서는 기독교인 각각의 믿음에 제한을 받다가 천국에서 온전한 모습으로 능력을 다 발휘하게 되는 것을 가리켜 '성령이 기독교인들의 영혼을 삼킨다'라고 표현한다. 이것은 각 기독교인의 인격이 제거되는 것이 아니라 하나님이 처음 인간을 지었을 때의 질서가 회복되는 동시에 완성됨을 의미한다.

우신인 나의 영역은 제거되지 않고 도리어 완전해집니다. 이런 삶의 변화를 아주 조금이라도 경험한 사람들은 일종의 광기 비슷한 것을 겪기 때문에, 앞뒤가 맞지 않거나 인간의 관습에 어긋난 말을 하고 정신 나간 소리를 하는가 하면 표정이 수시로 바뀝니다. 몹시 흥분해 떠들다가 갑자기 풀이 죽어 의기소침해지고 울다가 웃고 이내 한숨을 쉽니다. 그야말로 제정신이 아닙니다. 제정신으로 돌아와도 자신이 어디에 있었는지, 육체 안에 있었는지, 밖에 있었는지, 깨어 있었는지, 잠들어 있었는지 알지 못합니다. 무엇을 듣고 보고 말하고 행동했는지 기억하지 못합니다. 단지 꿈꾼 듯이 안개 속을 헤매고 다녔다는 것만을 기억하고, 그렇게 광기에 빠져 있는 동안 자신이 가장 행복했다는 것만 압니다. 그래서 제정신으로 돌아온 것을 한탄하며 그런 광기 가운데서 영원히 살아가게 되기만을 소원합니다. 미래의 행복을 살짝 맛보기만 해도 이렇습니다.

---

349 고린도전서 2장 9절. 이사야 64장 4절 참조.

68장

결어

나는 본분을 한참 망각하고서 '지켜야 할 선을 넘고 말았습니다.' 지금까지 말한 것이 다소 무례하거나 수다스럽게 보였다면, 내가 우신이고 여자여서 그러려니 감안해주십시오. 아울러 "어리석은 자도 바른 말을 할 때가 있다"라는 그리스 속담을 기억해주시기 바랍니다. 이 속담이 여자에게는 해당하지 않는다고 생각할지 모르겠지만요. 내가 이제 그만 말을 마치기를 여러분이 학수고대하고 있다는 것을 나도 압니다. 지금까지 닥치는 대로 늘어놓은 이 말 저 말들을 내가 다 기억하리라고 생각한다면, 여러분이야말로 미련하고 정신 나간 사람들입니다. "함께 술 마시며 한 얘기를 다 기억하는 사람은 질색이다"라는 옛 말이 있지요. 나는 그 말을 바꾸어 이렇게 말하고 싶군요. "내가 한 말을 다 기억하는 청중은 질색입니다." 이제 작별을 고합니다. 나 우신을 따르는 최고의 교도들이여, 술잔을 드십시오. 박수를 치십시오. 잘 사십시오. 끝.[350]

---

350 '박수를 치십시오'는 로마의 희극에서, '끝'은 그리스 희극에서 관례적으로 사용하는 맺음말이다.

부록

에라스무스가 마르턴 판 도르프[351]에게 보낸 편지

당신의 편지는 내게 배달되지 않았습니다. 다행히 안트베르펜에 있는 친구가 어떤 경로로 구했는지 모르겠지만 편지의 복사본을 가지고 있다가 내게 보여주었습니다. 편지에서 당신은 내가 『우신예찬』을 출간하는 것을 유감스럽게 생각했고, 히에로니무스의 저작을 복원하려는 열정을 높이 샀으며, 신약 성경을 번역하는 일에는 반대하더군요.

친애하는 도르프 씨, 나는 당신의 편지를 읽고 전혀 마음이 상하지 않았습니다. 도리어 이전부터 당신에게 갖고 있던 애정이 더욱 깊어졌습니다. 당신의 조언은 진지하고 훈계는 자애로우며 질책에는 애정이 어려 있었기 때문입니다. 기독교의 사랑 안에서는 아무리 심하게 질책해도 여전히 참된 자애로움이 느껴집니다.

---

351 마르턴 판 도르프(1485-1525년)은 인문주의 신학자이며 1523년에 루뱅 대학교의 총장이 되었다. 그는 루뱅 대학교의 신학자들을 대표해 에라스무스에게 편지를 보냈고, 에라스무스는 1515년에 이 답장을 썼다. 루뱅 대학교는 1425년에 교황 마르티누스 5세와 브라반트 공국의 요한 4세에 의해 설립되었고, 유럽 르네상스 인문주의의 중심지 역할을 하다가 16세기에는 개신교 종교개혁에 학문적으로 대항했다. 1516년에 에라스무스가 교수로 부임해 강의한 곳이기도 하다.

나는 날마다 많은 지식인에게 편지를 받습니다. 그들은 게르마니아의 영광이니 태양이니 달이니 하는 온갖 화려한 수식어를 동원해 나를 칭송하지만, 나는 그런 말들이 영예롭지 않고 정말이지 부담스럽습니다. 목숨을 걸고 맹세하건대, 그들이 보내온 편지 중에 도르프 씨가 나를 비판하기 위해 쓴 편지만큼 나를 기쁘게 한 것은 없었습니다. "사랑은 잘못하지 않는다"[352]라는 바울의 말은 참으로 옳습니다. 사랑은 듣기 좋은 말을 하든, 불같이 화를 내든 다 상대방에게 유익을 주고자 하기 때문입니다.

지금 나는 당신의 편지에 신속히 답장해 당신이 보여준 우정에 보답하고자 합니다. 아울러 내가 하는 모든 일에 진심으로 당신의 동의를 구하고자 합니다. 당신의 천부적인 재능과 탁월한 식견과 예리한 판단력을 아주 높이 사는 까닭에 다른 수천 명의 동의보다 도르프 씨 한 사람의 동의를 더욱 바랍니다. 사실 지금까지 나는 항해를 했고, 곧이어 말을 타고 이동했으며, 짐도 꾸려야 해서 지쳐 있습니다.[353] 그럼에도 어떤 식으로든 당신에게 답장하는 것이 좋겠다고 생각했습니다. 나에 대한 당신의 생각이 스스로 한 것이든, 아니면 누군가가 당신에게 그런 생각을 주입하고 뒤에 숨어서 편지를 쓰도록 부추긴 것이든, 내 친구가 나에 대해 그런 생각을 계속 갖고 있게 해서는 안 되겠다고 느꼈기 때문입니다.

솔직히 말해, 나는 『우신예찬』의 출간을 조금 후회하고 있습니다.

---

352 바울은 로마서 13장 10절에서 "사랑은 이웃에게 악을 행하지 않는다. 그러므로 사랑은 율법의 완성이다"라고 말한다.

353 1515년 이 편지를 쓸 당시 에라스무스는 영국에서 방금 돌아와 안트베르펜에 머물며 프랑스의 스트라스부르와 스위스의 바젤로 가기 위해 짐을 꾸리고 있었다.

그 작은 책자 덕분에 어느 정도 명성을 얻기는 했습니다(당신은 오명이라고 하겠지만요). 하지만 질시 섞인 명성은 내게 전혀 필요하지 않습니다. 하늘에 맹세하건대, 이른바 명성이란 이교도들의 유산에 불과한 허명이기 때문입니다. 그런 표현들이 기독교인 가운데도 꽤 남아 있어 후대에 이어질 명성을 불멸의 이름이라고 부르는가 하면, 학문 분야에서 대대로 남을 과업을 불후의 업적이라고 하더군요.

내가 책을 출간하는 단 하나의 목적은 언제나 나의 열심으로 다른 사람들에게 유익을 끼치고자 함입니다. 그것이 불가능하다면 적어도 피해를 주어서는 안 되겠지요. 위대한 인물조차 개인 감정을 쏟아내는 도구로 학식을 사용하는 경우를 많이 봅니다. 부적절한 애욕을 노래하는 사람도 있고, 호의를 얻으려고 듣기 좋은 말만 골라서 하는 사람도 있으며, 다른 사람을 모욕해 성질을 돋우려고 펜을 드는 사람도 있습니다. 큰소리로 떠벌리며 자화자찬하는 일에 트라소나 피르고폴리니케스[354]를 능가하는 사람도 있습니다. 나는 재능도 별로 없고 배움도 일천하지만 언제나 다른 사람들에게 유익을 끼치는 것이 목표이고, 그럴 수 없다면 적어도 피해는 주지 말자는 생각입니다.

호메로스는 테르시테스[355]를 미워했기 때문에 서사시에서 그를 추악한 용모를 가진 자로 묘사했습니다. 플라톤은 대화편에서 실명을 거론하지 않은 사람을 비난하지 않았습니까? 아리스토텔레스는 플라톤

---

354 트라소는 기원전 2세기에 로마의 희극작가 테렌티우스(기원전 약 195-159년)가 쓴 희극 「환관」에 나오는 등장인물 중 한 명으로 허세와 자기 자랑이 심한 부자 군인이다. 피르고폴리니케스도 로마 시대의 희극작가 플라우투스(기원전 약 254-184년)가 쓴 희극에 나오는 허세와 자기 자랑이 심한 군인이다. 플라우투스의 희극들은 중세시대에 인기가 있었고 1500년대 초에도 공연되었다.

355 테르시테스는 각주 91을 보라.

과 소크라테스도 가차없이 비판했는데 누구라서 그의 비판을 피해 갔겠습니까? 데모스테네스는 아이스키네스를 분노의 대상으로 삼아 그에게 온갖 험한 말들을 퍼부었습니다.[356] 키케로는 피소, 바티니우스, 살루스티우스, 안토니우스를 비판했습니다.[357] 세네카[358]는 또 얼마나 많은 사람의 실명을 거론하며 그들을 조롱하고 갈기갈기 찢어놓았습니까? 좀 더 최근의 예를 들자면 페트라르카는 어떤 의사를, 로렌조 발라는 포지오를, 폴리치아노는 스칼라를 글로 공격했습니다.[359] 혹시 자신의 글로 다른 사람을 공격하지 않을 정도로 자제력이 대단한 작가

---

356 데모스테네스는 각주 94를 보라. 아이스키네스(기원전 약 390-314년)는 고대 그리스 아테네의 정치가이자 대중연설가다. 친마케도니아파의 선봉에 섰기 때문에 데모스테네스와 격렬하게 대립했다.

357 키케로는 각주 99를 보라. 그는 공화정을 파괴하고 로마 제정의 기초를 놓은 율리우스 카이사르와 대립했다. 로마 원로원 의원이자 율리우스 카이사르의 장인 피소(기원전 약 100-43년)가 횡령과 직무유기를 자행했다고 비난했고, 로마의 정치가 바티니우스(기원전 약 95년 출생)가 자신이 집정관이었을 때 재무관으로 있으면서 착취와 횡령을 일삼았다고 비난했다. 살루스티우스(기원전 86-35년)는 로마 공화정 말기의 정치가로서 아프리카 노바에서 총독으로 재임하는 동안에 부정축재를 한 일로 기소당했다. 안토니우스는 로마의 정치가이자 장군으로서 율리우스 카이사르의 부장으로 활동했다.

358 각주 12를 보라.

359 페트라르카(1304-1374년)는 이탈리아의 시인이자 인문주의 선구자로, 자기를 공격한 의사를 비판하는 『한 의사를 반박함』이라는 글을 썼다. 로렌조 발라(1406-1457년)는 르네상스 시대에 이탈리아의 언어학자이자 인문주의자로, 역사비평에 의거한 고전 본문 분석으로 유명하다. 포지오(1380-1459년)는 르네상스 시대에 이탈리아 학자이자 인문주의자로, 사장되어 있던 많은 라틴어 고전 사본을 재발견하고 복원하는 데 평생을 바쳤다. 이 두 사람은 라틴어의 문법과 문체를 두고 평생 격렬하게 논쟁을 벌였다. 폴리치아노(1454-1494년)는 르네상스 시대의 이탈리아 고전학자이자 시인으로, 르네상스 시대와 중세시대의 라틴어를 조화시키는 데 심혈을 기울였다. 스칼라(1430-1497년)는 이탈리아의 정치가이자 저술가이며 역사가로, 이탈리아 중부 토스카나 지방의 도시국가 피렌체 공화국의 수상을 지냈다. 이 두 사람은 라틴어 용법을 놓고 서로 다투었다.

를 한 명이라도 내게 소개해주실 수 있습니까?

신앙심 깊고 진지한 인물인 히에로니무스조차 종종 자제심을 잃고 비길란티우스에게 맹렬하게 분노를 퍼부었고, 요비아누스에게 모욕 주기를 주저하지 않았으며, 루피누스를 신랄하게 비난했습니다.[360] 지식인들은 글을 미더운 인생의 동반자로 삼고서 자신의 애환과 마음의 격정을 글에 털어놓는 습관을 버리지 못하지요. 사실 사람들이 책을 쓰는 목적이 자신의 격정을 글로 쏟아내고 책에 꽉꽉 채워서 후대에 전하려는 것임을 당신은 알아야 합니다.

하지만 지금까지 출간한 모든 책에서 나는 진심으로 많은 사람을 칭송했을 뿐, 누군가의 명성을 조금이라도 깎아내린 적이 단 한 번도 없습니다. 내가 특정한 민족이나 계층, 특정한 사람을 실명을 거론하며 비난한 적이 있던가요?

친애하는 도르프 씨, 물론 나도 도저히 참을 수 없는 일들 앞에서는 너무 화가 나서 실명을 들며 비난하고 싶은 때도 종종 있었습니다. 하지만 그럴 때마다 분노를 가라앉히며 마음을 다스렸습니다. 사악한 자들은 비난을 듣고 욕먹는 것이 당연하지만, 후세 사람들이 나의 글을 어떻게 평가할지 고려하지 않을 수 없었지요. 그들에 대해 내가 알

---

360 비길란티우스는 옛 갈리아 지방 남부에 있던 아쿠이타니아의 사제라는 사실 외에 알려진 바가 없다. 히에로니무스는 각주 232를 보라. 그는 『비길란티우스를 반박함』이라는 글에서 비길란티우스가 성인과 순교자에 대한 공경, 성직자의 독신생활과 수도생활을 반대한다고 맹공격했다. 요비아누스(405년경 사망)는 기독교 금욕주의를 반대한 인물이고, 히에로니무스는 『요비아누스를 반박함』이라는 글에서 그를 "기독교의 에피쿠로스"라고 공격했다. 루피누스(약 345~401년)는 독거 수도자이자 번역가로 오리게네스 사상에 빠져 오리게네스가 그리스어로 쓴 저작들을 라틴어로 번역하는 동시에 그의 정통성을 옹호했다. 히에로니무스는 그를 오리게네스주의자로 규정하고 맹렬하게 비판했다.

고 있는 진실만이라도 알릴 수 있다면, 내가 감정만 앞세워 비방하고 공격하는 사람이 아니라 사심 없이 공정하게 판단할 사람이라고 후세가 평가해주리라 믿었기 때문입니다. 나의 사적인 감정에 다른 사람들을 끌어들일 이유가 어디 있으며, 우리 시대에 이곳에서 일어나는 일들에 관한 나의 의견이 여기서 먼 곳이나 다른 시대에서 살아갈 사람들과 무슨 상관이 있겠습니까?

그래서 나는 글 쓰는 다른 사람들처럼 하지 않고 나 자신이 옳다고 생각하는 방식을 따라 글을 씁니다. 할 수만 있다면 다른 사람들과 원수가 되기보다 친구가 되는 것을 좋아합니다. 사람들과 친구가 될 수 없게 방해하는 길을 굳이 갈 이유가 어디 있겠습니까? 누군가를 원수로 만드는 글을 한번 쓰고 나면 나중에 그 사람과 친구가 되려고 해도 돌이킬 수 없어 후회할 텐데, 왜 내가 굳이 그런 글을 쓰겠습니까? 누군가를 한번 나쁜 사람으로 못 박아버리면 나중에 그 사람이 그렇지 않은 것이 밝혀져도 되돌릴 수 없는데, 왜 내가 굳이 그러겠습니까? 설령 잘못된 일이라 할지라도, 나는 비난받아 마땅한 사람을 비난하기보다 차라리 칭찬받을 자격이 없는 사람을 칭찬하겠습니다. 칭찬받을 자격이 없는 사람을 칭찬하면 다들 나를 성격 좋고 너그러운 이로 보겠지만, 비난받아 마땅한 사람의 추악한 모습을 그대로 드러낸다면 다들 그 사람의 실체는 보지 않고 나만 속 좁고 옹졸하다고 생각할 테지요.

서로 앙심을 품고 비방을 주고받는 것이 발단이 되어 전쟁이 일어나기도 한다는 사실은 말할 필요조차 없습니다. 모욕당했다는 생각에 보복하기 위해 전쟁의 불씨를 당기는 경우가 드물지 않습니다. 비방을 비방으로 갚는 것은 기독교인으로서 해서는 안 될 일이며, 여자들처럼 분노를 험담으로 푸는 것도 고귀한 마음과는 거리가 멉니다. 그러므로 나는 내 글로 누군가가 해를 입었거나 피 흘리지 않았다고 확신합니다. 잘못을 범한 자라 해도 그의 실명을 언급해 피해를 준 일도 없다고 믿습니다.

내가 『우신예찬』을 쓴 목적은 밤을 지새우며 쓴 나의 다른 저작들의 목적과 동일하고 단지 방법만 다릅니다. 나는 『기독교인 병사의 편람』[361]에서는 기독교인의 삶을 직설적으로 설명했습니다. 『기독교인 군주의 교육』[362]이라는 소책자에서는 기독교인 군주가 어떤 교육을 받아야 하는지 분명한 조언을 제시했습니다. 『필립 대공 송덕문』도 찬양 형식을 빌려 간접적으로 표현하기는 했지만, 그 내용은 다른 글에서 직설적으로 말했던 것과 동일합니다. 『우신예찬』에서는 해학과 풍자를 사용했지만, 그 내용은 『기독교인 병사의 편람』에서 다루었던 것과 동일합니다. 나의 의도는 비방이 아니라 깨우침과 설득이었습니다. 해치려는 게 아니라 도우려는 것이었으며, 인류가 가는 길을 훼방하려는 게 아니라 조언하는 것이었습니다.

플라톤은 진지한 철학자였지만 술자리에서 사람들이 어울려 거나하게 마시는 것을 인정했습니다. 진지함과 엄숙함으로는 바로잡을 수 없는 악들도 유쾌함으로는 날려버릴 수 있다고 생각했기 때문입니다.

---

361 『기독교인 병사의 편람』은 에라스무스가 1501년에 쓴 책으로 교양은 없지만 친절한 한 병사가 기독교인으로서 어떻게 행해야 하는지 가르쳐주는 내용이다. 이 책에서 에라스무스는 단지 신앙인의 의무만 행할 것이 아니라 기독교 신앙에 합치하는 행동을 해야 한다고 역설한다. 에라스무스의 가장 영향력 있는 저작 중 하나다.

362 『기독교인 군주의 교육』은 에라스무스가 1516년에 쓴 책으로 훌륭한 기독교인 군주가 되는 법에 대해 조언한다. 고대 여러 저술가들의 교육에 관한 견해를 당시의 기독교 윤리와 조화시켰다.

호라티우스도 농담같이 던진 조언이 진지한 조언 못지않게 효과가 있다고 생각했기 때문에 "웃으며 진실을 말하는 사람을 누가 막겠는가"라고 말했습니다.

옛적의 현자들도 이 점을 잘 알고 있어 재미있고 유치한 듯한 우화를 통해 삶에 유익한 가르침 주기를 선호했습니다. 진실 자체는 버겁고 힘들지 몰라도 거기에 재미를 더했을 때, 사람들의 마음속에 좀 더 쉽게 파고들 수 있기 때문입니다. 마치 루크레티우스의 글에서 의사들이 아이들에게 쓴 약을 처방할 때 약병 가장자리에 꿀을 바른 것과 같습니다. 옛적의 군주들이 광대들을 왕궁으로 부른 것도 그들의 말과 행동을 빌려 누구의 마음도 상하지 않는 가운데 진실을 드러나게 해서 사소한 폐단들을 바로잡기 위해서였습니다.

예수 그리스도를 이와 동일선상에서 다루기가 부적절할 수도 있겠지만, 천상의 일과 인간의 일이 어떤 식으로든 연관되어 있다고 한다면, 그리스도의 비유들은 옛 우화들과 얼마간의 공통점이 있습니다. 복음의 진리를 비유를 통해 듣기 좋게 제시하면, 직설적으로 전달할 때보다 더 순적하게 사람의 마음속으로 들어가 더 견고히 자리를 잡습니다. 성 아우구스티누스는 그의 저서 『기독교 교양』에서 이 사실을 잘 보여줍니다.

나는 얼마나 많은 사람이 삶의 모든 영역에서 어리석기 짝이 없는 견해들에 속고 있는지 보았습니다. 또한 그런 일들이 바로잡히기를 희망하는 데서 그치지 않고, 실제로 바로잡는 데 진정으로 헌신해왔습니다. 그리고 자아도취에 빠진 사람들에게 살며시 다가가 즐거움을 주는 동시에 치료할 수 있는 방법을 찾았다고 생각합니다. 이렇게 재미를 더한 조언이 좋은 결과를 가져온 경우를 많이 보았습니다. 진지한 문제들을 논의하는 데 너무 천박한 인물을 등장시킨 것이 아니냐고 반론을 제기한다면, 나는 그것이 잘못일 수 있음을 인정합니다. 어리석었다고 꾸짖는 것은 괜찮지만 악의적으로 신랄하게 비방했다고 꾸짖는다면 나는 항변할 것입니다. 다른 이유를 제시할 것도 없이 이 책의 서문에서 이미 열거한 온갖 진지한 작가들의 선례만으로도 내가 잘못하지 않았음을 보여드릴 수 있습니다.

『우신예찬』이 어떻게 탄생했는지 아시는지요? 나는 이탈리아에서 돌아오는 길에 영국에 있는 친구 모어 씨의 별장에 잠시 들렀는데, 신장에 문제가 생겨 며칠 동안 집 안에 갇혀 있어야 했습니다. 내 책들은 아직 도착하지 않았고, 설령 책들이 있었더라도 몸이 아파서 진지한 연구를 본격적으로 할 수는 없었을 것입니다. 나는 딱히 할 일이 없어 재미삼아 『우신예찬』을 쓰기 시작했지만 출판할 생각은 없었습니다. 글쓰기에 몰두해서 병을 잊으려고 했을 뿐입니다.

글을 어느 정도 쓴 후에는 여러 사람들과 나누면 즐거움이 커질 것 같아 초고의 일부를 몇몇 친구에게 보여주었습니다. 친구들은 몹시 재미있어하며 계속해서 글을 쓰라고 강권하더군요. 나는 그들이 시킨 대로 했고, 글을 다 쓰는 데 대략 일주일이 걸렸습니다. 주제가 가벼운 글이었음을 감안하면 꽤 오래 걸린 셈입니다. 그렇게 해서 쓴 글은 오류가 많고 빠진 부분도 많았는데, 내게 계속해서 글을 쓰라고 강권했던 친구들이 그것을 가져다가 프랑스에서 공식 출판을 해버렸습니다. 사람들이 이 글을 싫어했는지, 아니면 충분히 좋아했는지는 불과 몇 달 만에 이 책이 7쇄까지 인쇄되었고, 그것도 여러 도시에서 출간되었다는 사실이 실상을 잘 보여줍니다. 사람들이 이 정도로 내 글을 좋아할 줄은 나도 몰랐습니다.

친애하는 도르프 씨, 그런데도 내가 어리석었다고 당신이 말한다면 나는 잘못했다고 고백할 수밖에 없습니다. 적어도 내게는 변명할 말이 없습니다. 내게 그런 식으로 한가한 시간이 생겨 글을 썼고 친구들이 하자는 대로 한 결과, 내 일생에 단 한 번 어리석은 짓을 한 것입니다. 하지만 모든 일에서 늘 지혜로운 사람이 누가 있겠습니까? 당신은 나의 다른 저작들은 모두 신앙심 깊고 학식 높은 사람들에게 인정받고 있다고 직접 말해주었습니다. 한 사람이 잠깐 어리석음에 빠져 잘못한 것을 용서하지 않고 혹독하게 비난하려 드는 아레오파고스의 재판관들[363]은 도대체 어떤 사람들입니까? 재미삼아 쓴 소책자 한 권이 마음에 들지 않는다고 해서, 오랜 세월 밤잠을 설치며 쓴 책들로 얻은 신망을 하루아침에 거두어버리는 것은 대단한 억지이자 심술이 아니면 무엇이겠습니까?

내가 저지른 어리석은 일보다 훨씬 더 어리석은 일들이 많은 분야에서 벌어지고 있고, 심지어 저명한 신학자들도 그러지 않습니까? 인간의 삶과 아무런 관계도 없고 오직 논쟁하기 위한 질문을 만들어내, 아무 쓸모없고 가치도 없는 문제를 놓고 마치 생존과 교회의 안위가 걸린 것처럼 자기들끼리 격렬하게 싸우지 않습니까? 그들은 가면도 쓰지 않은 채 옛적의 어릿광대극보다 훨씬 더 어리석은 연극을 펼칩니다. 그에 비하면 나는 꽤 점잖은 편입니다. 플라톤의 글에서 소크라테

---

363 아레오파고스는 아테네에서 가장 오래되고 유서 깊은 법정이다. 그리스어 '아레이오스 파고스'는 전쟁의 신 '아레스의 바위'라는 뜻이다. 이곳에서는 살인이나 살인할 의도로 입힌 상해, 방화, 독살 등과 관련된 재판이 이루어졌다. 살인을 저지른 경우에는 대부분 사형이, 상해를 입힌 경우에는 재산 몰수나 유배가 선고되었다. 아레오파고스의 재판관들은 엄하고 혹독하기로 유명했다.

스가 '에로스 신'의 가면을 쓰고 에로스 신을 찬양했던 것처럼,[364] 나도 '우신'의 가면을 쓰고 어리석은 연극을 했기 때문입니다.

당신은 나의 신랄한 비판과 풍자로 내 글을 좋아하지 않는 사람들의 마음이 상하고 분노했지만, 그들도 나의 타고난 재능과 학식과 말솜씨는 인정한다고 말했습니다. 하지만 이들의 찬사는 내가 원하는 것이 아닙니다. 나는 그런 칭찬에 전혀 관심이 없습니다. 내가 보기에 그들은 타고난 재능이나 학식, 말솜씨를 갖춘 것도 아니기에 그들의 찬사는 더욱더 사양합니다.

친애하는 도르프 씨, 그들이 타고난 재능이나 학식이나 말솜씨를 갖고 있었다면, 재능이나 학식을 과시하려는 것이 아니라 사람들의 유익을 도모하기 위해 재미있게 쓴 글을 읽고 그토록 상처 입고 분노하지는 않았으리라는 내 말을 믿어주십시오. 무사이 여신들의 이름으로 요청하는 바니 대답해주십시오. 나의 이 소책자 내용이 신랄해서 상처를 입고 분노한다는 그 사람들은 도대체 어떤 눈과 귀와 취향을 갖고 있는 것입니까?

자기 이름 말고는 누구의 실명도 거론하지 않은 채 비판하는 글에 어떤 신랄함이 있겠습니까? 내가 히에로니무스가 항상 역설한 바를 따라 글을 썼다는 점을 왜 그들은 생각하지 않는 것입니까? 히에로니무스는 악이나 잘못을 일반적으로 논의하는 경우라면 특정한 개인이 상처나 해를 입을 일이 없다고 말했지요. 특정인을 겨냥하지 않고 일반적으로 글을 썼는데도 그 글에 상처받는 사람이 있다면 글쓴이를 탓

---

364 플라톤의 대화편 중 하나인 『향연』에서 소크라테스는 에로스 신의 역할을 맡아, 철학을 통해 진리를 추구하는 것이 에로스가 하는 일과 비슷함을 논증한다.

할 수는 없습니다. 특정인이 아니라 모두를 향해 쓴 글이어서 자신에게 적용하지 않는다면 상처받을 이유가 없는데, 아마도 그 글을 자기자신에게 적용해 스스로 잘못을 지적하고 고발한 것이라고 봅니다.

당신은 내가 그 책 전체에서 단 한 명의 실명도 거론하지 않고, 심지어 비방할 목적으로 특정 민족의 이름조차 입에 올리지 않으려 했음을 알지 않습니까? 자아도취가 각 민족 별로 어떻게 나타나는지 살펴보는 대목에서도 스페인 사람들은 군대에, 이탈리아 사람들은 문학과 수사학에, 영국 사람들은 음식과 아름다운 용모에 자부심이 있다고 말하면서 누구나 고개를 끄덕이고 기분 나쁘지 않게 듣거나 웃으며 들을 수 있도록 신경을 썼습니다.

또한 내가 주제에 따라 모든 인간 군상을 다루면서 각각의 유형이 지닌 결함을 지적할 때, 거북한 말이나 독설을 날린 대목이 단 한 군데라도 있었습니까? 카마리나의 늪[365] 같은 인간의 은밀한 삶을 휘저어 하수구처럼 더럽고 추악한 것들을 폭로한 적이 있습니까? 유베날리스처럼 내가 많은 사람이 창피한 줄도 모르고 저지른 일들을 거침없이 적기로 마음먹는다면, 사악한 교황들, 탐욕스러운 주교들과 사제들, 악랄한 군주들, 한마디로 말해 사회 지도층에 대해 얼마나 할 말이 많을지 모를 사람이 누가 있겠습니까?

하지만 나는 불쾌한 부분은 건드리지 않고 웃음을 가져다줄 유쾌한 것들만 말했고, 반드시 짚고 가야 할 문제들에 대해서는 지나가는 말로 요점만 간추렸을 뿐입니다.

당신이 내 글에 나오는 이런 사소한 것들을 살펴볼 만큼 한가하지

---

365 각주 211을 보라.

않음을 나도 잘 압니다. 하지만 시간 여유가 있을 때, 『우신예찬』의 농담들을 좀 더 세심하게 살펴봐주시기 바랍니다. 그 책에 담긴 내용이 세간의 저명한 학자들의 거창한 논문보다 복음서의 저자나 사도들의 가르침에 훨씬 더 부합한다는 사실을 알게 될 것입니다.

당신도 편지에서 내가 쓴 내용이 대부분 맞는다는 사실을 부정하지 않았고, 단지 '연약한 귀에 진실을 거칠게 비벼대는' 것은 유익하지 않다고 생각한다고만 말했습니다. 누구도 진실을 허심탄회하게 말해서는 안 되고, 진실이라 해도 다른 사람에게 상처를 주면서까지 드러내서는 안 된다는 것이 당신의 생각이라면, 의사들이 독한 약을 처방하고 '히에라 피크라'[366]를 치료제로 권장하는 이유는 무엇입니까? 의사들이 육체의 질병을 치료하기 위해 그렇게 한다면, 내가 영혼의 질병을 치료하기 위해 더욱더 그렇게 해야 하지 않겠습니까?

바울은 "기회를 얻든지 못 얻든지 사람들에게 호소하고 이치를 따져 말하고 꾸짖으라"[367]라고 말했습니다. 사도는 모든 방법을 동원해 사람들의 악을 지적하고 꾸짖기를 바랐는데, 당신은 아픈 상처를 건드려서는 안 되고, 설령 그렇게 하더라도 당사자가 스스로 자신의 잘못을 돌아보려 할 때까지는 절제해서 다루어 상처 입는 일이 없어야 한다고 말하는 것입니까?

내 생각이 틀리지 않는다면, 상처 주지 않고 잘못을 고칠 수 있는 방법 중에 실명을 밝히지 않고 말하는 방법이 가장 좋고, 선량한 사람

---

366 고대 그리스어에서 '신성한'을 뜻하는 '히에로스'와 '쓴 해독제'를 뜻하는 '피크라'의 합성어로, 해독 작용이 있는 독한 약이다.
367 디모데전서 4장 2절.

들이 듣기에 거북한 말은 하지 않는 것이 다음으로 좋습니다. 마치 비극을 공연할 때 잔인하고 끔찍한 일은 관객들의 눈앞에서 그대로 재연하지 않고 대사로만 처리하는 것과 같습니다. 인간이 저지르는 일들 중에는 점잖은 사람들은 차마 보기 힘든 역겨운 것들이 있기 때문입니다. 마지막으로, 말하려는 바를 어떤 익살맞은 인물의 입을 빌려 재미있고 웃기게 전달하는 방법이 있습니다. 청중에게 유쾌함을 주어 거부감을 제거하는 것이지요.

시의적절한 농담이 잔혹한 폭군들에게도 통할 때가 종종 있다는 것을 우리는 압니다. 어떤 진지한 호소나 웅변이 한 병사의 농담만큼 왕의 마음을 누그러뜨릴 수 있겠습니까? "술병이 비지 않았더라면, 저희는 전하에 대해 훨씬 더 험한 소리를 했을지도 모릅니다"라고 병사가 말하자, 왕은 웃으며 그 병사를 용서했다지요.[368] 두 명의 최고 수사학자 키케로와 쿠인틸리아누스가 농담을 진지하게 연구한 것도 다 그때문입니다.[369] 율리우스 카이사르에 대해 쓴 글을 보면, 재치 있고 유쾌한 말에는 힘이 있어 그런 말이 설령 우리를 직접 겨냥한다 해도 우리는 즐거워하게 된다고 그는 말했다고 합니다.[370]

---

368 이 일화는 플루타르코스의 『영웅전』에 수록된 '피로스 전기'에 나온다. 피로스(기원전 약 319-272년)는 헬레니즘 시대에 그리스 서부에 있는 에피로스의 왕이었다. 플루타르코스는 '피로스 전기'에서 한니발이 피로스를 인류 역사상 가장 위대한 지휘관으로 평가했다고 기록한다.

369 키케로는 각주 102를 보라. 그는 정의롭고 살기 좋은 나라인 '공화국'을 열렬히 옹호한 뜨거운 인간애와 훌륭한 성품을 지니고 있어 수사학과 대중연설에서 더욱 빛을 발했다. 쿠인틸리아누스는 각주 99와 200을 보라. 아리스토텔레스가 수사학의 이론가이고, 키케로가 수사학의 실천가라면, 쿠인틸리아누스는 수사학의 교육자라고 불린다. 농담을 다룬 부분은 키케로의 『대중연설론』과 쿠인틸리아누스의 『대중연설 개요』에 나온다.

그러니 내가 쓴 글이 진실하고 재미있으며 거북하지 않다는 점을 인정한다면, 사람들에게 공통된 악들을 치료하는 데 이보다 더 좋은 방법이 있겠습니까? 먼저 이 방법을 사용해 사람들에게 즐거움을 주면 독자들을 끌어들일 수 있고, 이후로도 계속해서 붙잡아둘 수 있습니다. 다양한 분야에서 사람들마다 추구하는 바가 다르지만, 즐거움에 끌리지 않는 사람은 없기 때문입니다. 물론 너무 우둔해서 글에서 즐거움을 느끼지 못하는 사람은 어쩔 수 없습니다.

실명을 밝히지 않았는데도 상처 입고 화내는 사람들은 내가 보기에 어리석은 여자들과 거의 동일한 감성을 지닌 사람들인 것 같습니다. 그런 여자들은 누군가가 행실이 나쁜 여자들에 대해 말하면 마치 자신이 모욕을 들은 것처럼 벌컥 화를 냅니다. 반대로 선량하고 정직한 여자들을 칭찬하면, 그런 칭찬을 받을 만한 여자는 극소수에 지나지 않는데도 마치 여자 전체에 해당하는 일인 것처럼 여기며 즐거워합니다.

남자라면 이런 어리석은 부류에 속해서는 안 되고, 지식인은 더욱 그래서는 안 되며, 신학자는 더더욱 그렇습니다. 자신이 저지르지 않은 죄를 누군가가 글로 지적한다면 그 글에 상처 입을 일이 없고, 도리어 많은 사람이 저지른 죄를 자기만은 저지르지 않았다는 사실에 기뻐해야 마땅하지요. 설령 그 글에서 지적한 죄에 자신이 해당하더라도 그것을 계기로 스스로 돌아볼지언정 상처 입을 이유는 없습니다. 혹여

---

370 율리우스 카이사르의 이 말은 수에토니우스(약 69-130년)의 『황제전』에 수록된 '율리우스 카이사르 전기'에 나온다. 『황제전』은 공문서와 서신 등과 같은 실제 사료를 토대로 율리우스 카이사르부터 도미티아누스에 이르기까지 12명의 황제에 관한 전기를 담고 있다.

상처를 입었다고 해도 사려 깊은 사람이라면 감정을 드러내거나 떠벌리고 다니는 일은 하지 않습니다. 정직한 사람이라면 누군가가 실명을 거론하지 않은 채 일반적으로 어떤 죄에 대해 말했어도, 자신이 그런 죄를 지으면 실명으로 비난받을 수 있으니 조심해야겠다는 교훈을 얻을 것입니다.

무지한 대중이 희극에까지 허용하고 있는 자유를 왜 이 작은 책자에는 허용하지 않는 것입니까? 희극들을 보면 수도원과 사제, 수도사, 아내와 남편 등 모두에 대해 얼마나 많이, 또 얼마나 자유롭게 풍자하고 조롱합니까? 실명을 밝히지 않았고 구체적으로 누구인지 특정하지도 않았기 때문에 모든 사람이 웃어넘깁니다. 희극에서 지적한 악이나 잘못을 솔직하게 인정하든, 아니면 지혜롭게 감추든, 어느 쪽을 선택하느냐는 각자의 자유입니다.

아무리 포악한 폭군이라도 어릿광대들이 많은 사람 앞에서 자신을 공개적으로 꾸짖고 조롱할 때면 그냥 놔둡니다. 베스파시아누스 황제는 한 어릿광대가 그의 얼굴을 가리키며 똥을 발라놓은 얼굴이라고 놀려도 분노하지 않았습니다.[371] 그런데 우신이 실명을 전혀 밝히지 않는 가운데 사람들의 공통된 삶을 가지고 우스갯소리를 했기로서니, 그 말에 화내며 상처를 입었다고 말하는 사람들은 도대체 얼마나 예민한 귀를 가지고 있길래 그런 반응을 하는 것입니까? 고대 그리스에서 공연되었던 고희극에서도 유명인사들의 실명을 거론하며 대놓고 풍자

---

371 베스파시아누스 황제(9-79년)는 로마 제국의 제9대 황제다. 유머 감각이 뛰어나 견유학파의 철학자들이 공화정의 부활을 주장하자 "나는 짖는다는 이유로 개를 죽이지는 않는다"라고 말했다고 한다. 그의 얼굴에 관한 이야기는 로마 제국의 전기작가 수에토니우스의 『황제전』에 나온다.

우신예찬

대상으로 삼았는데도 무대에서 쫓겨나지 않았습니다.

고명하신 도르프 씨, 당신은 『우신예찬』 때문에 마치 신학계 전체가 내게 등을 돌린 것처럼 편지에 썼습니다. 당신은 내게 "신학계를 그렇게 신랄하게 공격한 이유가 무엇이냐"라고 물으며, 내가 곤경에 처하게 된 것을 안타까워했습니다. 그리고 "이전에 당신이 쓴 역작들을 모든 사람이 아주 열심히 탐독했고 이번에도 그런 책을 기대했는데, 지금은 『우신예찬』이 다보스[372] 역할을 하는 바람에 모든 것이 엉망진창이 되고 말았다"고 썼습니다.

당신이 악의를 가지고 그렇게 쓴 것이 아니라는 사실을 알기에 당신에게는 에두르지 않고 단도직입적으로 말하겠습니다. 내가 신학자들이 어리석거나 사악해서 이름값 하지 못함을 내가 지적한 것이 신학계 전체를 향한 공격이라고 당신은 생각합니까? 그런 논리라면 악인이나 범죄자를 비난하는 것은 인류 전체를 공격하는 것이 되지 않겠습니까? 왕이 될 자격이 없는 사악한 왕은 아무도 없다고 말할 만큼 후안무치한 군주가 과연 있겠습니까? 주교가 될 자격이 없는 사악한 주교는 아무도 없다고 말할 만큼 오만한 주교가 과연 있겠습니까? 오직 신학계만은 예외여서 수많은 신학자 중에서 어리석거나 무지하거나 논쟁만 일삼는 사람은 아무도 없고, 바울이나 바실레이오스나 히에로니무스[373] 같은 사람들만 있겠습니까?

---

372 다보스는 고대 로마의 서정시인이자 풍자시인 호라티우스의 노예다. 호라티우스는 『서정시집』과 『풍자시집』을 써서 시인으로 명성을 얻었지만, 다보스는 호라티우스에 대해 자기가 겪은 일을 대중에게 말해 그의 명성에 먹칠을 했다.

373 유대인 바울은 부활한 예수를 다메섹 도상에서 만나 회심한 후 소아시아를 중심으로 이방 선교를 주도했다. 그의 서신들이 신약 성경에 포함되었다. 바실레이오스와 히에로니무스는 각주 232를 보라.

사실은 정반대로 사람들에게 존경받는 영예로운 직업군일수록 이름값 하는 사람은 더 적은 법입니다. 훌륭한 군주보다는 훌륭한 선장을 찾기가 더 쉽고, 훌륭한 주교보다는 훌륭한 의사를 만나기가 더 수월합니다. 하지만 더 영예로운 직업을 비방하거나 욕하기 위해 이런 말을 하는 것은 아닙니다. 아주 고귀한 직책을 맡아 고귀하게 자신의 직무를 수행해온 소수의 사람들을 칭송하는 것입니다.

신학자들이 정말 상처를 입었다고 한다면, 그들이 더 상처를 입은 이유는 무엇입니까? 신학자들은 영민해서 우신이 악인들에 대해 일반적으로 말한 것을 자기 자신에게 적용했기 때문입니까? 왕이나 귀족, 고관, 주교, 추기경, 교황은 물론이고 상인이나 남편, 아내, 변호사, 시인 등 온갖 부류의 사람을 하나도 빼놓지 않고 두루 풍자했는데, 이들은 신학자들만큼 영민하지 못해 같은 내용을 자신에게 적용하지 못한 것입니까? 아니면 무슨 이유인지 내게 말해주시기 바랍니다.

성 히에로니무스는 에우스토키움[374]에게 보낸 편지에서 순결에 관해 쓰면서 아펠레스[375]도 따라오지 못할 정도로 생생하고 적나라하게 행실이 나쁜 여자들을 묘사했습니다. 이때 에우스토키움은 상처를 입었습니까? 그녀는 히에로니무스가 일평생 순결을 지키며 살아가는 여자들을 모욕했다고 생각했습니까? 전혀 그렇지 않았습니다. 그 이유가 무엇이겠습니까? 에우스토키움은 지혜로운지라 행실이 나쁜 여자

---

374 에우스토키움(370-419년)은 가톨릭의 성녀로서 로마의 귀족 출신으로 평생 동정녀로 살았다. 순결에 관한 히에로니무스의 편지를 받고 로마를 떠나 베들레헴에 정착해 수도원 네 곳을 세웠다.

375 아펠레스는 기원전 4세기 후반에 활동한 고대 그리스의 유명한 화가다. 소아시아의 콜로폰 출신으로 알렉산드로스 대왕의 궁정 화가로도 활동했다.

들에 대한 말들이 자신에게 해당한다고 생각하지 않았기 때문입니다. 도리어 히에로니무스가 선량한 여자들에게는 여자가 타락하면 어떻게 되는지 경고하고, 행실이 나쁜 여자들에게는 얼마든지 그런 삶을 그만 둘 수 있다고 격려한 것에 기뻐했습니다.

히에로니무스는 네포티아누스에게 보낸 편지에서는 성직자의 삶에 관해 썼고, 루스티쿠스에게 보낸 편지에서는 수도사의 삶에 관해 썼습니다.[376] 각각의 직분을 생생하게 묘사하면서 그 부류가 저지르는 잘못을 놀라울 정도로 재미있게 표현했지요. 하지만 두 사람 모두 그가 쓴 글에 상처를 입지 않았습니다. 그 글이 자신에게 해당하지 않는다는 것을 알았기 때문입니다.

『우신예찬』에서 고관대작들을 많이 풍자하고 꼬집었는데도, 그중 한 분인 윌리엄 마운트조이[377]와 나의 사이가 벌어지지 않은 이유가 무엇이겠습니까? 그는 지극히 선량하고 지혜로운지라 사악하고 어리석은 고관대작들에 대해 내가 쓴 글이 자신에게는 전혀 해당하지 않는다고 생각했기 때문입니다. 또한 『우신예찬』에서 사악하고 저속한 주교들을 얼마나 많이 풍자하며 꼬집었습니까? 그런데도 캔터베리 대주교[378]가 그런 풍자에 상처를 입지 않은 이유가 무엇이겠습니까? 그는 모든

---

376 네포티아누스는 형 티베니니 군인이었다가 나중에 수도사가 되었다. 히에로니무스가 394년에 그에게 쓴 편지가 남아 있다. 루스티쿠스는 수도사로 히에로니무스와 편지를 주고받았다.

377 윌리엄 마운트조이(약 1478-1534년)는 당대에 가장 부유하고 영향력 있는 영국의 궁정 귀족이었다. 그는 존경받는 인문주의자이자 학문의 후원자로서 에라스무스의 제자이기도 했다. 에라스무스는 그를 '귀족들 중에서 가장 박학다식한 사람'이라고 불렀다.

378 영국 성공회를 대표하는 최고위 성직자다. 당시의 캔터베리 대주교는 에라스무스의 후원자 윌리엄 위햄(약 1450-1532년)이었다.

덕을 완벽하게 갖춘지라 그런 풍자 중 어떤 내용도 자신에게 해당하지 않는다고 여겼기 때문입니다.

『우신예찬』 때문에 나와 관계가 소원해진 징후가 전혀 없는 최고의 군주와 주교, 수도원장, 추기경, 저명한 학자들을 계속해서 일일이 나열할 필요가 있겠습니까? 물론 내 책을 이해하지 못하거나 시기하거나 천성적으로 매사를 삐딱하게 보는 소수의 신학자들이 없지는 않겠지요. 하지만 신학계 전체가 내 책 때문에 화가 났다는 말에 나는 수긍할 수 없고, 그래서 그렇게 믿지도 않을 것입니다.

내 책을 부정적으로 보는 사람들 중에는 재능이랄 게 없고 판단력도 형편없어 학문 자체를 하기에 전혀 어울리지 않는 이들도 섞여 있을 테지요. 그런 사람들은 알렉상드르 드 빌디외[379]의 문법책에 나오는 몇 안 되는 문법 규칙들을 익히고 나서 소피스트들이 사용한 말도 안 되는 몇 가지 논증법을 접한 다음, 아리스토텔레스의 10가지 명제를 이해하지도 못한 채 외우며, 스코투스나 오컴이 제시한 10가지 문답을 배웁니다. 그리고 나머지 다른 것들에 대해서는 『백과사전』[380]과 『성경 지침서』[381]를 비롯해 여러 사전을 마치 모든 것을 해결해주는 '도깨비

---

379 알렉상드르 드 빌디외(약 1175-1240년)는 프랑스의 저술가이자 시인이며 라틴어 문법에 관한 교과서들을 집필했다. 운문으로 된 라틴어 문법책 『아동을 위한 문법』으로 유명하다. 이 책은 1500년대에도 이탈리아, 독일, 프랑스에서 무수히 인쇄된 문법서의 고전이다.

380 『백과사전』(원제는 '백과사전이라 불리는 최고의 문법서')은 도미니쿠스회 수도사 제노아의 요한네스 발부스가 1286년에 완성한 책으로 백과사전식 내용과 라틴어 문법을 담고 있어 중세시대에 라틴어 성경을 해석하는 데 사용되었다.

381 『성경 지침서』는 이탈리아의 프란치스코회 수도사 요한네스 마르케시누스가 13세기 말 불가타 라틴어 성경 본문의 이해를 돕기 위해 썼다. 1,300여 개의 항목을 수록해 어려운 단어들과 여러 성경, 예전 주제들에 대해 설명한다. 중세 후기에 많은 성직자

방망이'[382]처럼 사용합니다. 그러면서 놀랍게도 세상에서 가장 똑똑한 사람들처럼 행세합니다. 무지만큼 교만한 것도 없으니까요.

그들은 성 히에로니무스의 글을 이해할 수 없자 그를 학교 선생이라며 무시하고는 그리스어와 히브리어, 라틴어로 쓰인 그의 글들을 조롱하고 비웃는 자들입니다. 돼지처럼 우둔하고 어리석으며 상식조차 없으면서도 자신들이 모든 지혜의 성채를 장악하고 있다고 생각합니다. 그들은 모든 것을 결정하고 단죄하며 판결을 내리는데, 그렇게 하는 데 일말의 의심도, 주저함도 없습니다.

그들은 모르는 것이 없습니다. 그들 중에 특히 두세 사람이 소동을 일으킵니다. 무지만큼 몰염치하고 완고한 것도 없나 봅니다. 그들은 '훌륭한 학문'[383]을 무너뜨리는 일에 광분합니다. 그들의 야망은 저명한 신학자들의 무리에 끼는 것입니다. 그들은 훌륭한 학문이 되살아나 세상 사람들이 무지몽매함에서 깨어나면 지금까지 모르는 게 없다고 자부해온 그들이 사실은 무지한 자들임이 드러날까 봐 두려워합니다. 그래서 더 나은 학문에 몰두하는 사람들을 보면 아우성치고 소동을 일

가 읽었고, 인쇄본은 1470년에 처음 출간되었다.

382 '도깨비 방망이'로 의역한 '코르누코피아'(풍요의 뿔)는 고대 그리스 신화에서 원하는 모든 것을 얻을 수 있게 해주는 물건이다. 제우스는, 권좌를 지키기 위해 제 자식을 삼키려는 아버지 크로노스를 피해 크레타 섬에 있는 이다산의 한 동굴로 피신해 아말테이아라는 염소의 젖을 먹고 자란다. 제우스의 빠는 힘이 너무 강해 아말테이아의 뿔 하나가 부러졌고, 그 후로 이 뿔은 자양분을 끊임없이 공급해주는 신적 능력을 지니게 되었다.

383 '훌륭한 학문'이란 인문주의자들의 학문을 가리킨다. 기독교 세계였던 당시에 인문주의자들은 고대 그리스와 로마의 고전뿐만 아니라, 특히 성경 원어인 그리스어와 히브리어를 익혀 당시에 사용되던 라틴어 성경 및 그에 의거한 성경 해석과 신학을 바로 잡는 데 힘썼다.

으키며 힘을 합쳐 공격합니다.

그들이 『우신예찬』을 못마땅해하는 이유는 그리스어와 라틴어를 알지 못하기 때문입니다. 신학자도 아니고 신학자의 탈을 쓴 사람들에 대해 내가 쓴 소리를 좀 했다고 해서, 그것이 지극히 고귀하고 훌륭한 신학자들과 무슨 상관이 있겠습니까? 그들이 신앙적인 열심으로 그렇게 소동을 벌이는 것이라면 유독 『우신예찬』에만 그런 반응을 보이는 이유는 도대체 무엇입니까?

포지오[384]가 쓴 글들은 얼마나 불경하고 추잡하며 위험합니까? 그런데도 그는 여전히 가는 곳마다 기독교 작가로 대접받고, 그의 책들은 거의 모든 언어로 번역되었습니다. 폰타누스[385]는 또 얼마나 성직자들을 적대시하고 모욕하며 헐뜯습니까? 그런데도 사람들은 그의 글이 재치 넘친다며 재미있게 읽습니다. 유베날리스[386]의 글은 또 얼마나 외설적입니까? 그런데도 그의 글이 설교자에게도 유익하다고 생각하는 사람이 있습니다. 코르넬리우스 타키투스[387]는 얼마나 기독교를 비방하는 글을 썼으며, 수에토니우스는 기독교에 대해 얼마나 적대적인 글을 썼으며, 플리니우스와 루키아노스는 영혼 불멸에 대해 얼마나 불경

---

384 각주 359를 보라. 사장된 많은 라틴어 고전 사본들을 재발견하고 복원하는 일에 평생을 바친 포지오는, 특히 그의 저서 『위선자들을 반박함』에서 성직자들의 어리석음과 악행에 증오심을 드러내며 맹렬히 공격하고 그들의 부패한 삶을 집요하게 비판했다.

385 폰타누스(1429-1503년)는 이탈리아의 인문주의자이자 시인이다.

386 각주 16을 보라.

387 코르넬리우스 타키투스(약 56-120년)는 로마의 역사가이자 정치가다. 자신의 저작 『연대기』와 『역사』에서 아우구스티누스 황제가 죽은 기원후 14년부터 제1차 유대-로마 전쟁(66-73년)이 한창인 70년까지의 역사를 다루었다. 두 저작은 성경과 요세푸스의 저작 외에 예수 그리스도의 삶과 죽음에 관한 가장 중요한 사료로 평가된다. 기독교에 대한 비방은 주로 『연대기』에 나온다.

하게 조롱하는 글을 썼습니까?[388] 그런데도 다들 그들의 글을 읽을 가치가 있는 것으로 여기고 그들에게 배우기 위해 그 글들을 읽습니다.

하지만 『우신예찬』만은 명실상부하게 훌륭한 신학자들이 아니라 직함에 어울리지 않게 쓸데없는 논쟁만 일삼는 무식하고 우스꽝스러운 자들을 재치 있게 풍자한 것일 뿐인데도 용납할 수 없다고 말합니다. 내가 신학계 전체를 싸잡아 공격하기라도 한 것처럼 나에 대한 증오를 불러일으키려 애쓰는 사람들은 신학자의 탈을 썼지만 사실은 협잡꾼인 두세 명에 불과합니다. 나는 학문이라 부를 수 있는 것은 오직 신학뿐이라고 생각할 정도로 신학을 대단히 높이 평가합니다. 신학계를 우러러보고 공경하기 때문에 학문 세계를 통틀어 내 이름을 올리고 싶은 곳은 신학계밖에 없습니다. 다만 신학자라고 불리기 위해 갖추어야 할 학문과 삶의 수준이 어떠해야 하는지 모르지 않으므로 그 고명한 직함으로 불리는 것에 감히 엄두를 못 낼 뿐입니다. 나는 신학자보다 더 위대한 명칭을 알지 못합니다. 그 이름은 나 같은 사람이 아니라 주교들에게 어울립니다. 나는 내가 아무것도 알지 못한다는 사실을 소크라테스에게 배웠기 때문에, 다른 사람들이 그 사실을 배우도록 최선을 다해 돕는 것으로 만족합니다.

당신은 편지에서 두세 명의 신학자가 내게 별로 호의적이지 않다고 있는데, 나는 그런 신학자들을 어디에서도 만나보지 못했습니다. 나는 『우신예찬』을 출판한 후에 많은 곳을 돌아다녔고, 여러 대학과

---

388 수에토니우스는 로마 제국의 전기작가로 『황제전』을 썼으며 '네로 전기'에서 기독교를 비방했다. 플리니우스(23-79년)는 로마의 정치가이자 저술가다. 천문, 지리, 인문, 자연학 등을 다룬 37권으로 된 『박물지』로 유명하다. 루키아노스는 각주 8을 보라.

대도시를 방문했지만 내게 화가 난 신학자를 단 한 명도 보지 못했습니다. 훌륭한 학문 자체에 적대적인 사람은 한두 명 보기는 했지만, 그들도 내게 항의는 한마디도 하지 않았습니다. 물론 내가 없는 자리에서는 나를 비난했을지도 모르겠습니다. 하지만 나는 모든 선량한 사람들의 판단을 믿기 때문에 그렇게 뒤에서 수군거리는 말은 개의치 않습니다.

친애하는 도르프 씨, 이런 말을 하면 진실을 말하는 게 아니라 오만하다고 여길지도 모르겠지만, 『우신예찬』이 출판된 후 여러 주교를 포함해 경건한 삶으로 명성이 높고 학식이 뛰어나며 지위가 높은 많은 신학자들이 어느 때보다도 나를 극진히 환대하며, 이 소책자를 통해 나보다 더 많은 즐거움을 누린다고 말해주었습니다. 그들의 이름과 직함을 당신에게 밝힐 수도 있지만, 당신이 말한 세 명의 신학자가 『우신예찬』을 빌미로 그분들까지 비난할지도 모르므로 이 자리에서 밝히지 않겠습니다. 당신이 말한 세 신학자 중에 적어도 한 명은 신학계가 현재 처한 비극적인 상황에 책임이 있습니다. 이것은 충분히 짐작할 수 있는 일입니다. 나는 그가 어떤 사람인지 말할 수 있고, 그렇게 한다면 그 사람이 왜 『우신예찬』을 못마땅하게 여겼는지 모두가 수긍하게 될 것입니다. 그 사람은 전부터 나를 좋아하지 않았기 때문에 내가 쓴 『우신예찬』이 그토록 못마땅했나 봅니다. 그 사람이 나를 좋아하지 않는 것은 고귀한 성품을 지닌 사람들이 좋아하는 것을 좋아하지 않기 때문입니다.

내게는 지혜롭고 학식 높은 신학자들의 판단이 훨씬 더 중요합니다. 그들은 내 글이 신랄하다고 욕하기는커녕 폭주하기 쉬운 주제를 절제하며 다룬 나의 자제심과 공정함을 높이 샀으며, 비꼬거나 조롱하

우신예찬

지 않고 재미있게 전달한 점을 칭찬했습니다. 내 글에 상처를 입고 못마땅하게 여기는 신학자들에게 한마디 하자면, 얼마나 많은 사람이 사악한 신학자들의 행태를 공개적으로 비난하는지 모르는 사람이 없습니다. 하지만 『우신예찬』은 이런 비난은 전혀 다루지 않습니다. 오직 신학자들이 쓸데없는 문제를 가지고 논쟁하는 것만 풍자했을 뿐입니다. 그것도 신학자를 모조리 싸잡아서 비판한 것이 아니라 처음부터 끝까지 논쟁에 몰두하며 그것만이 신학이라고 생각하는 자들, 그러니까 사도 바울이 말한 것처럼 말싸움에만 매달려 복음서의 저자들이나 선지자들, 사도들의 글은 읽으려 하지 않는 자들만 비판했습니다.

친애하는 도르프 씨, 나의 바람은 그런 죄를 저지르는 사람들이 좀 더 적어졌으면 하는 것입니다! 그들 중에는 80년을 살아오는 동안 그런 말도 안 되는 일에 시간을 허비하느라 복음서를 처음부터 끝까지 한 번도 읽지 않은 사람들도 있습니다. 그들이 누구인지 당신에게 구체적으로 제시할 수 있습니다. 내가 직접 그런 사람들을 밝혀냈고, 결국 그들도 그 사실을 인정했습니다.

내가 비록 우신의 가면을 쓰고 말했지만, 그럼에도 신학자들, 그러니까 그리스도의 가르침이라는 참된 깊은 샘에서 솟아나는 물을 마신 고결하고 진지하며 학식 있는 신학자들이 자주 한탄하는 말들을 입 밖에 낼 임무는 내시 못했습니다. 그늘은 생각한 바를 자유롭게 이야기할 수 있는 곳에 가면, 최근에 등장한 새로운 신학을 비난하면서 옛 신학이 그립다고 한탄합니다. 옛 신학이 훨씬 더 거룩하고 품격이 있어 하늘에 속한 그리스도의 가르침을 잘 담아내고 전달했다고 말하지요. 반면에 새로운 신학은 표현이 야만적이고 인위적이며 비속한 데다가 훌륭한 학문들에 무지하고 언어가 미숙하기는 말할 것도 없고, 아리스토텔레스의 철학과 사람들이 고안한 것과 세속의 법률에 물들어 있어 거기에서는 도저히 그리스도의 순수하고 참된 가르침을 맛볼 수 없다고 말합니다. 일이 이 지경에 이른 것은, 그동안 새로운 신학이 사람들의 전통에만 매몰되어 전통들의 원형인 그리스도의 가르침을 도외시했기 때문이라고 말합니다. 그래서 진정한 신학자들은 마음속으로 느끼는 바를 친한 사람들에게는 털어놓지만, 대중 앞에서는 진심과는 다르게 말하는 경우가 많습니다. 그리스도의 가르침과 전통이 명하는 바가 다르다는 것을 아는 까닭에 사람들이 어떤 질문을 해오면 어떻게 대답해야 할지 난감한 때가 적지 않습니다.

도대체 그리스도와 아리스토텔레스가 무슨 상관이 있습니까? 엉터리 궤변이 영원한 지혜에 속한 신비들과 무슨 상관이 있습니까? 오로지 논쟁과 분열만 만들어내고 아무런 쓸모가 없을 뿐만 아니라 해롭기 짝이 없는 미로 같은 문답을 양산하는 목적이 무엇입니까? 물론 어떤 문제들은 집요하게 따지고 파헤쳐 무엇이 옳고 그른지를 밝혀야겠지요. 나는 그런 것을 부정하지는 않습니다. 하지만 따지고 파헤치기보다 그냥 넘어가는 편이 좋을 사안도 아주 많습니다. 인간의 한계를 넘어서는 것이 있음을 아는 것도 지식의 한 부분이고, 확정하지 않고 애매하게 놓아두는 편이 유익할 때도 아주 많습니다. 끝으로, 어떤 것을 확정해야 하는 경우에도 오만함을 버리고 공경하는 마음으로 하고, 보잘것없는 인간의 이성이 아닌 성경에 비추어 보아야 합니다.

오늘날에는 신학자들이 끝없이 문제를 제기하고 날마다 새로운 답을 내놓으며, 이로 인해 학파와 분파 간의 불화가 계속됩니다. 간단히 말해, 어떤 문제가 논의되고 어떤 결정이 나느냐 하는 것이 그리스도의 가르침이 아니라 신학자들의 정의와 주교들의 권력에 의해 좌지

우지됩니다. 모든 것이 그런 식으로 굴러가니 세상을 진정한 기독교로 되돌릴 가망이 없어 보입니다. 깊은 신앙심과 학식을 겸비한 사람들은 이 모든 일을, 아니면 상당히 많은 일을 알고 있고, 그렇게 된 일차적이고 주된 원인이 최근에 새롭게 떠오른 신학자들의 오만방자함과 불경함에 있다고 한탄합니다.

친애하는 도르프 씨, 당신이 『우신예찬』을 좀 더 세심하게 들여다보며 거기에 담긴 내 마음을 읽어낼 수 있다면, 내가 앞에서 말한 진정한 신학자들이 한탄한 내용을 말하지 않으려고 얼마나 자제했는지 아주 잘 알게 될 것입니다. 『우신예찬』에서는 그 모든 내용을 다루지 않았고, 다루더라도 아주 가볍게 언급했는데, 이는 누구의 마음에도 상처를 입히고 싶지 않았기 때문입니다. 나는 이 원칙을 책 전체에 일관되게 적용하기 위해 세심한 주의를 기울여 거부감이 들거나 도덕을 해치거나 편파적이거나 특정 부류의 사람들에게 모욕으로 비칠 수 있는 내용은 쓰지 않았습니다.

예컨대 성인 숭배에 관한 대목에서 내가 성인 숭배 자체를 비판한 것이 아니라, 사람들이 미신에 사로잡혀 성인들을 잘못된 방식으로 숭배하는 것만 비판하고 있음을 찾아볼 수 있습니다. 군주들이나 주교들, 수도사들에 대해 쓴 대목에서도 나는 그 부류 전체가 아니라 그들 가운데서 식함에 실맞지 않게 부패한 자들의 악을 지적하고 비판하고 있음을 분명히 보여주는 말들을 덧붙였는데, 이는 그 비판으로 그 부류에 속아온 선량한 사람들이 상처받지 않게 하기 위함입니다. 심지어 사악한 자들도 상처를 입지 않도록 그들의 실명을 언급하지 않으려 최선을 다했습니다. 끝으로, 허구의 익살스러운 인물을 한 명 내세워 이야기를 처음부터 끝까지 풀어나감으로써, 평소 음울하고 즐거움을 알지 못하는 사람들도 그런 이야기에서 풍기는 재치와 해학을 누릴 수 있도록 배려했습니다.

그런데도 당신은 내 글이 신랄하게 물어뜯는 정도는 아니라 해도 불경스럽다는 비판을 듣는다고 썼습니다. 경건한 사람들이 장차 누리게 될 복된 영원한 삶을 가리켜 내가 일종의 광기라고 부른 것에 대해 용납할 수 없기 때문이라고 당신은 말합니다. 존경하는 도르프 씨, 당신같이 순수한 사람에게 이렇게 영악하고 거짓된 비방을 가르친 자가 누구입니까? 아니, 이렇게 묻는 것이 낫겠습니다. 순진한 당신을 앞세워 이렇게 나를 비방하고 있는 영악한 자들이 도대체 누구입니까? 그들은 전체적인 맥락에서 보면 충분히 납득할 수 있고 전혀 문제가 없는 몇몇 단어를 문맥에서 잘라내서 인용해, 원래 지닌 의미를 변질시켜 비방의 근거로 활용하는 방법을 상습적으로 사용해오고 있습니다.

쿠인틸리아누스[389]는 그의 저서 『대중연설 개요』에서 교묘한 기술에 대해 언급합니다. 자신의 주장에 대해서는 그 주장을 확증하거나 사람들이 그 주장을 기분 좋게 받아들이는 데 도움이 될 만한 것을 모두 동원해 가장 유리한 방식으로 제시하는 반면에, 상대방의 주장을 인용할 때는 사람들이 싫어하고 거부감을 느끼는 말조차 되도록 있는 그대로 인용해야 한다고 가르치지요. 그런데 당신을 부추겨 나를 공격하게 한 사람들은 그런 기술을 쿠인틸리아누스에게 배운 것이 아니라 자신의 악한 성품이 시키는 대로 사용하는 자들입니다. 책에 쓰여 있는 그대로 인용했다면 아무 문제없었을 말들을 왜곡해 사람들의 마음속에 맹렬한 반감을 불러일으키는 경우가 허다합니다.

---

389 각주 99와 200을 보라.

우신예찬

『우신예찬』에서 기독교인들의 행복이 일종의 광기라고 말한 대목을 다시 한번 읽으면서, 내가 어떤 논증 과정을 점진적으로 거쳐 그런 결론에 도달했는지 살펴보기를 부탁드립니다. 또한 그것을 설명하는 데 어떤 단어들을 사용했는지도 보기 바랍니다. 그러면 그 말이 진정으로 경건한 사람들을 화나게 하고 상처 주기는커녕 즐겁게 해주고 있음을 알게 될 것입니다. 사람들의 화를 돋우고 상처가 될 만한 내용은 당신이 내 책에서 읽어낸 것이지 내가 쓴 것이 아닙니다.

『우신예찬』은 어리석음이라는 이름으로 모든 것을 포괄하여 인간의 모든 행복이 어리석음에 달려 있음을 보여주는 책입니다. 그러하기에 최고의 직위에 있는 왕과 교황에 이르기까지 모든 부류의 사람들에 대해 이야기하고, 성경에서 일종의 어리석음을 갖고 있다고 말하는 사도들은 물론 그리스도에 대해서도 이야기합니다. 사도들이나 그리스도가 진정한 의미에서 어리석다고 사람들이 착각할 위험은 전혀 없습니다. 사도들과 그리스도도 인간이기 때문에 인간의 성정에 따른 연약함이 있어 그것을 일종의 어리석음이라고 말한 것입니다. 그들이 지닌 어리석음은 세상의 모든 지혜를 이기지만, 저 영원하고 순수한 지혜에 비하면 어리석다고 할 수 있습니다. 선지자 이사야[390]는 사람들의 모든 의로움을 여자의 월경혈이 묻은 더러운 천에 비유했는데, 이는 선량한 기독의 의로움이 악한 사들의 사악함과 마찬가지로 더럽다는 의미가 아니라, 인간이 지닌 최고의 깨끗함도 하나님의 말할 수 없는 깨끗함

---

390 선지자 이사야는 구약 성경에서 가장 중요한 예언서 중 하나인 이사야서를 기록한 인물이다. 남유다의 왕들인 웃시야, 요담, 아하스, 히스기야 시기(기원전 739-680년)에 예루살렘에서 활동했다.

에 비하면 더러운 것일 수밖에 없다는 의미입니다.

　나는 지혜롭고 현명한 어리석음도 보여주었고, 미친 것 같지만 사실은 제정신인 것, 정신 나간 것처럼 보이지만 실제로 진실한 마음이 있음을 보여주었습니다. 기독교인들의 행복에 관해 말할 때는 불필요한 오해를 사지 않기 위해 먼저 플라톤이 말한 세 종류의 광기에 대해 언급했습니다. 그중에서 가장 행복한 광기가 사랑에 미치는 것인데, 이는 자기 자신에게서 벗어나는 일종의 탈혼 상태를 말합니다. 기독교인들의 탈혼 상태란, 장차 그들이 전적으로 하나님을 사랑해 자기 자신이 아니라 하나님만 바라보며 누리게 될 지극히 행복한 삶을 조금이나마 미리 맛보는 것을 말합니다. 그런데 플라톤은 자기 자신에게서 벗어나 자신이 사랑하는 대상 속으로 들어가 그로 인해 즐거워하는 것을 광기라고 불렀습니다. 내가 어리석음과 광기의 종류를 아주 세심하게 구별해 제시했기 때문에, 책에 쓰여 있는 그대로 읽는다면 내 말을 오해할 여지가 전혀 없음을 당신은 알지 못합니까?

　내용 자체는 문제가 없는데 내가 사용한 표현 때문에 기독교인들이 거부감을 느낀다고 당신은 말합니다. 그것이 사실이라면 사도 바울이 하나님의 어리석음이라든가 십자가의 어리석음을 이야기할 때는 왜 반감을 느끼지 않는 것입니까? 성 토마스 아퀴나스가 베드로의 탈혼 상태와 관련해 "그는 신앙적으로 미쳐서 교회에 관한 설교를 시작했다"라고 썼는데, 왜 그런 표현은 문제 삼지 않는 것입니까? 그는 베드로의 거룩하고 행복한 황홀경을 두고 미쳤다는 표현을 사용했고, 그러한 표현은 교회에서 부르는 찬송가에도 들어 있습니다. 그리고 내가 이전에 어느 기도문에서 그리스도를 마술사와 마법사라고 부른 것에 대해서는 왜 아무런 지적도 하지 않는 것입니까?

성 히에로니무스는 유대인인 그리스도를 사마리아인이라고 불렀습니다.[391] 바울은 그리스도를 '죄인'보다 더 심한 말인 '죄'라고 불렀고 '저주받은 자'라고도 불렀습니다.[392] 그런 말들을 악의적으로 해석하고자 한다면 이 또한 불경죄를 저지른 것입니다. 하지만 바울이 말한 의도를 고려해 해석한다면 그리스도를 찬양하는 경건한 표현으로 받아들일 수 있지 않겠습니까?

누군가가 그리스도를 도둑, 간음한 자, 술주정뱅이, 이단이라고 부른다면, 모든 선량한 사람은 귀를 막을 테지요. 하지만 듣는 사람들의 손을 잡고 그들을 이끌 듯이 자신이 무슨 의미로 그렇게 말했는지 차근차근 설명한다면, 그래서 말들이 적절한 자리에 놓인다면, 그런 말들에 귀를 막을 이유가 없지 않겠습니까? 이를테면 그리스도는 십자가 승리를 통해 지옥에 붙잡혀 있던 사람들을 훔쳐내어 하나님에게 돌려드렸다는 점에서 도둑이라고 말한다면, 사람들이 어떤 반응을 보이겠습니까? 다윗이 우리아의 아내와 동침한 것처럼 그리스도가 모세의 회당과 동침해 하나님과 화해한 사람들을 태어나게 했으므로 간음한 자라고 말한다면[393] 어떻겠습니까? 그리스도는 사랑이라는 새 포도

---

391 히에로니무스는 누가복음 10장에 나오는 사마리아인 비유를 강해하면서 비유에 나오는 세 사람 중에 네 번째 사람이 그리스도라고 말했나. 이 비유에서 제사장이나 레위인은 강도를 당해 거의 죽게 된 사람을 그냥 지나치지만, 당시에 사람들에게 멸시받던 사마리아인에 속한 한 사람만이 그를 도와주었기 때문이라고 이유를 밝힌다.

392 바울이 예수 그리스도를 '죄'라고 한 것은 예수가 인류의 모든 죄를 짊어졌다는 의미이고, '저주받은 자'라고 한 것은 원래 저주받아야 할 인류를 대신해 '저주받은 자'가 되었다는 의미다.

393 구약 성경에서 이스라엘의 왕 다윗은 부하이자 장군인 우리아의 아내 밧세바와 간음하는 죄를 짓지만, 두 사람 사이에서 이스라엘의 가장 지혜로운 왕이자 최대 전성기를 이끈 솔로몬이 태어난다. 그리스도는 하나님의 아들로서 모세의 율법 아래에 있지

주에 취해 우리를 위해 자기 자신을 희생했으니 술주정뱅이라고 말한다면 어떻겠습니까? 그리스도는 지금까지 현자든 바보든 모든 사람이 베푼 것과 전혀 다른 가르침을 베풀었으니 이단이라고 말한다면 어떻겠습니까? 이렇게 그 자체로는 나쁜 뜻을 지닌 단어라 할지라도 성경에서 좋은 의미로 사용된 예를 찾아낸다면, 누가 그런 표현들에 반감을 품겠습니까?

이런 말을 하니 문득 생각나는 것이 있습니다. 나는 『격언집』에서 사도들을 실레노스[394]라고 불렀고, 그리스도에 대해서도 일종의 실레노스라고 불렀습니다. 무슨 말이든 부정적으로 듣는 사람들은 이 말도 악의적으로 해석할 수 있지만, 정말 이렇게 말한 것이 용납할 수 없는 일입니까? 신앙심 깊고 공정한 사람들이 나의 그 글을 읽는다면, 그것이 비유임을 알고 금세 수긍할 것입니다.

그런데 내가 단어들을 얼마나 신중하게 사용하고, 정제되고 완화된 표현을 사용하기 위해 애썼는지 당신이 말한 사람들이 알아차리지 못했다니 많이 의아했습니다. 나는 이렇게 말했습니다. "이왕 '사자 가죽'을 뒤집어쓴 김에 기독교인들이 온갖 고생을 마다하지 않고 얻으려 하는 행복이 일종의 어리석음이요 광기에 불과하다는 사실을 보여

않지만, 스스로 율법 아래에 있는 인간으로 태어나 율법의 저주를 받고 율법을 완성하며 타파함으로써 율법과 심판 아래에 있는 인간을 해방시켰다는 의미다.

394 이 내용은 『격언집』에 실렸다가 나중에는 단행본으로 출간된 『실레노스 알키비아데스』에 나온다. 실레노스는 고대 그리스 신화에 나오는 산과 들의 요정으로 지혜가 많기로 유명하다. 대개는 수염이 더부룩하고 술에 취한 노인으로 묘사된다. 사도들과 그리스도가 당시의 관습과 관행을 깨고 사람들이 보기에 술에 취한 듯 정상에서 벗어난 행동으로 광기와 어리석음을 드러냈지만, 사실은 가장 지혜로운 사람들이었다는 의미다.

우신예찬

드리고자 합니다. 내 말이 거슬릴지라도 귀를 틀어막지 말고 객관적인 사실에 주목해주기 바랍니다." 보셨습니까?

먼저 나는 우신이 지금부터 신앙과 관련된 아주 민감한 문제를 다룰 것인데, 이것을 하나의 해학으로 받아들이면 좋겠다는 의미로 속담을 가져와 '사자 가죽을 뒤집어쓴 김에'라고 말하며 민감함을 누그러뜨렸습니다. 또한 '어리석음이요 광기'가 아니라 '일종의 어리석음이요 광기'라고 표현했고, 곧바로 그런 구분을 설명했으므로 당신은 이 표현을 경건한 어리석음과 축복받은 광기로 이해해야 했습니다. 게다가 나는 거기에서 만족하지 않고, 내가 문자 그대로 말하는 게 아니라 비유적으로 말하고 있음을 분명히 하기 위해 '일종의'라는 표현을 덧붙였습니다. 특정한 단어들이 불러일으킬 수 있는 반감을 누그러뜨리기 위해 내가 사용하는 단어들에 주목하지 말고, 내가 무슨 말을 하고 있는지를 지켜봐달라고 부탁까지 했습니다. 나는 이 주제를 본격적으로 다루기에 앞서 이 모든 일을 한꺼번에 했습니다.

이 주제를 본격적으로 다룰 때에도 경건하지 않거나 신중하지 않게 말한 것이 전혀 없어 솔직히 우신에게는 어울리지 않는 말이 되어버리지 않았습니까? 하지만 나는 이 주제는 엄중하기 때문에 함부로 다루기보다 내용의 일관성을 포기하는 편이 낫고, 수사학을 지키기보나 경건한 신앙을 훼손하시 않는 편이 낫다고 생각했습니다.

이 주제를 모두 다룬 후에는, 우신 같은 익살스러운 인물을 등장시켜 이런 신성한 주제에 대해 말하게 한 것에 대해 분노하지 않도록 다음과 같이 용서를 빌었습니다. "나는 본분을 한참 망각하고서 '지켜야 할 선을 넘고 말았습니다.' 지금까지 말한 것이 다소 무례하거나 수다스럽게 보였다면, 내가 우신이고 여자여서 그러려니 감안해주십시오."

내가 누구에게도 상처를 주거나 반감을 불러일으키지 않기 위해 늘 애쓴다는 사실을 당신은 알 것입니다. 하지만 명제와 결론과 추론만 보고 다른 것들은 보지 않는 사람들은 그런 노력을 대수롭지 않게 봅니다.

이 책을 비방하는 사람이 한 명이라도 나올까 봐 서문에서 이 작은 책자가 어떤 책인지 미리 해명하지 않았습니까? 이러한 조치로 모든 공정한 사람은 충분히 납득했으리라고 나는 믿어 의심치 않습니다. 하지만 천성적으로 완고해서 만족할 줄 모르거나, 너무 어리석어 무엇이 충분한 것인지 알지 못하는 사람들을 상대로 내가 무엇을 할 수 있겠습니까? 시모니데스가 테살리아 사람들은 너무 우둔해 속아넘어가지도 않는다고 말했던 것처럼,³⁹⁵ 사람이 너무 어리석으면 달래는 것조차 불가능하다는 사실을 당신도 알 것입니다. 오로지 비방할 거리만 찾는 사람의 눈에는 그런 것만 보이는 것이 당연합니다. 이런 태도로 성 히에로니무스의 책들을 읽는다면 비방할 대목을 100군데는 찾아낼 것이고, 신학 박사들 중에 가장 기독교적이라는 성 히에로니무스의 책들에서 이단의 냄새가 나는 대목들도 찾아낼 것이며, 키프리아누스나 락탄티우스³⁹⁶를 비롯한 다른 신학 박사들이 쓴 책들에서도 그런 것

---

395 시모니데스(기원전 약 556-468년)는 고대 그리스의 서정시인이다. 기원전 480년 페르시아 전쟁 때 테르모필레에서 전사한 그리스 연합군의 전사자들을 노래한 묘비문으로 유명하다. 테살리아는 북부 그리스의 도시국가였다. 이 내용은 플루타르코스의 『영웅전』에 나온다.

396 키프리아누스(약 200-258년)는 가톨릭의 성인이자 교부다. 교리 논쟁에서 큰 업적을 남겼고, 중세에서 근세에 걸쳐 아우구스티누스를 비롯한 수많은 신학자들에게 영향을 끼쳤다. 락탄티우스(약 240-320년)는 로마의 기독교 신학자이자 호교론자로, 주로 그리스 이교 철학자들의 논리에 대항해 교육받은 이교도들을 대상으로 기독교 교리를 설명하는 글을 썼다.

들을 찾아내기 쉬울 것입니다.

재미로 쓴 글조차 신학자들의 검열을 받아야 한다는 말을 들어본 적이 있습니까? 그것이 옳다면 오늘날 시인들이 쓴 작품이나 재미로 쓴 글에는 그런 법을 적용하지 않는 이유가 무엇입니까? 신학자들이 시인들의 글을 검열한다면, 외설적이고 고대의 이교 냄새를 고약하게 풍기는 것들을 아주 많이 찾아낼 테지요. 하지만 신학자들은 시인들의 글을 진지하게 취급하지 않으므로, 자신이 관여해야 한다고 아무도 생각하지 않습니다.

하지만 나는 그런 사례를 앞세워 나 자신을 옹호하려는 것이 아닙니다. 나는 농담으로라도 기독교 신앙을 훼손하는 글을 쓰고자 하지 않습니다. 단지 사람들이 내가 쓴 글을 비방하기 위해 읽는 것이 아니라, 공정하고 정직한 마음을 갖고서 내 글을 진정으로 이해하려 애쓰고 제대로 이해주기만을 바랄 뿐입니다. 하지만 이런 글을 읽을 만한 타고난 능력도 없고 판단력도 부족한 사람들, 훌륭한 학문을 전혀 접해보지 못했을 뿐만 아니라 저급하고 엉터리인 기독교 교리를 배운 사람들, 아니 그런 교리에 물든 사람들, 끝으로 자신들이 알지 못하는 것을 아는 모든 사람을 적대시하고, 자신들이 이해하지 못했으면서도 올바르게 이해했다고 생각해 모든 것을 왜곡하는 것 말고는 할 줄 아는 게 없는 사람들을 고려하고, 그런 사람들에게 비방 당하지 않게 글을 쓰려면 아예 글을 쓰지 않는 것 말고는 다른 방법이 없습니다.

오로지 명성을 얻으려고 비방을 일삼는 자들도 있습니다. 학식에 대한 자기 확신과 무지가 결합되었을 때 가장 큰 허영심이 생기기 때문입니다. 그런 사람들은 명성을 얻고자 하는 강렬한 허영심이 정상적인 수단으로 채워지지 않으면, 이름 없이 살아가기보다 전 세계에서 가장 유명한 신전에 불을 질러 악명을 떨친 에페소스의 한 청년[397]을 본받는 쪽을 선택합니다. 그들은 세상에 읽힐 만한 글을 써서 출판할 능력이 되지 않기 때문에, 유명한 사람들이 밤새워 쓴 책들을 갈기갈기 찢어놓는 일에만 몰두합니다. 내가 말한 유명한 사람들이란 나 자신이 아니라 다른 사람들을 가리킵니다. 나는 아무것도 아닙니다.

　나는 『우신예찬』을 전혀 대단하다고 생각하지 않습니다. 그러니 이 책에 대해 이러쿵저러쿵 말이 많은 것에 대해 내가 화가 났으리라고 볼 필요가 없습니다. 내가 앞에서 말한 사람들은 전체 저작 중에서 일부 문장들을 뽑아내 문제가 있다느니 불손하다느니 표현이 잘못되었다느니 불경하다느니 이단의 냄새가 난다느니 트집을 잡지만, 이 모두가 내 책에서 찾아낸 결함이 아니라 그들이 만들어낸 것들입니다. 학자들이 열심히 연구해 글로 써낸 것을 호의적으로 바라보고 격려하고 힘을 실어주며, 어쩌다가 실수를 했을 경우에는 못 본 척 넘어가주거나 좋은 쪽으로 해석해주는 것이 비난거리를 악의적으로 찾아내 비방을 일삼는 것보다 훨씬 더 평화를 위한 길이고, 기독교의 고귀한 정신에도 부합하며, 신학자의 본분에도 맞지 않겠습니까? 히에로니무스가 말한 대로 서로를 비방하거나 고통을 주지 않는 가운데 성경을 연구하고 글을 쓰며 협력해서 가르치고 배운다면 훨씬 더 행복하지 않겠습니까? 그들이 전혀 중립적이지 않다는 점이 그저 놀라울 뿐입니다.

　그들은 어떤 책에서는 심각한 오류를 발견해도 말도 안 되는 이유

397　에페소스의 아르테미스 신전은 대단히 아름답고 장엄해 세계 7대 불가사의 중 하나로 꼽혔으나, 기원전 356년 10월 헤로스트라토스라는 한 청년이 불을 질러 신전 전체를 태웠다. 그는 방화의 이유로 '후세까지 회자될 나쁜 일을 저지르기 위해서'라고 밝혔다.

를 대며 그 저자를 옹호하지만, 어떤 저자들에게는 아주 적대적이기 때문에 아무리 조심해서 책을 썼더라도 그들의 비방을 피할 길이 없습니다. 그런 식으로 처신해 사람들을 갈기갈기 찢어놓고 자신도 남들에게 갈기갈기 찢기면서 시간을 낭비하느니, 그 시간에 그리스어와 히브리어를 배우거나 최소한 라틴어를 배우는 편이 훨씬 더 좋지 않겠습니까? 이런 언어들은 신학을 하는 데 중요합니다. 이런 언어들을 모르면서 신학자입네 하는 것은 내게 말할 수 없이 뻔뻔하게 보입니다.

존경하는 마르턴 씨, 나는 당신에게 호의를 갖고 있기 때문에 전에도 그랬듯이 지금도 당신의 학문에 그리스어 지식을 더하라는 권면을 계속해서 할 것입니다. 당신은 천부적인 재능이 있는 축복받은 사람입니다. 당신의 문체는 탄탄하고 활기차며 유려하고 표현력이 풍부합니다. 이것은 당신의 영혼이 건강할 뿐만 아니라 사고가 풍성하다는 것을 증명해줍니다. 당신은 나이로만 한창 때가 아니라 모든 면에서 푸르며 꽃을 피우고 있습니다. 그리고 일반적인 학문 과정을 성공리에 마친 상태입니다. 당신이 내 말을 믿고서 여기에 그리스어 지식을 더해 마침표를 찍는다면, 지금까지 여느 신학자들이 이루지 못했고 누구도 기대하지 못한 위대한 업적을 이루어낼 것이라고 장담합니다.

참된 신앙을 이루기 위해서는 인간의 모든 학문을 무시하고 오직 그리스도 안에서 변화되어가는 것이 더 나은 길이라고 생각할 수 있겠지요. 그 밖에 알아야 할 가치 있는 모든 것도 사람들이 쓴 책이 아니라 신앙의 빛을 통해 더 잘 알 수 있다고 생각할 수도 있습니다. 당신의 생각이 그렇다면 나도 그 생각에 기꺼이 동의합니다. 하지만 오늘날 인간 세상이 처한 상황 속에서 언어에 대한 지식, 특히 성경의 많은 부분을 기록할 때 사용된 그리스어 지식 없이 신학을 올바르게 알 수 있다고 생각한다면 완전히 잘못된 판단입니다.

　이 점을 내가 원하는 만큼 당신에게 설득할 수 있기를 바랄 뿐입니다. 당신이 나의 권고대로 하기를 이토록 간절히 원하는 것은 내가 당신을 사랑하고, 당신이 지닌 학문적 자질에 관심이 많기 때문입니다. 당신에 대한 나의 사랑과 관심은 말할 수 없이 큽니다. 나의 권고를 수긍할 수 없다면 한 친구의 간절한 소원을 들어주는 셈치고 시도라도 한번 해주십시오. 나의 권고가 친구로서 신뢰할 만한 것이 아님이 밝혀진다면 어떤 벌이라도 달게 받겠습니다. 당신에 대한 나의 사랑을 조금이라도 가치 있게 여기고, 우리의 조국이 같다는 데 조금이라도 의미를 두며, 학식이라 할 것도 없지만 그동안 인문학 분야에서 행해온 각고의 훈련을 다소 감안해주고, 내가 당신의 아버지뻘 되는 나이라는 점을 고려해, 설령 설득력이 떨어지더라도 나의 호의 또는 판단을 믿어주기 바랍니다.

　당신은 항상 내가 달변이라고 말하는데, 이 문제로 당신을 설득하지 못한다면 어떻게 내가 그 말에 동의하겠습니까? 당신을 설득하는 데 성공한다면, 나는 당신에게 권고했고 당신은 내 권고를 받아들인 것이 되므로 우리 두 사람 모두에게 기쁜 일이 될 것입니다. 지금도 당신은 나의 모든 친구 중에서 가장 사랑하는 친구지만, 나의 권고를 받아들인다면 내게 한층 더 소중한 친구가 될 것입니다. 이로써 당신이 자기 자신을 더 소중히 여기게 될 테니 말입니다. 만약 당신을 설득하지 못한다면, 당신이 나이가 좀 더 들어 경험이 쌓이고 현명해진 후에야 나의 권고가 맞았고 당신의 생각이 틀렸음을 깨닫게 될까 봐 걱정입니다. 언제나 그러하듯 그때 가서 잘못을 깨달았다 해도 바로잡기에 너무 늦었을 테니 말입니다. 그리스어를 알지 못한 상태에서 학문은 절름발이에 맹인 신세를 면할 수 없다는 것을 뒤늦게 깨닫고는 희끗한 머리를 하고 다시 학생 신분으로 돌아가 그리스어를 배우기 시작한 사람들의 이름을 끝없이 열거할 수 있습니다.

이 일에 대해서는 이제 충분히 말했으니 당신의 편지로 돌아가봅시다. 당신은 나에 대한 신학자들의 적대감을 누그러뜨리고 이전의 호의를 되찾으려면, 지혜를 예찬하는 글을 써서 『우신예찬』을 반박하고 취소하는 길밖에 없다며, 내게 그렇게 하라고 강력하게 권유했습니다. 친애하는 도르프 씨, 나는 나 자신 말고는 아무도 무시하지 않고, 가능하다면 모든 사람과 평화롭게 지내기를 바라기 때문에 기꺼이 당신의 권유대로 할 수 있습니다. 하지만 내가 그런 글을 쓴다고 해도 몇몇 편협하고 무식한 자들이 드러낸 적대감은 사라지기는커녕 한층 더 격렬해질 것을 알기에 그렇게 하지 않겠습니다. "잠자는 개는 내버려두고, 카마리나의 늪[398]은 건드리지 않는 것이 상책입니다." 내 생각이 틀리지 않다면, 독 오른 사람들은 시간이 지나면 수그러들 테니 내버려두는 편이 낫습니다.

이제 당신의 편지에서 또 다른 대목으로 가보겠습니다. 당신은 내가 히에로니무스의 저작들을 복원하는 일을 크게 반기며 그런 일들을 계속해달라고 격려했습니다. 이미 힘껏 달리고 있는데 더 빨리 달리라고 격려한 것입니다. 내게는 격려하는 사람만큼이나 나를 도와줄 사람도 필요합니다. 이것은 아주 어려운 작업이기 때문입니다.

지금부터 내가 하는 말이 거짓말 같다면 앞으로 내 말을 믿지 않

---

398 각주 211을 보라.

아도 좋습니다. 『우신예찬』에 크게 반발한 사람들이 내가 복원해서 출판할 히에로니무스의 저작들을 좋게 볼 리 없습니다. 내게 보였던 극심한 반감을 바실레이오스, 크리소스토모스, 나지안조스의 그레고리오스[399]에게도 보일 테지요. 그들이 지금은 나에 대해서만 비방하지만, 언젠가 더 격분하면 저 고명한 인물들에 대해서도 서슴지 않고 악담을 퍼부을 것입니다. 그들은 인문학을 두려워하고 있습니다. 인문학으로 인해 자신들의 독재가 무너질까 봐 두려워합니다. 이것은 내가 섣불리 추측해서 하는 말이 아닙니다. 내가 히에로니무스의 저작들을 복원 출판하는 작업을 시작하고 그 소문이 널리 퍼지자, 대단한 신학자로 알려져 있고 자신들도 그렇게 생각하는 몇몇이 출판업자에게 달려갔습니다. 그러고는 온갖 거룩한 명분을 들먹이며 그리스어나 히브리어는 백해무익하고 사람들의 호기심만 채우는 언어이니 그런 것이 조금이라도 들어간 책은 출판하지 말라고 신신당부를 했다지요.

그런 일이 있기 전 내가 영국에 있는 동안, 프란치스코 수도회의 한 수도사와 우연히 술을 마시게 되었습니다. 그는 요한네스 스코투스 에우리게나[400]를 열렬히 추종하는 자로서 대중적으로 아주 현명하다는 평판을 듣고 있었고, 스스로 생각하기에도 모르는 게 없는 사람이었습니다. 내가 히에로니무스와 관련해 하려는 작업을 설명하자 그는 무척 놀라면서 히에로니무스의 책들에는 신학자들은 알 수 없는 내

---

399 바실레이오스와 크리소스토모스는 각주 232를 보라. 나지안조스의 그레고리오스(약 329-390년)는 콘스탄티노플의 대주교이자 그리스 교부 중 한 명이다.

400 요한네스 스코투스 에우리게나(810-877년)는 아일랜드 출신의 신플라톤주의 철학자이자 신학자로 신플라톤주의 철학과 기독교의 창조론을 융합하려 했다. 그의 주저 『자연구분론』은 '15세기 동안의 철학 업적을 집대성한 궁극의 업적'으로 평가된다. 버트런드 러셀은 그를 가리켜 "9세기에 가장 놀라운 인물"이라고 평했다.

용이 들어 있다고 말했습니다. 하지만 그는 히에로니무스의 저작들에서 단 세 줄도 제대로 이해하지 못할 정도로 아주 무식한 자였습니다. 그런데도 이 친절한 사내는 히에로니무스의 책을 읽다가 의심스러운 대목이 나오면, 윌리엄 브리튼[401]이 그의 해설서에서 모든 것을 분명히 설명해놓았으니 그 책을 참조하라는 말을 덧붙였습니다.

친애하는 도르프 씨, 이런 신학자들을 위해 무엇을 해줄 수 있겠습니까? 그들의 두뇌를 치료해줄 의사가 나타나기를 바라는 것 말고 무엇을 바랄 수 있겠습니까? 하지만 신학자들의 모임에서 목소리를 높이고, 기독교 신앙이란 이런 것입네 선언하는 자들은 대체로 그런 부류입니다. 그들은 성 히에로니무스와 오리게네스[402]가 참된 신학자가 되기 위해 나이가 들어서도 배우려고 많은 노력을 기울인 언어들을 위험하고 극히 해로운 것으로 여기며 두려워하고 혐오합니다. 아우구스티누스[403]는 주교가 되고 나이가 든 후에 그의 저서 『고백록』에서 젊은 시절에 성경 해석에 유용한 언어들을 배우기 싫어했음을 한탄했습니다. 설령 그 언어들에 어떤 위험이 있다고 해도 그토록 지혜로운 분들이 배우려 했던 것이라면, 나는 위험을 무릅쓰고서라도 기꺼이 도전해

---

401 윌리엄 브리튼(1356년 사망)은 프란치스코회 소속의 신학자다. 여기에 어급된 그의 『해설서』란 『성경』에 나오는 모호한 단어들을 해설해놓은 『성경 어휘집』을 말한다.

402 오리게네스(약 185-254년)는 기독교에서 알렉산드리아 학파를 대표하는 신학자로 성경 주석으로 유명하고, 신학의 체계적 서술과 기독교에 대한 변증적 저술을 많이 남겼다.

403 아우구스티누스(354-430년)는 초기 기독교의 교부로 기독교 역사상 가장 위대한 신학자 중 한 명이다. 그의 신학 사상은 중세 신학의 밑거름이 되었다. 중세 신학의 초석이 된 토마스 아퀴나스(약 1224-1274년)의 『신학대전』은 아우구스티누스의 신학을 아리스토텔레스의 철학적 방법론으로 체계화한 것이다. 신앙 자서전 격인 그의 『고백록』은 가장 많이 읽히는 기독교 고전 중 하나다.

볼 참입니다. 호기심이 발동한 탓이라 해도 히에로니무스만큼만 거룩해질 수 있다면 더 바랄 것이 없습니다. 물론 그들이 히에로니무스의 업적을 호기심에서 나온 것이라고 낮추어 보고 그를 무시하는 것은 자기 기준에 따른 소치일 뿐입니다.

교황이 주재하는 추기경 회의에서 여러 언어를 대중에게 가르칠 박사들을 지명할 것을 의결한 오래된 교령이 존재합니다. 반면에 소피스트 철학이나 아리스토텔레스 철학에 대해서는 그 위험성을 지적하고 경계하면서 가르치는 데 의심을 표명한 교령은 있어도, 그런 철학을 가르쳐야 한다고 언급한 것은 없습니다. 많은 위대한 저술가도 그런 철학을 신학생들이 배워야 할 학과목으로 인정하지 않습니다. 그렇다면 우리가 교황의 권위로 허락한 것은 무시하고, 의심하거나 인정하지 않는 것은 배울 뿐만 아니라 소중히 여기는 까닭이 무엇입니까?

그럼에도 오늘날 아리스토텔레스도 성경과 동일한 일을 겪고 있습니다. 복수의 여신은 도처에 잠복해 있다가 그리스어를 멸시하는 사람들에게 보복합니다. 이들은 도처에서 환각에 빠져 있고 꿈꾸고 있으며 앞 못 보는 눈으로 좌충우돌하며 온갖 기괴망측한 것을 양산해냅니다. 이 저명한 신학자들 탓에 히에로니무스가 작성한 목록에 오른 수많은 저술가 중에 소수만이 오늘날 우리에게 전해지고 있습니다. 그렇게 된 이유는 단 한 가지, 저술가들이 우리의 신학 교수들이 알지 못하는 언어로 글을 썼기 때문입니다. 성 히에로니무스의 저작들이 훼손되어 온전히 전해지지 못한 것도 그 때문입니다. 그 저작들을 복원하려면 처음 집필할 때보다 더 많은 시간과 노력이 필요하게 되었습니다.

당신이 편지에서 세 번째로 쓴 신약 성경에 관한 글을 읽고서 나는 그동안 당신에게 무슨 일이 일어났는가, 당신의 날카로운 통찰력은 어디로 간 것인가 정말 의아했습니다. 당신은 그리스어 성경 본문이 현재의 라틴어 성경과 비교해 의미가 다르지 않다면 내가 기존의 라틴어 번역을 변경하길 원하지 않았고,[404] 우리가 일반적으로 사용하는 라틴어 성경에 어떤 결함이 있음도 인정하지 않았습니다. 당신은 교회 회의가 승인하고 모두가 받아들여 사용해오는 번역을 변경하는 것은 옳지 않다고 생각하는 듯합니다.

학식이 높은 도르프 씨, 당신이 쓴 것이 사실이라면, 히에로니무스와 암브로시우스[405]가 우리가 사용하는 라틴어 성경과 다르게 성경 본문을 인용하는 경우가 비일비재한 이유는 무엇입니까? 왜 히에로니무스는 그렇게 많은 번역 오류를 지적하고 바로잡았습니까? 그리스어 성경 사본들의 본문을 읽는 다른 방식이 있다면, 그 읽기가 히에로니무스가 인용한 예들 중 하나이자 가장 오래된 라틴어 성경 본문들과 일치하며 그 의미가 문맥에 훨씬 더 부합한다면, 당신은 어떡하겠습니까? 그럼에도 이 모든 증거를 무시하고, 필사자의 잘못으로 훼손되었

---

404 구약 성경은 히브리어와 아람어로, 신약 성경은 그리스어로 기록되었지만 중세시대에는 공식적으로 라틴어 성경이 사용되었다. 교황 다마수스 1세(재위 366-384년)는 당시 사용된 여러 라틴어 성경들이 성경 원문에 어긋나는 번역을 다수 포함하고 있음을 심각하게 여기고, 성 히에로니무스에게 새로운 라틴어 성경을 만들라고 명했다. 히에로니무스는 구약 성경의 히브리어 본문과 신약 성경의 그리스어 본문에서 직접 번역해 불가타 성경을 만들었는데, 이전 라틴어 역본들과 비교해 원문에 가깝다는 평가를 받았다. 트리엔트 공의회(1545-1563년)는 불가타 성경을 공식 성경으로 인준했다.

405 암브로시우스(340-397년)는 초기 기독교에서 4대 라틴 교부 중 한 명이다. 오리게네스가 창안한 알레고리적 성경 해석을 채택한 그의 설교를 듣고 아우구스티누스가 기독교로 회심했다고 한다. 이 일화는 아우구스티누스의 『고백록』에 자세히 나온다.

을지도 모르는 현재의 라틴어 성경을 고집하겠습니까?

나는 지금 성경에 거짓이나 잘못이 있다고 주장하는 것이 결코 아닙니다. 혹시 내 말을 그런 의미로 미루어 짐작한다면 오해입니다. 이 모든 것은 히에로니무스와 아우구스티누스 간의 싸움[406]과도 아무 상관이 없습니다. 눈먼 자라도 이 모든 것이 말하는 바를 분명히 볼 수 있습니다. 즉 번역자의 미숙함이나 경솔함 때문에 그리스어 성경 본문이 잘못 번역되기도 하고, 충실하고 올바르게 번역된 본문이 무식한 필사자들 때문에 훼손되기도 하며(이런 일은 매일같이 일어납니다), 어설픈 필사자들이 충분히 주의를 기울이지 않고 제멋대로 본문을 고치는 일도 일어났다는 것입니다. 그런 것들을 바로잡거나 복원하려는 사람은 오류를 제거하려는 것인데, 어떻게 그가 오류를 지지하거나 더하는 사람이 되겠습니까? 오류가 오류를 낳는 것이야말로 본문이 훼손되는 주된 이유입니다.

내가 라틴어 성경 본문에서 수정한 것들은 의미 자체보다는 강조점과 관련된 경우입니다. 물론 강조점이 의미상 중요할 때가 많습니다. 아무튼 라틴어 성경 본문이 올바른 길에서 완전히 벗어나 있는 경우도 드물지 않습니다. 그런 경우에 아우구스티누스나 암브로시우스나 힐라리우스[407]나 히에로니무스가 그리스어 성경 원본을 들여다보지

---

406 초기 기독교에서 4대 라틴 교부였던 히에로니무스와 아우구스티누스는 4-5세기에 서로 편지를 주고받으며 교리 논쟁을 벌였다. 여기에서 에라스무스는 성경 본문의 문제는 교리 논쟁과 아무 상관이 없다고 말한다.

407 힐라리우스(약 315-367년)는 초기 기독교의 라틴 교부다. 삼위일체 논쟁에서 아타나시우스를 지지하고 아리우스파와 논전을 벌여 '서방교회의 아타나시우스'라는 별명을 얻었다. 주요 저서로 『삼위일체론』이 있다. 고대로부터 기독교는 라틴어를 사용한 서방교회와 그리스어를 사용한 동방교회로 나뉘었고, 그리스어 신약 성경은 두 교회

못했다면 어떻게 되었을지 묻고 싶습니다.

그리스어 성경은 읽어도 된다고 교회법이 인정한 바입니다. 그런데도 당신은 그리스어 성경을 거부하고 어떤 식으로든 물리치거나 회피하려 합니다. 그리고 이전 시대에는 그리스어 성경이 라틴어 성경보다 정확했지만 지금은 정반대이므로 로마가톨릭교회의 가르침에 어깃장을 놓는 사람들의 책을 신뢰해서는 안 된다고 썼습니다. 나는 이 글이 정말 당신의 머리에서 나온 것인지 믿기 어렵습니다. 우리가 지금 기독교 신앙을 저버린 배교자들의 책을 읽으려 하는 것이 아니지 않습니까? 그렇다면 기독교 신앙과 아무런 상관없는 이교도에 불과한 아리스토텔레스의 책들에는 왜 그토록 권위를 부여하는 것입니까? 유대인들이 그리스도에게서 완전히 떨어져 나갔다고 해서 히브리어로 기록된 시편과 예언서들이 더 이상 우리에게 중요하지 않게 되었습니까?

동방정교회가 정통 로마가톨릭교회와 어떤 점들이 다른지, 그중에서 중요한 것은 무엇인지 한번 생각해보십시오. 여기에서 신약 성경이나 신약 성경의 본문과 관련된 사항은 하나도 없습니다. 두 교회 간에는 '휘포스타시스'라는 단어, 성령의 발현, 축성 의식,[408] 사제의 청빈, 로마 교황의 권한과 관련된 문제들만 논쟁이 되고 있습니다. 로마가톨

간에 논쟁의 근거가 되었다.

408 그리스어 '휘포스타시스'는 '위격' 또는 '실체'를 뜻하는데 서방교회는 전자의 의미로, 동방교회는 후자의 의미로 사용하며 서로 교리가 달라져 이 단어를 둘러싸고 논쟁이 벌어졌다. '성령의 발현' 논쟁은 기독교의 삼위일체론에서 성령이 오직 성부로부터 나오는지, 아니면 성부와 성자로부터 나오는지를 놓고 벌어졌다. '축성 의식' 논쟁은 사람이나 물건을 거룩하게 하는 의식을 행할 때 성령을 반드시 불러야 하는지에 관한 문제다.

릭교회가 주장하는 어떤 것도 훼손된 성경 본문에서 나오지 않습니다.

오리게네스, 크리소스토모스, 바실레이오스, 히에로니무스의 책들에서 동일한 해석을 본다면 당신은 뭐라고 말하겠습니까? 그들 중 누가 그리스어 성경 본문을 하나라도 훼손하고 왜곡했습니까? 그리스어 성경에서 훼손되고 왜곡된 본문을 하나라도 찾아낸 적이 있습니까? 그들이 자기 교리를 옹호하는 데 아무 소용없는 성경 본문을 훼손하고 왜곡할 이유가 어디 있겠습니까? 게다가 모든 학문 분야에서 그리스어가 라틴어보다 정확하다는 것을 인정한 사람이 키케로입니다. 그는 평소 그리스어를 달갑게 여기지 않았습니다. 그러나 그리스어 알파벳은 서로 확실하게 구별되고 강세 표시가 있으며 쓰기가 어려운 까닭에 오히려 오류가 생길 기회가 적고, 오류가 생겨도 바로잡기가 더 쉽다고 생각했습니다.

또한 당신은 지금 사용하는 라틴어 성경은 모든 공의회에서 인정한 것이므로 우리가 여기서 어긋나서는 안 된다고 썼습니다. 이는 대중적으로 통용되는 모든 것에 교회의 권위를 갖다 붙이는 평범한 신학자들의 행태를 답습하는 것에 지나지 않습니다. 현재의 라틴어 성경을 공인한 공의회가 있다면 한번 말해보십시오.[409] 저자가 누구인지 아무도 모르는 성경 역본을 누가 인정했습니까? 히에로니무스는 그의 저서 서문에서 자신은 라틴어 성경본을 인정하지 않는다고 증언하고 있습니다.

---

409 불가타는 트리엔트 공의회(1545-1563년)에서 처음 공인한 라틴어 성경이다. 그러므로 에라스무스 당시에 라틴어 성경을 공인한 교회 회의나 공의회는 없었다고 볼 수 있다.

설령 라틴어 성경을 공인한 공의회가 있다고 해도, 그리스어 원본 성경에 비추어 수정하는 것을 허용하지 않는 방식으로 공인했겠습니까? 또한 다양한 방식으로 라틴어 성경에 침투한 오류들까지 공인했겠습니까? 교부들이 다음과 같은 방식으로 라틴어 성경을 공인하는 결정을 했겠습니까? "우리는 이 판본의 저자를 알지 못하지만 이 판본을 공인한다. 가장 정확한 그리스어 성경 본문이 존재하고, 크리소스토모스나 바실레이오스나 아타나시우스나 히에로니무스가 성경을 읽는 다른 방식을 채택하고 있고, 그 읽기 방식이 복음서의 내용에 더 부합하더라도, 여타의 영역에서는 그 권위를 인정하겠지만, 그 방식으로 라틴어 성경 본문을 바꾸어 읽는 것은 허용하지 않는다. 이후에 필사자의 무지나 주제넘음, 무능력, 술 취함, 소홀함으로 생길 수 있는 오류와 왜곡, 첨가, 생략도 우리는 동일한 권위로 승인하고, 일단 받아들인 성경 본문의 수정은 누구에게도 허용하지 않는다." 이 얼마나 우스꽝스러운 교령이겠습니까? 그런데 당신이 교회회의나 공의회의 권위를 거론하며 나의 작업을 만류하는 것은 이런 식의 교령을 반포하는 것과 다를 바 없습니다.

끝으로, 라틴어 성경에도 여러 역본이 존재하고 본문이 서로 다르다는 사실을 안다면 우리는 뭐라고 말해야 합니까? 여러 역본이 서로 일치하지 않음을 교회회의들이 미리 알았을 텐데, 그런데도 라틴어 성경을 공인할 수 있겠습니까?

친애하는 도르프 씨, 나는 다만 로마 교황청이 이 문제를 다룰 기관을 설치해 충분히 시간을 두고 훌륭한 저술가들의 문헌을 세심하게 복원하며 수정된 성경 본문을 준비해서 간행하기를 바랄 뿐입니다. 하지만 그 기관에는 신학자임을 자처하지만 도저히 신학자라고 할 수 없는 자들을 참여시켜서는 안 된다고 생각합니다. 그들은 자신들이 배워서 알고 있는 것만 가치 있다고 생각하지만, 그중에 황당하기 짝이 없는 헛소리가 아닌 것이 과연 있던가요? 만일 그런 자들이 그 기관에 들어가 전횡을 일삼는다면, 고대의 최고 저술가들은 배척당할 것이고, 세상 사람들은 그자들이 지껄여대는 멍청하고 따분한 말들을 하나님의 말씀으로 받아들일 수밖에 없을 테지요. 그런 식으로 훌륭한 학문이 설 자리를 잃고 더 나은 학문에 접근할 수 없게 된다면, 나는 그런 자들 틈에 끼어 최고가 되느니 차라리 이름 없는 대장장이가 되어 살아가겠습니다.

그들은 자신들의 무지가 드러날까 봐 겁나서 어떤 것도 복원하거나 수정하기를 원하지 않습니다. 그들은 존재하지도 않는 공의회나 교회회의들의 권위를 들먹이며 내가 하는 일을 반대하고 기독교 신앙에 큰 위기가 올 것이라고 과장합니다. 수레를 끄는 것이 더 어울릴 자들이 마치 두 어깨에 교회를 떠받치고 있는 듯이, 무지하고 미신에 젖어 있는 대중에게 교회가 위기에 처했다고 떠벌리고 다닙니다. 대중은 그들을 진정한 신학자들로 여기고, 그들은 그러한 명성을 잃고 싶어 하지 않습니다. 그들은 성경을 잘못 인용할 때가 많은데, 그런 경우에 누군가가 그리스어 성경과 히브리어 성경이 지닌 참된 권위를 들어 반박하며, 그들이 제시한 것들이 헛소리이자 망상임을 백일하에 드러낼까 봐 두려워합니다. 성 아우구스티누스는 위대한 인물이고 주교였지만 한 살짜리 갓난아기에게 배우기를 주저하지 않았습니다. 반면에 내가 하는 일은 기독교 신앙을 전혀 혼잡하게 하지 않고 오로지 참된 학문을 지향할 뿐인데도, 지금 내가 말하고 있는 자들은 자기 무지가 드러나는 것이 두려워 참된 것을 밝히기보다 모든 것을 엉망진창으로 만들기로 작정한 자들입니다. 사정이 이러하므로 나는 이 일에 더욱 열심을 내지 않을 수 없습니다.

　필사자가 무식하거나 졸다가 잘못 필사했다고 해서, 번역자의 오역이 성경에서 발견되었다고 해서 사람들이 즉시 기독교를 저버린다는 위험은 전혀 없습니다. 사람들이 기독교를 버리는 이유는 따로 있지만, 여기에서는 언급하지 않는 것이 좋겠습니다. 어쨌든 논쟁을 버리고 공동의 유익을 위해 자기가 줄 수 있는 것을 다른 사람들에게 주고, 다른 사람들이 주는 것을 순수한 마음으로 받아들이는 것, 즉 오만함을 버리고 자기가 알지 못하는 바를 남들에게서 배우고, 시기심을 버리고 자기가 알고 있는 바를 남들에게 가르치는 것이 훨씬 더 기독교인다운 처신입니다. 그런데도 너무 무식해서 다른 사람을 제대로 가르칠 수 없거나, 너무 오만해서 다른 사람에게 배우려 하지 않는다면, 몇 안 되는 그런 자들은 무시하고 능력이 검증되었거나 전도유망한 사람들을 밀어주면 됩니다.

　나는 이제 막 작업을 마쳐 따끈따끈한 주해서 초고를 공정한 최고의 신학자들, 학식이 높은 주교들에게 보여주었습니다. 초고에 불과한데도 그들은 그 주해서가 성경을 이해하는 데 매우 유용하다고 인정해 주었습니다.

　당신은 로렌조 발라[410]가 나보다 먼저 이 작업을 했다고 말했는데,

410　로렌조 발라(1406-1457년)는 르네상스 시대 이탈리아의 언어학자이자 인문주의자다. 역사비평에 의거한 고전 본문 분석으로 유명하며, 중세 라틴어를 비판하고 키케로적인 라틴어로 돌아가야 한다고 주장했다. 또한 스콜라주의 신학과 교황의 권한을 비판했다. 로마가톨릭에서 사용하는 공식 성경인 히에로니무스의 불가타 라틴어 성경을 그리스어 신약 성경에 비추어 연구해 『신약 성경 주해』를 썼고, 가톨릭의 고해 성사와 면죄부를 비성경적으로 보고 비판했다.

나도 그 사람을 이미 알고 있습니다. 내가 바로 그의 주석서를 최초로 출간한 장본인이기 때문입니다. 나는 또한 자크 르페브르[411]가 쓴 바울 서신들에 관한 주석서도 보았습니다. 내가 나서지 않아도 될 정도로 그 작업의 완성도가 높았다면 얼마나 좋았겠습니까? 나는 로렌조 발라가 신학자가 아니라 수사학자로서 크게 칭찬받아 마땅하다고 생각합니다. 신학자들 중에도 성경을 통독한 사람이 적은데, 그는 그리스어 성경과 라틴어 성경을 비교하는 일에 몰두했기 때문입니다. 하지만 나는 여러 대목들, 특히 신학과 관련해 그와는 다른 견해를 가지고 있습니다. 그리고 자크 르페브르에 대해 말하자면, 내가 주석 작업과 씨름하는 동안에 그도 자신의 주석 작업을 하고 있었습니다. 우리는 서로 친밀한 대화를 나누었지만 유감스럽게도 각자의 계획에 대해서는 전혀 말하지 않았습니다. 그래서 그의 주석서가 출간되기 전까지 나는 그가 무슨 일을 하고 있었는지 몰랐습니다. 나는 그의 시도를 열렬히 지지합니다. 성경 해석과 관련해 여러 대목에서 그와 견해를 달리하지만, 특히 성경과 관련해 우정보다 진실을 앞세워야 하는 경우가 아니라면 모든 점에서 그 친구와 '한마음 한뜻'인 것이 기쁩니다.

하지만 나는 당신이 이 두 사람을 언급한 이유를 아직도 잘 모르겠습니다. 이 작업은 이미 진행되고 있으니 내가 할 필요가 없다고 말하려는 것입니까? 두 사람의 작업이 이미 진행되고 있다 해도 내가 여전히 이 작업에 힘써야 할 이유가 분명히 있습니다. 아니면 당신은 두

---

411 자크 르페브르(약 1450-1537년)는 프랑스의 인문주의자이자 신학자다. 아리스토텔레스의 철학과 함께 그리스어 신약 성경을 연구해 바울 서신, 복음서, 사도행전 등에 관한 주해서를 저술했다. 에라스무스가 이 편지를 쓸 당시에는 바울 서신에 관한 주해서의 초판본(1512년)만 출간되었다.

사람이 열심히 작업했지만, 그런 노고가 신학자들에게 인정받지 못했음을 말하려는 것입니까? 나는 로렌조 발라가 신학자들에게 지속적으로 반감을 샀다고 보지 않습니다. 또한 내가 듣기로 르페브르는 모든 신학자에게 인정을 받았습니다. 내가 하는 작업이 이 두 사람의 작업과 완전히 같다고 할 수 없음을 아시는지요? 로렌조 발라는 성경 본문들을 선별적으로 가볍게 다루고 있어 그 한계가 분명해 보입니다. 르페브르는 바울 서신들만 직접 번역하고, 라틴어 성경과 일치하지 않는 구절들에만 부수적으로 주해를 붙였을 뿐입니다.

반면에 나는 신약 성경 전체를 그리스어 원문에서 라틴어로 번역해 한 면에 수록하고, 그리스어 본문을 다른 한 면에 배치하여 누구나 쉽게 대조해서 볼 수 있게 했습니다. 그리고 주해를 본문에서 분리해 따로 두는 한편 그렇게 번역한 근거를 함께 제시했습니다. 또한 옛 신학자들의 권위 있는 설명을 덧붙여 내가 경솔하게 맹목적으로 수정하고 변경한 것이 아님을 보여주었습니다. 내가 수정한 내용이 신뢰할 만한 것이라는 확신을 주는 동시에 차후에 누군가가 함부로 변경할 수 없게 하기 위해서였습니다. 그저 심혈을 기울인 이 작업물이 활용되고 도움이 되기를 바라는 마음입니다. 교회와 관련해 나는 밤새워 작업한 것을 주교나 추기경, 심지어 교황(현재와 같은 교황이라면)에게 드리기를 두려워하지 않을 것입니다. 당신은 지금 내가 작업한 책의 출판을 반류하지만, 이 책이 나온 후에 이 책 없이는 성경과 관련된 여러 문제들을 올바르게 판단할 수 없음을 조금이라도 알게 된다면, 당신도 이 책의 출간을 축하해주리라고 믿습니다.

친애하는 도르프 씨, 당신이 한 가지 일을 행하여 이중으로 감사 인사를 받게 되었다는 사실을 알기 바랍니다. 당신은 친구들인 신학자들 대신에 그들의 뜻을 전하는 임무를 충실하게 수행했으니 그들에게 감사 인사를 받을 테지요. 그리고 내게 친구로서 조언하며 나에 대한 애정을 보여주니 나 또한 당신에게 감사 인사를 전합니다. 그러니 이번에는 내가 당신에게 허심탄회하게 말한 것들을 선의로 받아들여주기를 바랍니다.

당신이 현명하다면 그들의 조언이 아니라 나의 조언을 받아들일 테지요. 나는 당신이 잘되기를 바라며 조언하지만, 그들은 당신같이 탁월한 재능을 타고난 사람을 자기편으로 끌어들여 자기 세력을 강화하려고 애쓰는 것이기 때문입니다. 할 수만 있다면 그들에게 더 좋은 길을 추구하라고 하십시오. 그것이 불가능하다면 당신만이라도 최선의 길로 가야 합니다. 나는 당신이 그들을 더 나은 쪽으로 이끌기를 바라지만, 그것이 불가능하다면 적어도 그들이 당신을 더 나쁜 쪽으로 끌고 가지 않도록 조심해야 합니다. 당신이 그들의 생각을 내게 전달했던 것처럼 내 생각도 그들에게 전해주십시오. 그들을 달래고 설득해주십시오. 내가 이런 학문을 알지 못하는 사람들을 욕보이려는 게 아니라 모든 사람에게 유익을 끼치려 한다는 사실을 그들에게 알려주십시오. 내 연구의 결과물을 원치 않는 사람에게 강요하려는 게 아니라 원한다면 누구나 활용할 수 있게 하려는 것임을 알게 해주십시오. 나보다 더 올바르게 가르칠 수 있거나 가르치고자 하는 사람이 나타나면, 나는 언제라도 나의 판단을 폐기처분하고 기꺼이 그 사람을 따르려 한다는 뜻을 그들에게 전해주십시오.

장 데마레즈에게 안부를 전해주기 바랍니다. 내 친구 레이스터 헤라르가 그에게 헌정한『우신예찬』주해 때문에 이 책을 둘러싸고 논쟁이 벌어졌다는 사실을 그에게 알려주십시오.[412] 학식 높은 드네브, 성 베드로 학교를 맡고 있는 내 친구 니콜라스 판 베베런에게도 안부를 전해주기 바랍니다. 당신은 수도원장 메나르를 극찬했고, 나는 당신이 진실한 사람이라는 것을 알기에 그 말이 진정임을 믿어 의심치 않습니다.[413] 기회가 닿는 대로 나의 글에서 사랑과 존경을 담아 그에 대해 언급할 것입니다. 누구보다 아끼고 사랑하는 도르프 씨, 잘 지내십시오.

1515년 안트베르펜에서

---

412 레이스터 헤라르는 『우신예찬』 주해를 쓴 인물이다. 장 데마레즈는 에라스무스가 공부한 루뱅 대학교의 총장이었으며, 레이스터 헤라르도 그에게서 배웠다. 루뱅 대학교는 각주 351을 보라.

413 드네브는 루뱅에 있는 리 대학의 학장이다. 니콜라스 판 베베런은 프랑스 동부에 있는 부르고뉴의 백작 앙투안의 서자이자 에라스무스를 후원한 페러 가문의 일원이다. 메나르는 에그몬트 수도원의 원장이다. 10세기에 네덜란드의 에그몬트에 세워진 이 수도원은 베네딕투스 수도회 소속이다.

해제

박문재

에라스무스라는 이름을 들었을 때 가장 먼저 떠오르는 것은 『우신예찬』이다. 하지만 '우신'이라는 단어가 생소해서 이것이 무슨 책인지 알기는 어렵다. 당시에는 라틴어를 사용했기 때문에 이 책의 원래 제목은 '모리아이 엔코미움, 이드 에스트, 스툴티티아이 라우다티오'(MORIAE ENCOMIUM, ID EST, STULTITIAE LAUDATIO) 또는 줄여서 '모리아이 엔코미움'이다. '모리아이 엔코미움'은 '어리석음 예찬'을 뜻하는 그리스어 '모리아스 엥코미온'(Μωρίας ἐγκώμιον)의 라틴어 음역이다. '이드 에스트'는 '즉'이라는 뜻이며, '스툴티티아이 라우다티오'는 '어리석음 예찬'을 본래의 라틴어로 표현한 것이다. 여기에서 '모리아' 또는 '스툴티티아'는 '어리석음' 또는 '어리석음의 신'을 뜻한다. 서양에서는 고대 그리스와 로마 신화를 바탕으로 추상명사의 신격화가 얼마든지 가능하다. 따라서 '우신'(愚神)은 '어리석음의 신'을 뜻하는 한자어다. 그리고 이 책은 다른 사람이 우신을 예찬하는 내용이 아니라 우신이 연단에 올라가 직접 자신을 예찬하는 연설문이다.

여기에서 우리는 에라스무스가 어리석음을 예찬한 동기와 이유가 무엇인지, 어리석음을 예찬하는 것이 과연 옳은지 자연스럽게 묻게 된다. 지혜 예찬은 시대를 막론하고 이해되는 일이지만, 어리석음 예찬은 아무래도 심상치 않기 때문이다. 해제에서는 이러한 의문을 해결하는 데 필요한 사항들을 간단히 살펴보겠다.

1. 에라스무스의 삶과 주요 저작

(1) 청소년기

데시데리우스 에라스무스(1466-1536년)는 라틴식 이름이고, 네덜란드어로는 데시데리위스 에라스뮈스라고 읽는다. 그는 네덜란드 로테르담에서 태어났다고 해서 데시데리우스 에라스무스 로테로다무스(Desiderius Erasmus Roterodamus)라는 라틴어 필명을 사용했다. 그의 아버지 로허르 헤라르는 가톨릭 사제였고, 어머니는 외과의사의 딸인 마르가레타 로게리우스였다.

에라스무스는 9세에 네덜란드 데벤터르에서 공동생활형제단이 운영하는 최고의 라틴어 학교 중 하나에 들어갔다. 공동생활형제단은 14세기에 헤라르 흐로테가 네덜란드에 세운 로마가톨릭 계열의 경건주의 공동체다. 유럽에서 대학교가 아닌 학교에서 최초로 그리스어를 가르친 곳이기도 하다. 이 학교에서 에라스무스는 토마스 아 켐피스(1380-1471년)가 쓴 『그리스도를 본받아』를 접했고, 하나님과의 인격적 관계가 중요하다는 것을 알았지만 엄격한 규율과 통제는 싫어했다. 학교생활은 그가 17세인 1483년에 흑사병이 도시를 덮치는 바람에 그의 부모가 죽으면서 끝났다.

(2) 파리와 루뱅 시기

21세인 1487년, 그는 가난 때문에 아우구스티누스 수도회에 들어갔고, 1492년에 가톨릭 사제로 서품을 받았다. 얼마 후에는 뛰어난 라틴어 실력과 지식인이라는 명성 덕분에 프랑스 캉브레 교구 주교인 앙리의 비서가 되었고, 교황 레오 10세로부터 사제의 모든 의무를 면제받는다. 29세인 1495년, 그는 앙리 주교의 후원으로 파리 대학교의 몽태규 대학에서 학업을 계속했다. 이 대학은 원래 스콜라 철학과 신학의 본산이었지만, 당시에는 이미 르네상스 인문주의의 영향 아래에 있었고, 잔 스탄돈크가 주도하는 교회 개혁 운동의 중심지였다.

33세인 1499년, 그는 제4대 마운트조이 남작 윌리엄 블라운트의 제안으로 영국 여행에 동행했다. 윌리엄 블라운트(약 1478-1534년)는 영국에서 막강한 영향력을 지닌 궁정 귀족이자 존경받는 인문주의학자로서 인문주의 학문을 후원했다. 이때 에라스무스는 헨리 8세 시대에 영국 사상계를 주도하는 인물들을 만났고, 일생 그들과 교제와 우정을 나누었다. 영국 가톨릭 사제이자 기독교 인문주의자이며 교회 개혁가인 존 콜렛(1467-1519년), 영국의 대법관을 지내고 『유토피아』를 쓴 토머스 모어(1478-1535년), 영국의 가톨릭 추기경이자 신학자인 존 피셔(1469-1535년), 인문주의 학자이자 의사인 토머스 리너커(약 1460-1524년), 영국의 학자이자 옥스퍼드에서 그리스어를 가르친 윌리엄 그로킨(약 1446-1519년)이 그들이다. 이때 에라스무스는 옥스퍼드 대학교에서 잠시 가르쳤는데, 존 콜렛이 스콜라주의가 아니라 교부들과 유사한 방식으로 성경을 가르치는 데 깊은 감명을 받아 프랑스에 돌아와서는 3년 동안 그리스어 공부에 매진해 그리스어를 완전히 익혔다.

프랑스로 돌아온 그는 파리와 루뱅 등지에 머물면서, 1500년에는 이탈리아의 인문주의자이자 친구인 푸블리오 파우스토 안드렐리니(약 1462-1518년)와 함께 그리스와 라틴의 속담과 격언을 모은 『격언집』(*Adagia*)을 출간했다. 1503년에는 『기독교인 병사의 편람』(*Enchiridion militis Christiani*)을 출간한다. 기독교인의 삶이 어떠해야 하는가를 설파한 저작이다. 이 책에서 그는 수도원주의와 성인 숭배, 전쟁, 분파, 사회악을 다루면서 당시의 주된 악은 형식주의, 즉 그리스도의 핵심 가르침을 이해하지 않은 채 전통만 따라가는 것이라고 말한다. 그는 성직자란 일반 신자를 진리의 지식으로 가르치는 교육자로 규정하고, 개인의 영적 훈련, 교부들과 성경으로 되돌아가는 개혁을 역설한다. 또한 신약 성경은 순종해야 할 그리스도의 법이며 그리스도는 본받아야 할 대상이라고 쓴다.

1506년 그는 토리노 대학교에서 신학박사 학위를 취득한 후 1509년까지 이탈리아에 머문다. 거기에서 이탈리아 르네상스 시대를 대표하는 인문주의자 로렌조 발라(1406-1457년)의 『신약 성경 주해』를 발견하고 신약 성경 연구를 계속하기로 다짐한다. 1509년 영국으로 다시 건너가 토머스 모어의 별장에 잠시 머무는 동안 『우신예찬』을 썼다. 그 후 1514년까지 케임브리지 대학교의 퀸스 칼리지에서 신학교수로 재직했고, 종신교수 제안을 받았지만 거절했다.

그가 교회 개혁의 필요성을 가장 직접 설파한 저작 중 하나인 『실레노스 알키비아데스』는 1515년에는 『격언집』의 일부로, 1517년에는 단행본으로 출간되었다. 실레노스는 고대 그리스 신화에 나오는 산과 들의 요정으로 지혜롭기로 유명하고, 수염이 더부룩하며, 대부분 술에 취한 노인으로 묘사된다. 알키비아데스는 플라톤의 대화편에서 소크라테스가 방탕과 쾌락이 아닌 진리와 지혜를 구하며 살라고 간곡히 설득했던 방탕한 젊은이다. 이 글에서 에라스무스는 사도들이 겉보기에는 우스꽝스럽고 규범에서 벗어나 살아가는 것처럼 보이지만, 사실은 지혜로운 자들이라는 점에서 실레노스라고 말한다. 심지어 그는 그리스도조차 일종의 실레노스라고 말한다. 이는 겉으로 보이는 것과 진실이 서로 다르다는 점을 역설한 주장으로 『기독교인 병사의 편람』에서 당시에 만연한 형식주의를 주된 악으로 본 것과 일맥상통한다. 에라스무스가 사도들과 그리스도를 가리켜 실레노스라고 한 이유는, 사람들의 눈에 그들이 당시 관습과 관행을 깨고 술주정뱅이라는 말을 들을 정도로 정상에서 벗어나 광기 어린 행동을 하는 어리석은 자들로 보였지만, 사실은 가장 지혜로운 자들이었다는 뜻이다.

(3) 바젤 시기

1516년부터는 벨기에의 루뱅 대학교에서 강의했지만, 그는 1514년에 반대자들의 압박을 피해 스위스 바젤로 이주해 자유롭게 학문과 저술 활동을 한다. 유럽 전역에서 지지자들이 모여들었고, 주변에는 늘 헌신적인 친구들이 있었다. 그는 특히 유명한 출판업자인 요한 프로벤과 교제했다. 1516년에는 『기독교인 군주의 교육』을 바젤에서 출간하는데, 이 책은 스페인의 젊은 왕 카를로스에게 주는 조언을 담고 있다. 이 책에서 그는 군주는 명예심과 진솔함을 갖추고 백성의 종이 되어 사랑으로 섬겨야 한다고 말한다. 이는 1513년에 마키아벨리가 『군주론』에서 군주가 백성을 통솔하려면 사랑보다는 두려움의 대상이 되어야 한다고 말한 것과 대비된다.

그는 1512년부터 당시에 구할 수 있었던 그리스어 성경 사본들과 여러 판본의 라틴어 성경을 비교 대조, 1516년에 한 면에는 새로 번

우신예찬

역한 라틴어 신약 성경을, 다른 한 면에는 새롭게 확정한 그리스어 신약 성경을 수록한 『새로운 도구의 모든 것』(*Novum Instrumentum omne*)을 출간했고, 1519년에는 『신약 성경의 모든 것』(*Novum Testamentum omne*)으로 제목을 바꾸어 개정판을 출간했다. 1522년에 마르틴 루터는 이 개정판을 원문으로 삼아 그리스어 신약 성경을 독일어로 번역했다.

에라스무스가 그리스어 신약 성경이 함께 수록된 라틴어 성경을 펴내고, 다음해인 1517년 10월 31일, 마르틴 루터가 95개조 반박문을 게시하면서 개신교 종교개혁이 공식적으로 시작되었다. 당시에 에라스무스의 학문적 명성은 대단해 종교개혁 반대파인 로마가톨릭과 찬성파인 개신교 세력 둘 다 에라스무스를 자기편으로 끌어들이려 했지만, 에라스무스는 당파성과 거리가 먼 사람이었다. 그는 성직자의 부정부패를 비판할지언정 기존의 가톨릭교회의 교리나 체제를 부정하지는 않았다. 그러니 루터가 당시 유럽에서 가장 명망 있는 에라스무스의 지지를 받고자 했지만 거절당한 것도 당연했다.

에라스무스는 싸움이 아니라 평화를, 분열이 아니라 통합을 추구했기 때문에 루터의 가톨릭 비판에는 동의하면서도 개혁 방향과 방법에는 동의하지 않았다. 그뿐만 아니라 루터가 제시한 교리적 관점들, 특히 '인간의 자유의지' 관점에 문제가 있다고 보고, 1524년 『자유의지론』(*De Libero Arbitrio Diatribe, Sive Collatio*)에서 이를 비판했다. 루터는 1525년에 『노예의지론』을 써서 에라스무스의 자유의지론을 반박했다. 그러자 에라스무스는 1526년과 1527년에 다시 2부로 된 『히페라스피스테스』(*Hyperaspistes*)를 써서 루터를 반박했다. 루터는 에라스무스를 '독사', '거짓말쟁이', '악마의 입과 장기', '세상을 욕되게 한 자들 중에서 가장 사악한 자'라고 평가했다.

1529년 바젤 시가 종교개혁을 공식적으로 수용하자 에라스무스는 독일의 독립 도시 프라이부르크로 이주해 머물다가, 네덜란드 섭정 오스트리아 마리어(1505-1558년)의 초청으로 브라반트로 이주하기 위해 1535년에 잠시 다시 바젤로 돌아왔다. 그러나 급성위장염으로 인한 과다출혈로 갑자기 죽는다.

2. 르네상스 인문주의와 종교개혁

에라스무스의 생애를 살펴보면, 서유럽에서 르네상스라 불리는 인문주의 운동과 중세시대를 지배해온 로마가톨릭의 부패에 맞선 종교개혁이라는 신앙 운동이 맞물려 있는 때임을 알 수 있다. 결과적으로 두 흐름이 에라스무스의 삶과 글을 지배했다고 볼 수 있으며, 『우신예찬』도 그런 관점에서 보아야 한다.

(1) 르네상스 인문주의

르네상스(Renaissance)는 14-16세기 서유럽에서 발생한 문화운동으로 정의된다. '다시 태어남'이라는 뜻의 이 용어는 학문과 예술의 부활을 나타내고, 좀 더 구체적으로는 고대 그리스 로마 문화를 다시 소환해 부활, 발전시키려 한 사조를 가리킨다. 르네상스 시대의 개막은 서유럽에서 도시 국가 또는 도시들을 중심으로 경제 활동이 활발히 이루어지면서 경제력이 축적되고, 그 중심에 있던 부르주아의 등장으로 촉진되었다고 할 수 있다. 절대 왕정시대의 왕들이 봉건영주들에 맞서기 위해 귀족 및 신흥 시민 계급인 부르주아들과 손잡고 이전의 중농주의에서 벗어나 중상주의 정책을 펼친 결과다. 아울러 봉건영주들로 인해 중세시대의 장원 체제가 급격히 붕괴되어 농민들이 도시로 유입되면서 근대 시민사회의 토대가 형성되었다.

16-18세기의 절대 왕정시대는 중세 봉건사회에서 근대 시민사회로 이행하는 과도기로서 절대 왕정은 한편으로는 지방 분권주의였던 중세사회를 해체하는 역할을 했고, 다른 한편으로는 그들의 바람과는 달리 왕정 붕괴를 통해 근대 시민사회를 만들어가는 역할도 했다.

서유럽 체제가 변화되면서 중세 봉건사회를 유지해온 중추 세력이었던 로마가톨릭의 주도 아래 이루어진 체제도 약화될 수밖에 없었다. 따라서 로마가톨릭이 주도하는 철저한 기독교 독재 체제 아래에서 만연하던 온갖 부조리와 부패, 그 이면에서 억압받고 왜곡되었던 인간 지성과 문화에 변화가 일어나게 된 것도 당연했다. 도시의 귀족과 부르주아가 철저한 신본주의로 왜곡된 당시의 문화와 지성을 바꾸기 위해 눈 돌린 곳이 바로 인본주의가 꽃피었던 고대 그리스와 로마다. 이러한 경향은 1440년대 독일의 요하네스 구텐베르크(1397-1468년)가 활판 인쇄술을 처음으로 발명하면서 더욱 촉진되었다.

서유럽에서 14-15세기에 도시 국가들이 전성기를 맞이한 곳은 이탈리아였다. 특히 북부의 베네치아 공화국, 피렌체 공화국, 밀라노 공국, 남부의 나폴리 왕국 같은 도시 국가들이 강력한 세력을 형성하고 경쟁적으로 학자와 예술가들을 후원했다. 『신곡』을 쓴 단테(1265-1321년), 중세 가톨릭의 붕괴를 예견하고 스콜라주의를 배척하며 인문주의적이고 근대적인 면모를 보인 연애시 『칸초니에레』를 쓴 페트라르카(1304-1374년), 『데카메론』을 쓴 보카치오(1313-1375년) 등을 중심으로 인문주의자들은 고대 그리스 로마의 문화를 매개로 인간의 개성을 해방하고 완성하려는 노력을 전개했다. 그들은 낡은 기독교의 내세주의적 질곡으로부터 인간 해방을 부르짖고, 개인의 권리와 존엄성을 옹호했으며, 금욕주의 규범에서 벗어나 건전한 인간성을 자유롭게 발휘할 것을 주장했다.

이탈리아에서 본격적으로 시작된 르네상스 시대의 인문주의는 16세기에는 프랑스, 영국, 독일 등 유럽 전역으로 확산되어 『유토피아』를 쓴 토머스 모어(1478-1535년), 『우신예찬』을 쓴 에라스무스(1466-1536년), 『어느 무명 인사의 일기』를 쓴 후텐(1488-1523년) 등 걸출한 인물들을 배출했다.

(2) 종교개혁

서유럽은 19세기까지도 기독교 신앙이 지배하는 세계였기 때문에, 르네상스 시대의 인문주의도 한편으로는 고대 그리스 로마의 문화를 지향하는 경향과 함께 기존의 로마가톨릭을 개혁하려는 경향을 보인다. 르네상스 인문주의는 적극적으로는 새로운 사회 세력인 부르주아의 세계관을 정립하고 관철시키려는 운동인 동시에, 소극적으로는 로마가톨릭이 지배해온 중세시대의 세계관과 가치, 그로 인한 폐해를 타파하려는 운동이기 때문이다. 이 시대의 인문주의자들은 종교적인 이유로든, 비종교적인 이유로든 로마가톨릭을 비판했다. 이 운동이 종교계와 신학계에서 표출된 것이 공식적으로는 독일의 마르틴 루터가 1517년에 95개조의 반박문을 게시하면서 촉발된 종교개혁이다.

이 운동을 종교개혁이라고 하는 이유는 기존의 로마가톨릭을 유지하면서 단순히 폐단과 부패를 고치려는 것이 아니라, 그러한 부패를 발생시킨 로마가톨릭의 교리 자체를 잘못되었다고 부정함으로써 새로운 기독교 교파를 형성했기 때문이다. 종교개혁의 선구적 운동은 이전에도 꾸준히 있었지만, 마르틴 루터가 면죄부에 이의를 제기하면서 로마가톨릭의 교리를 총체적으로 문제 삼았다. 이 사건을 계기로 그동안 잠복해 있던 종교개혁 세력이 집결했고, 칼뱅(1509-1564년)이 등장해 스위스의 제네바를 중심으로 개신교 교리를 확고하게 정립해 사실상 종교개혁을 완성했다.

로마가톨릭 교리가 중세사회 체제를 밑받침했다면, 개신교 교리는 근대 시민사회 체제를 밑받침했다. 이것은 교회 정치 체제에서 로마가톨릭이 교황 중심의 철저한 성직 위계제를 근간으로 중앙집권적이었던 반면에, 개신교는 교황권을 부정하고 개교회주의를 채택함으로써 분권주의 형태를 취했다는 데서 가장 잘 드러난다. 성직 위계제와 성직 권위주의를 떠받치던 7성사, 성체 성사(성찬)와 관련된 화체설, 성모 마리아와 성인 숭배가 개신교에서는 전면 부정되었다. 예컨대 개신교는 죄를 용서하는 권한을 사제에게서 박탈해 하나님에게로 다시 돌린다. 개신교의 이런 교리는 교황과 성직자들의 권위주의적 지배에서 벗어나고 싶었던 왕들과 신흥 귀족들, 유력한 부르주아들, 인문주의자들의 가치관과 이해관계에 부합했다.

인문주의자들은 당시에 통용되던 라틴어 말고도 그리스어를 익혔고, 기독교에 관심이 있는 경우에는 히브리어도 익혔다. "근원으로 돌아가자"(Ad fontes, 아드 폰테스)라는 르네상스의 표어는 기독교에도 그대로 적용되어, 여러 성경 번역본 중 하나에 불과한 라틴어 성경이 아니라 그리스어로 쓰인 신약 성경 원문과 히브리어로 쓰인 구약 성경 원문을 연구하려는 움직임으로 이어졌다.

로마 황제 콘스탄티누스 1세(274-337년)가 313년 밀라노 칙령으로 기독교를 공인해 합법화한 이후로, 기독교는 여러 판본의 라틴어 성경을 사용했고, 신앙과 신학에 주춧돌을 놓은 교부들도 등장하기 시작했다. 『우신예찬』에서 주로 언급하는 교부들은 히에로니무스(약 345-419년), 암브로시우스(340-397년), 바실레이오스(약 329-379년), 아우구스티누스(354-430년), 나지안조스의 그레고리오스(약 329-390년) 등 모두 기독교가 공인된 후 등장한 인물들이다. 최고의 교부라고 할 수 있는 아우구스티누스는 자서전 격인 『고백록』에서 "공인된 종교가 아니었다면 나는 기독교를 믿기 힘들었을 것"이라는 말도 했다.

하지만 기독교가 교황을 중심으로 로마가톨릭 체제를 공고히 하고 성직 위계제와 7성사를 토대로 절대 권력으로 군림하면서 오랜 세월 중세시대를 완벽하게 지배하게 되자, 기독교의 신앙과 교리는 타락하고 온갖 부패와 폐해가 나타난다.

(3) 스콜라주의

신학에서는 이성적 사유를 통해 진리를 탐구하는 가운데 특히 가톨릭 교리를 학문적으로 체계화하려는 조류가 등장해 9-15세기까지 유럽의 정신세계를 지배했다. 이러한 철학 및 신학 조류는 중세시대의 수도원 학교에서 시작되고 발전되었다. 스콜라주의라는 이름은 중세 수도원의 교사나 학생을 지칭하는 라틴어 '스콜라티투스'에서 유래했다.

에라스무스가 『우신예찬』에서 언급하는 스콜라주의 학자들은 주로 실재론을 주장한 둔스 스코투스(1266-1308년), 유명론을 주장한 윌리엄 오컴(약 1300-1349년), 토마스 아퀴나스(1224-1274년), 토마스 아퀴나스의 스승 알베르투스 마그누스(약 1193-1280년)다. 초기와 중기의 스콜라주의는 토마스 아퀴나스의 『신학대전』으로 결실을 맺는다. 『신학대전』은 당시 가톨릭에서 통용되던 신학을 신플라톤주의 철학과 아리스토텔레스 논리학을 사용해 체계화한 것으로 철학과 신학의 치밀한 결합을 잘 보여준다. 하지만 에라스무스는『우신예찬』에서 기독교 신앙과 아리스토텔레스가 무슨 상관이 있느냐고 반문한다. 신앙은 철저하게 성경에 근거해야 한다는 말이다.

토마스 아퀴나스의 신학에 반기를 든 이는 둔스 스코투스이고, 둔스 스코투스의 신학을 반박한 이는 윌리엄 오컴이다. 둔스 스코투스의 추종자인 스코투스주의자들은 아우구스티누스 사상을 아리스토텔레스 철학에 접목해 신플라톤주의 철학과 아리스토텔레스 논리학을 기반으로 삼은 토마스주의자와 대립했다. 윌리엄 오컴은 감각으로 받아들인 직관적 인식만이 지식의 유일한 원천이라고 주장하고 보편을 부정함으로써 유명론의 선구자가 되었다. '실재론'과 '유명론'은 중세부터 근대까지 이어진 유명한 '보편 논쟁'과 관련이 있다. 실재론자는 보편자가 개별자 안에 실현되어 있다고 보는 반면에, 유명론자는 보편자는 존재하지 않고 하나의 추상적 개념으로만 존재한다고 본다. 스콜라주의는 9-12세기에 시작되어 13세기 토마스 아퀴나스에 이르러 전성기를 맞이한 다음, 14-16세기에는 둔스 스코투스와 윌리엄 오컴을 중심으로 온갖 논쟁을 일삼는 파괴적인 사조로 변질된다. 에라스무스가『우신예찬』에서 '새로운 신학'이라고 지칭한 것이 바로 이것이다.

에라스무스 당시의 로마가톨릭은 교회나 실천과 관련해서는 성직자들의 타락과 부패로 곪아 있었고, 신학적으로는 기독교의 가르침을 왜곡하고 쓸데없는 논쟁에 매몰된 스콜라 신학자들의 전횡으로 몸살을 앓고 있었다. 이제 에라스무스의 생애와 그의 시대에 비추어『우신예찬』을 살펴보자.

3. 에라스무스와 『우신예찬』

(1) 저작 동기

에라스무스는 『우신예찬』을 어떤 상황에서 무슨 목적으로 집필하게 되었는지 '로테르담의 데시데리우스 에라스무스가 친구 토머스 모어에게'에서 자세히 밝힌다. 그는 이탈리아의 토리노 대학교에서 1506년 신학박사 학위를 받고 3년 정도 더 머물다가 케임브리지 대학교에서 강의하기 위해 43세인 1509년 영국으로 건너가, 런던 시의 버클러스베리에 있는 친구 토머스 모어의 별장에 잠시 머물게 되었다. 그곳에서 그는 33세인 1499년 제4대 마운트조이 남작 윌리엄 블라운트의 제안으로 그의 영국 여행에 동행했을 때 사귄 토머스 모어를 비롯해 영국의 인문주의자들과 나눈 이야기들을 떠올렸다. 그는 지병인 신장병의 고통을 잊고 무료한 시간을 메우기 위해 소품인 『우신예찬』을 일주일 만에 써내려갔다. 그리고 이 원고를 친구들에게 보여주었는데, 친구들이 자신의 허락도 받지 않고 1511년에 이를 출간해버렸다고 한다. 에라스무스가 가벼운 마음으로 쓴 것과 달리 이 책은 선풍적인 인기를 끌었고, 르네상스 시대에서 가장 주목할 만한 저작 중 하나로 개신교 종교개혁의 초기에 중요한 역할을 한 것으로 평가받는다.

(2) 내용과 구성

『우신예찬』은 우신(어리석음의 신)이 자기 자신을 예찬하는 연설문 형식으로 되어 있다. 에라스무스가 풍자 형식으로 글을 쓴 것은 그와 토머스 모어가 얼마 전에 그리스 풍자작가 루키아노스(약 125-180년)의 저작을 라틴어로 번역한 영향이 컸던 것으로 보인다.

『우신예찬』은 크게 세 부분으로 구분할 수 있다. 첫 번째 부분에서 우신은 먼저 자기가 누구인지 소개하며, 자기는 생명 탄생의 주역이고 삶에 쾌락을 더해주기 때문에 자기야말로 최고의 신이라고 주장한다(1-15장). 그런 후 이성과 정념, 남자와 여자, 술자리, 우정, 결혼 등에서 '어리석음'이 구체적으로 어떤 영향력을 발휘하는지 보여주면서 우신 없이 인간 사회는 존재할 수 없다고 말한다(16-21장). 그리고 철학자들은 일상의 일에도 서툴고 쓸모없는 자들인 반면에, 국가와 영웅을 탄생시키고 국가의 모든 제도를 유지시키고 온갖 기예를 탄생시킨 것이 '어리석음'이므로, 진정으로 유익한 것은 '지혜'가 아니라 '어리석음'이라고 설파한다(22-28장). 진정한 분별력도 우신에게서 나오고, 모든 행복의 근원이자 중심도 우신이며, 반대로 현자는 불행의 중심에 있다고 말한다(29-37장). 이어서 우신은 어리석음을 광기와 자아도취에도 연결시킨다(38-46장). 여기까지는 우신이 자신을 합리화하는 해학이 전면에 부각된다.

첫 번째 부분에서는 어리석음을 해학적으로 풀어갔다면, 두 번째 부분에서는 비판이 주를 이루는 풍자로 나아간다. 즉 모든 신은 특정 지역에서 숭배받지만 우신인 자신은 온 세상에서 숭배를 받는다면서 도처에 널린 우신 숭배자들을 하나하나 열거한다. 선생, 시인, 수사학자, 서술가, 법률가와 변승가, 철학자, 신학자, 수도사, 군수, 궁성 귀족, 주교, 추기경, 교황, 사제(47-61장) 등. 여기에서는 우신이 자신의 추종자들을 자랑스럽게 열거한다기보다 에라스무스가 나서서 나쁜 의미의 어리석음을 비판한다. 본격적인 풍자인 셈이다.

세 번째 부분에서는 풍자에서 역설로 나아가 우신이 아닌 에라스무스가 전면에 등장해 여러 유명한 저술가들과 성경을 중심으로 기독교인들의 신앙을 좋은 의미의 어리석음으로 해석해 제시한다. "기독교인들의 행복은 광기와 어리석음"이고 "기독교인들이 받을 최고의 상은 광기"라고 설파하는 데서 『우신예찬』의 절정을 이룬다.

이렇게 『우신예찬』은 해학에서 풍자로, 풍자에서 역설로 진행하면서 마치 플라톤의 대화편에서 소크라테스가 에로스 신을 나쁜 에로스와 좋은 에로스로 구별했던 것처럼 어리석음의 어두운 면과 밝은 면을 모두 드러낸다.

(3) 『우신예찬』에 나타난 에라스무스 사상

에라스무스는 루뱅 대학교 총장 마르턴 판 도르프에게 쓴 답장 편지에서 자신은 『기독교인 병사의 편람』이나 『기독교인 군주의 교육』 같은 책에서 쓴 내용을 『우신예찬』에서는 풍자 형식으로 표현한 것일 뿐이라고 밝힌다. 그의 말대로 『우신예찬』에는 당대의 상황 속에서 그가 겪으며 생각한 모든 것이 함축적으로 표현되어 있다.

먼저 에라스무스는 시대적 상황과 삶의 이력으로 말미암아 가톨릭 신앙과 떼려야 뗄 수 없는 관계에 있었다. 당시에 가톨릭 신앙은 하나의 종교가 아니라 모든 사람이 어떤 식으로든 반응할 수밖에 없는 공기와 같았다. 게다가 에라스무스는 가톨릭 사제인 아버지를 두었고, 소년기에는 수도원 소속의 라틴어 학교에서 공부했으며, 장성해서는 아우구스티누스 수도원에 들어가 사제가 되었다. 그는 프랑스의 캉브레 교구의 주교였던 앙리의 비서로 일했고, 그의 후원으로 당시 신학의 중심지인 파리 대학교에서 신학을 공부했으며, 이탈리아의 토리노 대학교에서 신학박사 학위를 받았다. 따라서 가톨릭 신앙에 대한 그의 입장은 여러 모로 중요한 의미를 지닌다.

전체적으로 말해 에라스무스는 가톨릭 교리가 아니라 가톨릭 성직자들과 신학자들의 부패가 문제라고 보았다. 실제로 그는 개신교 종교개혁에서 공격한 주요 가톨릭 교리들, 즉 성모 마리아와 성인 숭배, 7성사, 성직 위계제, 성체 성사와 관련된 화체설을 부정하지 않았으며, 단지 그런 것들을 둘러싼 미신과 부패만을 비판했다. 『우신예찬』이 개신교 종교개혁의 공식 시발점인 마르틴 루터의 95개조(1517년)가 나오기 6년 전에 출간되어 선풍적인 인기를 끈 데는 시대적으로 무르익은 종교개혁의 기운이 큰 영향을 미쳤다고 볼 수 있다. 가톨릭의 미신과 부패는 당시 인문주의자와 신학자를 비롯해 깨어 있는 모든 지식인의 공통된 화두였고, 『우신예찬』은 그러한 시대 상황을 고스란히 담아내 에라스무스 자신도 놀랄 정도로 하나의 기폭제이자 뇌관으로 작용했다. 정작 에라스무스는 개신교 종교개혁과는 거리가 먼 인물이었다. 그는 단지 가톨릭의 미신과 부패가 척결되기만을 바랐다. 이러한 태도는 그의 신앙관 및 성품과 연결되어 있었다.

에라스무스는 『우신예찬』과 도르프에게 보낸 편지에서도 기독교 신앙의 본질이 교리에 있지 않고 삶에 있음을 직간접적으로 강조한다. 『우신예찬』에서 특히 기독교인의 신앙적인 삶과 아무 상관없는 주제들을 들고 나와 쓸데없이 논쟁만 일삼은 스콜라주의 신학자들을 강하게 비판한다. 그는 신앙의 신비는 이성과 논리로 풀 수 없는 것들이 많으므로 논쟁이 아니라 사랑에 의거한 삶으로 해결해야 하며, 신학자는 바른 성경과 경건과 사랑으로 사람들을 지도해야 한다고 말한다.

에라스무스는 가톨릭 성직자들과 신학자들이 미신에 빠지고 부패한 원인이 교리가 아니라 신앙적 양심과 경건을 지니지 못한 데 있다고 생각했다. 그래서 혁명적인 교회 개혁을 생각하지 않았을 뿐만 아니라 적극 반대했다. 이것은 개신교 종교개혁을 이끈 마르틴 루터의 교리를 반박하기 위해 쓴『자유의지론』과『히페라스피스테스』에서 좀 더 분명히 드러난다. 에라스무스의 '자유의지'와 마르틴 루터의 '노예의지'는 두 사람의 차이를 극명하게 보여준다. 노예의지는 철저히 신앙과 구원에 목숨 건 사람이 최후에 붙잡은 생명줄인 반면에, 자유의지는 인간의 가치를 극대화하고 인간성을 억압하는 것에서 해방됨을 지향하는 인문주의의 중심에 있기 때문이다. 인문주의를 급진파와 온건파로 나눈다면, 에라스무스는 인문주의를 통해 가톨릭 신앙을 올바른 방향으로 세우려 한 인물이라고 볼 수 있다. 그의 입장에서 개신교 종교개혁은 신앙으로 인간을 해방하기보다 억압하려는 스콜라주의의 또 다른 형태로 느껴졌을지도 모른다. 그래서 그는 라틴어와 그리스어에 대한 해박한 지식을 토대로, 초기 교부들의 역사적 저작들과 그리스어 성경 연구를 통해 억압적이고 부패한 스콜라주의 신학자들을 비판하고 기독교의 바른 신앙을 세우고자 애썼다.   .

4. 텍스트

『우신예찬』은 1511년 프랑스 파리의 질 드 구르몽 출판사에서 처음 출간되었고, 초판본부터 에라스무스가 토머스 모어에게 보낸 편지가 서문으로 사용되었다. 1512년에는 저자가 직접 초판본의 오류들을 고친 개정판이 파리의 요두쿠스 바디우스 출판사에서 출간되었다. 1514년에는 스트라스부르크의 마티아스 쉬러 출판사에서 두 번째 개정판이 출간되었고, 1522년에는 스위스 바젤의 요한 프로벤 출판사에서 여섯 번째 개정판이 출간되었으며, 1532년에는 히에로니무스 프로벤과

우신예찬

니콜라우스 에피스코피우스에 의해 같은 출판사에서 최종본이 출간된다. 1515년 5월에 에라스무스가 마르턴 판 도르프에게 보낸 편지는 1515년 8월에 출간된 판본부터 부록으로 추가된다.

본서는 1532년 요한 프로벤 출판사에서 출간한 최종본을 대본으로 사용했다(Desiderius Erasmus Roterodamus, *MORIAE ENCOMIVM, ID EST, STVLTITIAE LAUDATIO*, Basel: Froben, 1532). 이 최종본에는 '에라스무스가 마르턴 판 도르프에게 보낸 편지' 외에도 세 편의 편지가 부록으로 들어가 있고, 레이스터 헤라르의 『우신예찬』 주해가 함께 수록되었는데 아주 자세하여 본문보다 분량이 더 많다고 느껴질 정도다. 본서에서는 그중 『우신예찬』과 1515년 이후의 모든 판본에 수록된 '에라스무스가 마르턴 판 도르프에게 보낸 편지'를 번역했고, 레이스터 헤라르의 주해를 참고해 각주를 달았으며, 나머지 세 통의 편지는 에라스무스가 500여 명이 넘는 유명인사들과 주고받은 편지들의 일부이므로 번역에서 제외했다.

『우신예찬』은 하나의 긴 연설문으로 원래 장이나 단락 구분이 없다. 하지만 이 책에서는 독자의 편의를 위해 중세와 근대를 지나며 형성된 장 구분을 사용했으며, 각각의 장에 적절한 제목을 붙였다. 각 장의 제목만 읽어보아도 『우신예찬』의 전체 내용을 짐작해볼 수 있다. 영역본으로는 Betty Radice, *Praise of Folly*, Penguin Classics(London: Penguin Books, 1993)와 Hoyt Hopewell Hudson, *The Praise of Folly: Updated Edition*, Princeton Calssics 91(Princeton and Oxford: Princeton University Press, 2015)을 참고했다. 성경은 라틴어에서 직접 번역했고, 성경의 책명과 인명은 대한성서공회의 『개역개정판』(1998년)을, 외래어는 국립국어원의 외래어 표기법을 기준으로 삼았다.

에라스무스 연보

1466년	네덜란드 로테르담에서 가톨릭 사제의 아들로 태어남.
1475-1483년(9-17세)	네덜란드 데벤터르에서 공동생활형제단이 운영하는 최고의 라틴어 학교에서 수학함.
1483년(17세)	데벤터르에서 부모가 흑사병으로 죽음.
1487년(21세)	아우구스티누스 수도회의 수도사가 됨.
1492년(26세)	가톨릭 사제로 서품을 받음.
1495년(29세)	프랑스 캉브레 교구의 주교 앙리의 비서가 됨.
1495-1499년(29-33세)	앙리 주교의 후원으로 파리 대학교에서 신학을 공부함.
1499년(33세)	윌리엄 블라운트 남작과 동행한 제1차 영국 여행에서 토머스 모어, 존 콜렛을 비롯한 인문주의자들과 교제함.
1500년(34세)	『격언집』 초판본 출간.
1503년(37세)	『기독교인 병사의 편람』 출간.
1504년(38세)	『필립 대공 송덕문』 출간.
1505-1506년(39-40세)	제2차 영국 여행.
1506년(40세)	이탈리아 토리노 대학교에서 신학박사 학위를 받음.
1506-1509년(40-43세)	이탈리아에 머물면서 『격언집』 증보판 출간.
1509-1514년(43-48세)	제3차 영국 여행에서 『우신예찬』 집필 후 케임브리지 대학교에서 그리스어를 강의함.

1511년(45세)	『우신예찬』 초판본 출간.
1514년(48세)	바젤로 이주해 1529년까지 체류함.
1515년(49세)	『실레노스 알키비아데스』 출간.
1516년(50세)	벨기에 루뱅 대학교에서 강의함. 새롭게 번역한 라틴어 본문을 대조하여 수록한 그리스어 신약 성경 『새로운 도구의 모든 것』 출간. 『기독교인 군주의 교육』 출간.
1519년(53세)	『새로운 도구의 모든 것』을 『신약 성경의 모든 것』으로 제목을 바꾸어 출간.
1524년(58세)	『자유의지론』 출간.
1529년(63세)	바젤 시가 개신교 종교개혁을 받아들이자 프라이부르크로 이주함.
1532년(66세)	『우신예찬』 일곱 번째 개정판인 최종본 출간.
1535년(69세)	바젤로 잠시 돌아옴.
1536년(70세)	바젤에서 급성위장염으로 인한 출혈로 죽음.

옮긴이 **박문재**

서울대학교 법과대학 법학과와 장로회신학대학교 신학대학원 및 동 대학원을 졸업했으며, 독일 보쿰
대학교에서 수학했다. 또한, 고전어 연구기관인 비블리카 아카데미아Biblica Academia에서 오랫동안 고
대 그리스어와 라틴어를 익히고, 고대 그리스어와 라틴어 원전들을 공부했다. 대학 시절에는 역사와
철학을 두루 공부했으며, 전문 번역가로 30년 이상 인문학과 신학 도서를 번역해왔다.

역서로는 『자유론』(존 스튜어트 밀), 『프로테스탄트 윤리와 자본주의 정신』(막스 베버), 『실낙원』(존 밀
턴) 등이 있고, 라틴어 원전을 번역한 책으로 『고백록』(아우구스티누스), 『철학의 위안』(보에티우스),
『유토피아』(토머스 모어) 등이 있다. 그리스어 원전에서 옮긴 아우렐리우스의 『명상록』과 『소크라테
스의 변명·크리톤·파이돈·향연』, 『아리스토텔레스 수사학』, 『아리스토텔레스 시학』, 『이솝우화 전
집』 등은 매끄러운 번역으로 독자들의 호평을 받고 있다.

현대지성 클래식 45

우신예찬

1판 1쇄 발행 2022년 10월 20일
1판 2쇄 발행 2023년 12월 11일

지은이 에라스무스
옮긴이 박문재
발행인 박명곤 **CEO** 박지성 **CFO** 김영은
기획편집1팀 채대광, 김준원, 이승미, 이상지
기획편집2팀 박일귀, 이은빈, 강민형, 이지은
디자인팀 구경표, 구혜민, 임지선
마케팅팀 임우열, 김은지, 이호, 최고은

펴낸곳 (주)현대지성
출판등록 제406-2014-000124호
전화 070-7791-2136 **팩스** 0303-3444-2136
주소 서울시 강서구 마곡중앙6로 40, 장흥빌딩 10층
홈페이지 www.hdjisung.com **이메일** support@hdjisung.com
제작처 영신사

ⓒ 현대지성 2022

"Curious and Creative people make Inspiring Contents"
현대지성은 여러분의 의견 하나하나를 소중히 받고 있습니다.
원고 투고, 오탈자 제보, 제휴 제안은 support@hdjisung.com으로 보내 주세요.

현대지성 홈페이지

현대지성 클래식 살펴보기